19세기 한문중단편소설의 세계

지은이 **한의숭**

경북대학교 한문학과 및 동대학원 석사·박사 졸업. 2002년 교직에 입직하여 현재 중등에서 한문교사로 재직 중에 있다. 주요 논문으로 「신발굴 漢文小說 〈巴陵奇事〉 연구」, 「「골동록(汨董錄)」 소재 일화의 서술 양상과 그 의미」, 「20세기 초 일제 강점기 향촌재지사족의 漢文懸吐小說 창작에 대한 一考: 〈神機圖〉와 〈太極翁傳〉을 중심으로」 등이 있다. 19세기 한문소설을 중심으로 연구를 진행하고 있으며 20세기 초 및 일제 강점기에 이르기까지 관심 시기가 확장되고 있다. 아울러 최근에는 조선 후기 영남 남인의 필기, 잡록 및 잡저류에 수록된 우언산문을 중심으로 또 다른 연구 영역에 관심을 기울이고 있다.

19세기 한문중단편소설의 세계

© 한의숭, 2017

1판 1쇄 인쇄__2017년 06월 05일
1판 1쇄 발행__2017년 06월 10일

지은이__한의숭
펴낸이__양정섭

펴낸곳__도서출판 경진
　　　등록__제2010-000004호
　　　블로그__http://kyungjinmunhwa.tistory.com
　　　이메일__mykorea01@naver.com

공급처__(주)글로벌콘텐츠출판그룹
　　　대표__홍정표　편집디자인__김미미　기획·마케팅__노경민
　　　주소__서울특별시 강동구 천중로 196 정일빌딩 401호
　　　전화__02) 488-3280　팩스__02) 488-3281
　　　홈페이지__http://www.gcbook.co.kr

값 18,000원
ISBN 978-89-5996-538-0 93810

19세기
한문중단편소설의 세계

한의숭 지음

경진출판

이 책은 19세기를 중심으로 창작된 한문중단편소설을 중심으로 19세기 한문소설사의 구도를 새롭게 정립해 보고자 시도한 노력의 결과이다. 돌이켜보면 이 책은 나의 20대 중반에서 30대 중반까지 오로지 열정만 가득했던 10여 년의 흔적이 오롯이 남아있다. 치기로 똘똘 뭉쳐 공부를 한다는 것이 어떤 의미인지도 모르고 마냥 달려들기만 했던 시절이 묻어있는 결과물이라 세상에 내놓으려니 부끄럽기만 하다.

이 책을 만들려고 원고를 다시 읽고 정리하는 과정 속에서 지난날의 내 모습이 다시금 떠올랐다. 전국 각지의 학회를 무수히 돌아다녔던 기억들, 새로운 자료를 찾고 확인하기 위해 발품을 팔며 다니던 시절들이 떠올랐고 그 시절이 새삼 그리웠다. 지금이라도 되돌아가고픈 정말 순수하고 열정적이던 시기였다.

하지만 그런 열정에 비해 결과가 과연 제대로 된 수준을 갖추고 있는지 자문하지 않을 수 없다. 이 글을 쓰고 있는 지금도 내가 공부란 걸 진짜 하고 있기는 한 건지. 매 순간마다 회의가 밀려드는 게 사실이다. 때문에 이 책을 펴내는 게 괜한 짓을 하는 건 아닌지 마음이 무겁기만 하다.

원고를 다시 꺼내 읽으면서 얼굴이 화끈거리는 걸 참기가 힘들었다. 하지만 그러면서도 혼자 빙긋이 웃어보기도 했다. 글을 쓰던 시절의 좋았던, 기뻤던, 힘들었던 기억들이 주마등처럼 스쳐 지나갔기 때문이다.

이 책은 기본적으로 나의 박사학위논문을 중심으로 다듬은 것이다. 지금도 마찬가지지만 공부를 처음 시작하던 시절 나의 관심은 19세기에 집중되어 있었다. 조선의 황금기라 불리던 18세기를 이은 시기임에도 불구하고 19세기는 뭔가 정리되지 않는 불안감이 엄습했던 시기로 비쳐지곤 했다. 그런 시기에 고소설은 특히 비주류였던 한문소설은 어떻게 당대를 바라보고 있었을까? 하는 것이 당시 나의 학문적 의문의 시작인 셈이었던 것이다. 이 책은 그때의 고민을 해결해 보고자 고군분투했던 노력의 산물이다.

그런데 그 고민을 나는 혼자 하지 않았다. 지방에서 공부하면서 갈증이 많았던 터라 공부하는 모임이라면 거리는 별로 개의치 않고 찾아다니곤 했던 것이다. 그때 내가 찾았던 곳이 바로 민족문학사연구소였다. 연구소에 대한 관심은 연구소 기관지인 『민족문학사연구』를 애독하면서 시작되었다. 당시 연구소 기관지는 요즘과 같은 학회지의 성격이 아니라 문예지의 성격이 강했다. 딱딱한 논문만 실렸던 것이 아니라 자료·해제나 서평, 대담 등에 이르기까지 학문을 처음 접하는 입장에서는 마치 하이틴 잡지를 기다리는 것처럼 연구소 기관지를 목이 빠져라 기다리곤 했다.

그런 연구소에서 고전문학분과모임이 있다는 소식을 접하게 되자 나는 한치의 망설임도 없이 새마을열차를 타고 대구에서 서울까지 3시간 40분 정도를 격주마다 오가는 생활을 시작하였다. 그때는 내가 박사과정생이었던 때라 모임에서 가장 막내였다. 대구에서 공부하겠다고 격주마다 서울을 오가니 말 그대로 대접도 많이 받았고, 주변에서 격려도 많이 해주셨다. 하지만 가장 힘이 되는 건 고전분과모임의 선배 선생님들과 세미나 후 밤새도록 이어지던 뒤풀이 자리에서의 열띤 토론이었다. 공부에 대한 갈증을 여지없이 풀어낼 수 있었던 고마운 시간들이었고, 선생님들이셨다. 지금도 그 시절이 한없이 그립기만 하다.

이 책은 그러한 열정과 고마운 여러 선생님들의 아낌없는 토론과 조언이 있었기에 나올 수 있었다. 때문에 이 책은 나의 젊은 시절의 모든 흔적이 다 녹아 있는 것이라 해도 과언이 아니다. 그만큼이나 여러모로 나에게는 소중하고 의미 깊은 책이다.

물론 이 책이 이런 정도로까지 나올 수 있었던 데는 민족문학사연구소 고전분과 선배 선생님들뿐만 아니라, 학위심사과정에서 여러모로 많은 지도와 가르침을 베풀어 주셨던 선생님들이 아울러 계셨기 때문임을 잊지 않고 있다. 김동협 선생님, 김영진 선생님 두 분 선생님께는 여러모로 많은 가르침을 그 이후로도 지속적으로 받고 있어서 고마움을 잊을 수 없다. 그리고 모교에서 가르침을 베풀어 주신 이구의 선생님, 황위주 선생님께는 늘 격려해 주시는 만큼 정진이 늘지 않아 죄송할 따름이다. 그리고 지도교수님인 정병호 선생님께는 제자 된 입장에서 감사함과 죄송함만이 가득하기만 하다. 앞뒤 가리지 않고 뛰어다니는 모습에 여러모로 걱정이 많으셨을 텐데 늘 언제나 격려와 지지를 보내주신 점 너무나 고맙고 송구스럽다. 여러 선생님들께는 앞으로 더욱 공부에 매진하는 모습을 보여드리는 것으로 감사함을 대신하고자 한다.

마지막으로 이 책은 선친(先親)의 헌신과 뒷받침이 없었더라면 나올 수 없었다는 생각이 든다. 벌써 탈상이 지났을 만큼 시간이 참 빨리 흐른다는 생각이 든다. 세상에서 가장 존경하는 사람이 누군가를 물어올 때면 나의 대답은 언제나 선친일 만큼 내 인생에 있어서 절대적인 존재였다. 하지만 생전에 살갑게 대해 드리지 못한 것이 늘 안타깝다. 마음은 있지만 표현을 잘못하는 전형적인 아들로 살아서 그런지 이 책을 마무리하는 시점이 되니 가슴 한켠에 문득 보고 싶은 마음이 더 커지기만 한다. 언젠가 다시 뵙게 될 날이 오겠지만 그때까지 고생스러웠던 인생 다 잊으시고 편안히 쉬시길 바라며 나의 첫 번째 책을 선친에게 바치고자 한다.

끝으로 너무 게으른 나머지 이 책이 나오기까지 너무나 많은 시간이 허비되어 버렸다. 그로 인해 출판사 양정섭 대표님께서 많은 고생을 하셨다. 죄송하다는 말씀 드리고 싶다.

드디어 첫 번째 책이 세상에 나오게 되었다. 첫 번째가 마지막이 될지도 모르지만 그렇게 되지는 않을 거라 다짐을 하며 더욱 묵묵히 정진하는 자세로 학문의 길을 걸어가 보고자 한다.

2017년 5월
한의숭

목차

제1장
19세기 한문소설사를 이해하는 새로운 시각

1. 19세기 한문소설사를 바라보는 기존 시각의 문제

조선시대 소설사를 논의하는 데 있어 가장 전범이 되는 텍스트라 할 수 있는 김태준(金台俊, 1905~1950)의 『조선소설사(朝鮮小說史)』에서는 19세기 한문장편소설(漢文長篇小說)인 김소행(金紹行, 1765~1859)의 〈삼한습유(三韓拾遺)〉와 관련하여 다음과 같이 기술하고 있다.

중국에 있어 〈공작동남비〉 전설과 흡사한 고부 충돌에서 생긴 비극은 조선 선 산 못에 투사한 향랑각시의 전설이요, 이것을 신라 시절의 기사로 하여 화랑들의 남정북벌과 남녀정사를 교직한 것이 〈삼한습유〉니, 한문소설 장편으로는 아마 최고인 〈육미당기〉와 안행할 장편이요, 작자는 죽계일사 안동 김소행이고 홍석주, 홍길주, 홍현주, 김매

순, 무태거사 제가의 발이 있다.1)

위의 예문은 김태준이 19세기 한문장편소설에 대해 어떻게 인식하고 있었는지 그 편린을 짐작해 볼 수 있는 것으로, 그는 한문장편소설 가운데 〈육미당기(六美堂記)〉와 〈삼한습유〉를 최고의 작품으로 꼽았다. 김태준의 이러한 인식은 이후 19세기 소설사를 이해하는 데 있어 전범과 같이 작용하여 『조선소설사』 이후 출간된 각종 소설사 관련 저작에서 19세기 소설사와 관련된 항목의 서술은 주로 한문장편소설을 중심으로 논의되어 왔다. 그 결과 상대적으로 이 시기에 존재한 여타 소설작품에 대한 관심은 논외로 취급될 수밖에 없었다.

하지만 근래 들어 19세기에 대한 학계의 관심이 증폭되면서 19세기 문학사에 대한 재조명이 활발하게 이루어지고 이를 통해 19세기 소설사에 대한 시각 또한 이전과는 다른 차원에서 논의해 보고자 하는 분위기가 형성되고 있다.

그러나 19세기 소설사, 특히 한문소설사를 논의하는 데 있어 그 중심은 여전히 한문장편소설에 초점이 맞춰져 있으며, 그 장벽을 넘기가 쉽지 않은 게 사실이다. 그 이유는 한문장편소설이 19세기에 족출하여 대세를 형성하고 있었으며, 고전소설 연구에 있어 가장 큰 난점 가운데 하나인 작가문제에 있어 작가가 밝혀진 작품들이 주로 한문장편소설인 관계로 작가와 작품을 총체적으로 연구할 수 있기 때문이다. 그렇다보니 19세기에 창작된 〈삼한습유〉, 〈옥루몽(玉樓夢)〉, 〈난학몽(鸞鶴夢)〉, 〈옥수기(玉樹記)〉, 〈육미당기〉

---

1) 박희병 교주, 『교주 증보조선소설사』(김태준 지음), 한길사, 1990, 164쪽.

등 한문장편소설에 대한 개별 작품론과 이들을 묶어서 19세기 한문장편소설의 특징과 소설사적 의미를 분석한 연구가 주를 이루었다.

물론 한문장편소설이 19세기 한문소설사에서 주류를 차지할 정도로 큰 흐름을 형성하고 있었던 것이 사실이지만, 동 시기에는 17세기 이후 애정류 한문소설의 흐름을 계승한 한문중단편소설(漢文中短篇小說) 또한 한문장편소설에 못지않게 창작되고 있었음을 주목할 필요가 있다. 하지만 그동안 한문중단편소설은 한문장편소설에 비해 그다지 주목받지 못했다. 한문중단편소설의 작품 수가 그리 많지 않은 관계로 몇몇 개별 작품에 대한 분석에 연구가 집중되었기 때문이다. 하지만 최근 새로운 작품들이 다수 발굴, 소개되기 시작하면서 한문중단편소설에 대한 학적 관심의 방향을 전환할 필요가 제기되고 있다.

대표적인 작품으로 〈포의교집(布衣交集)〉, 〈절화기담(折花奇談)〉, 〈유생전(劉生傳)〉, 〈삼해지(三海誌)〉, 〈낙동야언(洛東野言)〉, 〈편옥기우기(片玉奇遇記)〉 등을 꼽을 수 있는데 이들 작품의 등장으로 인해 그동안 〈종옥전(鍾玉傳)〉, 〈오유란전(烏有蘭傳)〉 등 세태소설 계열에 한정되었던 연구 경향에서 탈피할 수 있는 계기가 마련될 수 있었다. 뿐만 아니라 위의 작품들을 위시하여 새로운 작품들이 발굴, 소개되면서 19세기 한문중단편소설이 수적으로 적지 않으며, 장르적 편폭 또한 다양하게 구성된 것을 알 수 있게 되었다. 따라서 그간 19세기 한문소설사를 연구하는 데 있어 한문장편소설 위주의 연구 경향에서 벗어나 상대적으로 연구의 사각지대에 방치되어 있었던 한문중단편소설[2]을 중심으로 그 특징과 소설사적 의의 등에 관해 새로운 구도를 가지고 접근할 필요가 요구된다.

2. 19세기 한문중단편소설의 연구 경향과 방법

1) 19세기 한문중단편소설의 연구 경향

19세기 한문소설의 경우 주로 한문장편소설을 중심으로 연구가 진행되어 왔으며 개별 작품의 경우 연구사[3]가 수행될 정도로 그간 많은 연구가 축적되어 왔다. 19세기 한문장편소설의 경우 몇몇 작품을 중심으로 하여 창작 기반과 작가의식에 관한 연구[4]와 세계관과 창작의식에 관한 연구[5] 등이 진행된 바 있으며, 19세기 한문소설사의 구도[6]와 관련하여 연구가 이루어지기도 하였다. 하지만 논의의 중심은 한문장편소설에 국한된 것으로 한문중단편소설에 대한 논의는 찾아보기가 쉽지 않다. 따라서 19세기 한문중단편소설에 대한 연구는 시작 단계에 놓여 있는 것이나 마찬가지라 할 수 있는데, 기존의 특정 몇 작품에 대한 연구 경향 역시 작품에 따라 편차를 드러내고 있다.

그러므로 19세기 한문중단편소설에 대한 연구는 비교적 근래에

---

2) 한문중단편을 하나로 묶어 논의하고자 하는 이유는 중편과 단편의 지향이 큰 틀에서 묶을 수 있으며, 이것이 한문장편과는 대별되는 특징을 가지고 있기 때문이다. 이 책에서는 이러한 이유에서 중단편을 묶어서 구체적으로 연구를 진행할 것이며, 그 가운데 한문장편과의 차이점이 드러날 것으로 기대된다.

3) 19세기 한문장편 가운데, 〈육미당기〉, 〈옥루몽〉, 〈옥수기〉, 〈삼한습유〉 등에 대한 연구사가 수행된 바 있다(우쾌제, 『고소설연구사』, 월인, 2001 참조).

4) 이기대, 「19세기 한문장편소설 연구: 창작 기반과 작가의식을 중심으로」, 고려대학교 박사논문, 2003.

5) 이병직, 「19세기 한문장편소설 연구」, 부산대학교 박사논문, 2001.

6) 전성운, 「19세기 한문장편소설의 특징과 창작 배경」, 『어문논집』 40, 안암어문학회, 1999; 김경미, 「19세기 한문소설의 새로운 모색과 그 의미」, 『한국문학연구』 창간호, 고려대 민족문화연구원 한국문학연구소, 2000.

발굴, 소개된 작품을 적극 끌어들여 논의를 새롭게 마련할 필요가 있다. 그 대상이 되는 작품으로 〈절화기담〉, 〈포의교집〉, 〈낙동야언〉, 〈삼해지〉, 〈오로봉기(五老峰記)〉, 〈유생전〉, 〈오후강전(吳後姜傳)〉, 〈한조충효록(韓趙忠孝錄)〉, 〈일석화(一夕話)〉, 〈이화실전(李花實傳)〉, 〈편옥기우기〉, 〈종옥전〉, 〈오유란전〉, 〈종생전(宗生傳)〉, 〈무송전(武松傳)〉, 〈홍백화전비평(紅白花傳批評)〉 등을 들 수가 있다. 본 연구는 이들 16작품을 주 대상으로 하여 진행하고자 하며, 〈최치원(崔致遠)〉과 같은 초기 한문소설에서 〈주생전(周生傳)〉, 〈운영전(雲英傳)〉, 〈최척전(崔陟傳)〉, 〈구운몽(九雲夢)〉, 〈동선기(洞仙記)〉, 〈위생전(韋生傳)〉, 〈빙허자방화록(憑虛子訪花錄)〉, 〈백운선완춘결연록(白雲仙翫春結緣錄)〉 등 17~18세기 작품들의 경우 연구를 위한 방계자료로 참고하고자 한다. 먼저 위에서 거론한 16작품의 소장처와 서지사항 등을 간단하게 소개하면 아래 〈표 1〉과 같다.

〈표 1〉 19세기 한문중단편소설

작품명	형태	소장처(자)
〈折花奇談〉	한문필사본	일본 동양문고
〈布衣交集〉	한문필사본	서울대 규장각
〈洛東野言〉	한문필사본	남권희 교수
〈三海誌〉	한문필사본	국립중앙도서관
〈五老峰記〉	한문필사본	국립중앙도서관
〈劉生傳〉	한문필사본	하버드대
〈吳後姜傳〉	한문필사본	경북 상주 이채하 씨
〈韓趙忠孝錄〉	한문필사본	경북대 도서관
〈一夕話〉	한문필사본	조선학보 영인
〈李花實傳〉	한문필사본	국립중앙도서관
〈片玉奇遇記〉	한문필사본	국민대 성곡도서관
〈鍾玉傳〉	한문필사본	국립중앙도서관
〈烏有蘭傳〉	한문필사본	경북대 도서관

작품명	형태	소장처(자)
〈武松傳〉	한문필사본	영남대 남재문고
〈宗生傳〉	한문필사본	류준경 교수
〈紅白花傳批評〉	한문필사본	단국대 연민문고

〈표 1〉의 작품들 가운데 〈종옥전〉과 〈오유란전〉을 제외한 나머지는 비교적 근래에 발굴, 소개된 것이다. 위의 표에서 소개한 작품들로 인해 19세기 한문중단편소설사는 새로운 구도로 접근할 수 있는 계기가 마련된 것이다.

우선 거론된 작품들과 관련된 선행연구 성과를 검토해 볼 필요가 있다. 위의 작품들 가운데 비교적 일찍부터 연구가 이루어진 것은 〈오유란전〉과 〈종옥전〉이다. 두 작품은 그간 판소리계 소설과의 관련성과 작품이 지닌 풍자적 성격으로 인해 세태소설로 규정되어 논의가 이루어졌다.[7] 최근에는 전기소설(傳奇小說)의 패러디[8]란 측면에서 주목되기도 하였으나, 이후 논의는 진전되지 못하고 답보상태에 빠져 있는 형편이다.

위의 두 작품을 제외하고 가장 연구가 활발히 이루어진 작품은 〈포의교집〉을 들 수 있다. 작품이 지닌 근대성의 측면과 여성 주인공의 형상으로 인해 주목을 받기 시작한 뒤, 18세기에 창작된 이옥 (李鈺, 1760~1815)의 〈심생전(沈生傳)〉 이후 맥이 끊긴 것으로 여겨졌던 애정전기소설을 19세기에 계승한 작품으로 인정받아 연구자들

---

7) 〈오유란전〉과 〈종옥전〉은 그간 작품의 유사함으로 인해 개별적인 연구와 비교 연구가 동시에 진행되어 왔다. 그간의 연구 성과는 부록으로 첨부될 19세기 한문중단편소설 연구 목록으로 대신한다.

8) 윤재민, 「조선 후기 전기소설의 향방」, 『민족문학사연구』 15, 민족문학사연구소, 1999.

의 관심이 집중되었다. 〈포의교집〉의 경우 최근 발굴된 19세기 한문중단편소설 작품 가운데 가장 많은 주목을 받은 관계로 연구사를 별도로 정리할 필요가 있을만큼 다양한 논의가 축적되어 있다.[9]

이와 함께 〈포의교집〉과 시대적 공간적 배경이 같고, '불륜(不倫)'이란 소재의 상동성으로 인해 곧잘 비교되던 〈절화기담〉 역시 다양한 관점에서 논의가 이루어졌다.[10] 한편 위의 두 작품과 애정전기적 성향에 있어 유사성을 가진 것으로 판단되는 〈유생전〉의 경우 이본에 대한 연구와 서사에 나타나는 부녀 대립의 양상 등이 논의된 바 있다.[11]

위의 세 작품은 대략적으로 애정전기의 전통과 관련하여 묶을 수 있는 공통점을 가지고 있다. 반면, 〈낙동야언〉과 〈삼해지〉 그리고 〈오로봉기〉 등은 중국의 재자가인소설(才子佳人小說)과의 관련성에서 함께 논의할 필요가 있는 작품이다.

우선 〈낙동야언〉의 경우 정환국에 의해 작품에 대한 간략한 소개가 이루어진 후[12] 김정숙, 정병호에 의해 작품론이 진행된 바 있다. 〈낙동야언〉은 장르설정의 문제에 있어 재자가인소설이냐 애정전기의 변용형태냐 하는 것에 대한 논란이 있었는데 최근 연구 경향은 재자가인소설적 성향이 강한 작품으로 정리되고 있다.

〈삼해지〉의 경우 근자에 발굴, 소개된 이후 번역본이 간행되는 등 짧은 기간 동안 여러 성과가 제출되었다. 선행연구들은 작품에

---

9) 〈포의교집〉과 관련된 연구 성과는 비교적 많은 관계로 일일이 제시하지 않고 부록으로 첨부될 19세기 한문중단편소설 연구 목록으로 대신한다.

10) 〈절화기담〉의 연구 성과는 부록에 첨부된 것으로 대신한다.

11) 〈유생전〉의 연구 성과는 부록에 첨부된 것으로 대신한다.

12) 정환국, 「17세기 애정류 한문소설 연구」, 성균관대학교 박사논문, 2000, 75쪽.

대한 개략적인 소개13)나 작품의 서술 양상과 서술시각14)에 대한
분석, 남녀 주인공의 형상을 재자가인소설의 관점15)에서 설명한
논의 정도에 그치고 있는 실정이다. 때문에 작품에 대한 총체적인
연구는 시작 단계에 놓여 있으며 작품의 서사구조, 장르설정이나
주제 등에 대한 깊이 있는 후속 논의가 이루어져야 실체가 밝혀질
것으로 예상된다.

마지막으로 〈오로봉기〉는 17세기에 창작된 애정전기소설로 소
개16)된 이후, 구조와 인물 형상 등의 측면에서 작품분석이 이루어
졌다.17) 하지만 이 작품은 장르설정 문제부터 시작해 창작 시기
등 여러 측면에서 치밀하고 깊이 있는 논의가 필요할 것으로 예상
된다. 한 가지만 지적한다면 장르문제에 있어 선행연구에서는 17세
기에 창작된 애정전기소설로 파악하고 있으나, 애정전기소설로 설
정하기엔 곤란한 측면이 많이 발견된다. 일단 작품 분량에 있어서
전체 16회로 구성된 중편의 장회소설(章回小說)이며, 인물 형상의
구도가 일대다(一對多)의 결연 관계로 구성된 특징을 지닌다. 이는
중국 재자가인소설의 인물 구성방식을 전형적으로 따른 것으로 애
정전기와의 관련성을 따지는 것은 장르에 대한 인식부터 잘못 파악
한 것이라 하겠다. 따라서 장르문제부터 시작해서 창작 시기의 문
제까지 작품 전반에 관해 새롭게 논의할 필요가 있을 것이다.

---

13) 한의숭, 「신발굴 한문소설 〈삼해지〉에 대하여」, 『문헌과해석』 32호, 2005년 가을.
14) 김주현, 「〈삼해지〉의 서술양상과 서술시각」, 경북대학교 석사논문, 2007.
15) 한의숭, 「〈삼해지〉의 인물형상 연구: 재자가인소설의 관점에서」, 『민족문학사연
   구』 33, 민족문학사연구소, 2007.
16) 차충환, 「〈오로봉기〉 연구」, 『語文研究』 통권 34권 3호, 한국어문교육연구회,
   2006.
17) 정지아, 「〈오로봉기〉 연구」, 경북대학교 석사논문, 2009.

위의 작품들은 주로 애정전기 계열 또는 재자가인 계열로 구분해 분석을 시도한 것으로 상대적으로 여타 작품에 비해 조명을 받은 경우들이다. 문제는 위의 계열에 속하지 않으면서 19세기 한문소설사에서 주목할 만한 작품으로 꼽을 수 있는 작품이 여럿 존재한다는 점이다. 〈편옥기우기〉의 경우가 대표적이라 할 수 있는데 〈편옥기우기〉의 경우 윤리소설적 성향에 대한 논의,[18] 작가의식,[19] 19세기 소설사에서의 위상[20] 등 작품에 대한 다양한 논의가 진행된 바 있다. 〈편옥기우기〉는 단행본으로 번역, 출간된 바 있으며[21] 장르설정 문제와 주제의식과 관련해서 논의가 분분하다.

〈편옥기우기〉의 경우와 같이 최근 발굴, 소개된 까닭에 상대적으로 덜 알려진 19세기 한문중단편소설은 앞서 표에서 언급한 〈일석화〉,[22] 〈이화실전〉,[23] 〈오후강전〉,[24] 〈한조충효록〉,[25] 〈종생전〉[26] 등을 거론할 수 있다. 이들 작품은 앞으로 본격적인 논의를 통해 개별 작품론과 함께 19세기 한문소설사에서 그 위상을 짚어

18) 조희웅, 「한문고전소설 〈편옥기우기〉 고」, 『어문학논총』 20, 국민대 어문학연구소, 2001.
19) 서선진, 「〈편옥기우기〉의 서사기법과 창작의식」, 경북대학교 석사논문, 2006.
20) 한의숭, 「〈편옥기우기〉의 소설사적 성격에 대하여」, 『한국어문학연구』 49, 한국어문학연구학회, 2006.
21) 조희웅 외 공편, 『편옥기우기』, 박이정, 2001.
22) 이성실, 「〈一夕話〉의 창작의식과 서술방식」, 경북대학교 석사논문, 2003.
23) 이대형, 「〈李花實傳〉의 특징과 의의」, 『대동한문학』 29, 대동한문학회, 2008.
24) 정병호, 「〈吳後姜傳〉 해제 및 원문표점」, 『대동한문학』 32, 대동한문학회, 2010; 한의숭, 「19세기 漢文小說에 나타난 '忠·孝·烈'의 구현양상 연구」, 『한국어문학연구』 55, 한국어문학연구학회, 2010.
25) 한의숭, 「〈韓趙忠孝錄〉 연구: 자료소개를 중심으로」, 『대동한문학』 31, 대동한문학회, 2009.
26) 류준경, 「미발표 한문소설 〈宗生傳〉에 대하여: 전기소설적 특성을 중심으로」, 『한국한문학연구』 40, 한국한문학회, 2007.

볼 필요가 있다. 뿐만 아니라 〈홍백화전비평〉, 〈무송전〉의 경우 처음 소개되거나 구체적인 논의가 시작된 작품이므로 이 시기 소설사에서 그 위상을 본격적으로 다룰 필요가 있다.

이렇게 19세기 한문중단편소설에 대한 논의는 그동안 특정 작품을 중심으로 진행된 관계로, 소설사적 의의를 폭넓게 짚어보지 못한 한계가 있다. 그러나 다수의 작품이 발굴, 소개되고 포진된 작품의 성향 또한 그 편폭이 생각보다 다양하게 존재하고 있으므로 19세기 한문중단편소설사의 구도와 전개 양상 및 소설사적 의미 등에 관해 새롭게 접근할 수 있게 되었다. 이러한 관점은 19세기에 주류를 차지하던 한문장편소설과는 달리 한문중단편소설이 가진 시대적 의미와 소설사적 위상에 관해 본격적으로 분석할 필요가 있음을 제기하는 중요한 문제라 할 수 있다. 19세기 한문중단편소설을 연구하는 목적은 바로 여기에 있는 것이다.

2) 19세기 한문중단편소설의 연구 방법

앞서 19세기 한문중단편소설을 연구하는 목적에 대해 간단히 짚어보았다. 이를 수행하기 위해서는 전제 작업이 필요한데 그것은 이전 시기인 17~18세기 한문소설사(漢文小說史)의 저변과 애정류 한문소설의 변화 양상을 중심으로 그 사적 관계와 작품의 내외적 변이 등을 따져보는 것이다. 실제로 17세기를 기점으로 한문소설의 경우 현실성(現實性)이 대폭 확장되기 시작하면서 그 이전까지 환상(幻想) 일변도의 작품 분위기가 변화의 조짐을 비치기 시작하는데, 그 분기(分岐) 양상은 간단하게 넘어갈 성질의 것이 아닌 것으로 판단된다. 때문에 17~18세기 한문소설의 분화 양상을 정밀하게 살핀 바탕에서 19세기로 넘어갈 필요가 있다.

이와 관련하여 17세기와 관련된 기존의 논의들은 주로 통속성 (通俗性),[27] 내외적 변이 양상,[28] 여성 주인공의 형상[29] 등의 측면에 주목하여 연구가 이루어졌다. 본 연구에서는 이들 논의에 대한 비판적 검토를 수행한 뒤 선행 연구에서 놓치고 있거나 간과되었던 부분을 중심으로 살펴볼 것이다. 이를 위해 ① 상호독점적인 남녀 관계의 균열조짐, ② 비극적 결말구조 일변도의 탈피라는 두 가지 측면을 중심으로 살펴볼 것이다. 이 점은 17~18세기 애정류 한문소설의 흐름이 어떤 방식으로 변화하며 후대 작품에 어떻게 영향을 끼치고 있는지에 대한 사적 흐름의 예비적 고찰을 목적으로 하는 것이다.

이를 바탕으로 먼저 19세기 한문중단편소설의 주제 구현 양상이 시대적 의미 속에서 어떤 방식으로 구현되고 있는지 살펴볼 것이다. 크게 두 가지 측면으로 주제를 구분해 볼 수 있는데, 첫 번째로 인정세태(人情世態)의 구현 양상에 따라 1) 19세기 서울의 인정세태 양상의 구현, 2) 향촌사대부를 둘러싼 사회세태의 반영이란 측면에서 분석해 볼 것이다. 두 번째로 보수적 시대인식이 구현되는 양상을 중심으로 1) '희화화'의 방식을 통한 '정절(貞節)'의식의 강조, 2) '충(忠)/효(孝)'의 보수적 이데올로기의 구현이 어떻게 발현되고 있는지 살펴볼 것이다. 이러한 시각을 통해 19세기를 둘러

---

27) 양승민, 「17세기 傳奇小說의 통속적 경향과 그 소설사적 의미」, 고려대학교 박사논문, 2003.

28) 정환국, 「17세기 愛情類 한문소설 연구」, 성균관대학교 박사논문, 2000.

29) 황윤실, 「17세기 愛情傳奇小說에 나타난 여성주체의 욕망발현 양상」, 한양대학교 박사논문, 2000.

싼 다양한 주제 양상이 어떻게 한문중단편소설 속에서 구현되고 있으며 지향하는 의미가 무엇인지 밝혀질 수 있을 것이다.

그 다음으로 19세기 한문중단편소설의 서사적 특징을 분석할 것인데, 19세기 한문중단편소설의 경우 작품 편차가 생각보다 만만치 않음을 확인할 수 있다. 생각 외로 다종다양한 작품들이 족출하고 있는데 이는 기존에 알려진 작품 이외에 새로운 작품들이 추가됨으로 인해 19세기 한문소설사를 이해하는 시각이 전환되어야 함을 의미한다. 따라서 서술방식(敍述方式)과 서사양식(敍事樣式)의 측면에 집중하여 특징을 분석할 필요가 있다.

먼저 서술방식의 경우 1) 중단편이 지향하는 주제 구현에 적합한 서술문체의 사용, 2) 주도적으로 문제 해결에 나서는 여성 형상의 강화, 3) '현실성'과 '환상성'을 활용한 서사의 구축이라는 세 가지 측면에서 분석할 것이다. 그리고 서사양식에 있어서는 1) 중국의 평점소설(評點小說)양식의 수용, 2) 재자가인(才子佳人)류 소설의 서사방식 수렴, 3) 전대 애정전기(愛情傳奇) 서사문법의 계승과 변용이라는 세 가지 측면으로 접근할 것이다.

서술방식을 주목한 것은 19세기 한문중단편소설에 나타나는 공통적이면서도 특징적인 국면을 포착하고자 한 것으로, 위의 세 가지 방식은 기술방식의 문제를 드러낼 수 있을 것이다. 한편 서사양식에 있어서는 중국 평점소설양식을 수용한 경우로 〈절화기담〉, 〈홍백화전비평〉, 〈무송전〉 등을 중심으로 분석할 것이며, 재자가인류 소설의 서사방식을 수렴한 경우로 〈낙동야언〉, 〈삼해지〉, 〈오로봉기〉 등을 대상으로 분석할 것이다. 마지막으로 애정전기 서사문법의 계승과 변용의 측면에서는 〈포의교집〉, 〈종생전〉, 〈오후강전〉, 〈유생전〉을 중심으로 살펴볼 것이다. 이들 작품을 통해

19세기 한문중단편소설이 지닌 서사양식의 분화 양상이 선명하게 밝혀질 수 있을 것으로 기대된다.

마지막으로 19세기 한문중단편소설의 소설사적 의미를 세 가지 측면에서 정리할 것인데, 1) 단편서사전통의 계승을 통한 시대의 변화 양상 포착, 2) 한문장편의 박학(博學) 추구와 변별되는 특정 주제 중심의 서사 구현, 3) '일상/여성/대중' 등의 담론 수용을 통한 미시적 서사의 추구라는 세 가지 측면으로 소설사적 의미를 고구할 것이다.

위의 논의가 충실히 진행될 경우 19세기 한문중단편소설의 총제적인 성격이 드러날 것이며, 향후 과제 또한 분명하게 제시될 것이다.

제2장
17~18세기 애정류 한문소설의 지형 변화

17~18세기 애정류 한문소설의 경우 그 출발은 15세기 중국과 한국의 소설집인 『전등신화(剪燈新話)』와 『금오신화(金鰲新話)』의 자장(磁場) 아래에서 시작되었음을 익히 알고 있다. 때문에 두 소설집으로부터 관계 논의의 시작이 이루어지는 것은 당연한 수순이다. 지금까지 논의된 수많은 성과들에 대한 언급은 일단 미뤄두고 그 가운데 주목되는 현상으로 위의 두 작품집 모두 '소설집(小說集)'의 형태로 등장하고 있는 것에 관심을 가질 필요가 있다. 물론 위의 두 작품집의 경우 한 작가에 의해 다양한 장르로 창작된 여러 작품을 한데 묶어놓은 것이긴 하지만, 다양한 계열의 작품이 집약되어 있는 것에서 '소설집'이란 측면에 주목할 필요가 있다.

문제는 '소설집'이란 개념이 17세기로 접어들면서 이전과는 다른 '소설집'의 형태를 띠기 시작한다는 점이다. 즉, 동일한 작가에 의해 창작된 작품의 모음집이 아닌 비슷한 장르 성향을 지닌 작품의 모음집으로 일종의 '컬렉션(collection)'의 형태로 전변을 보이는 게 그것이다. 예를 들면, 우리가 잘 알고 있는『신독재수택본전기 집(愼獨齋手擇本傳奇集)』1)의 경우가 대표적이며 최근 발굴된『백호 화담(白湖話談)』2)의 경우를 통해서도 이를 확인할 수 있다. 하지만 컬렉션의 형태를 띠는 것이 비단 전기소설의 전통만은 아니었으 며, 이미 서사문학사에서는 필기(筆記)3)나 야담(野談), 패설(稗說)을 통해4) 확인할 수 있었던 현상이라는 점이다.

주지하듯이 필기, 야담, 패설의 경우 소설과는 다른 경로에서 서 사문학의 한 축을 담당해 왔다. 이들은 개별 단위 화소(話素)를 수 집하여 묶음집의 형태로 편찬하는 형태였기 때문에 이른바 '~집' 의 형태를 띤 것은 필기, 야담, 패설의 경우가 선형태라 할 수 있다. 따라서 이들 작품집의 경우 주로 필사본의 형태로 유전되다 보니 다양한 이본들이 파생되는 경우가 많았다.

대표적으로 초기 야담집인 유몽인(柳夢寅, 1559~1623)의『어우야 담(於于野談)』을 통해 볼 수 있듯이 수록 야담의 성향에 따라 40종 이 넘는 이본(異本)을 가지고 있는 것에서 그 일단을 짐작할 수 있 다. 특히『어우야담』의 경우 다양한 이본이 존재5)하는데 그 가운

1)『愼獨齋手擇本傳奇集』은 신독재가 편찬자가 아닌 소장자였을 가능성이 높으며, 이에 대해서는 정학성,『역주 17세기 한문소설집』, 삼경문화사, 2000을 참조.

2) 전기소설 4편을 모아놓은 한문소설집(양승민·권진옥,「버클리대 소장 한문소설 집『白湖話談』에 대하여」,『고전과해석』8집, 고전과해석연구학회, 2010, 436~ 437쪽), 특히 현전하는 필사본 한문소설집의 현황이 표로 정리되어 있어 수록된 작품의 현황과 대략적인 성향을 참고할 수 있다.

3) 필기의 전통과 서사화 과정에 대해서는 이래종,「鮮初 筆記의 展開樣相에 관한 硏究」, 고려대학교 박사논문, 1997; 신상필,「筆記의 서사화 양상에 관한 연구」, 성균관대학교 박사논문, 2004를 참조.

4) 패설집의 향유 양상에 대해서는 김준형,『한국패설문학연구』, 보고사, 2004를 참조.

데 필자에 의해 발굴된 고려대 만송문고본 『선이첩(仙異帖)』의 경우 『어우야담』 소재 이야기 가운데 복서(卜筮)와 승려(僧侶) 등 기이한 소재를 다룬 작품을 묶어 편찬한 것으로 주목된다. 수록된 작품은 〈신구지전(申求止傳)〉, 〈선녀홍씨전(仙女洪氏傳)〉, 〈명승이적(名僧異蹟)〉 세 작품이다.

우선 〈신구지전〉은 점치는 사람과 관련된 이야기이고, 〈명승이적〉은 『어우야담』 소재 일화 가운데 나옹스님과 관련된 것이며, 〈객문천연(客問天然)〉은 천연선사와 관련된 이야기, 〈양주회암사(楊州檜岩寺)〉는 양주 회암사에 있는 어떤 중이 신승을 만나게 된 이야기이다. 이들은 교감본6)의 102화·103화·106화에 해당된다. 이 가운데 〈객문천연〉, 〈양주회암사〉는 독립된 화수로 존재하지 않고 〈명승이적〉에 포함되어 있다. 이는 승려와 관련된 이야기라는 상호 공통점으로 인해 마련된 결과이다.

『선이첩』 소재 화수 가운데 〈선녀홍씨전〉은 기존에 알려진 『어우야담』 소재 일화에서 발견되지 않은 것으로 고려대 만송문고본에만 수록된 새로운 작품이다. 『선이첩』의 경우 제목에서 살펴볼 수 있는 바와 같이 복서, 승려 등 기이한 이야기만을 선집한 텍스트(text)의 성격이 강하다. 이는 '기이(奇異)'라는 특정한 요소를 중심으로 작품을 선별해 묶은 선집을 확인할 수 있는 사례의 하나이다. 흥미로운 점은 이러한 성향이 야담집뿐만 아니라 다수의 패설

---

5) 『어우야담』의 이본은 아직까지 도처에서 발견된다. 필자 역시 경북대학교 도서관에서 『어우야담』 이본을 발굴하여 소개한 바 있다. 한의숭, 「『於于野談』 이본 소개」, 『영남학』 10호, 경북대학교 영남문화연구원, 2006 참조.

6) 유몽인 지음, 신익철·이형대·조융희·노영미 옮김, 『어우야담』, 돌베개, 2006, 이 본대비표 참조.

집에서도 공통적으로 나타나고 있다. 야담, 패설의 경우 수록된 개별 일화의 성향이 다양한 형태로 포섭되기 때문에 독자의 입장에서 향유 과정을 거친 뒤, 이를 다시 개별 취향에 따라 선집, 편찬하는 과정을 보여주고 있다.

전기소설의 경우 야담, 패설과는 성격이나 지향이 다름에도 불구하고 17세기 애정전기소설 작품들을 중심으로 컬렉션의 형태를 띤 소설집이 편찬, 유전된 사실은 그 자체만으로 흥미로운 현상이라 하겠다. 현존하는 필사본 소설집의 소재 작품의 성향을 살펴보면, 주로 17세기 애정전기류 작품을 중심으로 여타 몇몇 작품7)이 첨입(添入)된 형태로 구성되어 있음을 알 수 있다. 이 점은 18~19세기에도 수많은 한문소설들이 존재했음에도 불구하고 이 시기와 구분되는 17세기 작품 특유의 미학적 성격이 존재하고 있음을 보여주는 것으로, 이들 작품만을 묶은 텍스트의 존재는 편찬자가 지닌 의식의 경향성을 일정 부분 보여주는 것으로 이해할 수 있다.

때문에 17~18세기 소설사를 이해하는 시각은 당시의 상황을 인식한 토대 위에서 소설사 내외의 관계망을 기본에 깔고 출발해야 한다. 왜냐하면 내외적 변이의 밀접한 연관 과정 속에서 이후 시기 소설사의 형성이 추동(推動)되기 때문이다. 특히 한국소설의 경우 외적 변화 요인에 대한 고려는 필수적이라 하겠으며 중국소설과의 관련성은 언급하지 않을 수 없다. 따라서 한중 두 나라 사이의 문화 수수 관계에 대한 고찰은 필수적일 수밖에 없다. 그동안 다방면에 걸쳐 조중(朝中) 간의 문화교류 양상과 관련된 논의는 많았기

---

7) 대표적인 작품이 〈崔孤雲傳〉, 〈元生夢遊錄〉, 〈金華寺夢遊錄〉 등이다.

때문에 동어반복은 필요 없을 것이다. 다만 소설사의 경우에 한정시켜 논의해 본다면 몇 가지 측면에서 특기할 만한 사항이 있다.

그 가운데 당대 문화사에 대한 실체를 파악하는 것은 핵심적인 부분으로 특히 상호교류에 의한 서적의 유통과 그에 따른 문예사조의 변화는 놓쳐서는 안 될 지점이다. 서적 유통은 동아시아 전란(戰亂)의 발발과 함께 조선 중기 소설사에 획기적인 변화를 추동한 중요한 요인이었고, 때문에 중국서적의 유통과 그 관계망에 대한 연구는 꾸준히 탐색되어 왔다. 소설사에서는 이 문제가 더더욱 중요한 의미로 다가오며, 고소설(古小說) 연구에 있어 한중 양국 소설의 영향 관계는 그간 다양한 측면에서 논의되어 왔다.

문제는 단순한 서적 유입사의 맥락을 지적하는 것에서 그치는 게 아니라 한걸음 더 나아가 보다 세밀한 변화의 흐름을 감지할 필요가 있다는 점이다. 그러한 측면에서 중국소설이 유입된 것 가운데 문언소설(文言小說)과 재자가인소설(才子佳人小說)이 수입되었던 양상에 주목할 필요가 있다.

주지하듯이, 『전등여화(剪燈餘話)』로 대표되는 문언소설의 경우 16세기 초에 유입되었음을 확인할 수 있다. 연산군일기(燕山君日記)에 언급된 것을 통해 알 수 있듯이, 개인적 차원에서의 서적 수입이 당대 소설사의 변화를 촉구하는데 큰 영향을 끼쳤던 사실은 재미있는 현상이기도 하다. 문제는 이를 통해 17세기 조선 소설사의 변화에 조짐이 나타나기 시작한다는 점이다. 이와 관련해서 정환국은 원명 중편 전기소설(元明中篇傳奇小說)8)로 지칭되는 중국 문언

---

8) 정환국, 「17세기 초 소설에 미친 원명전기소설의 영향에 대하여」, 『초기소설사의 형성과정과 그 저변』, 소명출판, 2005, 169~193쪽.

전기소설이 조선의 17세기 애정전기 계열 소설들의 변화에 주도적인 영향력을 발휘했음을 지적한 바 있다.

따라서 지형 변화의 양상을 총체적으로 파악하기 위해서는 작품 외적 영향을 통해 작품 내적 변이가 어떻게 진행되는지 그 구체적 실체를 천착할 필요가 있다. 17세기 소설사와 관련하여 내적 변이 양상의 측면은 크게 두 가지 측면에서 주목된다. 첫째는 상호 독점적 남녀 관계의 균열, 둘째는 비극적 결말구조로부터 이탈이 그것이다.

17세기 이후 조선문단에 있어 중국서적의 유입 및 유통은 당대 문화사의 전파와 관련하여 핵심적인 사항이었다. 임병양란(任丙兩亂)을 통해 미증유(未曾有)의 사태를 경험한 뒤 동아시아 전체가 출렁이는 변화 속에서 문화사 또한 그 큰 흐름을 벗어날 수가 없었으며 중국소설의 유전 양상은 기왕에 소개된 자료를 통해 충분히 밝혀진 바 있다.

그 가운데 특히 낙서(駱西) 윤덕희(尹德熙, 1685~1766)의 〈소설경람자(小說經覽者)〉가 주목을 요한다.9) 〈소설경람자〉를 통해 18세기 초·중엽 조선에 유입되었던 중국소설의 유행 양상을 확인할 수 있는데, 그 가운데 주목할 만한 사실은 재자가인소설이 대량 유입, 유통되었던 실상이다.

대표적으로 〈옥교리전(玉嬌梨傳)〉, 〈호구전(好逑傳)〉, 〈옥지기(玉支機)〉, 〈평산냉연(平山冷燕)〉 등을 들 수 있는데 이들 작품은 필사본의 형태로 〈표 2〉와 같이 각처에 소장되어 있다.

---

9) 윤덕희에 대해서는 차미애, 「駱西 尹德熙 繪畵 硏究」, 홍익대학교 석사논문, 2001을 참조.

〈표 2〉 대표적인 중국재자가인소설의 소장 상황

제목	형태	소장처	언어	분량
옥교리전	필사본	고려대 만송문고	국문본	1책
호구전	필사본	이화여대	한문본	4책
		서울대 규장각	한문본	18권 4책
옥지기	필사본	연세대 도서관	국문본	4권 4책
평산냉연	필사본	국립중앙도서관	한문본	3권 3책
		한국학중앙연구원	한문본	10권 10책
십이봉	필사본	국립중앙도서관	국문본	4권 4책
회문전	필사본	동국대학교	국문본	5권 5책

위의 〈표 2〉 가운데 〈십이봉(十二逢)〉과 〈회문전(回文傳)〉의 경우
그동안 자료 조사에서 실전(失傳)된 것으로 알려졌으나 국립중앙
도서관과 동국대학교 등에 필사본의 형태로 소장되어 있음이 밝
혀졌다. 이를 통해 18세기 조선에서 유행했던 중국재자가인소설
의 실제 유전 양상의 일단을 실증적으로 확인할 수 있게 되었다.
주목할 점은 문언전기류에 비해 재자가인류 소설의 수입양이
대폭 증가하고 있다는 사실이다. 조선의 경우 17세기까지 애정전
기류가 대세였으며 이를 중심으로 소설사가 구성되고 있었다. 하
지만 한편에선 애정전기류와 결을 달리하는 작품들 또한 족출하
고 있었다. 대표적인 작품으로 〈동선기(洞仙記)〉,[10] 〈빙허자방화록
(憑虛子訪花錄)〉, 〈백운선완춘결연록(白雲仙翫春結緣錄)〉 등을 들 수
있다. 위의 작품들의 경우 애정전기의 변형태인지, 재자가인소설
의 초기적 형태인지 대한 논란이 있지만 재자가인소설의 대폭적

---

10) 〈洞仙記〉에 대해서는 애정전기의 변형태 인지, 재자가인소설의 선형태 인지 논
   란이 분분하다. 이에 관해서는 정환국, 「〈洞仙記〉의 지향과 소설사적 의미」, 『대
   동한문학』 17, 대동한문학회, 1999; 윤재민, 「〈洞仙記〉의 장르적 성격」, 『민족문
   화연구』 44, 고려대 민족문화연구원, 2006을 참조.

인 유입과 관련지어 생각해 본다면 당시 재자가인류 소설의 유입
으로 인해 17세기에서 18세기로 넘어가면서 조선 후기 소설사에
서 재자가인류 소설의 확산은 일정 부분 실체를 가진 현상이었던
것으로 보인다. 따라서 조선 후기 소설사에 있어 17세기 이후 재자
가인소설의 본격적인 유입은 소설의 분화 양상을 이해할 수 있는
중요한 기제로 주목할 필요가 있다.

　따라서 17세기 이후 조선소설사의 변화에 있어서 이전 시기의
문언전기뿐만 아니라, 재자가인소설이 실질적인 영향을 끼치고 있
었던 구체적 흔적을 작품 내에서 찾아볼 필요가 있게 된다. 그러면
이러한 영향 아래에서 17세기 이후 조선소설사에서 작품 내에 구체
적으로 어떤 변화의 흐름이 나타나고 있는지 살펴보도록 하자.

1. 상호독점적 남녀 관계의 균열 조짐

　주지하다시피 17세기는 소설사의 시대로 불리기도 하지만 『금
오신화』, 『기재기이(企齋記異)』로 연결되는 15~16세기 전기소설의
흐름에서 일탈(逸脫)의 조짐이 발생하는 격변의 시기이기도 하다.
이전 시기의 초기 전기소설들은 주로 전기의 '기(奇)'로 표상되는
환상성을 주무기로 하여 남녀 주인공의 운명적인 만남의 과정과
그 와중에 이들의 만남을 방해하는 세계의 강고한 횡포가 그려지
는 경우가 대부분이었다. 그러면서 횡포에 맞선 주인공의 모습을
통해 나약하지만 강인하고자 했던 인간상을 보여주는 데 초점을
맞춘 바 있다.

　하지만 17세기 이후 창작된 작품들은 확실한 변화의 조짐을 가

지고 있었다. '현실성'이라는 측면이 바로 그것으로 17세기에 창작된 〈주생전〉, 〈운영전〉, 〈최척전〉 등을 통해 여실히 확인할 수 있다. 특히 〈주생전〉의 경우 이전 작품들과 다른 결을 가진 대표적인 문제작에 해당된다.

〈주생전〉은 비교적 이른 시기부터 많은 관심을 받았다. 전기소설 특유의 문체에 남녀 주인공의 사랑이 이루어지지 않는 비극적 결말로 인해 전기소설의 전통을 충실히 계승한 작품으로 인정되었다. 뿐만 아니라 작가인 권필(權韠, 1569~1612)의 개인적 생활의 고난이 작품 해석에 중요한 배경으로 투사되면서 그 의미가 한층 부각된 바 있다.

이러한 측면 가운데 주목할 부분은 바로 전기소설의 상징이나 마찬가지인 남녀 주인공의 상호 독점적 결연 관계의 균열이 발생한다는 점이다. 즉, 남주인공인 주생(周生)이 두 명의 여성 주인공인 배도(徘桃), 선화(仙花)와 결연을 맺는 과정에서 새로운 사랑을 위해 이전 사랑을 배신하는 삼각관계(三角關係)가 전면에 등장하는 게 그것이다. 전대 소설에서 보이지 않던 창안(創案)에 해당하는 것이면서도 단순히 애정의 변화를 배신으로만 치부되지 않게 그려냈다는 점에서 의미가 적지 않다.

물론 이러한 서사의 변화는 평지돌출식으로 〈주생전〉에서 독특하게 고안된 것이 아니었다. 중국 문언전기집인 『전등신화』 소재 〈등목취유취경원기(滕穆醉遊聚景園記)〉, 『전등여화』 소재 〈가운화환혼기(賈雲華還魂記)〉 등에서 모티브를 차용하여 고안된 방식이었음은 이미 지적된 바 있다. 하지만 단순히 모방에서 그치지 않고 나름 독자적 위상을 17세기 소설사에서 구축하고자 했기 때문에 사적 위상은 충분하다. 무엇보다 애정전기 특유의 1:1의 상호 독점적 남녀 관계에서 탈피하려는 서사 지향이 이후 작품에 지대한 영향을 끼쳤다는 점에서 〈주생전〉의 위상은 절대적이다.

그렇다면 서사 진행을 중심으로 변화의 지점을 주목해 보도록 하자. 먼저 인물 형상[11]의 측면에서 접근해 보면 남주인공인 주생은 18세에 태학생(太學生)이 되어 동료들의 추앙을 받으며 승승장구하는 촉망받는 인재로 등장한다. 하지만 거듭된 낙방에 실의하는 인물이기도 했다. 자타가 공인하는 인재였으니 본인도 겉으로 드러내지는 못했지만 입신에 대한 욕구가 당연히 마음 한 구석에 자리하고 있었다. 그러나 거듭된 좌절을 경험하면서 욕망이 결핍된 존재로 살게 되며, 때문에 입신에 대한 꿈을 접고 장사를 하며 살아가고자 고향을 떠나는 일을 감행한다. 입신에 대한 욕망이 꿈틀대던 청년의 삶이 하루아침에 물거품이 되자 장사치의 삶으로 인생의 좌표를 수정해 버리는 데서 실패의 충격이 짙게 드리워져 있음을 간취할 수 있다.

이후 우연히 고향인 전당(錢塘)에 도착하여 옛 친구들을 만나려고 하다가 어릴 때 친구인 배도[12]를 만나게 되면서 새로운 발단이 마련된다. 배도는 주생의 능력을 인지한 뒤 주생의 배필을 구해 주겠다고 나서지만 그 이면에는 주생을 사모하는 마음이 있었기 때문에 주생을 곁에 머물게 하려는 목적이 더 큰 것이었다. 이때 주생 또한 배도에게 호감을 가지게 되면서 둘 사이의 만남은 상호

---

11) 〈주생전〉에 반영된 인물 형상에 관해서는 정규식, 「〈周生傳〉의 인물 연구」, 『고소설연구』 28, 한국고소설학회, 2009를 참조.

12) 배도는 그간 부수적인 인물로 취급되어 왔으나 이에 대한 시각 전환이 요청되는 바이다. 최근에 배도에 중점을 둔 연구가 지연숙에 의해 진행된 바 있다. 지연숙, 「〈주생전〉의 배도 연구」, 『고전문학연구』 28, 한국고전문학회, 2005 참조.

간의 결핍된 상황을 충족시켜 주는 시너지 효과를 일으키게 된다. 즉, 배도는 주생이 자신을 기적(妓籍)에서 빼주기를 고대하나 이는 겉으로 내세운 명분일 뿐 속내는 바로 주생의 아내를 원했다. 주생 또한 배도에게 마음이 있었기 때문에 맹세의 글을 지어주면서 자신의 마음을 표현하였다. 여기까지는 주생과 배도 상호간에 애정을 둘러싼 힘의 관계가 균형을 이루고 있음을 알 수 있다.

일반적인 애정전기의 서사 문법은 둘 사이를 갈라놓는 장애가 발생하고 이를 극복하는 과정으로 진행된다. 하지만 〈주생전〉의 경우 새로운 인물의 등장으로 인해 둘 사이의 결연장애가 발생하고 향후 사건의 전개 방향이 뒤틀어지는 제2의 서사가 연결되고 있어 전대 애정전기와 변별되는 지점이 설정된다. 주생이 노승상 댁으로 불려간 배도를 쫓아 고층 누각을 찾아갔다가 거기서 문제의 인물인 선화와 조우(遭遇)가 이루어지면서 주인공간에 갈등이 야기되는 서사가 바로 그것이다.

이때의 만남은 앞서 주생과 배도의 만남과는 주체(主體)의 위상이 달라지는 점에서 주목을 요한다. 주생과 배도의 관계에서 주체는 상대적으로 주생에게 방점이 찍혀 있다면, 주생과 선화의 관계에서는 선화에게 찍혀 있는 것이다. 왜냐하면, 배도를 구원해 줄 수 있는 주체는 주생이었고 배도는 그것을 원하고 애타게 바라는 상태였기 때문이다. 그러므로 주생에게 연결된 끈을 붙잡고 놓지 않으려 애를 쓸 수밖에 없었던 반면, 주생의 입장에서는 선화가 바로 그러한 대상이었던 것이다. 뛰어난 외모와 화려한 가문배경은 주생이 비록 입신에는 실패했으나 이를 한꺼번에 회복하고도 남을 만큼 강렬한 자극으로 다가왔으며 때문에 선화의 동생 국영(國英)을 가르친다는 핑계로 선화에게 접근해 결국 그녀를 얻고야 만다.

그런데 세 명의 남녀 사이에 발생한 삼각관계에서 흥미로운 현상은 세 사람이 어느 누구 하나 서로에게 우위(優位)를 점하지 못하고 내면에서 고민하고 갈등하는 모습을 보인다는 점이다. 주생의 경우 선화와의 만남이 지속되면서도 배도에게 들킬까 봐 노심초사하고, 선화의 경우 배도와의 관계를 알면서도 주생을 얻지만 그러면서도 배도에 대한 질투심을 느끼며, 배도의 경우 선화가 지은 〈안아미(眼兒眉)〉라는 사곡(詞曲)을 본 뒤 둘 사이의 관계를 간파하였으나 병들어 죽을 때까지 주생을 위해 한결같은 마음을 간직하는 게 그것이다. 이후 국영의 죽음으로 인해 주생과 선화도 이별하게 되고 결국 둘의 결연은 완성되지 못한 채 작품은 마무리된다. 특히 작품의 결말이 열린 결말을 띠고 있는 것은 주목할 현상으로 〈주생전〉과 여러 가지 측면에서 비교 대상이었던 〈위생전〉의 닫힌 결말[13]과 견주어 보면 흥미로운 지점에 해당된다.

문제는 〈주생전〉에서 본격적으로 시작된 1:1의 상호 독점적 관계의 이탈 양상이 17세기 고소설의 백미인 〈구운몽〉에서 일대다의 관계로 폭발한다는 점이다. 양소유와 팔선녀의 결연은 편력구조(遍歷構造)[14]로 일컬어질 만큼 독특한 구성을 띠고 있는데 구조의 의미에 관해 주로 남성사대부의 이상향의 반영으로 해석하는 경향이 지배적이었다. 더군다나 〈구운몽〉의 남녀 결연에 있어 중

---

13) 〈주생전〉과 〈위경천전〉의 상호비교에 대해서는 정병호, 「〈주생전〉과 〈위경천전〉의 비교 고찰」, 『고소설연구』 6, 한국고소설학회, 1998을 참조.

14) 〈구운몽〉에 등장하는 편력구조에 대해서는 정길수, 「17세기 동아시아 소설의 遍歷 構造 비교: 〈구운몽〉, 〈肉蒲團〉, 〈好色一代男〉의 경우」, 『고소설연구』 21, 한국고소설학회, 2006을 참조.

요한 점은 이들의 상호결합이 상호갈등으로 점철되는 관계가 아닌 상호화락(相互和樂)하는 조화로움을 지향한다는 것에서 새로운 창안을 획득하고 있기 때문에 더욱 문제적인 것이다. 동 시기에 창작된 〈사씨남정기(謝氏南征記)〉에서 보이는 처첩(妻妾) 간의 갈등이 전혀 드러나지 않는다는 점에서 그 지향이 전혀 다른 방향을 향해 걸어나가는 것은 17세기 소설이 다양한 변주(變奏)를 일으키며 스펙트럼의 폭을 넓혀 나가는 시기였음을 웅변해 주는 것이다. 〈구운몽〉은 다른 무엇보다도 처첩으로 구분되는 여성들 간의 화락이 중요한 기제로 작용하고 이것을 여실히 보여 준다는 점에서 상징적이다. 특히 일대다의 남녀 관계는 애정전기적 요소가 다분한 작품 속에서 애정전기와 재자가인을 구분하게 만드는 중요한 지표로 작용하고 있다.

이러한 일대다의 결연 관계는 이후 〈백운선완춘결연록〉과 〈빙허자방화록〉에서 점진적으로 활용되기도 하였다. 〈백운선〉의 경우 남주인공인 백운선(白雲仙)과 여주인공인 이옥연(李玉燕), 지월련(池月蓮) 세 사람의 만남과 이별로 서사가 구성되어 있다. 〈백운선〉의 남녀 주인공은 상호화락하는 행복한 결합을 추구한다는 측면에서 전대 작품과는 구분되는 또 다른 서사 지향을 보여준다. 이 점은 재자가인소설에 보이는 남녀 주인공의 결합과 부합되는 측면이 있는 관계로 〈백운선〉의 경우 재자가인소설로 분류[15])되기도 하였다. 하지만 재자가인소설로 인정받기 위해서는 남녀 결연 양상을 제외한 나머지 부분에 있어 다양한 지표들을 포지하고 있

---

15) 김정숙, 「〈白雲仙翫春結緣錄〉의 통속성 연구: 재자가인소설과 관련하여」, 『어문논집』 49, 민족어문학회, 2004.

어야 한다. 하지만 뚜렷이 부각되는 지점이 없으므로 단순히 결연 양상만으로 작품을 재자가인소설로 분류하기에는 애매모호한 측면이 있다.

오히려 〈백운선〉의 경우, 남녀 주인공의 결연 양상에 있어서는 애정전기의 전형을 고스란히 따르는 모습을 보여준다. 남주인공인 백운선은 능력은 있으나 문벌(門閥)이란 배경이 없는 시골출신의 문사이며, 여주인공인 이옥연은 재모가 뛰어난 서울 출신의 가인이나 부모가 귀양을 가서 혼자 집안을 책임지는 여성으로 등장한다. 초기 애정전기에 나타나는 남녀 주인공의 결핍 양상이 고스란히 전이(轉移)된 인물들로 이러한 결핍된 인물들이기에 서로에 대해 급속히 빠져드는 충동적이며 격정적인 인물로 작품 속에 존재하고 있다.

생은 한참동안 생각에 잠겨 우두커니 서서 슬퍼하였는데 백척의 위에서 불현듯 신이한 향기가 났는데, 마치 하늘에서부터 내려온 것 같았다. 곧바로 그 아래에 이르니 한 젊은 낭자가 있어, 나이는 아직 15세가 안 된 것 같았고, 태도가 고상하고 출중하며 안색이 빼어나, 생이 평생토록 보거나 듣지 못한 사람이었다. 아리따운 눈썹은 가늘기가 八字의 봄 산과 흡사했고, 요염하고 가녀린 허리는 만파의 가을 연꽃과 같았다. 고운 자태는 양귀비를 방불케 하였고, 고운 얼굴은 서시·장려화·우미인과 흡사하였다. 눈으로 비록 보지 못한다 할지라도 어찌 이보다 지나침이 있으랴? 계섬월과 적경홍은 귀로는 비록 들었을지라도 어찌 이를 감당할 수 있었겠는가? 생은 다만 눈짓으로 뜻을 전하면서도 감히 말을 꺼내지 못하고 서 있기만 했다. 이때 낭자는 수를 놓다 지쳐 졸고 있었는데, 문득 어떤 청년이 누각아래에 홀로 서서 우러러

38

보면서 탄식하는 모습을 보게 되자, 아가씨 또한 정을 느끼지 않을 수가 없었다. 풍채를 자세히 보니 곧 훌륭한 용모인지라 아가씨 또한 평생 보지 못한 바였고, 편히 쉬면서 홀로 서 있는 모습은 마치 천상의 낭군과 같았다. 낭자는 무료함을 견디지 못해, 일어나 안으로 들어와서는 구멍난 창으로 생을 엿보니 생 또한 응시하고 있을 따름이었다. 이때 날이 이미 다하여 스스로 어찌할 수 없음을 알고 우울해 하며 스스로 실망하면서 물러났다. 아가씨 또한 스스로 "이 세상에 태어나 여자된 몸으로 마땅히 이러한 사람을 배필로 얻었으면 좋으련만"이라 행각하니 마음이 초조하여 안정시킬 수가 없었다.[16]

위의 장면은 백운선과 지옥연이 서로를 첫눈에 알아본 뒤 춘정(春情)을 이기지 못하고 시름에 겨워하는 심정을 교차 대비하여 서술한 것으로 주인공의 내면을 고스란히 간취할 수 있다. 애정전기에 등장하는 전형적인 남녀 주인공의 모습을 통해 등장인물의 형상은 그 존재감이 오롯하게 부각되고 있다. 하지만 〈백운선〉의 경우 초기 전기의 서사방식과는 구별되는 면모 또한 내포되어 있기 때문에 장르 논란이 분분하다.

---

16) 〈백운선완춘결연록〉(교감본 한국한문소설, 763쪽), "生沈吟良久, 佇立悵望, 高高百尺之上. 忽聞異香, 怳若自天而下. 直詣其下, 則有一少娘子, 年未三五, 態度之閑軒, 顏色之灼灼, 生之平生不所見所聞者也. 妍妍雙蛾, 纖似八字之春山, 嬌嬌細腰, 況如萬葩之秋蓮. 瓊瓊之態, 彷彿乎太眞, 妍妍之色, 依稀乎西子·張麗華·虞美人. 目雖不見, 而何過於此也? 桂蟾月·狄驚鴻, 耳雖聞也, 何能當此也? 生徒爲目成, 而敢不出言而立矣. 此時娘子, 方繡倦而睡矣, 忽見何許靑年, 獨立於樓下, 仰觀自嘆之狀. 娘亦不能無情, 詳見風彩, 則好好容貌, 娘平生所不見也, 而偃然獨立之狀, 況若天上郞也. 娘子不任無聊, 起入內欄, 穴窓窺生, 生亦凝睛而已. 于時, 日已盡矣, 而自知無可奈何, 怏怏然自失而退. 娘亦自思曰: '人生此世, 身爲女子, 得配當如如許之人矣.' 中心悄悄, 心莫能定而已."

일반적으로 애정전기에 등장하는 남녀 주인공은 주로 충동적이며 격정적인 면모를 지닌 남주인공과 소극적이며 수동적인 여주인공이 순간의 교감을 통해 결연을 맺는다. 이때 사랑을 쟁취하기 위해 능동적으로 움직이는 형상은 남성 주인공이며, 주체적인 남성 주인공에 의해 결연이 완성된다. 하지만 결연을 맺기까지 과정에 있어 핵심적인 결정권은 주로 여성에게 부여되어 있다. 그러다가 결연 이후에는 그 관계가 역전되는 것으로 서사적 맥락이 전개된다. 이것이 일반적인 애정전기의 서사문법인데 17세기에 들어서면서 이러한 전기문법(傳奇文法)에 균열이 생기기 시작한다.

앞서 〈주생전〉의 경우가 대표적이었다면 〈백운선〉의 경우 남주인공인 백운선이 초기 전기의 남주인공처럼 월장(越牆)을 감행하는 모습을 보이지 않는다. 오히려 여주인공인 이옥연이 시비(侍婢)를 시켜 서간(書簡)을 전달하는 방식을 통해 자신의 심정을 남주인공에게 먼저 전달하는 모습을 보여준다. 이 점은 전대 전기와 뚜렷이 구별되는 부분으로 여성 주인공의 적극적인 면모가 후대 소설로 갈수록 두드러지게 나타나게 되는 전형성의 초기적 형태가 이 시기 작품에서 시작되고 있었음을 보여주는 것이다.

이러한 면모는 작품 속에서 백운선과 또 다른 결연을 형성하는 여주인공 지월연의 경우에서도 아울러 확인된다. 지월연과의 결연은 백운선이 과거에 급제해서 한림학사(翰林學士)에 제수된 후 우연찮은 기회에 이루어지게 되는데 이 경우 역시 주도적인 역할은 기생인 지월연에 의해 주도된다.

그러나 이 시기 작품에 형상화된 남녀 주인공의 결연은 그 전후 맥락을 자세히 살펴볼 필요가 있다. 겉으로 보기엔 복수(複數)의 여주인공으로 설정되어 있으나 두 여주인공 사이에 비중의 차이는 엄존하며, 우위에 있는 존재로 등장하는 것은 이옥연이다. 문제는 이렇게 남녀가 1대 2의 결연 구도를 형성하게 된 것 자체가 초기 전기의 서사문법에서 이탈하고 있음을 명징하게 보여주는 것이며 이것이 본격적으로 구현되고 있다는 점이 중요하다.

한편, 〈빙허자방화록〉의 경우도 〈백운선〉과 마찬가지로 남주인공 빙허자와 여주인공 박매영, 기생 영산홍과의 결연을 중심에 두고 서사가 진행되는 구조로 구성되어 있다. 〈빙허자〉 역시 남녀 결연 관계에 있어 1대 2의 인물 관계가 형성되어 있지만 〈빙허자〉의 경우 빙허자와 박매영의 관계가 주된 틀이며, 영산홍과의 결연은 그 비중이 다소 약하게 그려진다. 이것은 영산홍과의 결연은 지극히 유흥적이며 순간적인 만남으로 그려져 있기 때문이다. 이러한 인물 간의 관계를 차치하고 작품 자체가 가지는 의미는 애정전기의 핵심인 상호독점적 남녀 관계에 균열이 생성되어 서사에 적극 반영되고 있다는 점이다.

물론 〈빙허자〉를 좀 더 세심히 살펴보면 〈백운선〉에 비해 전대 애정전기의 서사문법에 더 충실한 측면이 발견된다. 박매영의 죽음 이후 못 다 한 생전(生前)의 사랑을 위해 죽은 영혼이 다시 주인공에게 나타난다는 점에서 보다 초기전기의 색채가 짙게 드리워진 게 그것이다. 이 점은 17세기 이후 소설에서 찾아보기 힘든 서사방식으로 일면 퇴보(退步)한 것이라 판단할 수도 있으나 전기적 색채가 여전히 남아 있는 것은 장르 변개의 과도기적인 현상으로 이해할 필요가 있다.

이렇게 〈주생전〉 이후 애정전기의 서사문법인 남녀 주인공의 상호독점적 관계를 탈피하는 작품이 창작되기 시작한 것은 작품을 둘러싼 시대 변화를 먼저 원인으로 지목할 수 있다. 하지만 작품 역시 갱신(更新)과 변화의 지점 속에 깊숙이 포섭되어 능동적인 변화를 모색할 수밖에 없었던 상황에 처해 있기도 했다. 그러한 측면에서 상호독점적 남녀 관계에 균열이 나타나기 시작한 것은 소설사에서 그 의미가 적지 않다.

2. 비극적 결말구조 일변도의 탈피

초기 전기소설의 서사문법에서 주목할 부분으로 결말 처리방식을 빼놓을 수 없다. 나말여초(羅末麗初)의 〈최치원〉에서 〈이생규장전(李生窺墻傳)〉 등에 이르기까지 전대 애정전기의 명편들은 어김없이 '부지소종(不知所終)'의 결말을 취했다. 이것은 원망(願望)을 성취하지 못한 주인공이 현실의 높은 장벽에 가로막혀 좌절하지만 그것이 인생의 실패로 귀결됨을 의미하는 것은 아니었다. 오히려 좌절에서 배어나오는 깊은 여운이 독자로 하여금 주인공과 정서적 일체감을 느끼게 할 정도로 잔향(殘響)은 강인했다. 이로 인해 작품의 미감은 극도로 증폭되는 효과를 가져왔고 초기 명편들의 경우 거의 대부분 비극적 결말로 마무리되는 것이 보편적이었다. 때문에 〈하생기우전(何生奇遇傳)〉과 같은 경우는 오히려 예외적인 경우로 취급되곤 하였다.

이렇게 초기 소설사에서 애정전기는 독본(讀本)으로서의 존재가치보다는 개인의 원망을 대외적으로 표출할 수 있는 통로의 역할을 주로 맡았다. 원래 전기소설의 등장 자체가 자신의 능력을 발신하기 위한 형태였던 것임을 상기해 본다면 지극히 개인적 차원에서 벗어나지 못한 것은 당연한 결과로 보인다. 따라서 초기전기의 경우 지극히 개인적인 욕망과 욕구를 충족시키기 위한 도구로 존재 가치가 일정 부분 있었다. 때문에 비극적 결말은 개인적 원망이 현실에서는 인정받지 못하고 좌절하게 된 상황을 작품에 투사한 장치로 이해되었다. 때문에 작품의 전반적인 정조(情調)는 고답적이면서 개인의 성찰과 고뇌에서 벗어나지 못하는 모습을 보였다. 비극적 결말은 이 모든 것을 함축하는 상징으로써 의미를 지닌 서사방식으로 이해할 필요가 있다.

하지만 17세기에 들어서면서 비극적 결말에서 벗어나는 작품들이 등장하기 시작한다. 예를 들면 〈상사동기(相思洞記)〉, 〈동선기〉, 〈최척전〉 등이 대표적으로 이들 작품이 17세기 소설사의 전면에 등장하면서 행복한 결말로 마무리되는 작품들이 일군의 흐름을 이루는 현상이 나타나게 되었다. 이들 작품의 등장은 17세기 애정전기의 분화(分化) 양상을 보여주는 것으로, 이후 소설사의 흐름이 복잡다기한 양상으로 접어들 것임을 예상케 하는 전조(前兆)였다. 이러한 차원에서 행복한 결말의 서사방식은 17세기 이후 소설사를 가늠해 보는 핵심으로 주목된다.

문제는 위에서 언급한 행복한 결말로 마무리되는 작품들이 상대적으로 그간 소설사에서 적극적인 위상을 부여받지 못했다는 점이다. 예를 들어 〈상사동기〉의 경우 17세기 전기소설의 대표적 명편인 〈운영전〉과 깊은 상동성을 가지고 있으면서도 결말 처리 방식이 대조적이었기 때문에 미학적 성취의 측면에서 상대적으로 저급한 것으로 취급되었다. 때문에 〈상사동기〉는 〈운영전〉에 비해 비교우위를 점하지 못했고 아류작으로 치부되어 소설사에서 제대로 된 위상을 부여받지 못했다.

하지만 이들 작품을 단순히 아류작 정도로 취급하기엔 추구하는 미학적 지향이 다름을 인정하고 접근해야 할 필요가 있을 것으로 생각된다. 그렇다면 이들 작품에 대한 긍정적 평가의 단초는 어디서 찾을 수 있을까? 이에 대한 해답은 다시 결말 처리방식에서부터 시작할 필요가 있다. 생각건대 행복한 결말을 상기해 보면 먼저 뇌리(腦裏)에 독자와의 상관성이 우선 떠오르게 된다.

물론 17세기 소설의 작가인 권필, 조위한(趙緯韓, 1567~1649) 등의 경우 동호인적 성격을 띠고 소수의 그룹 내에서 공유하고자 했던 창작의식이 강했기 때문에, 불특정 다수의 독자를 고려한 창작은 아니었던 것으로 생각된다. 그러므로 독자를 상정하여 17세기 소설을 해석하는 것은 그다지 큰 실효성을 발휘하기가 어려운 게 사실이다. 때문에 대중성의 측면에서 독자와의 상관성을 고려할 것이 아니라 다른 측면으로 접근해야 할 필요가 생긴다. 그럴 경우 행복한 결말이라는 서사방식은 소설의 흥미성을 가지고 독자의 기대지평(企待地平)에 반응한 작용의 결과로 해석할 필요가 있다.

여기서 가장 주목할 부분은 바로 '흥미성(興味性)'이다. 말 그대로 흥미를 끌 만한 재미있는 요소를 작품에 반영하여 서사를 이끌어간 것으로 행복한 결말은 이것을 극적으로 드러낸 서사방식인 것이다. 주인공 앞에 놓인 갖은 고난과 좌절을 극복함으로써 지난하고 힘겨웠던 과거가 일종의 후일담(後日譚)의 형태로 기억될 수 있게끔 하기 위해 행복한 결말로 마무리 짓고자 한 것임을 예상해 볼 수 있는 것이다. 하지만 단순히 결말이 행복하다고 해서 앞선 과정이 자연스레 행복하다고 할 수는 없을 것이다. 그러한 방식은 오히려 '우연성(偶然性)'이 과도하게 남발되어 작품의 미감을 반감시키는 무리수로도 작용할 수 있기 때문이다. 따라서 여기엔 중요한 포인트가 되는 지점이 있는데 바로 '흥미소'의 역할을 하는 장치들이다. 작품에서 주로 '우연' 또는 '환상'으로 서사에 등장하는 것이 그것이다.

예를 들어 〈최척전〉에 등장하는 '장육불(丈六佛)'의 형상이나 〈동선기〉에 등장하는 '절단된 팔의 재생' 등이 대표적인 것에 해당된다. 이를 해석하는 방법에 있어 우연성과 환상성이 작품의 미감을 반감시킬 정도로 과도하게 설정된 것이라 여겨 부정적인 요소로 폄하하는 시각도 있었다. 그러나 이런 설정은 그만큼이나 주인공들에게 놓인 고난의 무게가 심각했음을 반증하는 것이기도 하다. 주인공이 처한 고통의 현실을 극점에까지 몰아넣고 그 과정을 극복함으로써 얻게 된 행복한 결말이 더욱 가치 있는 것으로 인식하게끔 만든 장치로 적극적인 해석이 필요하다.

이러한 흥미소들이 작품에 투사되어 행복한 결말을 견인함에 따라 그 의미는 작가와 독자와의 쌍방향 반응과 만족의 수준에서 그치지 않고, 대사회적 메시지를 일정 부분 전달하려는 의도가 있었던 게 아닌가 하는 추정을 하게 될 만큼 단순한 것, 그 이상을 넘어선 것으로 이해된다. 때문에 17세기 한문소설들은 행복한 결말을 적극 포섭하기 시작하면서 고독(孤獨)으로 표상되는 초기 소설의 지표를 점차 지워나가고, 소통을 일정 부분 고려한 변화의 전기(轉機)를 자기갱신을 통해 획득하게 되었다는 점에서 전대와 다른 의미를 가진다.

따라서 비극적 결말로부터의 탈피는 17세기 당대의 소설 변화를 추동한 것에 그치지 않고 이후 18~19세기 소설에 보이는 변화 양상을 선험적(先驗的)으로 보여준 것으로 그 의미를 부여할 수 있다. 이를 바탕으로 19세기 소설사는 기존의 시각과는 달리 시대의 흐름을 일정 부분 반영하면서 다양한 형태로 실험이 전개되는 양상을 보여준다는 점에서 이전 시기 소설의 전변 양상은 평지돌출의 형태가 아니라 소설이 당대 사회 변화에 능동적으로 생동하며 반응한 결과로 해석할 필요가 있다.

제3장
19세기 한문중단편소설의 주제 구현 양상

    19세기 한문중단편소설의 경우 작품이 지향하는 주제를 어렴풋하게 그리지 않고 명확하게 표출하는 것을 특징으로 한다. 그렇다면 그 양상을 살펴볼 필요가 있는데 크게 두 가지 양상으로 구분된다. 첫 번째는 19세기 조선이란 공간에서 인정세태(人情世態)의 변화 양상을 주제로 삼고 이를 어떻게 드러내고자 했는가? 하는 점이며, 두 번째는 중세(中世) 지배체제의 핵심논리였던 '충·효·열(忠·孝·烈)'의 이데올로기를 19세기 조선이라는 시·공간 속에서 구현하려 했던 것이 어떠한 시대적 의미를 지니고 있는가? 하는 점이다. 언뜻 보기엔 두 가지 주제가 '진보/보수(進步/保守)'의 논리로 구분될 수 있을 만큼 대척적인 형태로 존재하고 있는데 그것이 소설에 구현된 현실이기에 어느 한쪽만을 강조하는 소설사의 기술은 불완전할 수밖에 없을 것으로 판단된다. 따라서 이에 대한 면밀한 검토가 필요한데, 19세기 한문중단편소설에 구현된 주제 양상을 통해 접근을 시도해 본다.

1. 인정세태의 구현

1) 19세기 서울의 인정세태 양상 구현

19세기라는 격동의 시기를 맞이하면서 인정세태의 양상 또한 급변을 확인할 수 있다. 이를 대표하는 작품이 바로 〈포의교집〉과 〈절화기담〉이다. 두 작품은 19세기 서울이라는 시공간을 중심으로 기혼녀의 사랑, 즉 '불륜(不倫)'을 핵심코드로 삼아 창작되었다. 물론, '불륜'을 그려내는 세밀한 결에 있어서는 두 작품이 지향하는 편차가 엄연히 존재한다. 하지만 이들이 공통적으로 드러내는 인정세태의 변화는 공히 시대성(時代性)과 지역성(地域性)을 띤 독특한 현상으로 여타 작품들과 변별되는 특징을 충분히 가지고 있기 때문에 같이 묶어 논의할 필요가 있다. 그렇다면 두 작품을 통해 발현되는 인정세태의 양상은 무엇을 의미하는가? 개별 작품을 세밀한 결을 추적해 보도록 한다.

(1) 〈포의교집〉

〈포의교집〉은 '불륜'이란 코드가 핵심적인 요소를 차지하고 있으나, 그 인과적 맥락에 대한 고려도 반드시 필요하다. 다시 말하자면, 작품의 배경인 19세기 서울이라는 사실적인 시·공간을 별도로 분리하여 파악하는 것은 본질을 놓칠 수 있으므로 이를 중심에 놓고 논의해야 함을 뜻한다. 어떤 측면에서는 소설이라는 허구적 장르를 통해 지극히 사실적으로 묘사된 인정세태를 포착한다는 것이 모순(矛盾)처럼 보일지도 모르겠으나, 소설을 통해 당대 사회의 부면을 있는 그대로 묘사하는 것이 오히려 당대의 모습을 더 강렬하게 표출하는 효과적인 방법이 될 수 있다. 특히 〈포의교집〉의 경우 작품 전반에 걸쳐 사실적인 요소가 두루 포진되어 있고, 인정세태의 양상 또한 현실적인 맥락에 따라 서사화된 것에서 거듭 확인할 수 있다. 때문에 작품 전편에 묘사된 사실성의 측면을 집중적으로 살펴봄으로써 인정세태의 구현이 어떻게 서사화되고 있는지 확인할 필요가 있다.

(가) 어제 저녁 양파가 쇤네에게 '저 서헌에 자리잡고 계신 서방님은 진사님과 어떻게 되시는 분이냐?'고 몰래 묻길래 쇤네가 '같은 고향 친구분이신 이서방님'이라고 했습니다. 그랬더니 양파가 '진짜 양반이시더구나. 오늘 물 긷는 놈들을 호령하시는 걸 봤는데, 사대부 기상이 아니라면 어찌 이같이 하겠느냐? 연세는 몇이나 되신다더냐?' 하고 물었더랬습니다. 그래서 쇤네가 '잘 모르지만 내 생각으로는 마흔 정도 되신 것 같다'고 했더니 양파가, '반드시 문장을 잘 하시겠지'라고 하기에 쇤네가 그렇다고 했습니다.[1]

---

1) 〈포의교집〉(215쪽), "昨夕, 楊婆私謂小的曰: '彼西軒坐定之書房主, 於進士主爲誰耶?' 小的答 曰: '同鄉之親友, 李書房主也.' 楊婆曰: '眞兩班也. 今觀號令於汲漢, 若非士夫氣像, 豈可如是耶? 年歲幾何?' 小的答曰: '殊不知然, 而意四十也.' 楊婆曰: '必文章也.' 小的答曰: '然矣'云云." 원문영인 및 번역문은 김경미·조혜란 역주, 『19세기 서울의 사랑 절화기담, 포의교집』, 여이연, 2003을 참조하여 역자가 필요에 따라 부분적으로 바꾸어 인용하였다.

(나) "연적 안에 물이 아직 줄지 않았는데 왜 물을 달라고 하셨는지요?" "약방에 인삼이 없지 않지만 또 일부러 모아두는 것은 나중에 쓸 때를 대비해서이지. 그대는 내가 아니니, 어찌 내 마음을 알겠는가?"2)

위의 예문 (가)와 (나)는 양파와 이생이 서로에게 호감을 가지고 상대하는 장면을 서술한 대목이다. (가)는 양파가 이생이 중문으로 드나들면서 물 긷는 사람들에게 호령하는 모습을 본 뒤 그 사대부적 기상에 반해 이생에 대한 정보를 달금(達今)을 통해 알아보는 장면을 서술한 대목이다. 여주인공이 직접 연정을 품은 상대에게 구체적으로 질문을 던지고 적극적으로 나서는 능동적인 모습을 확인할 수 있다. (나)는 각자가 적극적으로 호감을 가지고 있는 상대방의 마음이 어떠한지를 알아보고자 수작을 거는 장면으로, 상대방의 대한 마음을 은근히 감춘 것 같지만 이미 서로가 마주 앉아 말을 섞는 데서 의도를 충분히 알아차릴 수 있을 만큼 마음이 교환되었음을 알 수 있다. 대화를 통해 들키기 싫은 듯 하면서 본인의 의중을 일정 부분 드러내고 속내를 확인하는 방식은 당대 인정세태의 양상을 여과 없이 보여주는 것이다.

당시는 이미 반상(班常)의 구분이 애매모호할 정도로 계급의식이 약화되는 시점이었고, 계급의 차이가 남녀 간의 애정을 가로막는 거대한 장벽으로 작용하는 시대에서 벗어나 있었다. 물론 신분 계급의 차이가 완전히 사라진 것은 아니며, 엄연히 제도로써 존재하고 있기는 하나 실질적 의미에서는 형해화(形骸化)된 제도나 마

---

2) 〈포의교집〉(215쪽), "硯滴之內, 水不曾縮, 而又何呼水耶? 生曰: '藥房非不有蔘, 而故又儲之者, 待後日之用也. 娘非我, 安知我之心哉?'"

찬가지였다. 때문에 위와 같이 남녀 주인공의 태도는 머뭇거림이나 주변의 시선에 대해서 일정 부분 초탈해 있으며, 작품은 이것을 사실적으로 보여줌으로써 동시대의 같은 공간에서 바라보는 것 같은 느낌을 주고 있다. 이러한 방식은 작중 인물의 행동과 대화를 통해서도 지속적으로 드러난다.

(다) 남편이 큰 소리로 '양반은 법도 없다더냐? 어찌 유부녀와 간통하고도 무사하겠느냐? 이서방이 오면 내 반드시 사생결단을 내고 말테다.'[3]

(라) 중약이 먼저 묻기를 "양파는 잘 있습니까?" 이생이 말하길 "그렇겠지" 중약이 말하길 "이번에 가면 소생이 반드시 양파를 얻고야 말겠다고 이미 맹세했습니다." 이생이 말하길 "행랑에 들어간 물건이니 무슨 어려움이 있겠는가?"[4]

(다)는 이생과 양파의 부적절한 관계가 양파의 남편에게 들키고 이로 인해 양파의 남편이 감정을 폭발시키는 장면을 묘사한 것이다. 남편의 반응은 지극히 당연한 것이며 그 행동은 19세기나 21세기나 전혀 차이점을 발견할 수 없을 정도로 비슷하게 나타난다. 별반 차이점을 못 느낀다는 것은 그때나 지금이나 공감을 불러일으키는 공통적인 요소가 있음을 뜻하는데, '간통(姦通)'이라는 단어

---

3) 〈포의교집〉(230쪽), "其夫又大談曰: '兩班獨無法乎? 豈有有夫女通奸而無事也! 李書房主若來, 吾必決一死生矣'."

4) 〈포의교집〉(234쪽), "仲約先問曰: '楊婆無恙耶?' 曰: '然.' 仲約曰: '今番之行, 小生必得楊婆, 然后已深誓矣.' 生曰: '入廊之物, 何可難也?'"

가 이를 함축적으로 설명해 준다.

신분제 사회에서는 양반의 권위가 절대적이었고 거의 무소불위(無所不爲)의 권력이나 마찬가지였다. 하지만 19세기에 들어서는 권력이란 존재 자체는 불변일지라도 그것에 대항하는 자아는 성숙의 정도가 이전과 차원을 달리했다. 단순히 양반이란 권위 때문에 남의 아내를 탐할 수도 있다는 사실 자체에 대한 회의(懷疑)가 전면으로 부각되며, 이를 통해 양반의 권위도 추락하게 되었고 일반 평민이나 별반 차이가 없는 존재로 그려진 것이다. 신분의 문제가 인간을 억누를 수 있는 시대에서 벗어나고 있음을 단적으로 보여주는 것으로 아내의 간통 사실에 격분한 남편의 발화는 단순히 격분했단 사실 자체에서 그치는 게 아니라 당대 사회현실의 인정세태의 변화 양상을 가감 없이 보여준다는 점에서 의미가 있다.

이러한 양상은 (라)를 통해서 다시 확인할 수 있다. (라)는 연적(戀敵)으로 마주한 남성들 사이에서 우월감을 상실했을 때 느껴지는 좌절감의 표출이 어떤 행동으로 드러나는지를 보여준다. 양파에 대해 오래전부터 관심을 표명했던 중약(仲約)이 이생과 재회한 후 이생을 떠보려고 말을 걸자, 이생은 라이벌에 대한 힘의 대결에서 자신이 패배했다고 생각한다. 이에 처음부터 본인은 양파에 대해 별다른 관심이 없었던 것처럼 모른 체 하는 태도로 한발 빼는 나약한 모습을 보여주고 있다.

이는 애정 성취 욕구가 좌절된 남성 심리가 적나라하게 드러나는 것으로 전대 소설에서 표상되던 남주인공의 형상과는 방향성이 완전히 다르다. 소설 속에만 존재하는 인물이 아닌 일상과 주변에서 볼 수 있는 인물을 그려냄으로써 소설을 통해 그려진 19세기 서울의 인정세태의 모습은 결코 낭만적이거나 애절하게만 묘사되지는 않는 것이다.

이는 주인공이 몸담고 있는 시공간의 의미가 사실에 바탕을 두고 있기 때문이다. 비록 소설의 외피(外皮)를 쓰고 있으나 소설에서 구현되고 있는 양상은 오히려 더 사실적으로 표현되고 당대의 모습을 적나라하게 드러내고 있는 데서 소설이 구현하려는 주제가 더욱 명징하게 전달되는 것이다. 때문에 작품의 핵심 인물인 여주인공 양파는 신의(信義)를 지키기 위해 갖은 고난을 겪게 된다. 이때 작품의 미감을 성취하는데 사실성이 중요한 요소로 작용한다.

(마) "만약 형이 실로 한 번만 말을 해주시면 중약으로 하여금 평생의 원을 풀게 할 수 있을 것입니다." 이생이 차갑게 웃으며, "남이 이미 먹은 여자를 또 나더러 어떻게 하라고?" 사선이 말하길 "도무지 꿈쩍도 안 하려고 합니다."[5]

(바) 하루는 양파와 만나 중약의 부탁에 대해 이야기하자, 양파가 듣고 나서 말하길 "농담입니까? 진담입니까?" 이생이 그 말뜻을 보고, 이미 일이 어그러진 것을 알아차린 후 "물론 농담이지." "저는 낭군이야말로 진정한 선비라고 여겼는데, 이제보니 그게 아니군요." 양파가 한참동안 낯빛이 변한 채로 있더니 고개를 떨구고 눈물을 흘렸다. 시간이 흘러 양파가 말하길 "제가 낭군과 비록 혼인한 사이는 아니나, 정을 나눈 것이 부부보다 더했던 것은 낭군의 마음 때문이었지요. 그런데 이제와서 어떻게 이렇게 경솔한 말씀을 하십니까?"[6]

---

5) 〈포의교집〉(243쪽), "若兄誠一開口, 則使仲約得叙生平之怨也.' 生冷笑曰: '既餐之色, 又何使我?' 士先曰: '果不肯也'."

6) 〈포의교집〉(244쪽), "一日與楊婆相遊, 語(及)仲約之請. 楊婆聽罷謂生曰: '郎君欲戱

(마)에서는 양파와의 자리를 주선해 달라는 사선과 중약의 간곡
한 요청을 뿌리치지 못한 이생의 반응을 볼 수 있다. 이미 양파는
자신의 것이 아니라 생각한 이생은 양파와 별다른 관계를 맺고 싶
어 하지 않으며 한 발짝 물러선 모습으로 양파의 마음을 의심하기
만 한다. 이는 자신감이 부족하고 초라한 자신의 모습으로 인해
양파 역시 자신을 그렇게 판단할 것이라 지레짐작한 데서 배태된
것이다. 때문에 양파의 마음이 변함없음을 알게 되자 그 속내를
도무지 짐작하지 못한다. 그래서 (바)의 경우처럼, 어처구니없는
말로 양파의 신의를 산산조각 내버리는 발언을 하고야 마는 것이
다. 이를 기점으로 양파는 이생에 대한 신의를 거두고 이생과의
관계를 절연(絶緣)한다.

　양파는 처음부터 한결같았고 신념에 따라 움직였기 때문에 어
떤 고난에도 흔들리지 않고 굳건하게 행동했지만, 이생은 우유부
단하고 의심 많으며 결단력이 없는 나약한 존재 그 자체였기 때문
에 파탄의 결과를 자초하게 된 것이다. 이런 남녀 주인공의 형상은
생동감 있게 서술되고 있는 것에서 문제적인 것이 아니라, 행위
자체가 우연히 남발되고 인과성이 결여된 형상이 아닌 지극히 현
실에 존재하는 인간 관계의 모습을 고스란히 투사하고 있는 점에
서 살아 있는 존재이자, 공감을 불러일으키는 존재로 다가온다는
점에서 주목된다.

　때문에 〈포의교집〉의 경우 19세기 서울의 인정세태의 양상을
사실성에 기반을 두고 변화된 인정세태의 양상을 여과 없이 보여

耶? 實 耶?' 生見其語意已衃, 乃曰: '果戲也.' 楊婆曰: '吾以郎君謂眞士也, 今也則非
也.' 於是, 變乎色者良久, 低頭垂淚者移時, 曰: '吾於郎君, 雖非結髮, 所以交情, 勝於
結髮者, 以其心也, 今何語之妄率耶?'"

주며, 그것을 통해 인간에 대한 신의라는 근원적 문제를 재고(再考)하게 만드는 효과를 자아내고 있는 데서 주제 구현 양상의 일단을 확인할 수 있다.

(2) 〈절화기담〉

〈절화기담〉 역시 〈포의교집〉과 마찬가지로 19세기 서울의 인정세태를 반영한 작품으로, 특히 만남과 어긋남이 교차(交叉)되고 지연(遲延)되는 과정을 그려냄으로써 미묘한 남녀 간의 심리에 관해 세심하게 묘사하고 있는 것이 특징이다. 특히 〈절화기담〉의 경우 색(色)에 빠져들게 되는 심리상태의 전변, 즉 애정심리에 관한 묘사가 주목을 요하는데 이것은 당시 애정세태의 단면을 여과 없이 보여준 것으로 판단된다.

작품의 서문(序文)을 통해서도 그 일단을 확인할 수 있는데 '우물(尤物)'로 표현된 미색(美色)이라는 것이 사람의 마음을 어떻게 흔들어 버리며 이로 인해 인간이 어떻게 변하는지 설명하고 있다. 애정으로 인한 인간의 변화라고 하는 것은 어찌 보면 당연한 것이라 하겠으나 19세기 조선이라는 배경에서 생각해 본다면 그 의미는 다르게 다가온다. 19세기 서울의 인정세태의 일단을 〈절화기담〉에서는 어떻게 구현하고 있는지 서사방식을 중심으로 확인해 본다.

〈절화기담〉에 사용된 서사방식의 핵심은 약속과 어긋남7)의 반복이다. 주인공이 만날 듯하면서 자꾸 어그러지게 되는 과정의 반

---

7) 정길수, 「〈折花奇談〉 연구」, 서울대학교 석사논문, 1999, 3장 참조.

복이 독자로 하여금 자연스레 남녀 주인공의 심정(心情)에 몰입할 수 있도록 하는 구조를 띠고 있다. 즉, 약속과 어긋남의 반복이 지속될수록 결실을 맺지 못하는 감정에 대한 상호 애틋함은 증폭되어가기 마련인데 작품은 그 점을 놓치지 않고 있다.

그런데 서사 전체를 통관해 가다 보면 남녀 간의 만남이 잠깐이긴 하나 몇 번 이루어지게 됨을 발견할 수 있다. 종래엔 결연의 성취라 할 수 있는 '운우지정(雲雨之情)'까지 달성하게 된다. 하지만 서사의 흐름을 따라가 보면 남녀 간의 결연이 이루어지기 전까지의 과정에 서사의 대부분이 할애되고 있음을 알 수 있다. 기존 애정전기의 경우 남녀 간의 결연은 작품 서두에서 결연 성취가 일정 부분 해결되고 이후 결연의 방해세력과 어떻게 맞서는지 보여주는 데 집중하는 게 일반적이었다. 따라서 남녀 주인공의 결연 성취는 그다지 어렵게 그려지지 않았고, 설사 어렵다 할지라도 결연 성취에 서사의 대부분을 쏟아 붓는 상황을 연출하지는 않았다.

하지만 〈절화기담〉의 경우 결연 성취의 과정이 너무나 지난(持難)한 시간의 연속으로 서사화되고 있다. 도대체 몇 번이나 약속이 어그러졌던 것인가? 그리고 그때마다 무슨 사정이 그렇게 공교롭게도 생기는가? 그러나 방향을 달리 생각해 보면 모두 서사를 이끌어나가는 힘과 관련하여 정밀하게 계산된 구도에 의해 고안된 것임을 추정할 수 있게 된다.

그렇다면 계산된 구도에 의해 서사가 구성된 궁극적인 지향이 의미하는 바는 과연 무엇일까? 얼핏 보면 결연이 어그러지는 과정이 반복되고 지연될수록 상대방에 대한 그리움이 증폭되고 서로에 대해 애타게 만드는 결과를 낳고 있다. 이로 인해 상대방에 대한 연모(戀慕)의 마음이 증폭되고, 이러한 흐름을 따라가다 보면 이들의 어긋남은 독자로 하여금 심리적 연대감을 결성하게 만들어 '불륜'을 맺고 있음에도 불구하고 심정적으로는 이들의 응원자가 되게끔 만들고 있는 것이다. 때문에 이들의 사정(事情)만 놓고본다면 이들의 사랑은 너무나도 구구절절하고 애절한 사랑 그 자체인 듯 보인다.

하지만 이들의 사랑엔 근본적으로 도저히 극복할 수 없는 난관이 도사리고 있다. 그것은 바로 이들이 각자 남편과 아내가 있는 기혼자(旣婚者)들이라는 점이다. 즉, '불륜'을 맺고 있다는 점인데 비밀스런 만남이 드러나는 순간 이들의 사랑은 가슴시린 사랑이아닌 추악한 욕정에 빠진 속물들의 행태로 전락할 수밖에 없는 것이다. 실제 이들의 사랑은 아무리 포장하려한들 '불륜'에서 벗어날수가 없는 것이므로 한계는 명백했다.

그런데 주의 깊게 살펴보면 19세기 서울의 인정세태의 일단을보여준다는 측면에서 함의가 단순하지만은 않음을 알 수 있다. 급변하는 시대에 따라 변하는 사람들의 의식과 인정세태를 긍정이나 부정 일변도로만 해석하기엔 복잡다단한 양상이 배면에 깔려있음을 간취하게 된다. 〈절화기담〉에 그려진 남녀 주인공의 형상은 19세기 서울의 인정세태를 담고 있으나, 당시 사람의 모습만을묘사한 것이 아닌 변화된 사회의식의 이면을 속속들이 드러내 보이고 있다.

〈포의교집〉과 〈절화기담〉은 19세기 서울의 기혼남녀의 사랑을그려낸 작품이란 점에선 동일하지만, 그 이면엔 층차가 분명히 존재한다. 특히 〈절화기담〉은 소재적인 차원에서 대단히 파격적이며 용납되기 힘든 치정(癡情) 관계를 다룬다. 하지만 그 과정을 들여다보면 행위 자체는 큰 연민을 자아내게 만드는 효과 또한 아울러 자아낸다. 그렇다면 이러한 효과를 만들어낸 핵심은 무엇일까?

그것은 다름 아닌 작품의 각색자인 남화산인(南華散人)에게 일차적인 공을 돌릴 수 있다. 석천주인(石泉主人)의 서문에서 얼핏 드러난 바 있듯이 남화자가 이야기의 순서를 고쳐 쓰고, 문장을 윤색해 준 덕분에 이러한 결과가 만들어진 것이다. 즉, 인정받기 어려운 그다지 아름답지 못한 이야기 임에도 불구하고 이를 독자로 하여금 아름답게 느낄 수 있도록 이야기를 만들어낸 남화산인의 이야기 서술 능력이 핵심이다.

때문에 〈절화기담〉은 19세기 서울의 인정세태를 서술하면서 남녀의 관계가 접맥되는 과정에 집중하여 서사화하였고, 그 서사방식에 있어 집단적인 협업형태가 활용되었다. 이를 통해 작품의 얼개에 있어 가장 집중한 것은 남녀 주인공의 '만남과 어그러짐'이었으며 그것에 집중한 결과 여타 작품에 비해 주인공에 집중한 서사를 구현하여 당대 인정세태를 드러낸 것이다. 그로 인해 〈절화기담〉은 인정받기 힘든 '불륜'을 그려내면서도 대단히 애절한 느낌이 들도록 서사화하는 데 성공하였고, 그것이 19세기 서울의 인정세태의 단면을 고스란히 드러내 보였다는 측면에서 작품이 가진 의의를 확인할 수 있다.

2) 향촌사대부를 둘러싼 사회세태의 반영

18~19세기 소설사에서 한문장편소설을 제외하고 문학사에서 자리매김했던 계열은 세태소설(世態小說)[8]이었다. 대표적인 작품

---

8) 조선 후기 세태소설에 관해서는 우창호, 「조선 후기 세태소설 연구」, 경북대학교

으로 〈종옥전〉, 〈오유란전〉, 〈지봉전(芝峰傳)〉, 〈정향전(丁香傳)〉, 〈배비장전(裵裨將傳)〉, 〈이춘풍전(李春風傳)〉, 〈삼선기(三仙記)〉, 〈옹고집전(雍固執傳)〉 등을 꼽을 수 있다. 이 가운데 대표적인 작품으로 〈종옥전〉, 〈오유란전〉을 먼저 떠올릴 수 있다.

위의 작품들은 18~19세기 향촌사대부와 관련된 세태를 풍자한 소설로 비교적 이른 시기부터 관심을 받았다. 이들 계열은 세태소설로 묶어 논의할 수 있는데 특히 당대 사회세태를 반영하면서도 남녀 간의 성(性)과 색에 대한 관념과 실체에 대한 이율배반적 행태를 지적하고 있는 점에서 근대적 성향 또한 내포되어 있다. 게다가 이들 작품의 경우 당대 상층사대부 계급에 대한 풍자적 양상이 저변에 짙게 깔려 있으며 그것이 중점적으로 논의되었기 때문에 남성훼절소설(男性毁節小說)의 측면에서 그동안 주로 연구되었다. 하지만 기존의 시각에서 탈피하여 재음미해 볼 측면 또한 충분히 발견된다.

일반적으로 〈종옥전〉과 〈오유란전〉은 하층 신분의 여성에 의해 상층 사대부가의 남성이 훼절하게 되는 상황의 희화화를 통해 몰락해가는 양반계급의 모순성을 드러낸 작품으로 이해되었다. 작품에 대한 이러한 인식은 현상적으로 봤을 때 일정 부분 충분히 공감할 만한 측면이 있는 게 사실이다. 하지만 세태풍자적 작품으로 해석하는 데 경도(傾倒)된 나머지 다른 해석을 할 만한 여지가 없었던 것 또한 부정하기 어렵다. 때문에 작품에 대한 다양한 해석이 동반될 수 없었으며 그에 따라 논의 또한 답보상태에 머물러 있었다. 전반적으로 〈종옥전〉과 〈오유란전〉의 경우 모티브적인

박사논문, 1997; 신해진, 『譯註 朝鮮後期 世態小說選』, 월인, 1999를 참조.

측면에서 많은 상동성이 감지된다. 하지만 사건의 발단이 촉발되는 방식이나 결말 처리방식에 있어서는 두 작품의 지향점이 달리 노출되고 있는 것을 주목할 필요가 있다.

〈종옥전〉에 있어 사건의 발단은 종옥의 혼사 문제에 대한 종옥의 대응방식에서 출발한다. 일단 종옥은 전대 애정전기의 남주인공과 마찬가지로 출중한 재자(才子)로 묘사되고 있다. 이런 재자에게 가인(佳人)은 당연히 있어야 할 대상인데, 문제는 색으로 표현되는 짝을 거부하고 과거에 합격하기 위해 더욱 공부에 매진하고자 혼인을 거부하는 종옥의 형상이다.

종옥의 숙부인 원주부사 김공(金公)이 종옥에게 본가에서 온 편지를 보이며 혼처를 정했다고 이야기하자 종옥은 학문을 성취한 뒤에 하겠다며 집안의 결정을 사양(辭讓)하는 의사를 드러낸다. 당대에 혼인과 관련된 문제는 집안의 결정이 절대적인 영향력을 지니는 것이었고, 단지 당사자만의 문제가 아닌 가문과 가문이 연결되는 공적인 사항이기도 했기 때문에 당사자의 의사만으로 거부를 할 수 있는 사안이 아니었다. 그럼에도 불구하고 이를 당돌하리만큼 매몰차게 거부하는 종옥의 결의는 평범한 인물이 아님을 선명하게 보여준다. 이런 종옥의 반응에 김공은 부모님이 연로(年老)하시기 때문에 자식으로서 일가(一家)를 이루어 '효'를 실천해야 함을 이유삼아 거듭 종옥을 설득시키려 한다. 하지만 종옥은 이를 수긍하지 않고 『서전(書典)』과 『예기(禮記)』 등 경전까지 인용하며 자신의 주장을 굽히지 않는다. 이러한 마음에 균열이 생기는 계기가 발생하는데 그것은 바로 춘삼월(春三月) 초여드렛날 김공의 생일잔치 자리였다.

생일잔치에 나온 동기(童妓)가 거문고를 연주하면서 종옥을 주목하자 종옥이 그 뜻을 알아차리고는 발끈하며 얼굴빛을 바꿔버린 것이다. 김공이 그 모습을 포착하여 주색(酒色)을 연모하지 않는 뜻을 가상히 여기면서도 과연 그 마음을 지속적으로 유지할 수 있는지 시험해 보고자 향란(香蘭)이란 기생을 이용하여 종옥을 떠보게 된다.

이 지점에서 본격적으로 김공과 손잡은 향란, 그리고 종옥간의 게임이 시작되는데 기존 논의에서는 이를 '내기와 공모'의 구조로 파악하였다. 엄밀히 말하면 향란은 종옥의 마음을 시험해 보기 위해 사용한 도구이며, 갈등의 주체는 김공과 종옥 두 사람이다. 하지만 대결 구도 자체가 1:1의 등가(等價)적 비중을 갖춘 것이 아니라 노련한 어른과 치기어린 아이의 대결이므로 결과는 이미 예정된 것이나 마찬가지였다. 때문에 게임의 저울추는 일정 부분 기울어진 상태에서 시작한 것이었으므로 결과보다는 과정에 관심이 집중될 수밖에 없었다. 치기어린 아이의 일종의 자긍심(自矜心)—다른 호색(好色)하는 군자들과는 달리 색을 탐하지 않고 학문에 정진하여 출장입상(出將入相)할 것이다—이 어떻게 어그러지며 그러한 모습을 통해 자아가 어떻게 성장해 나가는지 그 과정에 독자는 집중하게 되는 것이다. 그러면 본격적으로 향란과 종옥의 결연 과정을 추적해 본다.

〈종옥전〉은 총 5회의 장회로 구성되어 있는데 향란과 종옥 사이의 결연은 2회에서 다 해결된다. 일반적으로 남주인공이 여주인공을 보고 순간적인 충동을 참지 못해 돌진을 감행하는 모습을 보이나, 〈종옥전〉은 이 대목에서 남녀 사이에 역할전변이 발생하여 오히려 여주인공이 남주인공에게 돌진한다. 애정전기의 패러디적인 요소가 돋보이는 대목으로 이것은 남주인공이 훼절하는 데 중요한 기제로 작용한다. 물론 훼절이 이뤄지기 전까지 여러 차례에 걸친 향란의 끈질긴 구애가 있었기 때문에 얻어진 결과이긴 하지만 종옥 역시 향란의 노력에서 일정 부분 진정성을 발견할 수 있었다. 하지만, 그 이면에는 색에 대한 관심 또한 한 켠에 도사리고 있었기 때문임을 간과할 수 없다.

이후 종옥은 색에 대해 겉으로는 관심 없는 척, 군자임을 드러내야 하는 엄숙주의에서 벗어나게 되자 순식간에 색에 탐닉하는 모습으로 탈바꿈한다. 이것이야말로 신분 엄숙주의의 탈을 벗어던지고 인간본성을 적나라하게 표출한 것이었다. 이후 일탈행위는 거침없이 이뤄지고 결국 이성이 제대로 된 판단을 불가능하게 만드는 상황까지 이르러 숙부 김공의 중양절 잔치 자리에서 욕을 당하게 된다.

물론 모든 것은 숙부인 김공에 의한 계획된 모의로 진행된 것이며, 종옥은 아무것도 모르는 채 꼼짝없이 당할 수밖에 없었다. 그러나 모의의 목적은 종옥을 징치(懲治)하기 위한 것이 아니었으며, 과도한 자신감으로 똘똘 뭉친 종옥에게 남은 몰라도 나는 그러지 않을 것이라는 이중적 태도에 대한 반성을 요구하게 만든 의도가 담겨 있는 것이었다.

때문에 결혼을 미뤄가면서까지 학문으로 장성하겠다는 종옥의 마음을 완숙(完熟)한 세상사의 경험에서 비춰봤을 때 물정모르는 어린아이에게 세상사라는 게 본인이 마음먹은 것처럼 되는 것은 아니며, 특히 남녀지정(男女之情)에 대해서는 인간의 이성이 아닌 감정의 문제이기 때문에 그렇게 속단할 수 있는 성질의 것이 아니라는 것을 훈계(訓戒)하려는 생각에서 작품을 창작한 것이 아닌가 그 의도를 짐작해 볼 수 있게 된다.

이에 관해 기존 논의에서는 색을 모르던 미숙한 아이가 색을 경험하게 된 것은 일종의 통과의례의 성격을 띠는 것이며, 조롱하기보다 좋게 보아 줄 수 있는 일9)이라는 해석을 내린 바 있다. 하지만 이러한 해석은 종옥의 형상에 집중한 나머지 다소 피상적인 수준의 논의에서 그치고 말았다.

〈종옥전〉의 경우, 20세기 초에 활판본 한글소설인 〈미인계(美人計)〉라는 작품으로 개작10)되기도 하는데 개작된 작품에서는 종옥이 향란을 따라 중양절 잔칫날 여러 사람들 앞에서 욕을 당하는 장면이 삭제되어 있다. 즉, 훼절 양상을 풍자적으로 드러내고 있는 대목을 삭제해 버렸는데 이는 상업성을 띤 활판본의 형태로 개작이 이뤄지면서 파생된 결과로 이해된다. 풍자적 양상의 거세와 그에 따른 낭만적 애정결연의 확대는 상업소설로 개작되면서 요구된 서술방식이었으며, 그 이면엔 자본과 소설이 연결된 사회사적 양상이 고스란히 작품에 투사되어 있었다.

이를 통해 본다면, 〈종옥전〉을 해석하는 핵심은 바로 남성훼절 양상에 둘 수밖에 없다. 하지만 대결 구도의 관계를 종옥과 향란의 구도에서 탈피하여 종옥과 숙부의 구도로 시선을 이동시키면 결국 향란은 삼촌과 조카 사이의 자존심 싸움에서 도구로 이용된 것이며, 대결 구도의 핵심은 남성 사대부의 자기계급 감싸기로 귀결(歸結)된다.

이에 반해, 〈오유란전〉의 경우 김생(金生)과 이생(李生) 두 친구 사이의 미묘한 대결 구도와 매개고리의 역할을 수행하는 오유란

---

9) 여세주·장철식·조은상 등의 논의가 그것이다. 이들 논문에 관해서는 부록 참조.
10) 박상석, 「한문소설 〈종옥전〉의 개작, 활판본소설 〈美人計〉 연구」, 『고소설연구』 28, 한국고소설학회, 2009, 3장.

이 작품의 핵심 축으로 존재한다. 대략적인 서사 전개 과정은 〈종옥전〉과 비슷하나 디테일한 측면에서는 상당히 많은 차이점이 노정된다.

먼저 김생과 이생의 대결 구도는 서로 우위에 있는 사람이 상대를 속이는 트릭의 수법이 중첩(重疊)되고 있다. 처음에는 김생이 과거에 급제하여 친구인 이생보다 우위에 서게 되고, 이후 이생이 과거에 급제하여 어사가 된 이후에는 친구인 김생보다 우위에 존재하게 되는 것이 그것이다. 상호간의 속고 속임에 의해 친구간의 소원(疏遠)했던 관계의 균형을 회복하게 되고, 그 가운데 놓인 오유란의 존재는 김생과 이생 사이의 관계회복을 매개하는 역할로 등장하는 것이다.

그러면 구체적으로 서사를 따라가며 확인해 보도록 하자. 작품의 주인공 김생과 이생의 관계는 과거급제라는 권력을 놓고 벌이는 미묘한 자존심 대결이 둘 사이 관계의 근저에 깔려 있다. 김생이 오유란을 이용해 이생을 훼절시키려 했던 근본 원인은 동문수학했던 친구 사이임에도 하나는 급제하고 다른 하나는 급제하지 못하여 둘 사이의 틈이 벌어진 것에 있다. 급제하지 못한 이생을 위해 기분전환의 자리를 마련했으나 사대부의 처신을 문제 삼아 그 자리를 박차고 나가버린 이생에 대해 김생은 그 알량한 자존심을 과연 얼마나 지켜낼 것인지 미인계를 동원해 시험해 보고자 한다.

이 부분에서 친구를 위로하고자 했던 김생의 배려가 무시당한데 대한 복수의 의미가 일정 부분 틈입되어 있음을 짐작할 수 있다. 이런 계획에서 접근한 오유란에게 이생은 급속도로 빠져들면서 본인이 내세웠던 윤리·도덕적 우월성은 다 내던져 버리고 색에만 탐닉하는 존재가 되고 만다. 때문에 본인이 죽어 귀신이 되었다는 오유란의 거짓말을 철석같이 믿고 오유란에게 철저히 농락당하는 인물로 그려진다. 이생의 이중성은 벌거벗은 몸으로 돌아다니다 김생에게 온갖 망신과 수모를 당하는 장면에서 폭로되고 만다.

이 부분은 〈종옥전〉에서도 유사한 장면이 나타나는데 〈종옥전〉의 경우 김공이 종옥을 용서해 주는 것으로 화합의 마무리가 완수된다. 하지만 〈오유란전〉에서는 이에 자극받은 이생이 과거에 급제하여 김생이 다스리는 관아로 암행어사가 되어 나타나 지난 날 본인이 받았던 수모를 되갚는 설정으로 구성되어 있다. 〈종옥전〉과 〈오유란전〉의 유사점과 변별점을 확인할 수 있는 지점인 것이다.

자신의 수모를 되갚는 설정은 두 인물 간의 관계가 일방적으로 형성된 것이 아니라 균형을 맞추려는 배려에서 구축된 서사로 이해할 수 있다. 이는 근본적으로 사대부 남성이 사회 밑바닥까지 추락(墜落)하는 모습을 보여주고자 의도한 것이 아님을 뜻한다. 상호간의 속고 속임으로 인해 친구 관계를 회복해 나가고 권력의 균형을 맞춰 나가는 과정 속에서 자기계급에 대한 감싸기가 핵심 주제인 것이다.

따라서 〈종옥전〉과 〈오유란전〉은 희화화된 사대부 계급의 형상을 통해 계급적 위선에 대한 조소를 표출하고 있는 것으로 해석되나, 이는 판소리계 소설과의 관련성을 중심으로 작품을 해석한 것이다. 물론 이러한 해석이 작품을 이해하는 중요한 기준점이 되는 건 사실이나, 단선적인 이해도 없지 않으므로 다양한 해석의 가능성을 차단하기도 하였다. 때문에 지금까지 논의를 통해 〈종옥전〉과 〈오유란전〉을 해석하는 데 있어 가장 시급한 것은 시각의 전환이라 하겠다. 그랬을 경우 과연 작품의 핵심 대결 주체가 누구인가에 대한 의문이 생기는데, 그 해답은 결국 작품에 등장하는 향촌 사대부 계급으로 시선이 집중될 수밖에 없다. 작품은 당대 유행하던 판소리 계열의 흐름을 일정 부분 받아들여 창작하였고, 지배체제의 핵심 계급이었던 자신들의 허구적 위선에 대한 날선 조롱도 일정 부분 감수하고 있음이 부분적으로 감지된다. 하지만 거기서 정지한 게 아닌 결국 자신의 근원적 계급성을 되찾을 수 있는 반성의 계기로 '훼절'을 사용한 점, 그리고 회복할 수 없는 지점까지 추락시키는 게 아닌 용서의 과정을 통해 사대부 계급으로 복권시키는 점에서 시대의 변화에 유기적으로 대처하지 못하는 향촌사대부의 계급성을 일정 부분 감지할 수 있다. 때문에 자기 계급을 보호하고 감싸는 행위의 한 형태가 작품을 통해 표출된 것으로 이해되며, 이런 측면에서 두 작품을 이해하는 시각의 전환이 더욱 요청된다.

2. 보수적 시대인식의 구현

1) '희화화'의 방식을 통한 '정절'의식의 강조

19세기 한문중단편소설의 경우 인정세태의 변화를 인지하고 이를 형상화한 작품이 등장하고 있음을 확인한 바 있다. 한편 이와는 대척점에 서 있는 '충·효·열'과 같은 보수적 이데올로기를 강조한 작품 역시 등장하고 있어 흥미를 끈다. 서로 양 극단에 위치하는 작품들이 동시대에 다양하게 포진되어 있는 것은 19세기 한문중단편소설이 가진 스펙트럼을 가늠해 볼 수 있는 자료가 된다. 이 가운데 보수적 이데올로기를 구현한 작품군의 성격을 분석해 볼 필요가 있는데, 주로 '정절(貞節)'의식을 강조하고 있는 작품을 중심으로 19세기와 '정절' 이데올로기가 어떻게 연관을 맺고 작동하고 있는지 확인해 보도록 하겠다.

(1) 〈일석화〉

〈일석화〉는 '하루 저녁의 이야기'라는 제목에서 예상할 수 있듯이 '하룻밤 사이에 일어난 일종의 해프닝'의 성격을 띤 이야기로 구성된 작품이다. 게다가 서사적 성격에 있어 야담적 취향이 다분히 가미된 작품이기도 하다. 〈일석화〉의 경우, 대곡삼번(大谷森繁)에 의해 일찍이 『조선학보(朝鮮學報)』에 소개된 바 있으나 이후 작품과 관련된 논의가 활발하게 이루어지지 않았다. 여러 가지 이유가 있겠지만, 아마도 작품 수준의 문제가 가장 크게 영향을 끼친 게 아닌가 생각된다. 작품의 전반적인 필치는 그다지 수준이 높다고 이야기하긴 어렵겠으나 작품이 창작된 시기와 작품에 함의된 주제의 문제를 고려해 본다면 그다지 쉽게 판단할 사안은 아니다. 무엇보다 작품의 지향과 주제 문제를 집중해 살펴볼 필요가 있는데, 작품이 많이 알려지지 않은 관계로 간단한 서지사항과 작품 경개를 먼저 소개하도록 한다.

〈일석화〉는 대곡삼번이 "사본 1권, 불분권(不分卷), 조선선장(朝鮮線裝), 세로 21.5cm, 가로 17.8cm, 본문은 필적 14페이지, 반 페이지 12행으로 되어 있으며 글자 수가 고르지 않다. 또한 오서(奧書)에 광서오년추강아근서(光緒五年秋姜雅謹書)라고 적혀 있는데, 강아(姜雅)라는 인물에 대해서는 확실치 않고 원작자가 아니라 필사인

일 것으로 여겨진다. 따라서 이 이야기의 원작자 및 이 이야기가 만들어진 시기도 불분명하지만 시대를 순치말(順治末)로 설정한 것으로 보아 추측하건대, 17세기 이후의 것으로 생각해도 좋을 것 같다."[11]라고 간단한 해제를 붙이고 소개한 바 있다. 작품의 창작 연대를 일단 17세기 이후로 기술하였으나 위의 필사기를 준신한 다면 '광서오년'은 1884년을 가리키는 것이므로 19세기 말엽에 창작된 작품으로 추정되며, 또한 후술하겠지만 작품의 전반적인 성향[12]과 관련지어 본다면 19세기 말에 창작된 작품으로 보는 것이 타당하다. 일단 작품에 대한 논의를 돕기 위해 간단한 작품 경개를 아래와 같이 제시한다.

- 순치 말에 이생이라는 자가 있었는데 이름은 허(虛)요, 자는 자랑(子浪)이니 양근(楊根)의 유생이다. 성품이 우활(迂闊)하고 학문은 멸렬(蔑劣)하였으며 우준(愚蠢)의 뜻을 가지기를 즐기고, 떠다니는 허황된 말 듣기를 좋아하였다.

- 어느 해 봄, 이생은 세상이 어수선해진다는 소문을 믿고 가산을 모두 팔아서 그 돈으로 건강한 말 한필을 사서는 아내인 김씨를 태우고 산골짜기로 피난 간다.

- 이생이 부인을 태운 말고삐를 잡고 가는 도중에 말이 산토끼에 놀라

---

11) 대곡삼번, 「〈一夕話〉와〈丁香傳〉,〈李長白傳〉의 해제」, 『조선학보』 90집, 조선학회, 1979.

12) 후술하겠지만, 〈一夕話〉는 봉건적 이데올로기의 정수인 '열'을 희화화해서 드러내고 있으며, 이 점은 그만큼 사회분위기가 형해화되는 일면을 단적으로 보여주는 것이라 생각된다. 이러한 특성은 아무래도 중세해체기라는 시대적 배경에서 연유된 것으로 보이며, 이런 측면에서 〈一夕話〉의 창작연대는 19세기 말로 추정된다.

서 막 달리는 바람에 말고삐를 놓치게 된다. 이에 이생과 김씨는 서로 뿔뿔이 흩어져 버린다.

- 이생은 구덩이 아래로 떨어지고 김씨를 태운 말은 금강산의 어느 산골마을에 사는 박씨의 양반집에 이르게 된다.

- 박씨가 동자로 하여금 문을 열어보게 하니 의상이 모두 찢겨지고 얼굴에는 상처가 있고 몸에는 피가 흘러 거의 죽을 지경에 있는 김씨가 있었다.

- 박씨는 늙은 여종으로 하여금 김씨를 말에서 내려 업고 안방으로 데리고 가게 하고 아내인 정씨에게 김씨를 돌보게 한다.

- 한편, 이생은 구사일생으로 겨우 구덩이에서 나와서 자신의 고향 양근으로 돌아가서 거지처럼 생활한다.

- 박씨에게는 9촌 조카가 있었는데 이름은 기(奇)이고 자는 자괴이다. 여러 해 동안 홀아비로 지내서 김씨를 부인으로 삼고자 하였다.

- 자괴는 반년이 지나도록 김씨에게 찾아오는 사람이 없음을 알고 늙은 여종과 정씨와 더불어 김씨를 훼절하고자 계략을 세운다.

- 김씨가 늙은 여종이 권한 술을 먹지 않자 정씨가 다시 김씨에게 술을 권하였다.

- 정씨와 김씨가 술을 주고받다가 정씨가 먼저 술에 취해서 잠이 들었다.

- 김씨는 일의 잘못됨을 깨닫고 불을 끄고 밖으로 도망쳐 나와서 양근으로 향하였다.

- 늙은 여종은 자괴에게 김씨가 술에 취해서 잠들었다고 잘못 알리자 자괴는 정씨를 김씨로 알고 컴컴한 방으로 들어가서 합연하게 된다.

- 자괴가 날이 밝아 일어나보니 김씨가 아니라 정씨였다. 자괴는 몹시 놀라고 당황하면서 자신의 일이 용서 받기 어려움을 알아 그 몸을

숨기고자 창문을 넘어 달아났다.

- 박씨 집에서 도망쳐 양근으로 향하던 김씨는 밤중에 노파와 아들이 사는 초가집에 이르러 대화를 나누다가 충석이 김씨의 집에 있던 종의 아들임을 알게 된다.
- 충석이 김씨를 위해서 이생을 찾으러 양근으로 갔다가 김씨의 오빠인 김생과 함께 이생을 데리고 충석의 집으로 와서 이생과 김씨는 극적으로 재회한다.
- 김씨가 이생에게 박씨 집에 찾아가 돈과 말을 돌려받기를 요구하여 두 사람이 함께 박씨 집으로 간다.
- 박씨는 그동안 주인이 찾아가지 않았던 돈과 말을 이생에게 돌려주고, 이생과 김씨는 의기양양하게 길을 떠난다.

위의 서사분절을 통해 작품의 대략적인 줄거리를 파악할 수 있다. 〈일석화〉는 기존의 여타 소설과는 달리 인물 간의 첨예한 갈등과 복잡다단한 사건의 연속으로 구성된 작품은 아니다. 비교적 서사의 전개가 단순한 편이므로 앞서 언급한 바 있듯이 서사구조의 문제보다는 주제에 집중할 필요가 있는 작품이다.

우선 〈일석화〉는 작품의 창작 시기로 추정되는 19세기의 사회상과 연관지어 생각해 볼 필요가 있다. 19세기라고 하면 문학사에서 빼놓지 않고 거론되는 현상이 바로 '통속화(通俗化)'와 '희작화(戱作化)'의 양상이다. 한시(漢詩)의 경우 김삿갓으로 대표되는 희작시의 창작 경향이 일정 부분의 흐름을 이루고 있었고, 한문소설의 경우 〈절화기담〉, 〈포의교집〉, 〈낙동야언〉 등에서 이러한 측면의 일단을 간취할 수 있다. 예를 들어 〈절화기담〉, 〈포의교집〉의 작품 소재인 '불륜-기혼남녀의 사랑'이 바로 대표적인 '통속'적 코드인 것이 그것이다. 뿐만 아니라 〈낙동야언〉의 경우 남녀 주인공이 상대에 대한 탐색 과정에서 '파자(破字)놀이'를 한다거나 '한글의 음차(音借)'를 활용하여 서술하는 장면을 통해 '희작'의 코드가 당대 문화 전반을 휩쓸던 현상임을 확인할 수 있다.

문제는 19세기 전반을 휩쓸고 있던 '통속'과 '희작'의 양상이 〈일석화〉에서도 발견된다는 점이다. 그것을 몇 가지 측면에서 살펴보면 일단 〈일석화〉는 작품의 서술방식에 있어 작품에 대한 흥미를 유발하기 위해 특이한 장치를 작품의 곳곳에 배치해 놓고 있다. 우선 작중인물의 이름부터가 범상치 않음을 확인할 수 있는데 주인공인 이생의 이름을 허(虛)라 표현한 것과 늦게까지 결혼을 하지 못해 애태우던 중 김씨 부인이 우연히 집안으로 들어오자 흑심을 품고 김씨 부인을 취하고자 했던 조카의 이름을 기(奇), 자를 자괴(子怪)라 붙여놓은 것에서 그 일단을 확인할 수 있다.

뿐만 아니라 나중에 김씨 부인이 위험을 피해 어느 깊은 산중 오두막으로 숨게 되는데 그곳에서 우연히 만난 옛 노비의 아들의 이름 또한 충석(忠石)으로 지은 것에서도 확인된다. 이것은 작중인물의 이름을 통해 인물의 성향을 미리 감지할 수 있도록 계획한 작가의 의도적인 명명법(命名法)으로 생각되는 부분이다. 이 점은 다분히 '희작'적 요소를 작품 내에 담고자 한 의도를 드러낸 것으로 이를 통해 독자는 서사 전개 과정에서 이런 장치를 심어놓았을 것을 예상하며 작품을 접하는 효과도 아울러 만들고 있다.

그렇다면 서사 전개 과정에서는 어떻게 그것을 드러낼 것인가 하는 점에 관심이 집중될 수밖에 없는데 먼저 사건의 상황 설정과 주인공의 행동양태를 한번 주목할 필요가 있다.

그의 부인은 곧 지평 김씨의 딸로 품성이 이미 곧고 정숙하며, 자태 또한 유순하여 남편의 명에 어김이 없었다. (…중략…) 길을 떠난 지 며칠이 되지 않아, 그 부인은 본래 규중의 여자라 말을 잘 타지 못하여 종종 낙마하는 까닭에 제대로 갈 수가 없었다. 이생은 그것을 걱정하여 곧 말의 후미에 새끼줄로 부인을 꽁꽁 묶어 흔들리지 않게 하였다. 하루는 새벽에 일찍 길을 나서 채찍질하며 가는데, 깎아지른 듯한 협곡에 들어서자 스스로 깊이 들어왔음을 알았다. 위쪽에 있는 험한 길은 촉나라 잔도보다 더 험하였고, 사방에는 인가가 없어서 거의 호랑이 굴에 왕래하듯 하였다. 끊임없이 그치지 않고 조금씩 나아가, 협곡의 길이 거의 끝날 때 쯤 평평한 땅이 멀지 않았는데, 뜻하지 않게 숲속에서 한 마리 놀란 토끼가 사람소리를 듣지 못하고 말 앞으로 뛰어나오니, 말이 놀라고 당황하여 날뛰기를 그치지 않았다. 이생은 고삐를 꽉 움켜잡고 말과 함께 내달리다 거의 몇 리를 지나서 문득 정신을 잃어버리고 자기도 모르게 고삐를 놓쳐 구덩이 속으로 굴러 떨어지고 말았다. 의관은 수풀에 긁혀 거의 다 찢겨졌고, 얼굴은 바위틈에 부딪혀 상처를 입게 되니 거의 산송장이나 다름없었다. 부인은 말에 묶여 있어 말이 가는 대로 딸려가니 내리려 해도 내릴 수 없고, 멈추려 해도 멈출 수가 없었다. 순식간에 온 몸이 갈려서 의상이 온전하지 못하고, 얼굴도 상하지 않은 곳이 없었다. 비록 사람의 형체이긴 하나 거의 귀신의 모습과 같았다.[13]

---

13) 〈일석화〉(234~235쪽), "其婦人卽砥平金氏女也. 稟旣貞靜, 姿又柔順. 君命無違. (…中略…) 行未數日, 其婦人也, 本是閨中女子, 不善騎馬, 種種落傷, 不能支行. 生患之, 卽於騎馬後, 乃以藁索縶之維之, 俾勿搖動. 一日, 曉頭發程, 策鞭而行, 路由絶峽, 自知深入, 上有鳥道, 不減蜀棧之險厄. 四無人家, 殆若虎穴之來往, 行行不止, 寸寸以進, 峽路幾盡, 平陸不遠. 不意林下有一驚兎, 勿聞人聲出走馬前, 馬因驚惶, 踴躍不止. 生牢執其轡, 與馬俱走, 殆過數里, 頓失精神. 不覺捨轡, 轉入塹下. 衣冠盡裂於林木之間,

위의 예문은 남편인 이생이 주변에 돌아다니는 뜬소문에 혹한 나머지 앞뒤 주변 정황을 제대로 판단하지 않은 채 전 재산을 다 팔고 나서 마을을 떠나던 중, 말 앞으로 스쳐 지나간 토끼로 인해 말이 놀라 뛰쳐나가고 그로 인해 아내인 김씨와 헤어지게 되는 장면을 서술한 대목이다. 세부적인 장면을 살펴보면 남편의 행동에 일단 눈길이 머물게 된다. 먼 길을 떠나며 아내가 말에서 떨어질까 봐 이를 걱정한 남편이 아내를 위하고자 한 행동이 바로 아내를 말에다 묶어버린 것이다. 남편이란 인물의 형상이 어떤지 한눈에 파악할 수 있는 장면으로 어리석고 우둔한 남편의 행동은 독자로 하여금 비웃음을 사게 만든다. 뿐만 아니라 남편과 아내의 이별을 설정하기 위해 고안된 장치로 숲속에서 토끼가 갑자기 말 앞으로 지나가 말이 이를 보고 놀라 뛰쳐나간다는 설정은 다소 황당하기 조차 하다.

작품의 서두에서 사건의 발단을 다소 우습고 황당하게 설정해 놓은 것은 작가의 의도가 다분히 반영된 것으로 읽혀진다. 다시 말해 '흥미유발'을 의도한 계산적인 서사가 아니었을까 하는 점이다.[14] 왜냐하면 〈일석화〉가 지향하는 주제는 상당히 무겁고 진중한 문제이기 때문에 이를 소설이란 양식으로 구현하기엔 그 무게가 만만치 않을 것임을 작가입장에서 판단하여 내린 결정으로 보이기 때문이다. 즉, 소설이 가진 '흥미성'을 적극 부각시켜 독자로

面目俱碎於巖穴之際, 忽然作一介尸矣. 婦人則緣於縶維, 隨馬所之, 欲下而不得下, 欲止而不得止. 於焉之間, 渾身相磨, 衣裳不可以得全, 面目不可以無傷. 雖有人形, 便作鬼樣." 이하 본문의 번역은 정병호 역주본을 참고로 하여 필자에 의해 가감을 거쳐 사용하였다.

14) 뒷부분에서 상론하겠지만 '정절'을 고양하기 위한 작가의 의도적인 사건 전개를 위해 독자의 관심을 불러일으키기 위한 장치란 것을 고려할 필요가 있다.

하여금 자연스럽게 이야기에 몰입하도록 하기 위해 주목을 끌 만한 사건을 서두에 의도적으로 배치했던 것이다. 이 점은 서사 진행 과정에서 곳곳에 희화화된 장면을 배치함으로써 독자가 흥미를 잃지 않도록 한 것에서 확인되며, 그 가운데 가장 충격적인 장면을 아래 대목에서 확인할 수 있다.

아름다운 짝을 구했기에, 기러기가 걸려드는 경계를 생각지 못하였고, 가만가만 천천히 다가가서 죽은 노루를 감싸는 기쁨을 모두 알게 되었다. 오늘 밤은 어떠한 밤인가? 하늘이 좋은 기회를 주셔서 뜻밖에 해후하여 서로 만나니 내가 원하는 바이다. 어쩌면 그리도 하늘과 같으며 어쩌면 그리도 상제와 같은가? 비록 술 석 잔의 초례는 치르지 않을지라도 어찌 백년의 인연을 방해하리오? 기쁨을 이기지 못하니 황홀함은 까치가 거처함에 암수가 따르는 모양이요, 달콤하게 함께 꿈을 꾸니 벌레가 날아다니며 윙윙거리는 것도 깨닫지 못했다. 문득 잠에서 깨니 해가 이미 높이 떠있었다. 먼저 비단 이불을 걷고 모습을 자세히 살피려 그 이불을 제치니 홀연 얼굴이 보이는 데 김씨가 아니라 정씨였다. 자괴는 놀라고 당황하여 얼굴이 하얗게 질리고 간담이 떨어지는 듯 하였다.[15]

위의 예문은 자괴와 정씨(鄭氏)가 뜻하지 않게 동침하게 된 것을 묘사한 장면이다. 자괴는 늙은 여종을 사주하여 김씨를 유혹하려

---

15) 〈일석화〉(241쪽), "燕婉其求, 不念鴻離之戒, 舒而脫乎, 都知麕包之喜, 今夕何夕, 天與其便 邂逅相遇, 適我願兮, 胡然而天也, 胡然而帝也. 雖無三杯之醮, 何妨百年之緣? 喜不自勝, 怳是鵲居之彊彊, 甘與同夢, 未覺虫飛之薨薨. 忽然睡覺, 日已高矣. 先披錦衾 欲觀精矗 際其披衾, 忽見顔色, 卽非金氏, 乃是鄭氏. 子怪驚惶失色, 心膽如墜."

고 했지만 실패로 돌아가자 늙은 여종은 정씨에게 도움을 청하게 된다. 정씨가 김씨에게 찾아가 술을 권하며 계교(計巧)에 빠뜨리고 자 하나 김씨는 일의 기미가 심상치 않음을 느끼고 정씨를 경계하 였다. 서로 술잔을 주거니 받거니 하다가 정씨는 술에 취해 잠이 들고 밖에서 방안의 상황을 유심히 지켜보던 늙은 여종은 불이 꺼 지자 김씨가 잠든 줄 알고 자괴에게 알려 방안에 있는 사람과 동침 을 하도록 수를 부린다. 일련의 과정을 통해 자괴는 본인의 목적을 달성한 것처럼 보이나 문제는 바로 다음 날 아침에 발생한다.

자고 일어난 자괴는 자기 옆에 잠든 여성이 김씨인 줄 알았으나 정씨가 난데없이 옆에 있게 된 상황을 목도하고 당황하게 된다. 정씨 또한 자괴를 위해 일을 도모하려 하다가 도리어 자신이 횡액 (橫厄)을 당하게 되는 상황을 맞이하게 되었다. 다른 사람을 훼절시 키려다 도리어 자신이 당하는 어처구니없는 상황이 발생하게 되 고 이 일로 인해 정씨는 결국 자결을 택하는 비극적 상황으로 치닫 게 된다. 황당무계함이 연출한 상황 치고는 그 결과가 너무나 비극 적으로 그려져 있는데 이렇듯 〈일석화〉는 디테일한 서사구조의 구축에 힘을 쓰기보다는 우스꽝스럽고, 황당하며 자극적인 설정 이 주를 이루고 있다.

즉, 서사구조와 인물 형상을 치밀하고 세심하게 구축하기보다 는 사건 전개 과정에 관심을 두고 있음을 작품에서 감지할 수 있듯 이 작중인물 간의 갈등 정도는 다소 미약하다. 이는 주제 구현에 중점을 두고 서사를 이끌어 갔기 때문에 인물 간의 디테일한 심리 묘사나 복잡다단한 갈등을 묘사하는 것은 주된 관심사가 아니었 기 때문이다.

〈일석화〉는 공모자나 매개자 등 여러 종류의 인물 형상이 등장함에도 불구하고 이생의 아내인 김씨가 서사전개의 가장 핵심적인 인물로 부각된다. 이때 가장 포커스를 맞춰야 될 부분은 김씨의 행위, 즉 '정절'을 고수하기 위해 어떻게 행동하는가? 하는 점이다.

이는 김씨와 대비되는 형상인 남편과 자괴의 작품 속 비중을 살펴보면 뚜렷이 확인되는데, 남편인 이생이나 흑심을 품었던 자괴의 경우 김씨의 '정절' 행위를 부각시키기 위해 존재할 뿐 작품 속에서 차지하는 비중이 크지 않다. 남편인 이생은 우둔하고 가부장적인 틀에 사로잡혀 아내에게 큰소리나 치는 인물이며 잃어버린 아내를 찾고자 좌충우돌하나 그 모습은 전혀 진지함과는 거리가 멀다. 자괴 역시 나이 마흔이 넘도록 장가를 못간 까닭에 어떻게든 김씨를 얻고야 말겠다는 일념에 사로잡혀서 목적달성을 위해 겁탈까지 감행하려는 무모한 인물로 등장한다. 문제는 이러한 인물 형상이 대비되는 김씨의 '정절' 행위를 더욱 부각시키고 있으며, 작품의 주제를 형상화하는 데 일정 부분 기여하고 있다는 점이다.

그렇다면 김씨의 '정절' 고수가 의미하는 바는 결국 무엇일까? 어리석은 인물들 사이에서도 굳건히 고수하고자 했던 '정절'이 도대체 뭐가 그리 중요한 것이길래? 순간 그것으로 인해 목숨을 잃을 뻔한 위기 순간을 맞이했었음에도 불구하고 반드시 지켜야 할 만큼 중요한 것인가? 이에 대한 대답은 '열(烈)'을 지키려는 김씨의 행위 자체보다는 김씨가 행동하게 만든 내면의식에서 찾아보아야 한다. 김씨는 신분상 사대부가의 규수라 보기 어렵고 일반 여염집의 아낙네와 비슷한 처지라 할 수 있다. 하지만 '열'을 지키고자 하는 의식은 염두에 뿌리깊이 박혀 있으며 이것은 마치 사대부가의 여성과 마찬가지일 정도로 태생적으로 부여받은 것인 양 보일 정도로 강렬하게 나타나고 있다.

이는 결국 작가의 의도가 담긴 인물 형상으로 이해되는데, 목숨보다 소중히 여기는 '열'이란 행위이념을 진지한 이데올로기로 접근한 것이 아니라 보통의 여성들도 충분히 실행할 수 있는 대단히 쉬운 행위규범으로 인식시키기 위해 김씨를 등장시킨 것이다. 왜냐하면 '열'이란 개념은 임병양란 이후 사회를 재정비하는 데 있어 이데올로기로 활용되어 남성지배 체제를 유지하는 수단에 유용한 수단이었다. 지극히 보수적 관념인 '열'을 〈일석화〉란 소설을 통해 드러낸 것에 있어서 가장 핵심은 결국 보수적 주제의식을 보다 효과적으로 설명해 내기 위해 소설을 활용했다는 점이다. 이러한 점에 있어서 〈일석화〉의 인물 형상과 서사 전개방식에 있어 우스꽝스럽고 우둔하며 기괴한 인물의 등장과 장면 설정은 주제를 효과적으로 전달하기 위한 고민에서 고안된 장치로 판단된다.

이 점은 같은 19세기에 창작되었던 〈편옥기우기〉의 여주인공 '영효'16)와 비교해 본다면 변별점을 선명하게 획득할 수 있다. 영효는 거의 여중군자(女中君子)나 도덕군자(道德君子)의 모습으로 등장하고 '효'를 완수하기 위해 자신을 희생하는 거의 효의 화신이나 다름없는 인물로 그려진다. 〈편옥기우기〉의 주제가 효의 구현이라 했을 때 그것을 서술하는 방식은 처음부터 끝까지 전편에 걸쳐 비장함과 진지함으로 도배를 해버리고 있다. 여기에는 일말의 흥미꺼리나 우스개꺼리는 끼어들 여지가 없을 정도이다. 물론 〈일석화〉와 〈편옥기우기〉가 정절이란 주제를 공히 다루고 있는 것은 아니나, 정절이나 효란 주제가 급변하던 19세기 조선의 사회상을

---

16) 〈편옥기우기〉에 나타난 여주인공. '영효'의 형상에 관해서는 한의숭, 「〈편옥기우기〉의 소설사적 성격에 대하여」, 『한국어문학연구』 47, 한국어문학연구학회, 2006을 참조.

기존질서를 통해 공고히 하고자 했던 작가의 시대인식이 소설로 표출된 것이란 측면에서 봤을 때 작품의 지향점은 일정 부분 공통분모를 가지고 있다.

하지만 〈일석화〉의 경우 강압적이고 억압적인 방법을 구사하지 않고 최대한 흥미를 끄는 이야기꺼리를 소재로 하여 정절을 심각한 것이 아닌 일상의 한 단면으로 내려놓았다는 점에서 보수적 이데올로기에 접근하는 방식의 일단을 확인할 수 있다. 작품 말미의 논평은 이러한 측면에서 〈일석화〉가 지향한 주제를 표출하는 작가의식을 잘 드러내고 있다.

아! 우리 후생들이여 천도가 무지하다고 말하지 말라. 만약 천도가 어둡고 어두운 가운데 무지했다면 비록 김씨의 정절로도 반드시 화를 피하고 복을 얻지는 못했을 것이며, 정씨의 추악한 덕으로도 반드시 몸을 죽이고 누추한 행실을 하는 것에는 이르지 않았을 것이다. 이생과 같은 자는 일개 우준한 사람을 면지 못하였지만 요행히 만세에 우뚝한 절개에 힘입어, 몸이 거의 죽을 지경에 있었지만 끝내는 죽지 않았고, 처가 절개를 잃을 지경에 있었지만 끝내 절개를 잃지 않았다. 이것은 황천이 그 절개를 굽어 가련히 여겨 가만히 그 충심을 이끈 것이 아니라면 어찌 한결같이 이러한 지경에 이르렀겠는가? 문왕이 이른바 "빛나고 빛나는 명이 위에 있고, 밝고 밝은 덕이 아래에 있느니라."라 하였고, 자사가 이른바 "작은 것보다 나타나는 것은 없고, 어두운 것보다 드러나는 것이 없다."라고 하였으니, 진실로 정씨와 김씨 두 여자의 일과 바로 부합한다. 이것은 한 때의 웃을만한 일에 불과하나 또한 후세에 멀지 않은 귀감에 관련되기 때문에 내가 그 졸렬함을 잊고 그 대강을 기록하여 후세에 전하여 한편으로는 하루저녁에 담화할

것으로 삼고 한편으로는 만세풍화의 변화에 보탬이 되고자 한다.[17]

위의 예문은 〈일석화〉의 마지막 논평 부분이다. 문왕이 "빛나고 빛나는 명이 위에 있고 밝고 밝은 덕이 아래에 있다."라고 한 말은 그가 그 덕을 닦아 마침내 천명을 얻었음을 노래하고 자손들에게 천명이란 바로 덕이 있는 곳을 따르고 덕을 잃으면 떠나는 것으로서 천명을 보전하기란 결코 쉬운 일이 아니니 주나라에 의하여 멸망한 은나라의 성쇠를 명심하여 길이길이 천명을 잃지 않도록 힘써야 한다는 것을 일깨워준 것이다. 이에 비유하면 김씨는 자신의 덕을 닦아 길이길이 정절을 지킨 여인으로 기억되며 정씨는 정절을 지키지 못해 죽음으로 생을 마감한 인물이다. 이를 통해 사회적 윤리부재 현실을 안타까워하는 작자가 후손들에게 정씨의 행실을 기억하게 하여 자신의 지조를 잃지 않도록 힘써야 함을 말하고 있다.

또한 작가는 논평을 통해 세교(世敎)에 도움이 되고자 작품을 창작했음을 밝혀놓고 있다. 당대에 여성의 정절의식이 사라져 가는 것에 대한 강한 반발을 드러낸 것으로 해석되는 지점이다. 때문에 작품 속에서 김씨와 정씨가 열을 지켜나가는 과정을 비교하여 훈계하고자 한 것으로 이해할 수 있다. 작가는 타락한 윤리의식에

---

17) 〈일석화〉(247~248쪽), "噫嗟, 我後生, 莫曰天道之無知, 假使天道無知於冥冥之中, 雖以金氏之貞節, 必不得避禍而獲福也. 亦以鄭氏之醜德, 必不至殺身而陋行也. 其如李生者, 未免一介愚蠢之人, 幸賴萬世卓牢之節, 置身於幾死之地, 竟至不死, 置妻於幾失之地, 亦至不失, 此非皇天之俯憐其節, 潛誘其衷者, 何可一至於此哉? 文王所謂, '赫赫在上, 明明在下者', 子思所謂, '莫顯乎隱, 莫見乎微者', 此實正合於鄭金兩女子之事也. 此不過一時可笑之事, 而亦關於後世不遠之鑑, 故余其忘拙 記其大槩, 傳于後世, 一以爲一夕談話之地, 一以補萬世風化之變云爾."

대한 반성 및 독자들의 자각을 일깨우고자 작품을 창작했던 것으로 보이며 특히 소설을 적극적으로 활용하여 교화의 수단으로 사용하고자 한 것으로 의미를 부여할 수 있다. 때문에 〈일석화〉는 보수적 이데올로기를 강조하기 위해 소설을 활용하였으며, 특히 활용방식에 있어 '희화화'를 적극적으로 견인하여 서사화했다는 측면에서 소설사적 의의가 있는 작품으로 판단된다.

(2) 〈이화실전〉

〈이화실전〉은 근래에 발굴 소개된 작품18)으로 이에 대한 본격적인 작품론은 아직까지 수행되지 않았다. 작품에 대한 개략적인 소개를 중심으로 한 선행 연구에 의하면 이 작품은 대략 19세기에 창작된 것으로 재자가인형의 인물이 작중에서 주도적인 역할을 수행하고 있으며, 서사방식에 있어 지하국 퇴치설화 등과 같은 몇몇 설화들을 차용하여 작품을 창작한 것19)으로 분석하고 있다.

작품에 대한 전반적인 필치를 살펴보면 서사의 정교함이나 세밀함 등은 다소 부족해 보이며 상투적인 요소가 자주 눈에 띄는 관계로 작품의 수준이 뛰어나진 않은 것으로 판단된다. 하지만 작

---

18) 이대형, 「〈이화실전〉 연구」, 『대동한문학』 29, 대동한문학회, 2009.

19) 하지만 재자가인형 인물이라 주장한 측면에 대해서는 수긍하기가 어렵다. 재자가인형 인물이란 용어의 함의가 단순히 사대부가의 수려한 외모의 남성과 미모와 재예가 출중한 여성을 뜻하는 것이라 할지라도 이화실전에 등장하는 남녀 주인공에게는 그다지 적실한 대칭이라 할 수 없다. 게다가 재자가인형 인물이라 함은 전대 애정전기의 남녀 주인공을 지칭하는 의미에서 조선 후기로 넘어오면서부터는 중국의 재자가인형 소설이 우리소설사에 영향을 미치기 시작하면서 그 의미가 분파되는 경향을 띠기 때문에 용어를 사용할 시에 전반전인 작품의 장르와도 일정 정도 고려해서 명명해야 될 용어라 하겠다.

품의 전반적인 수준이 낮음에도 불구하고 작품 속에 구현된 '정절' 의식에 대한 표현방식은 작품의 수준과는 달리 본격적으로 주목할 필요가 있다. 작품이 지향하는 의식의 핵심은 정절로 표현되는 봉건 이데올로기적 요소가 작품을 통해 주장하고자 하는 바가 무엇인가 하는 점이다.

〈이화실전〉의 경우 이 점에 주목해서 집중적으로 분석할 필요가 있다. 이와 관련하여 작품 속에서 실마리가 될 만한 부분을 찾아낼 필요가 있는데, 먼저 작품이 창작된 것으로 추정되는 19세기라는 시대와의 관련성에 착목(着目)해 살펴보도록 한다.

19세기와 정절의 문제는 시각을 어떻게 두고 보느냐에 따라 접근방향에 있어 상당히 큰 편차를 가질 수 있는 주제이다. 국내외적 갈등이 혼재하던 시기에 정절 이데올로기를 강조한 것은 시대 변화에 역행하는 것이나 마찬가지다. 문제는 지배계급의 입장에서는 지배체제를 강고하게 구축하기 위해 모든 여성에게 암묵적으로 강요하다시피 했던 논리였다는 점이다. 때문에 정절에 대한 문제는 화석화되고 관성이 된 측면이 굉장히 강했고 교조적인 분위기마저 띠고 있었음을 상기할 필요가 있다.

주지하듯이 19세기에 등장한 '열녀'의 존재는 이미 인간의 존엄성은 상실된 채 오로지 가문의 이익을 위해 강요된 측면이 크다. 때문에 열녀의 본질은 사라진 지 오래였고 어떻게 하면 가문의 이익이 될 만한 꺼리를 만들 수 없을까 하는 표본을 보여주는 것에 불과했다. 근본에서부터 한참을 벗어나 있는 열녀의 형상은 형해화된 껍데기에 불과한 것이었으나 문제는 이것이 소설에서 강력하게 구현되고 있다는 점에서 문제의 심각성은 커질 수밖에 없었다.

이런 측면에서 19세기와 정절의 양상을 살펴본다면 〈이화실전〉

의 경우 충분히 언급할 만한 의미가 있다. 〈이화실전〉은 지하국 퇴치설화의 모티브가 수용된 관계로 〈최고운전〉[20]과의 관련성도 얼핏 떠올리게 된다. 하지만 그것은 일부분에 지나지 않으며 서사가 중간부에서 전환되어 전혀 예상치 못한 반향을 불러일으키는 점에서 흥미를 일으킨다. 물론 전반적으로 여타 작품들과 비교해서 큰 차별성이 보이지 않으며 서사에 있어서도 특이점이 두드러지지 않는다.

그런데 문제는 정작 위기에서부터 벗어나자 발생한다는 점이다. 즉, 사대부가의 여성이 정절을 지키지 않고 이를 적극적으로 거부하는 특이한 행동을 감행하는 것이 그것이다. 물론 정절 이데올로기 자체가 남성지배체제를 위해서 고안된 장치이긴 하나, 이를 단순히 해석하는 것은 문제의 본질에 다가서지 못한다. 남성이 위주가 된 가문의 문제이기도 하며, 이것은 결국 지배계급 전체를 위한 것임을 주지해야 하기 때문이다.

따라서 이데올로기를 도구로 하여 지배계급의 위상을 공고히 하기 위해 복무해야 될 사대부 여성이 이를 부정한다? 라는 설정은 근본적인 차원에서 훼손이 발생하고 있음을 뜻하는 것으로 이해된다. 때문에 이를 적극적으로 복구해야 될 필요성이 제기되는데 그 해결방식이 극적으로 표출되고 있어 의미심장하게 다가온다. 아래 장면에서 정점에 달하는 양상을 확인할 수 있다.

---

20) 〈최고운전〉의 경우 최근까지 다양한 논의가 제출될 정도로 많은 해석의 여지를 가지고 있는 흥미로운 작품이다. 필자는 〈최고운전〉의 경우 서구소설 이론, 특히 앤드류 플랙스의 분석방법을 이용하여 구조를 논의해 볼 필요가 있다는 간단한 의견을 가지고 있는 편이다. 〈최고운전〉과 관련된 최근 논의는 김유진, 「〈최고운전〉의 서사특성 연구」, 서울대학교 석사논문, 2009; 박일용, 「〈최고운전〉의 창작시기와 초기본의 특징」, 『고소설연구』 29, 한국고소설학회, 2010을 참조.

막례는 분을 이기지 못해 손으로 봉옥의 빰을 후려치고 그녀를 꾸짖었다.[21]

위의 장면은 시비인 여종이 여주인의 빰을 후려치며 여주인을 훈계하는 모습을 서술한 대목이다. 여종이 주인의 빰을 후려치는 하극상을 부린 이유는 사대부가의 여성이 정절을 지키지 않으려 한 데서 발생한 것이다. 때문에 신분이 낮은 하층 여성인 여종이 자신이 모셔야 될 대상인 상층사대부 여성의 훼절을 징치하는 전복(顚覆)적인 행동으로 정절 고수를 실천한다. 상층사대부가의 여성이 피지배계급인 몸종이 정절을 지키지 않는 것에 대해 징벌을 가한 게 아니라 상황의 역전이 발생한 것인데 이는 단순히 넘어갈 사항이 아님을 웅변하고 있다. 정절 고수의 행위 양상이 신분계급과 정반대로 역전되어 나타난 것, 그것이 하층 신분의 몸종에 의해 철저하고 단호하게 수행되고 있는 것, 이는 모두 19세기의 정절 이데올로기가 상층사대부가의 여성의 전유물에서 벗어난 것임을 보여주는 동시에 그 파급이 이미 사회 전반의 여성계층에까지 미쳤음을 의미하는 것으로 판단된다.

이 점은 결국 19세기와 정절의 문제에 관해 다시 생각해봐야 함을 요구한다. 정절을 고수하고 준수해야 될 입장에서는 이를 거부하고, 오히려 이를 고수할 필요가 전혀 없는 계급에서 이에 집착하고 추종하는 양상을 보이는 것은 쉽게 이해하기 어려운 측면이 있다. 물론 결과적으로 '훼절/정절'의 대립을 통해 승리하는 쪽은 어김없이 정절 쪽이겠으나 문제는 정절고수의 주체가 역전되었다는

---

21) 〈이화실전〉(78쪽), "莫禮不勝其憤, 以手猛打鳳玉之頰而責之."

점이다.

이 장면에 대한 해석은 여러 가지 측면에서 생각해 볼 여지가 있는데 19세기에 들어서면서 정절의식이 사대부 여성의 계층에 국한된 문제가 아닌 하급 계층에까지 파급되어 정절 이데올로기가 사회 전반으로 뻗어나간 것으로 우선 이해할 필요가 있다. 하지만 이러한 현상이 19세기의 시대상황과 맥을 같이하지 않고 반대의 노선을 지향한다는 점에서 정절의식의 강조는 소설의 보수화 양상을 보여주는 예로 또한 지적할 수 있다.

문제는 보수화된 의식 지향이 19세기에는 경향 각지를 막론한 현상이었단 점을 주목해야 한다. 예컨대 지방의 향촌사족에 의해 구현된 열녀의 형상 또한 기본적인 문제의식은 보수적인 정절의식에서 벗어나지 못하고 있다는 점이다. 그 일례로 경북대 소장본 『패설집록(稗說集錄)』 소재 작품 가운데 〈산중열녀전(山中烈女傳)〉을 들 수 있다.

〈산중열녀전〉은 이 책에서 새로 소개되는 작품인데, 이를 살펴보기에 앞서 이 작품이 수록된 『쇄록』이라는 자료에 대해 먼저 언급할 필요가 있다. 『쇄록』은 경북대학교 북재문고(北齋文庫)에 소장된 1책 분량의 잡록(雜錄)으로 안학진(安學鎭)에 의해 1903년에 편찬된 자료이다.[22] 『쇄록』에 수록된 내용을 대략적으로 살펴보면 『논어』나 『맹자』와 같은 경서 구절을 인용하고 그에 대한 편찬자의 의견을 기록한 글들이 있고, 이에 대해 논의한 필기(筆記)적인 성격의 글들도 다수 보이며, 특정 문제에 관해 의론(議論)을 주고받

---

[22] 『패설집록』은 필자에 의해 발굴, 소개된 뒤 박지희에 의해 후속 연구가 진행되어 편찬자 및 편찬연대 등이 밝혀졌다. 이에 대해서는 박지희, 「『稗說集錄』의 서술 방식과 창작의식」, 경북대학교 석사논문, 2012 참조.

은 편지 또한 여러 편 수록되어 있다.

특히 『쇄록』은 속면 첫 장에 『패설집록(稗說集錄)』이란 제목을 달고 이어서 〈완전국보 고려이신동(完傳國寶 高麗李神童)〉, 〈단서해원 오성(丹書解寃 鰲城)〉, 〈산곡구 조정암(山谷嫗 趙靜庵)〉, 〈불용문자 이현도운(不用文字 李玄道云)〉, 〈위리교자(圍籬敎子)〉, 〈규화복춘 홍득창운(葵花復春 洪得昌云)〉, 〈보은금 홍순언(報恩錦 洪純彦)〉, 〈제전우 반효자(祭田雨 潘孝子)〉 등 9작품을 수록하고 말미에 '우구수임인칠월망후작(右九首壬寅七月望後作)'이라 기록해 놓았다. 언급한 9작품의 경우 패설성향의 작품으로 제목에서 볼 수 있는 바와 같이 이항복(李恒福)이나 조광조(趙光祖), 홍순언(洪純彦) 등과 같이 야담이나 패설작품에서 자주 등장하는 인물들과 관련된 이야기를 수록하고 있다. 문제는 기존 패설집에 등장하는 이야기와 동일한 이야기가 수록된 것인가? 아니면 완전히 다른 내용이 수록되어 있는가? 하는 점인데, 현재까지 확인한 것에 의하면 기존의 패설집에 수록된 내용과 부분적인 차이가 발견되므로 향후 보다 자세한 분석이 요구된다.

일단 위의 9작품에 대한 논의는 뒤로 하고 『쇄록』 소재 〈산중열녀전〉에 집중해 보면 〈산중열녀전〉은 전체가 약 1,100여 자 정도 분량으로 구성된 전(傳)작품이다. 하지만 단순히 인물전의 형태로 구성된 것은 아니며 약여하나마 서사적인 구성을 갖춘 흔적이 엿보인다. 이 책에서 처음 소개하는 자료이므로 전문(全文)을 실어 제시한다.

山中烈女傳 戊戌三月日
戊戌春, 予塈居病伏, 隣朋至者以古談慰我, 罪蟄涔寂, 須錄之如左古有嶠南李氏子, 自少以讀書爲業, 業已精, 時有廷試令, 此人自挾其能, 謂梯富貴別利器之秋也. 乃勇赴焉. 克日啓行, 望京城進發, 日行三舍而宿, 每借店寄宿, 凡若此者數日.

一日曉起, 携杖而行, 行數里, 入肆喫飯取飽已訖, 又登程, 峻嶺在前, 勢若摩天, 且路分二條, 一條卽向嶺, 那路一條, 轉入山谷, 差坦焉. 不敢依嶺而進, 遂向山谷去了. 路且崎嶇, 正行之間, 日當午矣. 無酒肆可療處, 四顧幷無村落, 只得倚岩安歇, 自呭不已, 復强行十餘里, 日已西, 宿泊不知在何. □險行路之餘, 飢且切, 乃憑高四望, 山之北岩穴間, 人烟炊夕, 中心以爲渴者得水, 蒼黃捨命而去, 比到天色依微, 有一美人, 素服澹粧而出, 背而立曰: "何許君子, 得至此耶?" 少年具道入谷迷路艱行見飢之由, 他婦憐而答曰: "夫婦有別, 客應知之, 雖然烏可見人飢而不之救乎? 且日已盡, 此山豹虎極多, 不可向佗處去了." 遂請入房, 房止一間, 客飢渴, 人冒廉入房坐定, 進穢飯菜羹, 曰: "山中無別味" 此時少年飢腔, 其味果如何哉? 雖太牢之供, 莫以加此.

至夜深, 婦人在厨, 不入房, 少年那無不安之心, 因開門, 向婦而語曰: "豈聞客居溫突而主處冷厨者乎? 且云豹虎山多, 奈何爲此?" 若是者數三, 婦尚不諾, 少年遂請自居于厨, 然後那婦强入房, 分左右而坐, 明燭刺針爲, 少年困憊, 因勸之寢, 少年從之就寢, 婦人儀容, 有羞月沈魚之態, 少年之心, 烏得睡着, 自思銅雀春風, 庶不爲周郎所笑, 乃託睡困, 而陽以足加婦膝上, 微開睫, 觀動靜如何, 則婦以針尺在傍者, 推足置席, 不以手. 色忽變曰: "客子必困甚" 少年復如此者再, 婦人亦如前, 旣畢, 乃厲聲向客曰: "起起." 客驚得十分, 慚然而起, 陽作睡覺之狀, 婦端坐罵客曰: "男女間大節, 只是別一字, 我聞客之行止云. 赴廷試, 乃儒者, 而何爲無禮此甚?" 客詐爲愕然而應曰: "我何失禮? 責我至此, 或因睡中魂迷有此過失耶?" 婦, 良久以加足之事, 及之. 客悟悔不已, 稱罪求恕, 婦人强婉其顔色而言曰: "妾本此山下居人, 不幸家夫蚤歿, 因葬于此岩穴之右, 小妾因掃夫塚以死爲期, 而命縷頑不

86

絶, 保至今日, 且上無舅姑, 下無子女, 妾命之薄如此, 年方十九." 言訖, 淚
如泉湧而已. 捫淚曰: "客懷不義之心, 故我賦得一句, 請客聽之." 遂嗚咽而
誦其賦曰: "新人對於黑夜, 舊夫泣於黃泉." 誦過復, 珠淚滿裳. 客聽之, 不
覺毛骨竦然, 有凜乎, 不可犯貞德烈氣, 只得依枕擁瞳而睡, 少焉, 夢覺, 窓
已曙, 山禽報曉, 束裝出門視之, 果有一路通于墓側, 乃孀媤省掃之路也. 少
年自思曰: "如此烈婦, 我幾乎浼" 遂下山, 抄路而行, 又明日到京邸, 刺得于
議政金氏家, 因留宿焉. 時議政女新寡, 寡懷情婦之心, 夜潛到李生寢房, 生
義以曉之. 且以前日烈婦所著詩誦之. 寡卽抆淚致悔曰: "君子數語, 使妾有
守貞之道." 拜謝不已. 時夜議政巡庄, 窃聽而心德之. 遂昇聞于王庭, 盖薦其
才德也. 遂擢用爲弘文館學生云.

余聽之曰: "若非烈女之一句, 焉得及此?" 噫! 山中岩兮, 有婦廬焉, 朝夕
省 掃, 其夫泣于泉, 一語貞節, 少年有則矧乎? 其終淫婦爲烈, 信其自守德
加諸人.[23]

대략적인 줄거리를 개괄해 보면 선비가 과거를 보기 위해 서울
로 가던 중 산 속에서 길을 잘못 들어 헤매다가 희미하게 새어나오
는 불빛을 발견하고 노숙할 집을 찾는다. 그 집에는 과부가 혼자
산 속에 살고 있어서 이에 하룻밤만 묵고 가고자 청하여 도움을
받는다. 산 속에서 길을 헤매다가 숙소를 발견하고 거기서 식사까
지 대접받고 잠을 청하던 중 과부와 같은 방에 눕게 되자 흑심이
일어 여인의 반응을 시험해 보는데 이에 저항하는 여성의 당찬 모
습으로 인해 본인의 잘못을 뉘우치게 된다는 내용으로 구성되어
있다.

---

23) 『쇄록』, 77~80쪽.

작품의 서두에 이 이야기는 본인이 몹쓸 병에 걸려 누워 있던 중 이웃에 고담(古談)을 잘하는 사람이 찾아와서 위로하고자 한 이야기라고 밝혀놓고 있다. 작품 말미에는 이야기를 다 들은 다음 독자의 입장에서 열녀라고 하는 것은 특정한 사람만이 할 수 있는 게 아니라, 산 속에 아녀자도 할 수 있는 것이라 주장함으로써 정절이 상층사대부가 여성만의 전유물이 아니라는 의식을 드러내고 있는 것에서 서술의식의 일단을 확인할 수 있다.

이러한 의식은 앞서 〈일석화〉나 〈이화실전〉에서 드러났던 정절의식과 동궤에 놓여 있는 것이다. 19세기에 들어서서 정절이데올로기라는 것이 단지 상층 사대부가의 여성에게만 강요되던 현상이 아니라 사회 계층 전반의 거의 모든 여성에게 실제적 현상으로 강요되고 요구되던 일상이었단 점을 다시금 환기할 수 있다. 〈산중열녀전〉은 이데올로기의 확산이 전지역적인 현상이었음을 확인할 수 있는 자료란 점에서 그 가치를 논할 수 있을 것으로 판단된다.

문제는 소설 창작의 시기와 창작된 소설이 구현하고자 한 주제의식이 과연 사회 변화와 관련하여 어떤 방식으로 대응하려 했던 것인가 하는 점이다. 흔히 말하는 19세기 조선의 상황이 주변국과의 관계 속에서 어떤 식으로 자기발전을 도모해 갔던가? 혼란한 사회상 속에서 보수와 진보의 흐름이 상호충돌하면서 벌어지는 상황을 인식하던 의식수준은 무엇을 지향하고자 했던가? 하는 점이 핵심이다.

이런 의문에 대한 대답으로 〈이화실전〉을 통해 한 단면을 짐작해 볼 수 있을 것으로 생각된다. 19세기 사회는 복잡다단한 사상들이 혼재해 있던 상태에서 진보적인 흐름들이 중세사회에 미세한 균열을 일으킨 반면, 그 대척점에 서 있던 보수 집권세력의 경우 사회 변화의 흐름에 휩쓸리지 않고 더더욱 강고한 입장을 견지하고 사회전반을 강력히 제어했었다. 이런 상황에서 정절의식은 변화하는 시대에 대응할 수 있는 집권지배세력의 보수적 시대인식을 효율적으로 드러낼 수 있는 좋은 소재였다. 19세기에 창작된 소설은 정절과 같은 중세적 관념을 굳건히 받아들이는 운명적 존재를 주인공으로 등장시켜 당대의 보수적 인식을 또한 드러내고 있었다.

2) '충/효'의 보수적 이데올로기 구현

19세기는 변화가 많았던 시기인 관계로 외부의 충격과 내재적 발전의 두 축이 상호 착종되는 현상을 경험해야 했다. 그 영향은 문학사에도 많은 영향을 끼쳤는데 흥미로운 현상은 야담을 통해 보이는 근대로의 이행기적 현상만큼이나 전통의 가치관—이데올로기라 지칭되는—에 대한 묵수(墨守) 현상 역시 뚜렷하게 감지된다는 점이다. 이러한 현상은 소설을 통해서 집중적으로 표출되고 있는데 주로 국문소설에서 충과 효를 중심으로 한 다수의 작품이 출현했던 것에서 그 일단을 간취할 수 있다. 그러나 이것은 비단 국문소설에만 국한된 현상은 아니었으며, 한문소설에 있어서도 그러한 현상은 충분히 감지되는데 문제는 소설을 통해 구현되는 '충/효' 이데올로기가 어떤 의미를 지니고 있는가 하는 점이다. 이와 관련하여 징후가 뚜렷이 포착되는 〈한조충효록〉과 〈편옥기우기〉의 예를 통해 그 일단을 살펴본다.

(1) 〈한조충효록〉

〈한조충효록〉은 근래에 발굴, 소개된 작품으로 간단한 서지사항은 다음과 같다. 경북대 소장본 〈충효록〉은 1책 분량의 한문소설로, 표제에 〈충효록(忠孝錄)〉 부남정기(附南征記) 전(全)이라 기재되어 있고, 내지에는 첫 면에 〈한조충효록(韓趙忠孝錄)〉 일(一)이라 기재되어 있어, 원제가 〈한조충효록〉임을 알 수 있다. 필사본 1책(冊, 40장)으로, 사주쌍변(四周雙邊) 반곽(半廓) 20.8×12.6cm에 경계가 있으며, 1면당 10행 16자로 대략 12,800자 정도로 구성되어 있다. 〈한조충효록〉은 권일로 시작되며 작품의 마지막 장에 "하회분해(下回分解)"라고 되어 있는 것으로 보아 현재 발굴된 〈한조충효록〉이 전책은 아니고, 몇 권이 더 존재할 가능성이 예상된다.24) 따라서 현재 발굴된 작품이 전책은 아닌 것으로 추정되기 때문에 작품의 전모를 알기는 어렵겠으나 제명에서 볼 수 있듯이 〈충효록〉 계열의 작품이 주로 입신양명하여 가족과 국가에 기여하는 영웅의 활약에 초점이 맞춰져 있기 때문에 본 작품 역시 동궤에 놓여 있을 것으로 판단된다.

---

24) 이 점은 보다 면밀하게 살펴봐야 할 것으로 생각된다. 뒷장에서 상술되겠지만 5회의 서사 말미에 금나라가 병사를 거두고 본국으로 돌아가는 장면이 나오는데 마무리되는 부분의 서술이 급작스럽게 정리되고 있다. 새로운 장회를 시작하기 위해 장회의 끝처리를 그렇게 한 것인지 아니면 작품을 끝내기 위해 그렇게 한 것인지는 가늠하기 어려우나 전반적으로 마무리 처리가 다소 어설프게 끝나고 있는 것은 여러 가지 측면의 가능성을 안고 있어 단정하기 어렵다.

① 〈한조충효록〉[25])의 작품 경개와 서사적 특징

〈충효록〉에 구현된 충의 형상에 대해 살펴보기에 앞서 〈충효록〉에 대한 소개 차원에서 간단한 작품 경개와 서사적 특징을 먼저 개괄해 보면 〈충효록〉은 총5회의 장회소설로 구성되어 있는데 각 장회별 줄거리는 다음과 같다.

1회: 송나라 개원 년간에 절강 소주부 자운촌에 사는 한세충이라는 명신이 있었는데, 조정이 간악한 무리들에 의해 좌지우지되자, 벼슬을 버리고 낙향하여 소요자적하며 보낸다. 8월 보름, 상서와 아내는 술을 마시다가 상서가 나이 마흔이 넘도록 후사가 없음을 한탄한다. 그날 저녁 태을성군이 아내의 꿈에 나타나고 이후 아이를 잉태하여 낳게 되자 상서는 이름을 수웅이라 짓고 애지중지하며 키운다. 한편 대명부 도화촌에는 명신 조준이 살고 있었는데 당시 승상 진회와 사이가 벌어져 낙향하여 지내다가 슬하에 자식이 없음을 한탄한다. 하루는 노승이 상공을 찾아와서 사찰을 중수하기 위한 도움을 주길 원하자 상공이 이를 도와준다. 그러자 노승은 훗날 반드시 자식이 생길 것이라는 말을 남기고 사라진다. 이날 밤 부인은 스님 한 분에게서 붉은 복숭아꽃 가지 하나를 받는 꿈을 꾸게 되고 이때부터 잉태하여 아이를 낳게 되는데 이 아이의 이름을 부용이라 짓고 자를 취선이라 한다. 한편 한수웅은 어려서부터 뛰어난 자질로 이름이 났으나 상서가 병에 걸려 죽게 되고 부인 또한 따라 죽게 되자 삼년상을 예를 다해 모시고는 출장입상하기 위해 노비들에게 가사를 맡기고 정처없이 길을

---

25) 이하 작품명은 〈충효록〉으로 한다.

나선다.

2회: 공자는 길을 나선지 며칠 뒤에 대명부 도화촌에 이르러 취운도인
이란 노승을 만나 담론을 나누게 되고 이후 노승이 공자를 제자
로 맞아들이겠다고 하자 공자는 크게 기뻐한다. 노승은 공자에게
도화촌에 내려가서 결혼을 한 이후에 입산수도하길 원하고 이를
따라 공자는 다음날 도화촌으로 내려간다. 이때 조시랑부부는 딸
아이의 정혼처를 구하지 못하고 날을 보내던 중 하루는 시랑이
등산을 하러 갔다가 미소년을 만나게 된다. 미소년과 이야기를
나누던 가운데 한세충의 아들임을 알게 되고 이에 딸아이의 베필
로 삼고자 공자의 의사를 물어 승낙을 받는다. 그런 다음 부인에
게 사실을 알리니, 부인은 부용이 태어날 적에 꾼 태몽과 일치함
을 들어 기뻐한다. 한 공자는 시랑에게 사부의 명과 관련된 자초
지종을 이야기 한 후 다시 구궁산으로 올라가게 되고 이 사실을
안 부인이 화를 내나 시랑이 부인을 안심시킨다.

3회: 송나라에 고종황제가 즉위한 후 간신 진회·이세·황잠·선왕·백원
등이 조정을 마음대로 휘두르자, 각지에서 도적이 봉기한다. 유
예는 제지에서 왕선은 범양, 이성은 형주와 익주, 양공은 강동에
서 난을 일으켰다는 급보가 들어오자 문무제신과 천자는 불안해
하며 어찌할 줄 모른다. 이때 대신 하나가 유기로 유예를 막고,
왕덕으로 왕선을 막으며, 오개로 양공을 막고, 오린으로 이성을
막게 하고, 농우·왕연으로 대원수를 삼고, 장헌으로 병마부원수
를 삼아 근왕병으로 위교에 주둔하여 적을 토벌하면 도적이 평정
될 것이라고 계책을 낸다. 이에 부원수 장후가 계책을 내자, 왕원
수는 크게 기뻐하여 선봉을 맡을 장수를 물으니 거기장군 남창후
관사고가 자청하여 이에 선봉으로 삼고, 북로선봉은 진서장구 도

정후 우고를 삼아 진격한다. 이때 천자는 태화전에서 적을 물리칠 계책을 논의하고 있다가, 제왕 유예가 황성으로 진격한다는 소식을 듣자, 안색이 변하여 어찌할 바를 모르는데, 우승상 조정이 회주로 피할 것을 권하여 이에 회주로 겨우 들어간다. 이 소식을 들은 금주는 대태자 금달나와 대원수 범목에게 병사 10만을 거느리고 가서 관중을 취하게 한다.

4회: 한공자는 취운도인에게 칠보신도선, 곤선승, 음양경과 행황기, 자하의를 받은 뒤 운하수를 타고 항마저를 가지고 적을 토벌하기 위해 황성으로 갔다가 천자가 회주로 몽진했다는 소식을 듣고 회주로 향한다. 한편 유예가 남경을 공격하자 남경유수 두언은 부장 한상의 말을 따라 싸우러 나가는데 팽호와 여영이 맞붙었으나 팽호가 죽게 되고 충식마저 여영과 싸우다 죽게 되자, 한상이 달려나가 맞서지만 그마저 결국 죽게 된다. 이틈을 타서 유예가 성을 공격하자 두언은 항복하고 만다. 한편 왕선이 함양으로 진격하자 함양수장 맹방술은 대장 이보의 계책을 따라 야습을 감행하나 왕선 진영에선 수자기가 부러지는 것을 보고 점을 쳐서 야습이 들어올 것을 짐작하고 이를 대비하여 맹술방을 무찌른다. 이에 곧바로 왕선은 황성으로 진격하던 중 왕덕의 군대를 맞아 싸우나 대패하고 남쪽으로 도주한다.

5회: 천자는 사방으로 적병이 진격해 오자 항복할 마음을 먹는다. 하지만 주변 신하들의 만류로 인해 다시 싸울 채비를 하는데 때마침 수응이 진영에 도착한다. 그의 늠름한 모습을 보고 호위장군 겸 중랑장에 제수하니 수응은 병사 3천을 주면 괴적의 머리를 베어오겠다 장담하여 정예 3천을 얻어 적을 치러 나간다. 적병과 싸우러 나간 수응은 음양경을 써서 여영과 송적을 낙마시키고 신염선으로 유예와 유린 등의 적장과 적병 25만을 모두 패퇴시키고 승승장구한다. 천자는 수웅을 천하병마대원수 겸 회주처치로 삼고 청주후에 봉한다. 한편 도망간 이성과 양공은 철군할 계획을 세우는데 봉래도 일기선 갈영이 제자인 여영의 원수를 갚기 위해 등장하고 한편 석령성모의 제자 범영 또한 돕기를 청한다. 범영이 출진하여 송나라 진영의 관사고와 우고를 잡아가고 또한 여섯 장군을 모두 잡아가버린다. 이 모습을 본 원수는 범영에게 곤선승을 씌워 잡아와서 머리를 베지만 범영은 탈원신법을 써서 진영으로 돌아온다. 다음 날 다시 원수에게 싸움을 걸러온 범영을 사로잡아서 부적을 붙여 머리를 베어버린다. 한편 갈도인은 원수와 직접 대결하러 전장으로 나오는데 원수는 갈영에게 술법이 통하지 못함을 보고 사부에게 도움을 청하기 위해 구궁산으로 올라간다. 사부는 원수에게 갈영을 깨뜨릴 비책으로 혼원금두와 지황초, 번천을 건네주고 이에 힘입어 다시 갈영과 맞붙은 원수는 갈영을 없애 버린다. 한편 이성과 양공의 진영으로 범영의 스승인 석령성모가 찾아와서 원수와 맞붙게 되나 그 역시 원수에 의해 죽음을 당한다. 이후 난을 평정한 원수는 봉작을 고사하고 고향으로 돌아가서 부모를 생각하며 잠을 이루지 못한다. 한편 금국태자 금달나와 대원수 범목은 한수웅에 의해 난이 평정됐다는 소식을 들은 뒤 병사를 거느리고 금나라로 돌아간다.

5회의 장회 줄거리를 살펴보면 일반적인 영웅소설의 서사방식과 큰 변별점이 드러나지 않는다. 남녀 주인공의 신비스러운 출생과 그들을 둘러싼 가족사의 내력, 고난을 겪게 되는 주인공이 조력자의 도움으로 신이한 힘을 가지게 되고 이를 통해 난세의 영웅으로 등장하여 난을 평정하고 이후 큰 벼슬을 역임하다가 은퇴하여 여생을 마감하는 줄거리가 서사의 뼈대를 이루고 있다. 일단 서사의 전개 과정을 중심으로 장회의 전반적인 특징들을 포착해 살펴 보면 다음과 같다.

먼저 작품의 서두 부분에 해당되는 장회 1, 2, 3의 경우 남녀 주인공인 한수웅과 여주인공인 부용의 출생과 만남, 그리고 한 수웅이 도사에게 술법을 전수받아 영웅으로 성장해 나가는 과정 에 서사가 집중되고 있다. 이 가운데 남녀 주인공은 실존인물이 었던 송대의 충신인 한세충과 조준의 아들과 딸로 설정되어 있 는데 송대의 대표적 충신 가운데 하나였던 한세충을 주인공의 아버지로 설정한 것은 일단 작품의 사실성을 강조하기 위한 장 치로 파악된다.

한세충은 송대 건안 사람으로 자는 양신, 호는 청량거사라 불렸 던 인물인데 북송 휘종 4년(1105)부터 남송 고종 11년(1141)까지 36 년간을 종사하면서 최하급 병졸에서 시작하여 최고통수(선무사)에 까지 승진한 입지전적인 인물이었다. 특히 그는 남송 고종 때의 8천 군사로 금나라의 10만 군대를 물리쳐 황제로부터 충용(忠勇)이 란 두 글자를 새긴 깃발을 받을 정도로 충의로운 명장이었고, 송 고종 때 진회(秦檜)가 금나라와의 화의를 주장하면서 악비(岳飛)와 관련된 원옥이 일어나자 진회에게 항거하다가 파직당하기도 했던 충의의 상징이었다.

장유(張維, 1587~1638)는 『계곡만필(谿谷漫筆)』에서 한세충을 가 리켜 "군졸에서부터 출발하여 중흥을 이룩한 명장이 되었고, 그 지위는 왕후에 이르렀다. 그러나 일단 군대에 관한 일을 그만둔 뒤에는 문을 닫고 빈객을 사절한 가운데, 가끔 나귀를 타고 술병을 손에 든 채 아이 종 한두 명을 데리고 서호를 마음껏 노닐면서 스스로 즐기곤 하였다. 그리하여 끝내는 진회로부터 해를 받는 일을 면하였으니, 지혜로웠다 할 만하다."[26]라고 평가한 바 있다.

이렇게 역사적으로 유명한 인물, 특히 송대에 충효를 상징했던 인물을 주인공의 부친으로 설정한 것은 그 인물이 지닌 역사적 정통성이 소설에 융합되어 일어날 수 있는 효과를 기대한 것에서 고안된 장치이다. 때문에 작품의 주인공인 한수웅의 경우 역사적 인물인 아버지의 후광으로 인해 그 인물됨과 영웅으로서의 자질은 태생적으로 부여받은 인물로 그려지고 있으며, 한수웅이 지닌 영웅적 면모는 이미 아버지의 존재로 인해 작품의 시작에서부터 일정 정도 독자들에게 그 존재가치를 인정받은 상태에서 출발하고 있음을 짐작할 수 있다.

이러한 면모를 지닌 주인공은 출생부터 남다를 수밖에 없는데 이때 주로 사용되는 방법은 태몽(胎夢)의 등장이다. 〈충효록〉에서는 꿈속의 계시를 통해 이루어지고 있는데, 천상의 태을성군(太乙星君)이 하강하여 아들로 거둬달라는 표현으로 서술되고 남주인공의 배필이 되는 여주인공의 경우 대향옥녀(戴香玉女)가 하강하여 조준의 딸로 태어나는 설정으로 제시되고 있다. 뿐만 아니라, 작품 속에서는 여주인공의 배필이 있는 곳까지 꿈속에서 계시를 통해 상세하게 가르쳐 주는 장면까지 등장하고 있다.

이렇게 〈충효록〉의 경우 영웅소설에 등장하는 영웅의 탄생화소가 고스란히 적용되고 있음을 알 수 있다. 하지만 다른 영웅소설과

---

26) 張維, 『谿谷漫筆』 권1 「功成身退之豪傑」, "韓世忠起自卒伍, 爲中興名將, 致位王侯. 旣釋兵, 杜門謝客, 時跨驢携酒, 從一二奚童, 縱游西湖以自樂. 卒免秦檜之害, 可謂智矣."

는 달리 영웅의 탄생을 극적으로 그려내기 위해 인물과 인물의 가족에 대한 과도한 고난을 부여한다던가 하는 장치는 사용되지 않고 있음을 확인할 수 있다. 즉, 한수웅의 아버지인 한세충이 병으로 인해 죽고, 부인 또한 얼마 뒤에 남편을 따라 죽는다는 설정을 해 놓음으로써 주인공에게 놓인 이산의 고난을 비교적 범범하게 그려내고 있을 뿐이다.[27] 이 점은 다른 영웅소설과 비교해 볼 때 〈충효록〉에 현시된 고난의 양상이 그다지 강렬하게 드러나고 있지는 않음을 볼 수 있는 측면이다. 일반적으로 영웅소설들의 경우 주인공이 감당하기 힘든 고난을 설정함으로써 그 난관을 어떻게 극복해 나가느냐에 주목하게 만들어 그러한 영웅의 성장 과정이 결국엔 영웅을 통해 대리만족을 느끼는 독자들의 기대희망을 대변케 하는 측면이 다분하다. 〈충효록〉은 그러한 측면에선 두드러진 특이성을 보여주고 있지는 않는 편이다.[28]

한편, 장회 2회에서는 본격적으로 조력자의 도움에 의한 영웅 만들기의 과정이 서술되고 있는데 일반적인 패턴, 즉 지인지감 화소에 의해 남주인공을 데리고 온 조력자가 자기의 딸과 결연시키는 화소가 〈충효록〉에서도 어김없이 등장하고 있다. 〈충효록〉의 경우 남녀 주인공의 결연 과정에 있어서 일반적인 영웅소설에 주로 등장하는 화소들 가운데 천정배필(天定配匹)화소와 부모병사(父

---

27) 이 부분은 좀 더 세심하게 살펴볼 지점으로, 〈충효록〉의 경우 주인공의 일대기에 집중이 된 나머지 부모의 죽음과 같은 여타 인물에게 놓인 고난의 문제가 인과성을 띤 형태로 서사화되지 못하고 있다. 이것은 결국 영웅소설의(특히 부정적인 의미에서의) 통속성과 관련되는 측면으로 보이며 영웅소설이 보여주는 한계의 한 측면을 보여주는 부분이 아닌가 생각된다.

28) 이 점은 작품 내에 갈등을 야기하는 요소들도 그다지 심각하게 설정되지는 않을 것임을 짐작케 하는 측면으로도 해석할 가능성이 내포되어 있는 것이다.

母病死)화소, 지인지감(知人之鑑)화소, 구원자의 딸과의 결연화소, 신물(信物)화소 등이 사용되고 있다.[29] 장회 1회에서 천정배필 화소와 부모병사 화소가 사용되었고 나머지는 2회에서 사용되고 있는데 문제는 작품의 서사에 있어 영웅소설에서 주로 갈등을 야기하는 화소로 사용되는 간신박해 화소[30]나 처가권속 박해 화소, 늑혼 화소 등이 사용되지 않는 점이다.

이 점은 작품의 갈등 양상이 그다지 심각하지 않을 것 같다는 인상을 주는 부분이다. 남녀 주인공의 행적(行蹟)에 갈등을 부여하여 그것을 어떻게 해결해 나갈 것인가에 중심을 두고 있는데 갈등의 정도가 심각하지 않다면 그에 따른 서사의 흥미나 긴장도 역시 떨어질 수밖에 없다. 이것은 달리 말하면 이를 제외한 다른 부분에 작가가 더 신경을 썼던 것이 아닐까라는 생각을 가지게 만든다. 작품 전체의 분량을 통해 살펴보면 약간의 실마리를 얻을 수 있다.

〈충효록〉의 경우 총 5회 가운데 작품 분량에 있어 대부분을 차지하고 있는 회는 4회(26~51쪽)와 5회(51~80쪽)이다. 즉 천자가 회주로 몽진을 가자 한생(韓生)이 하산을 해서 천자를 도와 천하를 평정하는 군담이 작품의 약 4분의 3을 차지하고 있다. 이것만 살펴보면 1, 2, 3회에 걸쳐 서술되고 있는 남주인공과 여주인공의 출생의 과정과 부모의 조몰, 구원자를 만나 수행하는 과정 등은 영웅의

---

29) 영웅소설에 나타나는 화소와 결구방식을 통한 유형성에 관해서는 김진영·차충환, 「화소와 결구방식을 통해 본 영웅소설의 유형성」, 『어문연구』 110권, 한국어문교육연구회, 2001을 참조.

30) 간신박해 화소의 경우 남주인공인 한수웅의 아버지 한세충이 간신들의 모함을 받아 벼슬을 버리고 고향으로 물러나게 되었다는 작품 서두의 언급이 있긴 하나 작품의 서사를 좌우할 만큼 큰 의미를 가지고 있는 것은 아니기 때문에 그 역할은 거의 미미한 것이나 다름없다고 할 수 있다.

탄생을 예고하기 위한 것으로만 작용하고 있을 뿐, 작품 전반에 걸쳐 큰 영향력을 행사하지 못하고 있다.

따라서 〈충효록〉의 핵심 서사는 4, 5회의 군담(軍談) 부분에 집중되어 있다. 서사의 양상을 대략적으로 살펴보면 주로 송나라 군대와 반란군과의 전투장면에 대부분이 할애되고 있다. 아래 장면을 통해 이 점을 확인해 볼 수 있다.

도인이 말하기를 "첫 번째 물건은 칠보신염선으로, 한번 부채질하면 비록 태산이라도 재가 되어 날아가느니라. 두 번째 물건은 곤선승으로 사람을 만나 한번 씌우면 비록 천만인이라도 모두 묶을 수 있으며, 묶인 자가 비록 용력이 맹분과 하육 같더라도 풀고 달아날 수 없느니라. 세 번째 물건은 음양경으로 한 면은 붉고 다른 한 면은 흰데, 붉은 면을 쥐고 사람을 비추면 죽고, 흰 면을 쥐고 비추면 살 것이다. 또한 깃발하나와 옷 한 벌을 주며 말하길 "이 기의 이름은 행황기로 한번 휘두르면 만 개의 금빛 연꽃이 몸을 감싸고 보호하여, 칼과 창이 깃발 안으로 들어가지 못하며, 위로 높이가 십여 장이나 되는 흰 빛이 나와, 그 빛이 천만 개의 병기로 변하여 적들을 어지러이 칠 것이다. 이 옷은 자하의로 사람이 이 옷을 입으면 바다를 건너고 산을 오르는 것이 마치 평지를 걷는 것과 같으며, 역시 창과 칼이 안으로 들어오지 못하느니라."라고 하였다. 공자가 두 번 절을 하고 그것들을 받았다. 도인이 또 말하기를 "지행술은 하루에 1,500리를 가며, 금광법은 육로로 2,000리를 갈 수 있다. 너에게 줄 테니, 빨리 산을 내려가 천자의 위급함을 구하도록 하여라."라고 하였다. 공자가 절을 하고 명을 받았다. 도인이 또 동자에게 명하여 뒤뜰에 가서 운하수와 항마저를 가져오도록 하여 말하기를 "이 짐승은 내가 구름을 타고 사해를 유람할 때

탔던 것이고, 이 방망이는 구궁산에서 사악한 귀신을 진압할 때 썼던 보물이니라. 또한 너에게 줄 터이니 큰 공을 이루도록 하거라. 이 외에 위급한 일이 있으면 즉시 산에 올라와 나에게 물어보도록 하여라."라고 하였다.[31]

위의 장면은 공자 한수웅이 취운도인을 만나 도인의 세자가 되어 모든 술법을 전수받는 와중에 송나라에 큰 난리가 일어나 위태로운 지경에까지 이르게 되자 자신이 가지고 있던 보물과 술법 등을 전수시켜 난리를 제압하게끔 공자를 출전시키는 모습을 서술한 것이다. 도인은 주인공에게 자신이 가진 보물들의 신이한 기능과 술법의 사용법 등에 관해 설명·전수해 준다.

〈충효록〉의 경우 연의소설(演義小說)에서 등장하는 장수(將帥)끼리의 단기전이나, 매복(埋伏)이나 계략을 사용한 전투장면 등 〈삼국연의〉나 〈수호전〉 등에서 주로 접할 수 있었던 장면들을 여실히 확인할 수 있다. 뿐만 아니라 신이(神異)한 인물들이 등장하여 특이한 도술을 사용하는 장면 또한 포착된다. 이러한 서사장면들은 주인공의 신이한 능력을 부각시킴과 아울러 그에 맞서는 적대세력

---

31) 〈한조충효록〉(27~29쪽), "道人曰: '第一件名曰: '七寶神熖扇', 一煽則雖泰山化灰飛去. 第二件名 曰: '綑仙繩', 逢人一套, 則雖千萬人盡縛, 縛者雖勇若賁育, 不得解脫. 第三件名曰: '陰陽鏡', 一面紅一面白, 執紅面照人則死, 執白面照人則生. 又給一旗一衣曰: 此旗名, '杏黃旗', 一揮則萬朶金蓮, 擁護一身, 刀鎗劍戟, 不得入旗, 上出白光, 高十餘丈, 其光變爲千萬兵器, 亂■賊人. 此衣名, '紫霞衣', 人被此衣, 則越海登山, 若涉平地, 刀鎗劍戟, 亦不得入矣.' 公子再拜受之. 道人又曰: '授汝地行術, 則一日行地中一千五百里. 金光法則一日陸行二千里, 速速下山, 以救天子危急之難.' 公子拜而受命, 道人又命童子往後苑, 牽雲霞獸降魔杵來曰: '此獸, 即吾雲遊四海時所乘之物, 此杵, 即九宮山鎭壓邪鬼之寶, 亦付於汝, 以成大功. 此外或有危難之事, 即爲上山問我'."

의 도술 또한 만만치 않음을 드러내 보여주는 것이다. 이를 통해 양대 세력이 결정적으로 맞부딪치게 되는 국면이 생길 때마다 어떠한 술법들이 구사될지 기대를 가지고 작품에 집중하게 만드는 효과를 창출하고 있다.

〈충효록〉에서는 이러한 전투장면이 여러 번 등장하고 있으며 주인공에 대적하는 상대편의 경우, 다양한 술법을 가진 적대세력들이 연이어 등장한다. 작품 속에서는 우선 유예가 병사 50만을 데리고 남경을 공격하자 남경유수 두언이 한상을 주장으로 삼고 팽호와 충식을 부장으로 삼아 출진해서, 유예의 선봉 여영과 맞붙게 되는 장면이 나온다. 이때 여영은 봉래도 일기선 갈영의 제자로 검술이 무적인데다 활법이 매우 정밀하고 미묘해 신전이라 불렀던 인물로 기술되고 있다. 여영은 한상과 맞붙어 한상을 처치하고 이후 여영과 공자 수웅이 맞붙게 된다.

이때 공자가 여영을 퇴치하면서 전수받은 술법들을 사용하는 장면이 등장한다. 특히 취운도인이 설명을 해 준 행황기나 신염선의 경우 "공자가 행황기를 잡고 한 번 휘두르자 흰 빛이 나와 천만의 병사로 변해 무수한 적군을 어지러이 베었고, 신염선을 잡고 한번 부채질 하자 유린과 25만 군사가 모두 재가 되어 공중으로 날아가 버리는"[32] 가공할 만한 위력을 가진 신물로 서술되고 있다.

문제는 공자가 이러한 능력을 가지고 있는 것에 필적해서 상대방 또한 공자의 능력에 필적할 만한 술법을 가진 인물이 등장한다

---

32) 〈한조충효록〉(57~58쪽), "公子執杏黃旗, 一揮旗, 上出白光, 化爲千萬兵□無數下來, 亂■賊軍, 賊衆意外逢着此變, 四散奔走, 公子縱獸飛杵, 斬劉豫於馬下, 劉豨見其父死, 大怒直取公子, 公子抱神焰扇一煽, 劉豨及□率二十五萬軍, 盡爲灰燼, 飛向空中."

는 점이다.

송나라 진영에서 유기·오린·오개·왕덕·장헌·왕연 등 여섯 장군은
일제히 진을 나가, 사면을 에워싸며 공격하였다. 범영은 전혀 두려워
하지 않고, 여섯 장군과 대적하였다. 범영이 한번 일어나, 진을 나와
몸을 흔들자, 머리가 셋, 팔이 여섯으로 변하였다. 한손에 각각 미혼
번·용□여의·백옥금광촉·청운진주나를 쥐고, 두 손에는 태하보검을
쥐자, 왕연·장헌 두 장군과 네 절도사들 그리고 송나라 진영의 군사들
이 범영의 이 같은 신통함을 보고, 혼비백산하여 각각 물러나 돌아가
려고 하였다. 범영이 용□여의를 쥐고, 한번 펼치니, 광채가 찬란해 지
더니 표기장군 장헌, 검남절도사 왕덕, 형양절도사 유기를 잡아 가버
렸다. 왕연 등 세 장군은 당황하여 허둥지둥 말을 타고 달아났다.[33]

위의 장면은 공자에 의해 여영이 죽음을 당하자 여영의 스승인
봉래도 일기선 갈영(葛榮)이 이성과 양공에게 찾아와 제자의 원수
를 갚기를 원한 것이다. 이때 도동 또한 이성과 양공의 진영으로
찾아오니 그 도동은 옥골산 백곡동 석령성모(石灵聖母)의 제자인
범영(范榮)으로 범영이 출진하여 송군과 전투하는 장면을 기술한
것이다. 위의 장면에서 볼 수 있듯이 범영은 머리가 셋에 팔이 여
섯인 괴물로 변신하여 송나라 장군들을 모두 잡아가 버리는데 범

---

33) 〈한조충효록〉(63~64쪽), "宋陣上劉錡·吳璘·吳价·王德·張憲·王淵等, 六將一齊出
陣, 四面圍 攻, 范榮全不懼刦, 對敵六將, 范榮一起出陣, 搖身變爲三首六臂, 一手執
迷魂旛, 一手執龍□如意, 一手執白玉金光燭, 一手執青雲眞珠拿, 兩手執太阿寶劍,
王張二將軍及四鎭節度使及宋陣軍卒, 見范榮如此神通, 魂飛魄散, 各欲退歸之心矣.
范榮執龍□如意, 一展光彩燦爛, 捉驃騎將軍張憲, 劍南節度使王德, 荊襄節度使劉錡
而去, 王淵等三將慌忙走馬."

영이 가진 술법 또한 공자에 비해 결코 덜하지 않음을 보여주고 있다. 문제는 범영의 경우 앞서 여영의 경우와는 차원이 다른 술법을 구사한다는 점이다.

이윽고 범영이 중군으로 들어와 갈영을 뵈자, 갈영이 묻기를 "그대가 잡혔다고 해서 내 원수를 갚으려 하였다. 어떻게 다시 살아서 돌아왔는가?"라고 하였다. 범영이 말하기를 "적에게 잡혀가 머리가 베어졌으나, 탈원신법을 사용하여 혈광을 타고 돌아왔습니다."라고 하였다.[34]

분명 범영은 공자에 의해 사로잡혀 참수형을 당하였음에도 불구하고 멀쩡한 몸으로 살아 돌아오게 되자 갈영이 그 연유를 물어본다. 그러자 범영은 탈원신법을 사용해 혈광을 타고 돌아왔다고 대답을 하는데 그 술법이 보통의 경우와는 차원이 다른 것임을 보여줌으로써 공자에 대적할 만한 상대가 만만치 않음을 보여주고 있다. 하지만 이렇게 상대방이 신이한 술법을 사용하는 능력이 뛰어나면 뛰어날수록 결국엔 그것을 제거해 버리는 것이 주인공이기 때문에 이러한 능력들은 결국 영웅의 면모를 두드러지게 부각시키기 위해 존재하고 있을 뿐이다. 아래 장면에서 그 일단을 확인할 수 있다.

갈영이 호리병을 보고 크게 놀라 말하길 "저는 오늘부터 시작하여 산으로 들어가 도를 닦을 뿐 하산하지 않겠습니다. 원컨대 원수께서는

---

34) 〈한조충효록〉(65~66쪽), "俄頃, 范榮入中軍, 見葛榮, 葛榮問曰: '汝被執云, 故吾欲報仇矣. 何以得生回來?' 榮曰: '爲賊捉去, 斬頭, 用脫元身法, 乘血光回來矣'."

천년 동안 수도한 공을 불쌍히 여겨 남은 목숨을 살려주시기 바랍니다."라고 하였다. 원수는 말없이 무릎을 꿇고 앉아서 주문을 외우자, 병속에서 소리가 나면서 흰 빛이 나와 비수로 변하였는데 길이가 7尺5寸이나 되었다. 원수가 "원컨대 보배께서는 몸을 옮기소서."라고 하자, 비수가 공중에서 아래로 내려가 갈영의 머리를 베어버리자 땅위에 떨어졌다. 좌우의 장졸들이 일시에 칭탄하기를 그치질 않았다.[35]

위의 장면은 갈영이 수웅에 의해 죽게 될 지경에 처하게 되자 목숨을 살려달라고 애걸하는 모습을 묘사한 것이다. 이처럼 주인공에게 주어진 고난이 험난할수록 그것을 극복하고 적대자를 하나씩 징치해 나가는 과정을 통해 영웅의 인물상이 훨씬 더 부각되는 것이기 때문에 고난의 과정이나 적대자의 존재가치는 영웅의 행위로 인해 좌우될 수밖에 없는 것이기도 하다.

한편 작품의 서사는 범영의 죽음에서 그치지 않고 결국엔 범영의 스승인 석령성모까지 등장시킴으로써 공자와의 대결 양상이 극에까지 치닫게 만드는 결구로 진행된다. 앞서 범영의 모습 또한 괴물의 형상이었던 것처럼 그의 스승인 석령성모 역시 그러한 모습으로 작품 속에 등장한다.

문을 지키는 작은 병사가 급히 보고하기를 "문 밖에 한 도인이 매화록을 타고 대왕을 뵙기를 원합니다."고 하였다. 이성과 양공 두 장군은

---

35) 〈한조충효록〉(74~75쪽), "葛榮見壺芦大聲曰: '吾自今爲始, 入山修道, 不爲下山矣. 願元帥, 矜 千年修道之功, 以生殘命.' 元帥不答, 跪坐唸唸, 有聲壺中, 出白光變爲匕首, 長七尺五寸. 元帥曰: '願寶貝轉身' 其匕首自空下來, 過葛榮之頭, 落於地上. 左右將卒, 一時稱賀不已."

그로 하여금 들어오도록 청하였다. 이윽고 마침내 사람이 들어와 절하며 말하기를 "빈도는 옥골산 백옥동에 있는 석령성모입니다. 범영은 빈도의 제자인데 지금 수웅의 손에 죽었으니 원수를 갚아 장군의 힘이 되고자 합니다."고 하였다. 이성이 석령성모를 보니 눈은 세 개이고 눈동자는 커, 모양이 흉악하여 마음속으로 매우 기이하게 여겼다.[36]

위의 장면에서 볼 수 있듯이 석령성모의 모습은 눈이 세 개인 흉악한 괴물의 모습으로 그려지고 있다. 이러한 흉포한 인상에 기이한 술법을 가지고 제자의 원수를 갚기 위해 공자를 치러갔으나 그 역시 공자에 의해 두골(頭骨)이 분쇄되어 죽는 지경에 이르고 만다.

이후 작품은 이성과 양공을 사로잡아 그들을 참수(斬首)하고 우승상 진회는 관직을 박탈해 강주로 귀향 보내며 공자를 우승상으로 삼아 진국공에 봉하고 식읍(食邑) 8천호를 내려주지만, 승상은 봉작(封爵)을 고사하고 고향으로 돌아가는 것으로 마무리 된다. 한편 호시탐탐 송나라의 동정을 살피던 금국태자(金國太子)와 대원수(大元帥)는 병사를 거느리고 금나라로 돌아가는 것으로 장회 5회가 끝난다. 작품 말미에 "미지하회분해(未知下回分解)"라고 기술되어 있어 이후에 또 다른 장회가 연결될 것처럼 보이나 현재까지 권이(卷二)가 발견되거나 한 것이 아니기 때문에 서사는 권일의 형태로 마무리된다. 하지만 작품의 후반부 서사를 세심하게 살펴보면 작

---

36) 〈한조충효록〉(75~76쪽), "把門小卒, 急報曰: '門外有一道人, 騎梅花鹿, 求見大王.' 楊李二將, 使之請來. 俄頃, 逢人入拜曰: '貧道玉骨山白骨洞石灵聖母也. 范榮即貧道之弟子, 今者死於秀雄之手, 特來報仇, 以助將軍一臂之力.' 李成見石灵聖母, 三目大眼, 模樣凶惡, 心甚奇異."

품은 5회로 마무리된 것이 아닌가라는 의구심을 가지게 되는 징후들을 포착할 수 있다.

　우선 남주인공인 한수웅이 난을 평정하고 우승상을 제수받았으나 그것을 포기하고 낙향을 하게 되는 것이 그것이다. 새로운 서사가 이어지게 된다면 새로운 사건이 터질만한 복선이나 암시가 있어야 하나—예를 들자면 석령성모의 부활이나, 새로운 제자의 등장, 한수웅의 자식들의 관한 서사와 같은 것들—그런 내용이 전혀 이어지지 않으며 새로운 사건의 주동이 될 만한 금국태자의 경우 군사를 거느리고 본국으로 돌아가 버리는 등 서사가 서둘러 마무리되는 듯한 인상을 준다. 게다가 남주인공의 경우 여주인공과 결연을 맺기 위해 신물까지 교환하였으나 이후 서사에서 여주인공은 전혀 자취를 찾아 볼 수 없으며 때문에 이들 사이에서 자식이 나온다던지 하는 서사의 연결매개마저도 만들어 내지 못하고 있다. 작품이 형태상으로는 서사가 연결될 것처럼 보이나 확실한 결론을 맺지 못한 상태로 어정쩡한 자세를 취하며 현재와 같은 결말이 만들어지게 된 것이 아닌가 생각된다.[37] 이 점은 여러 가지 가능성을 내포하고 있는 문제이기 때문에 단정지을 수는 없다. 작품의 외면서술의 측면에서는 서사가 지속될 것처럼 보이지만 작품이 마무리되는 내용적인 측면에서는 서사가 더 이상 연결될 것으로 보이지 않기 때문이다. 서사가 더 있을 것이냐의 존재유무 문제는 가능성을 열어두는 측면에서 이해할 필요가 있다.

---

[37] 물론 작품에서 남주인공인 한수웅과 결연하기로 했으나 이후 자취를 감추었던 여주인공인 부용을 중심으로 하는 서사가 이후에 연결될 가능성이 없는 것은 아니나 1~5회까지 장회에서 작품의 남주인공이 작품의 주인공으로 존재했었고 서사가 그를 중심으로 진행되었기 때문에 서사의 연결 가능성의 정도는 그다지 높지 않을 것으로 판단된다.

② 한문영웅소설에 있어 '충'의 구현이 지닌 의미

실제 '충'의 형상은 영웅소설에 있어 빠질 수 없는 필수불가결한 요소이다. 왜냐하면 영웅으로 전화되어 가는 과정 속에서 국가의 위난이 필연적으로 주인공 앞에 놓이게 되고 이를 개인의 힘으로 극복해 나가는 과정이 핵심이기 때문이다. 국가에 대한 '충'이 없이는 영웅의 행동이 정당성을 인정받을 수가 없는 구조이다. 때문에 영웅소설과 '충'의 결합은 당연한 것일 수밖에 없는데 문제는 19세기 소설에 등장한 '충'의 의미를 단순히 영웅소설의 한 요소로 파악하고 말 것이냐 하는 것이다.

사실 영웅소설에 있어 '충'의 화소는 어찌 보면 당연한 귀결이다. 국가에 대한 '충'이 없이 전쟁터로 아무런 보상을 바라지 않고 제 한 몸 던진다는 것은 영웅소설이기에 가능한 것이다. 이 점은 '전쟁'을 소재로 한 17세기 전기소설에 그려진 참혹한 개인의 운명을 떠올려 본다면 충분히 공감할 수 있는 바이다. 그럼에도 불구하고 영웅소설에서는 전쟁에 휩쓸려 다닐 수밖에 없는 나약한 인간한 개인에 대한 조명(照明)이 아닌 전쟁에서 국가를 구하고 이를 통해 출장입상하게 되는 욕망의 극단을 표출하고 있기 때문에 '충'이란 것은 반드시 있을 수밖에 없다.

이러한 '충'의 구현이 〈충효록〉의 경우 일반적으로 영웅소설이 갖추고 있는 애정완수와 출장입상의 양 축 가운데 애정결연의 서사는 약화되고 출장입상의 모습이 극대화된 형태로 드러난다. 오로지 '구국(救國)'을 완수하기 위해 헌신되는 주인공의 모습은 '충'의 화신으로 표현되고 있으며 이것이 서사의 전편을 차지하고 있는 것을 통해 작가는 '충'을 극단적으로 강조하고 있는 것이라 하겠다. 이는 과연 무엇 때문에 야기된 현상인걸까? 이에 대한 해답은 19세기라는 작품이 창출된 시대와의 관련성에서 찾아야 할 것이다.

극변하는 시대환경에서 소설은 19세기에 가장 왕성한 활동성을 띠고 있던 장르였다. 대중들의 욕구에 가장 민감하게 반응한 영웅소설은 바로 그 대중적 욕망을 투영하는 매개체였다. 〈충효록〉의 경우 그러한 코드가 충실히 반영된 형태인데 특히 신마소설(神魔小說)의 인물 형상을 통해 환상성을 드러내고 있는 데서 그 일단이 감지된다. 하지만 근본적으로 이러한 현상들이 지니는 무게감에 대해 생각해 볼 필요가 있다.

일반적으로 환상성은 흥미 추구를 위해 고안된 측면이 강하다. 이는 영웅소설과 딱 맞아떨어지는 것이기도 한데 이러한 것들이 결국 영웅의 무용담을 강화시키는 역할을 하고 있다. 영웅의 형상이 강화되어 가는 것은 개인의 측면에서는 앞서 언급했듯이 욕망의 발현이요, 욕망의 대리충족을 위한 것이나, 범위를 사회로 넓히게 되면 그런 욕망을 실현시킬 대리자를 요구하는 것에 다름 아니다. 즉, 당대 사회의 변화 흐름 속에서 그러한 대리자가 나왔으면 한다는 것은 그만큼 사회가 혼란의 틈바구니에서 벗어나지 못하고 있음을 의미한다.

때문에 그럴수록 더더욱 안정된 사회를 추구하고자 하는 성향이 강화되고 이는 사회의 변화보다는 기존 질서의 안정을 희구하게 되는 것으로 귀결되는 것이다. 그 결과 '충'이라는 보수적 이데올로기의 회귀가 요청되는데 〈충효록〉에 형상화된 영웅의 모습은 그러한 측면에서 이해할 필요가 있다.

(2) 〈편옥기우기〉

〈편옥기우기〉는 도덕·윤리소설로 이해될 만큼 '효(孝)'를 전면에 내세우고 있는 작품이다. 물론 남녀 주인공의 기이한 만남에 초점이 맞춰져 있긴 하나 핵심은 여주인공인 '영효'가 본인에게 주어진 고난을 어떻게 극복해 나가면서 부모의 유훈을 성취해 내는가에 집중된다. 그러한 측면에서 〈편옥기우기〉는 효라는 도덕·윤리적 관점을 중심에 놓고 작중 인물이 이를 어떻게 완수해 나가는가를 세심히 살펴볼 필요가 있다. 따라서 인물 형상의 문제가 가장 핵심적인 사항이라 하겠는데, 작품의 여성 주인공인 영효는 이러한 문제를 명확히 증명해 보여주는 인물로 등장한다.

영효는 어려서 부모의 죽음을 목도했던 인물로 그 충격이 꽤나 컸을 테지만 이를 자신의 운명으로 받아들이고 묵묵히 부모의 언명을 완수하는 데 집중하는 인물로 등장한다. 이는 마치 영웅이 고난을 경험하고 그것을 극복해가며 성장해 나가는 과정을 보여주는 방식과 비슷한데, 영효는 이러한 고난을 거부한다거나 그럴 생각이 전혀 없는 인물로 그려지고 있다. 이런 면모는 작품 서두에 부모의 죽음을 어린 나이에 겪게 되면서도 이를 대처하는 방식에 있어 한 집안의 적장자가 유가적인 예를 충실히 지켜가며 본인에게 주어진 책임을 다하고자 의연히 장례를 치르는 모습에서 강인하게 형상화되고 있다.

일을 이루지 못했으니, 천지간에 한 죄인일 뿐이오. 사람의 자식으로서 마땅히 부모를 따라야 하거늘, 오직 삼년상을 지냈을 뿐이니 어찌 장례를 예로 했다고 말할 수 있으며, 제사를 정성으로 했다고 말할

수 있겠소? 구묘는 지키는 사람이 없고, 목주는 땅에 묻혀 있소. 시체
가 아직 식지도 않았는데 영궤를 거두었고 절서가 여러 번 변하여 무
릎 꿇고 받들어 모시는 것도 이미 끊겨버렸지요. 봉구의 옛집은 가시
덤불이 돋음을 면하지 못했으며, 생각건대 선산에 올린 한 잔의 술도
여우와 너구리 먹이가 되었을 것이오. 한식날 지전을 사를 사람은 누
구이겠는가, 날을 기려 맑은 술로 세사지낼 사람도 없구려. 육신은 썩
어지고 구천의 영혼도 이미 흩어졌으니 흙덩이 베고 거적자리 깔고
받들어도 오히려 그 슬픔을 씻기에 부족한데, 비단 옷을 입고 좋은 음
식을 먹는 것이 마음에 편할 수 있겠소? 그저 슬플 뿐이오! 남쪽 선산
의 묘는 산천 사이에 길이 너무나 멉니다. 험함을 넘고 세월을 많이
허비한 다음에야 비로소 돌아갈 수 있을 것이니, 참으로 힘없는 여종
으로서 쉽게 도모할 수 있는 일이 아닐 것이오. 서촌의 옛집은 한 번
문지방을 결별한 후, 세월이 바삐 지나 그것이 온전한지 허물어졌는지
듣지도 알지도 못하고서 떠돌다가 이곳까지 이르렀구려. 가만히 기회
를 엿보아 그대들을 한 번 보내어 자세한 소식을 탐지하기를 원치 않
는 것은 아니나, 감춰온 종적과 근원이 샐까 두렵고 놀란 넋이 아직도
움츠러들어, 겉으로 드러내지 않고 묵묵히 기다리는 것이오. 이 마음
은 참으로 괴로우며 이 기분은 참으로 슬프다오.[38]

---

38) 〈편옥기우기〉(41~42쪽), "情事未伸, 天地間, 一罪人耳, 人子之所當自盡者, 惟三年
之喪, 而葬之其可謂以禮乎? 祭之其可謂以誠乎? 丘墓則守之无人, 木主則埋之入地.
尸体未冷, 而灵几已撤, 節序屢變, 而跪奠已絶. 封丘旧宅未免荊棘之入, 先山一杯, 想
爲狐狸之所. 寒食紙錢燒之者誰, 諱日 清酌奠之者无, 五內如湔, 九魂已消, 枕塊伏苫,
猶不足以泄其哀, 衣錦食稻, 其可以安於心乎? 嗟呼! 南鄉先墓, 則山川間之道路遠矣,
逾越險阻, 多費歲月然後, 方可往還, 固非孱弱女僕, 所可容易爲圖. 而若西村旧第, 則
一別門閭屢換星霜, 其全其毁, 莫聞莫知, 飄轉到此. 密邇可望, 非不欲一送汝輩, 細探
消息, 而韜晦之跡, 源派恐洩, 驚怕之魂, 戢約猶在, 隱忍不發, 悶黙以待. 此心良苦,
此情良悲." 원문영인 및 번역문은 조희웅 외 공편, 『편옥기우기』, 박이정, 2002를
참조하여 역자가 필요에 따라 부분적으로 바꾸어 인용하였다. 작품명은 이하

110

위의 인용문은 영효가 일찍 부모를 여읜 후 김상서 댁에 몸을 의탁하며 지내는데 몇 년이 지나도록 김상서 댁에서 독립할 기미를 보이지 않자 유모가 영효에게 어떤 생각을 가지고 있는지 의중을 물어보는 대목이다. 위의 장면에서 볼 수 있는 것처럼, 영효는 자신의 운명이 어그러져 있고 혼돈에 빠져 있는 상황이며 주변에서 자기를 도와줄 수 있는 사람이 그다지 많지 않음에도 불구하고 부모의 제사를 생각하며 그것을 제대로 지낼 만한 능력이 없는 것을 한탄하는 지극히 이상적인 윤리상을 가진 인물로 그려지고 있다.

그러나 너무나도 이상적인 사고와 행위를 하기에만 여념이 없는 영효의 모습은 개인의 운명에 대해 고민하며 때로는 이를 거부하려고 발버둥치기도 하고, 때로는 울분에 찬 모습으로 토로하려고 하는 일반적인 인간상과는 다소 거리가 있어 보인다.[39] 영효의 이러한 모습은 작품 전편에 걸쳐서 두드러지게 나타나는데 아래 장면에서 그러한 측면의 일단이 확인된다.

드디어 예절에 맞게 가슴을 치며 곡하고, 죽으로 연명하며 정신을 가다듬고, 목숨을 연장하여 영궤를 좌우에 모시고 아침저녁으로 무릎을 꿇고 제사를 올렸다. 그리고 좋은 땅을 택하여 한날에 장사를 치르니, 마음에 섭섭함이 없고 예절에 어긋남이 없으니 누가 어린아이라고 일컫겠는가? 어른보다도 나음이 있었다. 안색은 슬픔에 차고 흐느껴 우는 소리가 슬프니, 조문하는 사람들이 모두 칭송하였고 행로의 사람

〈편옥〉으로 약칭한다.
39) 물론 이 점은 작가가 영효를 통해 보여주고자 하는 인간상의 모습을 그려낸 것이 겠으나, 윤리의식에 대한 작가의 강박이 빚어낸 모습으로도 읽혀지는 측면이 존재함을 인식해야 할 것이다.

들 또한 슬퍼하였다. 아! 이는 비록 남자도 하기 어려운 바인데, 하물 며 8살짜리 여자아이에게 있어서랴.[40]

작품 말미의 작가의 간단한 논평을 통해서도 짐작해 볼 수 있듯 이 8살짜리 여자아이임에도 불구하고 부모의 죽음을 슬퍼할 새도 없이 집안의 어른처럼 모든 일을 주관하는 모습을 보여주는 것은 여성 주인공의 강인한 모습을 부각시키기 위한 장치임을 알 수 있 다. 따라서 이러한 형상은 앞으로 어떤 난관이 앞에 닥쳐올지라도 이를 극복할 수 있고, 또 극복해 나가는 장면을 그려냄으로써 독자 로 하여금 주인공의 여정에 지난한 관심을 가지고 볼 수 있도록 하려는 의도에서 고안된 산물이다.

문제는 작품 속에서 강인한 인물로 그려진 영효가 실제로 자신 의 운명을 개척해 나가는 실상에 있어서는 주변의 조력자들의 도 움으로 인해 자신의 문제를 해결해 나가는 인물로 그려진다는 점 이다. 영효는 작품 속에서 뛰어난 능력을 가진 인물로 형상화되어 있다. 구체적으로 김상서의 딸 김씨는 자신의 남편인 맹생이 영효 에 대하여 궁금해 하자 영효에 대하여 아래 장면과 같이 이야기를 해준다.

닭이 울면 일어나 부모님 침실에 문후하고 물러나와 현초당에 앉아 있는데, 몸에서 소복을 벗지 않고 입에는 맛있는 것을 가까이 하지 않 으며, 종일토록 단정하고 묵묵히 있을 뿐입니다. 어린 종의 말에 의하

---

40) 〈편옥기우기〉(21쪽), "遂哭擗以節, 饘粥爲命, 收拾心神, 荐延視息, 左右灵几, 晨夕 跪尊. 擇地之吉, 同日而葬, 无憾於情, 不違於禮誰謂兒女? 有過成人. 顔色之慽, 哭泣 之哀, 弔者皆稱, 行路亦悲. 噫噫! 此男子所難, 況八歲兒女乎?"

면, 때때로 수를 놓고 쉴 때면 책상 위의 여러 책을 열람한다고, 하는데, 첩이 아직 보지는 못하였습니다. 아버지께서 말씀하시기를, '수는 소약란과 비슷하고, 문장은 조대가와 유사하며, 행실은 여자의 사표가 된다'고 하셨지요. 또 어머니 역시 '아름다움은 월궁항아와 같고, 온순함은 낙수신녀와 같다'고 하였습니다. 그리고 첩의 형제들은 소저를 천상의 사람과 같이 봅니다. 소저를 대하면 더럽고 인색한 마음이 저절로 없어지고, 더불어 이야기하면 사랑스럽고 공경하는 마음에 취한 듯하니, 진실로 여중군자라 할 만합니다.[41]

위의 대화 장면을 통해 알 수 있듯이 영효는 모든 능력을 다 갖춘 양가집 규수로 형상화되어 있다. 모든 것에 부족함이 없으며 단지 부모가 일찍 돌아가셔서 의탁할 만한 사람이 없다는 것이 영효에게 주어진 유일한 단점이었다. 그럼에도 불구하고 영효는 〈편옥〉의 서사진행에 있어 주된 역할을 구현하지 못하고, 서사진행의 흐름에 실려 가는 것처럼 보인다.[42] 하지만 영효란 인물 자체만 놓고 보게 되면 당대의 유행했던 열녀의 인물 형상을 고스란히 작품 속에 옮겨놓은 것처럼 보인다. 특히 수절형 열녀의 인물 형상이 고스란히 오버랩되는 듯한 느낌을 갖게 될 정도로 작품 속에 형상

---

41) 〈편옥기우기〉(46쪽), "鷄鳴而起, 問候於吾父母寢堂, 退而坐玄草堂, 素服不脫於身, 滋味不近於口, 終日端黙而已. 丫鬟云, 時或刺繡, 倦則閱案上諸書, 而妾則未知見也. 家君嘗謂, 其繡則似蘇惹蘭, 其文則似曹大家, 其行則當爲女師. 母親亦謂, 嬋姸若月宮姮娥, 婉娩若洛水神女. 妾兄弟望之, 若天上人, 與之對則鄙吝之萌自消, 與之語則愛敬之心如醉, 眞可謂女中君子也."

42) 이 점은 작품 속에서 영효의 인물형상과 서사의 전개가 서로 맞물려 돌아가지 못하고, 작품에 대한 작가의 의도가 영효를 통해 어떤 의식을 보여주는 데 급급한 나머지 서사적 긴밀성을 미처 고려하지 못한 가운데에서 나온 것이 아닌가 생각되는 지점으로 작품의 성취와 관련이 되는 측면이라 할 수 있다.

화되어 있다.43) 이러한 인물 형상은 작품 전반의 성격을 규정짓게 만드는 중요한 요소가 되기 때문에 〈편옥〉의 경우 윤리소설로 규정될 만큼 영효의 인물성격은 동시대 여타 한문소설의 여성 주인공의 모습과는 다른 의미로 다가온다.44)

예를 들어 〈포의교집〉에 등장하는 '양파'의 경우 보잘 것 없는 이생을 자신의 '지우(知友)'라 여기고 사랑을 성취하기 위해 남편이 있음에도 불구하고 이생을 향한 자신의 마음을 죽음을 불사하면서까지 표출하려 애쓰는 모습을 보인다. 한편 〈절화기담〉에 등장하는 '순매'의 경우 본인이 직접 결연을 맺기 위해 주변의 이목을 피해가면서 애정을 성취하고자 하는 양상을 보여준다.45) 이러한 여주인공의 형상은 '영효'의 모습과는 전혀 상반된 모습으로 존재한다. 19세기에 창작된 작품의 인물이지만 그 존재 양상의 거리는 차이가 적지 않음을 확인할 수 있다. 문제는 이러한 영효의 인물성격이 작품의 서사전개와 맞물려 영향을 끼치게 된다는 점이다.

〈편옥〉은 여성 주인공의 성격뿐만 아니라 작품의 서사에 중요한 역할을 하는 다양한 전고와 문체 및 복선의 활용에 있어서도 주목할 필요가 있다.46) 우선 전고의 문제를 살펴보면 〈편옥〉 속에

---

43) 조선 후기 열녀전의 유형에 대해서는 이혜순, 「조선조 열녀전 연구」, 『성곡논총』 제30집, 성곡학술문화재단, 1999를 참조.

44) 이 점은 작품의 장르문제에도 걸리며(물론 대체적인 장르에 관해서는 선행논자들과 일치하는 편이나) 작품을 해석하는 방식에 있어서 중요한 문제이기 때문에 보다 깊은 논의를 요한다. 필자는 대체적인 의견에는 동의하면서도 작품의 겉면이 아닌 속면, 특히 19세기라는 당대사회와의 관련성을 염두에 뒀을 때 〈편옥〉의 성격에 관해서는 달리 봐야 될 여지가 있다고 생각하는 바이다.

45) 〈포의교집〉의 '양파'와 〈절화기담〉의 '순매'와 같은 여성 주인공에 대해서는 한의숭, 정길수의 앞의 논문 및 조혜란, 「〈포의교집〉 여성 주인공 '초옥'에 대한 연구」, 『한국고전여성문학연구』 3, 한국고전여성문학회, 2001을 참조.

46) 서선진의 앞의 논문에서 이 점에 관해 지적한 바 있으나, 그러한 성향들이 작품

114

는 다양한 전고가 구사되고 있으며 출전은 주로 사서삼경(四書三經)과 『사기(史記)』, 『한서(漢書)』, 『전국책(戰國策)』 등과 같은 경서나 역사서에서부터 〈서상기(西廂記)〉, 『세설신어(世說新語)』 등과 같은 중국희곡, 지괴소설에 이르기까지 다양한 편폭을 보여주고 있다.[47] 폭넓은 전고의 사용은 작가의 박학을 드러내기 위한 선택으로 이해할 수 있으나 선행연구에서 지적된 바 있듯이 전고의 과잉으로 이해되는 측면도 아울러 가지고 있다.

하지만 문제는 이러한 전고의 사용이 작품의 서사진행에 있어 등장인물들이 두드러지게 인정받을 수 있게끔 작용하고 있느냐 하는 점이다. 결론적으로 말하자면 별로 그런 역할을 하지 않는 것으로 보인다. 왜냐하면 〈편옥〉 속에 삽입된 전고의 사용은 주로 인물 간의 대화 장면에 많이 활용되고 있다. 인물의 신분이나 능력에 따라 다양한 어투로 성격이나 특징을 드러내야 함에도 불구하고 모든 인물들이 입을 열 때마다 온갖 고사와 전고를 끌어들여 대화를 하고 있기 때문에 등장인물들의 개성적인 측면이 부각되지 못하는 것이다.

때문에 여주인공인 영효는 물론이요, 그녀의 부모인 이건과 민씨 그리고 조력자인 김상서와 그의 아내 또한 마치 전고를 사용한 언어유희로 느껴질 만큼 수많은 전고를 통해 대화를 하고, 유모나 시비들까지도 전고를 구사하여 대화를 할 정도인 것이다. 다음과 같은 장면을 통해 그 일단을 볼 수 있다.

에서 어떠한 기능을 하는가에 대한 관점에 있어서 필자와 차이가 있기에 이 장에서는 그 부분을 집중적으로 논의하고자 한다.

47) 서선진, 앞의 논문, 42쪽; 조희웅 외 공편, 『편옥기우기』 4장 보주, 141~155쪽.

유모가, "처음에 소저께 변복을 하고 나가기를 권한 까닭은, 한때의 근심 을 방지하자는 뜻이었습니다. 이제 간신히 서울에 들어가 만약 어진 주인을 만나더라도, 남녀가 분별이 있으니 거처에 장애가 있을 것입니다. 만약 혹시라도 안팎을 엄중히 하고 섞이게 두지 않는다면 거공의 힘을 잃거나 실제로 낭패를 당할 우환도 많을 것입니다. 그러 니 다시 귀고리를 하고 화장대와 경대를 찾아 평상복을 입어 이 근심 을 끊도록 함만 같지 못할 것입니다."[48]

위 문장에서 확인할 수 있듯이 한낱 노파에 지나지 않는 인물이 라 할지라도 작품 속에서 주인공을 깨우치기 위해 한유(韓愈)의 문 장이나, 반악(潘岳)의 부(賦)를 인용해서 자신의 의견을 설파하고 있다. 뿐만 아니라 〈편옥〉 속에는 산 속에서 길을 잃었을 때 불현 듯 나타나 백운암으로 가는 길을 가르쳐 주고 사라지는 노인[49]과 영효의 관상을 보며 영효의 앞날을 점쳐주는 백운암의 사니[50] 그 리고 큰 마을에서 유숙할 곳을 찾을 때 큰 집은 위태롭고 작은 집 이 길하다는 것을 노래로 암시해 주고 사라지는 동자[51] 등 수많은 조력자가 등장하거나 편옥(片玉), 시제(詩題), 탁몽(託夢) 등의 복선 또한 빈번하게 작품 속에 등장하고 있다.

여기서 주목할 서사적 특징은 주인공 스스로 수많은 고난과 갈 등을 해결하고 그로 인해 성장해 나가는 과정을 보여주는 데 집중

---

48) 〈편옥기우기〉(29~30쪽), "姆曰: 初勸小姐變服而出, 盖爲一時防患之權. 而今若轉轉 入京, 雖遇賢主, 男女自別, 居處有碍. 如或嚴其內外, 不使混雜, 則便失駈蛩之勢, 實 多狼狽之憂. 莫 如重理珥環, 復尋粧奩, 及其常服, 俾絶此患."

49) 〈편옥기우기〉, 23~24쪽.

50) 〈편옥기우기〉, 25쪽.

51) 〈편옥기우기〉, 28쪽.

보물이며, 글은 곧 소녀가 지은 것이옵니다. 부친께서 유명의 영결을 당하여 이미 수백 마디의 말과 글을 지어 손을 잡고 부탁하시고, 또한 소녀에게 글을 지어 결별하기를 명하시니, 소녀가 과연 네 자의 글 7, 8구의 말로써 슬픔을 참고 지어 올렸습니다. 부친께서는 그것을 옥에 새기도록 명하시고, 장사지낼 때에 같이 묻도록 시키셨습니다. 모친께서 옥인을 청하여 옥에 새겨 네 조각으로 나누고 두 조각은 분명히 관속에 함께 묻었는데, 무슨 연유로 기둥 사이에 버려져 마침내 시를 지은 사람의 손에까지 들어가게 된 것인지 모르겠습니다."[54]

(가)는 이건에 의해 영효가 편옥에 글을 써서 그것을 관에 같이 묻는 장면을 그린 것이고 (나)는 이후에 상공에 의해 편옥이 다시 영효의 눈앞에 나타나게 되는 장면을 그린 것이다. 위의 두 장면을 통해 알 수 있듯이 우연의 연속에 의해 복선이 밝혀지는 서사방식은 작품의 서사전개와 인물 성격을 통해 윤리소설적 성향을 드러내고자 하는 작가의 지향성에서 연유된 것이다.

즉, 작품을 통해 작가의식을 소설이란 장르를 통해 관철시키려는 의도성이 강하게 작동한 것이라 생각되는 것이다. 하지만 이에 집중한 나머지 소설이 가진 흥미성에 대한 고려는 그다지 신경쓰

---

54) 〈편옥기우기〉(75~77쪽), "相公悅惚, 若沉醉之醒, 久寢之覺. 以爲是詩旣驗, 則此玉不是他家物也. 乃於囊中手探一片烔烔, 底四字文所鑴之玉, 問諸小姐曰: '此乃末至賦詩者, 秀才所得也. 娘子其有認乎? 玉是稀宝, 文是絶才, 此馮生所珍而期十年之遇, 老夫之所假, 而媒二姓之合也.' (…中略…) 俄而永小姐收淚, 改容而對曰: '哀痛之情, 由中而發, 尊嚴之下, 致有煩惱, 不勝悚仄. 往時之事, 爲人子者, 豈忍道哉? 玉則吾家世傳之宝也, 文則小女所製之辭也. 父親富幽明之訣, 旣以數百言文字, 爲執手之托, 亦令小女爲文而訣, 小女果以四字文七八句語, 忍哀而製進. 父親命鑴于玉, 使之殉身而葬. 母親倩玉人琢玉, 而分作四片, 鑴文而合爲二片, 分明入諸棺中, 抑未知何由, 而見遺於柱礎之間, 終歸於賦詩者之手也'."

지 못했다. 때문에 서사전개에 있어 중요한 역할을 하는 조력자나 부정적 인물의 존재를 생동감 있게 그려내거나, 복선을 적절하게 활용하거나 하는 측면에서는 좋은 성과를 내지 못했다. 때문에 기존 연구에서도 작품의 이러한 측면에 집중해서 살펴본 경우가 많았다.55)

하지만 작품 속에 활용된 전고나 복선 등의 장치는 위와 같은 측면에서뿐만 아니라 다른 한편으로는 희작적 성향으로 이해될 소지가 다분한 점 또한 놓쳐서는 안 된다. 특히 19세기에 창작된 한문소설작품 가운데 〈일석화〉나 〈낙동야언〉, 〈삼해지〉 등은 희작적 성향이 작품 속에 강하게 드러나 있다. 〈일석화〉에서는 주인공인 이생의 이름을 허, 자를 자랑이라 붙이고, 조카에게는 이름을 기, 자를 자괴라고 붙인 점에서 희작적 성향을 감지할 수 있다. 한편 〈삼해지〉에서는 해저세계를 중심으로 해저생물이 주된 인물로 등장하여 온갖 도술과 술법을 부리면서 갖은 악행을 저지르다가 불가의 자비로 인해 구원받게 되는 측면에서 심각함을 의도하지 않는 작가의식의 일단을 통해 작품의 희작적 성향을 감지할 수 있다.

위와 같이 19세기 한문소설에 나타난 희작적 성향은 작품내의 문투나 내포된 미감 등을 통해 확인할 수 있는데, 이러한 성향은 〈편옥〉에서도 확인된다. 특히 〈편옥〉의 경우 작품 말미의 작가의 논평에서

"아아, 이 전을 보는 사람들은 역시 사표를 얻을 수 있을 것이다.

---

55) 조희웅 외 공편, 앞의 책; 서선진, 앞의 논문 참조.

신하의 충성은 이건을 본보기로 삼고, 부녀자의 정렬은 민씨를 본받으며, 위급한 사람의 곤란을 구함과 성인의 미덕은 김상서에게 있도다. 이씨가 가까이 있는 화를 피해 돌아갈 곳을 깨달음은 지혜라 할 것이요, 부모의 뜻을 이어받아 가문의 영광을 이룬 것은 효라 할 만하다. 시부모를 섬기매 그 공경함을 다하며, 부모에게 보답할 때는 그 은혜를 다하였다. 무릇 그 한마디 말과 하나의 동장, 한 가지 일과 한 가지 행위가 모두 부녀자가 지켜야 할 모범과 법칙으로 삼을 만하다. 빼어나도다! 미칠 수 없음이여! 이 전은 아마도 풍화에 만에 하나라도 도움이 될 수 있을 것이다."[56]

라고 언급한 것처럼, 교화에 목적을 둔 윤리소설적 성향이 두드러지게 나타난다. 하지만 작품 전반에 걸쳐 반영된 양상은 진지함이 과잉 투영된 서사가 엿보인다. 이는 작가가 '충·효·열'에 경도되어 그 점만을 너무 강조한 나머지 시대의 흐름과 배치되는 희화화된 양상으로 작품화한 것이 아닌가 생각되는 지점이다.

이 점은 작품의 창작 연대로 추정되는 19세기와 관련하여 생각해 볼 수 있다. 당시는 이미 수백 종의 소설들이 넘쳐나고 있었으며, 세책시장이 일정 부분 형성되어 있었다. 뿐만 아니라 소설들의 성향 역시 흥미 추구적인 성향을 강하게 띠면서 다양한 스펙트럼을 표출했던 시기였다는 점에서 그 연관성을 유추해 볼 수 있다.

한편 작품의 성향이 위와 같이 나타나는 것을 기존의 논의들은

---

56) 〈편옥기우기〉(96쪽), "噫! 觀此傳者, 亦可得師矣. 爲臣之忠, 則師李建, 爲妻之烈, 則師閔氏, 急人之困, 成人之美, 金尙書有之. 若李氏則避傍伺之禍, 識依歸之所, 如其智也. 承父母之志, 成門戶之光, 如其孝也. 事舅姑則盡其敬, 報父母則極其恩, 凡一言一動一事一爲, 皆可以爲閨範女則矣. 卓乎! 其不可及也. 然則, 此傳庶幾有補風化之万一云爾."

'4언 중심의 문장을 구사하거나 지나칠 정도로 대우법에 충실하고 있다는 점, 한자 표기에 속자체를 많이 쓰고 있다는 점 등으로 미루어 볼 때, 이 작품은 연소한 문사, 나아가 과문을 공부하고 있던 문사가 습작한 것이라는 느낌을 지울 수 없다.'[57]라고 추정하거나 '주로 급변하는 삶속에서 인간의 도리에 대해 생각하게끔 하기 위해서'[58] 작품을 창작했던 것으로 주장한 바 있다.

물론 이러한 의견에 일정 부분 수긍할 수 있으나 〈편옥〉의 경우 겉으로는 강한 윤리소설적 성향의 외피를 쓰고 있으면서도, 속으로는 이에 대한 장르관습을 뒤틀어 버리려는 성향이 있지 않았나 추정해 볼 수 있다. 그 이유는 우선 작품 속에 등장하는 모든 인물들이 너무나도 극단적인 선인의 모습만을 드러내고 있으며, 흔히 소설에서 등장하는 악인형 인물이 전혀 등장하지 않는다는 점이다. 〈편옥〉에서 악인형 인물이 등장하지 않는 것은 작품 내에서 주인공의 행위를 부각시킬만한 요소가 부재되어 있음을 뜻하는 것인데, 이 때문에 작품을 읽으면서 독자는 오로지 영효의 행위에만 집중하게 되는 상황을 맞이하게 된다.

문제는 영효 또한 작품 내에서 독자적인 성격을 구축하면 좋겠지만, 당대의 소설 속에 존재했던 수많은 능동적이고 적극적인 여성상의 존재에도 불구하고 본인에게 주어진 고난을 스스로 해결하는 모습은 그다지 보이지 못한다는 점이다. 때문에 영효에게 주어진 고난을 해결하는 방식에 있어서 조력자의 빈번한 출현과 기이한 만남의 연속 등장이라는 방법을 사용할 수밖에 없었다.

---

57) 조희웅 외 공편, 앞의 책, 12쪽.
58) 서선진, 앞의 논문, 53쪽.

〈편옥〉은 주인공의 고난 해결방식에 있어 주변인물의 적극적인 도움을 통해 사건을 해결해 나가는 방식의 서사구조를 설정함으로써 기존의 방식과는 다른 모습을 보여준다. 이 점은 소설사의 구도에 있어 19세기 한문소설의 갈등생성과 사건처리 방향이 다채롭게 형성되고 있음을 보여주는 것으로 19세기 한문중단편소설의 다양한 스펙트럼을 확인할 수 있는 지점이다.

하지만 〈편옥〉의 경우 그럼에도 불구하고 작품이 강조하는 이데올로기로서의 '충·효·열'이 그것을 강조하기 위해 만들어진 인물의 군상이나 서사 전개방식으로 인해 작가가 본래 의도했던 것과는 달리 '희화화'되는 방향으로 귀결되고 있다. 기존의 소설과는 구별되는 방식으로 주제를 형상화하고 있음에도 불구하고 작품 성취의 측면에서는 여러 가지 생각할 측면이 존재하는 것으로 생각된다.

제4장
19세기 한문중단편소설의 서사적 특징

1. 서술방식

1) 중단편이 지향하는 주제 구현에 적합한 서술문체의 사용

19세기 한문장편소설의 경우 거대담론을 중심으로 창작된 경향이 강하고 특히 작가가 개인의 문필(文筆)을 과시하기 위한 성향이 두드러진 관계로 각종 다양한 한문문체를 적극적으로 작품에 사용한 것을 확인할 수 있다. 특히 작가층이 중인 계층 이상의 식자층이 핵심을 차지하고 있기 때문에 기본적으로 한문학적 소양을 갖춘 문장가들이 대다수이다. 그렇다보니 문체 또한 소설임에도 불구하고 다양한 한문문체가 구사되고 있어 독자 또한 일정 부분 문학적 소양을 필요로 하게 된다.

이에 반해 한문중단편소설의 경우 상대적으로 덜한 편이나, 중단편만의 특징을 살릴 수 있는 문체가 작품 속에 사용되고 있음을 알 수 있다. 중단편의 경우 일단 분량이 그다지 길지 않기 때문에 다양한 문체를 구사할 필요가 없으며 주제를 선명하게 부각시키기 위해 사용되는 문체가 작품 별로 달리 사용되고 있기 때문에 서술문체가 명확하게 구분되는 현상을 보인다.

이러한 현상은 작품의 주제와 장르적 성향에 따라 구분되는데 이를 구체적으로 살펴보면 〈포의교집〉의 경우 기본적으로 그 장르적 특징이 애정전기로 구분된다. 애정전기 서사문법의 핵심 골간을 작품 속에 고스란히 드러내고 있다는 것인데, 그렇다면 기본적으로 문체적인 특징에 있어 애정전기의 문체가 두드러지게 나타나게 된다. 예를 들어, 인물의 내면심리에 대한 묘사에 있어 애정전기 특유의 전아하고 화려한 문체가 사용되고, 애정전기 작품에 투식으로 사용되는 남녀 간의 애정 관계를 묘사한 '무산신녀(巫山神女)'나 '한수투향(韓壽偸香)'의 전고들이 어김없이 구사되는 게 그것이다.

뿐만 아니라 인물이 내면심리를 발산하는 데 있어 여성인물의 경우 절절한 심리상태를 대화와 독백을 통해 토로하고 있는데 이때 사용되는 문체는 〈운영전〉에서 보이던 양상과 유사한 것에서 전대 애정전기소설의 맥락을 이어 나가고 있음을 알 수 있다. 게다가 다수의 한시가 삽입되어 있어서 시문교직이라는 애정전기의 서사문법을 계승하고 있음을 분명히 드러내고 있다.

한편 〈포의교집〉과 같은 선상에서 자주 비교되는 〈절화기담〉역시 장르적 성격을 포지한 문체의 구사가 이뤄진다. 그 특징은 주로 '불륜'이라는 아슬아슬한 줄타기를 하는 남녀가 제때 만나지 못하는 데 대한 애절한 심정을 독백과 격정적 대화를 통해 표출하는 것으로 드러난다. 19세기 서울의 인정세태를 보여주기의 방식을 통해 현장감 있고 생동감 넘치게 표현하기 위해서는 대화체의 구사가 적절한데 이를 적극적으로 활용하고 있다. 한편 계속해서 엇갈리기만 하는 남녀 주인공의 어긋남으로 인해 이들의 심리상태가 불안정한 것에 대해서는 독백을 활용하고 있다. 게다가 부분적으로 백화가 사용되는 것을 통해 〈절화기담〉은 중국 평점소설 양식에 영향을 받았으며 이를 통해 당대에 유행하던 소설양식의 일면을 바로바로 흡수반영하고 있음을 알 수 있다.

  이렇게 장르적 특징을 드러낸 문체를 적극적으로 활용하는 것은 비단 〈포의교집〉, 〈절화기담〉에만 국한된 현상은 아니다. 19세기 한문중단편소설에 나타나는 일종의 경향성으로 파악할 수 있다. 19세기에는 다양한 주제를 표출한 소설이 다수 등장하는데 특히 보수적 의식이 강조된 소설이 주목을 끈다. 한문중단편소설의 경우 앞서 언급한 〈편옥기우기〉, 〈일석화〉, 〈이화실전〉 등은 특히 보수적인 의식이 첨예하게 드러난 작품이다. 이들의 경우 과연 19세기에 창작된 것이라 보기에 의심이 들 정도로 지배체제 유지의 도구로 활용된 '충·효·열'의 보수적 이데올로기를 적극 작품 속에 끌어들여 서사화하고 있다. 문제는 보수적 이데올로기를 구현하는 작품의 경우 무겁고 진지하며 진중한 내용이 주를 이룰 수밖에 없는데 이를 표현하는 문체적 성향 또한 이를 준수한다는 점이다.

  예를 들어 윤리·도덕의 강조를 통해 효를 구현하는 〈편옥기우기〉의 경우 '효'라는 주제가 가진 무게감을 절절하게 드러내고자 진지하고 엄숙한 발화를 통해 등장인물을 표현하는 문체에서 그 일단이 확인된다. 이것은 작품 전체를 통관하는 문체적 특성이기도 한데 주인공뿐만 아니라 작품 속에 등장하는 모든 인물들이 공히 진중하면서 절절한 발화를 통해 작품의 주제를 드러내고 있다는 점에서 진지한 주제를 구현하기 위해 사용된 문체의 실상을 확인할 수 있다.

이와 비슷한 맥락에서 〈이화실전〉의 경우 설화의 모티프를 일정 부분 흡수하여 창작하였기 때문에 문체적 특징에 있어 난해한 표현이 구사되지 않는 것을 일단 지적할 수 있다. 즉, 세부적인 표현이 중요한 게 아닌 서사의 맥락을 연결시켜 나가는 것이 중요한 역할이기 때문에 굳이 어렵고 난해한 문체를 구사하려 들지 않은 것이다. 하지만, 작품의 전반적인 문체가 비교적 쉬운 편임에도 불구하고 핵심 주제를 적극적으로 드러내야 할 부분에서는 등장인물의 행동과 발화를 통해 강한 인상을 남기는 문체를 구사하고 있다. 이 점은 '정절' 훼손과 관련해 상층사대부의 여주인과 여종이 맞서게 되는 장면을 형상화한 것에서 확인되며, 특히 여종의 발화를 통해 '정절'을 준수하려는 강력한 의사 표출은 주제를 표현하는 방식과 관련하여 주목된다.

한편 〈한조충효록〉의 경우 '충'이라는 거대 담론을 다루면서도 표현방식에 있어서는 간단명료하면서 쉽고 평이한 문체를 구사하여 주제를 표현하고 있다. 진지하고 무거운 담론을 표출하는 데 있어 당대에 유행하던 군담을 적극 활용하여 독자들이 부담 없이 대할 수 있도록 배려하고 있다. 또한 독자의 흥미를 유발하기 위해 요괴(妖怪)나 요술(妖術) 등 신마소설적인 요소 또한 적극적으로 활용하고 있음을 알 수 있다.

따라서 19세기 한문중단편소설의 경우 다양하게 포진된 주제를 효과적으로 전달하기 위해 각각의 주제에 알맞은 서술문체를 활용하여 작품의 창작하고자 했음을 확인할 수 있다. 이러한 특징은 한문중단편이 19세기에 나름의 방식으로 독자적인 영역을 구축하려 했던 일환의 하나로 파악된다. 당대의 흐름을 인식하면서 개별 장르와 주제에 맞는 문체를 구사해 중단편만의 성격을 구축하고자 시도한 것으로 판단되는 지점이다.

2) 주도적으로 문제 해결에 나서는 여성 형상의 강화

19세기에 창작된 소설의 경우 주목할 만한 특징 가운데 손꼽을 수 있는 것은 주체적이고 적극적인 여성 주인공의 등장이다. 이는 이 시기 한문소설에 나타난 공통적인 특징이기도 한데, 대다수 작품에 등장하는 여성 주인공들은 작품 속에서 주도적이며 핵심적인 역할을 수행한다. 대표적인 인물로 〈포의교집〉의 초옥, 〈편옥기우기〉의 영효, 〈일석화〉의 김씨, 〈이화실전〉의 시비 등이 그것이다. 뿐만 아니라 이 시기에 창작된 작품 속의 여성 인물은 주동인물, 보조인물의 구별 없이 개별적 주체로써 자리매김하고 있음이 확인된다. 바야흐로 여성이 작품의 주체적인 역할을 구현하는 여성 전성시대라 일컬을 수 있을 정도인 것이다. 이들은 사회적 약자임에도 불구하고 스스로를 약자의 처지에 두려하지 않고, 당당한 주체로 일어나려는 의지를 강렬하게 드러낸다.

〈포의교집〉에 등장하는 '초옥'은 중세에서 근대로 넘어가는 시대환경의 변화 속에서 여성이 스스로의 의지로 인생을 개척해 나가고 이에 방해가 되는 세력에 대해서는 온몸으로 항거하는 강인한 여성상의 전형을 보여준다.

국화의 **빼어남**은 서리가 내린 후에야 알고, 매화 향기는 눈이 내린 뒤에야 알 수 있지요. 이는 비록 그 열매가 없다 해도 또한 그 절개를 잃지 않기 때문에 그런 것이지요. 그래서 온 세상이 모두 흐리다고 하여 진흙에 걸터앉아서 물결을 일으키고, 뭇사람들이 모두 취했다고 술지게미를 먹고 남은 술을 마신다면 어찌 홀로 깨끗하고 홀로 깨어날 수 있겠어요? 사람이 요순이 아닌데 어찌 아름다움을 다할 수 있겠어요? 그러나 나물밥 먹고 물마시고 팔베개 베고 잘지라도 즐거움이 그 가운데 있으니, 어찌 재물과 색에 빠진 자가 그 즐거움을 함께 할 수 있겠습니까? (…중략…) 공자께서 『춘추』를 지어 말씀하시기를 '나를 알아주는 것도 『춘추』요, 나를 알아주는 것도 오직 『춘추』로다'라고 하셨던 것이구요. 지금 내 행동을 죄주는 자가 없을 수 없고, 나를 알아주는 자도 없을 수 없겠지요.[1]

위의 대목에서 볼 수 있듯이 '초옥'은 본인의 확고한 신념을 지니고 있었기 때문에 기생들이 설득을 하려 하나 이를 인정하지 않고 자신의 의사를 명백하게 밝힌다. 이러한 형상으로 인해 '초옥'의 모습은 일면 고답적으로 보일 정도이나 이와 같은 해석은 문제의 중심에서 비켜난 것이다. 다른 무엇보다 여성의 형상이 강인하게 그 모습을 드러내고 이것이 주체적 역량으로 표출되는 측면에서 이 시기 변화하는 여성 형상을 획득하고 있는 것이 가장 핵심인 것이다.

〈포의교집〉을 통해 확인되는 여성 주인공의 형상은 다른 작품의

---

1) 〈포의교집〉(250쪽), "菊花之英必於霜, 梅花之馨必於雪. 雖無其實, 亦不失於其節也. 是以, 擧世皆濁, 可以淈其泥而揚其波; 衆人皆醉, 可以餔其糟而啜其醨, 豈可獨淸而獨醒哉? 人非堯舜, 何能盡美? 然而飯蔬食飮水, 曲肱而枕, 樂在其中矣, 豈能以淫於貨色者幷駈耶? (…中略…) 故聖人作『春秋』曰: '罪我者其唯春秋; 知我者其惟春秋乎!' 今吾之所行, 罪之者不可無也; 知之者不可無也."

여성 주인공들에게서 조금씩 전변된 형태로 드러난다. 〈편옥기우기〉의 경우 여성 주인공인 '영효'는 윤리적이고 도덕적인 '효'라는 중세의 보편적 이념을 실천하기 위해 닥친 고난을 온몸으로 받아들이는 인물로 등장한다. 이 경우 도덕적 관념의 실천이라는 것이 과연 19세기라고 하는 변화의 시대에서 어떤 의미를 가지고 있는지가 문제가 될 것이다. 얼핏 생각해 보면 시대착오적이고 과하다 싶을 정도인데 그것은 다른 한편에서 생각해 보면 시대상의 변화를 보여주는 방식의 일환이기도 하다. '보수/진보'의 이분법으로 구분하는 것이 항상 진보의 승리만을 강요하기 쉬우나 사회의 다수를 차지하고 세상을 이끌어나가는 주체는 보수라는 것을 떠올린다면, 〈편옥〉에 그려진 영효의 형상이 그다지 불편하게 느껴지지 않을 수도 있다. 문제는 이러한 영효의 형상이 중세적 관념을 철저하리만큼 묵수하는 주체일지라도 그 주체가 남성이 아닌 사회적 약자인 여성이라는 측면에서 그리고 가문을 회복하기 위해 존재하는 여성이라는 측면에서 단순히 넘어갈 성질의 것은 아니다.

이 지점에 있어서는 오히려 전복적인 측면 또한 엿보이기도 한다. 사대부가의 여성은 항상 비주체의 신분으로 서브(sub)의 역할에 만족해야 했는데 남성 주체가 수행해야 될 역할을 적극적으로 시행하고 결국에 성취를 이루고야 만다는 점에선 중세적 관념을 부여잡으려는 의식의 보수성과 이를 수행하는 비주체인 여성이라는 진보성이 상충되는 지점을 보여주고 있는 것이다.

하지만 이러한 현상 자체가 바로 19세기의 단면을 보여주는 것이며, 그것을 〈편옥〉에서는 여성 주인공을 통해 구체적으로 드러낸 점이 핵심이다.

한편 〈일석화〉의 김씨나 〈이화실전〉의 시비의 모습을 통해서도 유사한 측면을 발견할 수 있다. 〈일석화〉에 등장하는 김씨의 경우 '열'을 고수하는 행위 자체는 단지 열을 지키기 위한 것뿐만 아니라 자신의 몸을 스스로 지키기 위함이기도 하였다. 어느 하나 의지할 곳 없는 혈혈단신이 된 상황에서 본인의 욕구를 충족시키기 위해 김씨의 몸을 겁탈하고자 감행한 주변의 적대세력 속에서 김씨가 취한 행동은 열이라고 하는 중세적 관념 때문만은 아니었고, 솔직히 그것을 생각할 여력도 없는 상황이었다. 일단은 스스로를 지키기 위한 방편이 가장 컸으며, 그것이 자연스럽게 열을 실천하는 것으로 연결되었을 뿐이다. 그러면서도 궁극적으로 자신에게 주어진 고난을 스스로 해결하는 모습을 보여주면서 여성 주체의 강인함을 다시금 확인시켜 주어 이 시대 여성상의 일단을 보여준 것에서 의미를 부여할 수 있다.

뿐만 아니라 여성 주체의 강인한 형상은 〈이화실전〉에서 다른 모습으로 그려지기도 한다. 특히 시비인 몸종이 사대부가의 여성 주인이 열을 지키지 않는 것에 대해 주인을 징치하는 방식으로 본인이 믿고 있는 신념의 실천을 구체적으로 실행에 옮기는 장면에서 극에 달하고 있음을 확인할 수 있다. 하극상으로 표현될 수 있을 정도로 자극의 양상이 여간 심각한 게 아닌데, 이렇게 극단적인 모습까지 표출할 수 있었던 데는 당대 사회상의 변화 양상이 가장 큰 영향을 끼친 것이라 생각된다. 위와 같은 행위는 용납의 용인 여부를 떠나 행위 주체의 당사자가 여성이라는 것이며, 보수적 이념의 가장 피해자인 당사자들이 한편으론 고수하고 한편으론 거부하는 형상을 통해 파급의 양상이 전방위적 현상이었음을 확인케 한다는 점이다.

이는 결국 19세기가 "중세의 끝자락에서 유교적 가부장제의 보

수성이 강화되는 한편 다른 면에서는 인간의 평등에 대한 문제의
식이 확산되는 가운데 여성의 주체적 인식 역시 확대되어 가는"[2]
양면성을 함께 지니고 있었던 데서 연유된 것임이 중요하다.

이러한 형상은 결국 진보/보수의 문제를 떠나 본인이 옳다고 믿
는 가치의 구현을 위해서는 약간의 위험을 감수해서라도 그것을
지키고자 하는 의지가 뚜렷하게 형성되고 있음을 반증하는 것이
다. 그 핵심 주체가 사회의 지배계급인 사대부 남성의 형상이 아닌
사회적 약자인 여성 주체의 행동에 의해 실천되고 있다는 점이 중
요하다. 여성 주체의 형상 변화를 주목할 필요가 여기에 있고 이것
이 19세기에 있어 여성 주체가 존재하는 의미라 할 수 있다.

3) '현실성'과 '환상성'의 활용을 통한 서사의 구축

19세기 한문중단편소설의 경우 당대 현실을 적극적으로 작품
속에 반영하려는 의식이 뚜렷하거나 사실에 근거한 창작을 추구
하는 성향의 작품이 있는 반면, 허구적 성향이 극도로 강화되는
작품도 생각보다 많이 존재하는 게 확인된다. 작품의 성향이 현실
에 발 딛고 서 있으면서 일상적이며 주변적인 소재나 주제를 다루
거나, 주인공이 고난을 겪지만 이를 극복하고 개인의 입신이나 가
문의 영광을 완수하는 낭만적이고 환상적인 성향을 지닌 작품들
이 그것이다.

대략적으로 이러한 두 계열의 작품이 19세기 작품에서 눈에 띠

---

2) 이지하, 「19세기 한문 장편소설의 여성형상화와 그 의미」, 『국어국문학』 149,
국어국문학회, 2008.

게 확인되는 데 전대 애정전기의 대표적 성향인 '현실성'과 '낭만성'이 19세기에 들어 그 모습을 변형시킨 형태로 보인다. 하지만 17세기 소설에 등장한 현실성과 낭만성의 요소를 19세기 작품에서 곧바로 대입시킬 수는 없는 게 17세기와 19세기가 가진 시대적 분위기와 상황은 그다지 유사하지는 않기 때문이다.

때문에 17세기와의 연관성은 소설의 역사성을 환기해 보면서 일정 부분 참고 할 수는 있겠으나 핵심은 19세기적 현상 바로 그 자체에 있다. 그런 측면에서 19세기에 등장한 한문중단편소설의 서사적 특징을 주목할 필요가 있다. 그렇다면 19세기 소설에 현실성과 환상성이 어떻게 제 역할을 하며 작품 속에 등장하고 있는가?

우선 19세기 작품이 가진 현실성의 요소에 주목해 보자. 19세기 소설에서 한눈에 확인할 수 있는 경향은 사실적인 성향이 대단히 강화된 작품이 창작되고 있다는 점이다. 특히 당대의 시대사회상을 현미경으로 들여다보거나 사진을 찍는 것처럼 있는 그대로의 현상이나 장면을 고스란히 재현하는 특징을 가진다. 예를 들면 〈포의교집〉에 서술된 구체적인 지명이나 공간, '여령'으로 대표되는 민비 가례시행 등이 그것이다. 역사적 사건과 사실을 작품 속에 바로 끌어와서 작품이 서 있는 시공간의 사실성을 역사와 연결시켜 극도로 강화시키고 있다.

한편 이와 같은 사실성은 작품 속에서 주인공의 결연을 방해하는 힘이 절대자가 아닌 주인공과 함께하는 '일상'의 문제로 그 위치를 격하시킨 것에서도 아울러 확인된다. 예를 들면 〈종생전〉에 사용된 임신(妊娠) 모티프가 바로 그것이다. 소설에서 남녀 주인공의 결연 성취는 그 과정과 결연이라는 결과가 중요했지 그로 인해 발생하는 임신의 문제는 전혀 거론할 성질의 것이 아니었으며 거론되지도 않았다. 그런데 이것이 주인공의 결연을 방해하는 핵심 요소로 등장하여 지속적으로 영향을 끼치게 된다. 주변에서 접할 수 있는 사실적인 모티프들을 적극적으로 가져와서 현실성을 증폭시키는 요소로 적절하게 사용하고 있는 점이, 19세기라는 시대적 흐름과의 맞물려 작품 속에 자리 잡고 있음을 알 수 있다.

반면 〈일석화〉, 〈편옥기우기〉 등의 작품은 중세적 지배체제 관념의 지속 또는 유지라고 하는 당대 인식의 또 다른 측면을 보여주는데 주로 기득권의 의식을 대변하는 자세를 취한다. 하지만 이들 작품은 19세기라는 급변의 시대 속에 어떤 자세를 취해야 할지 확실하게 갈피를 잡지 못하고 우왕좌왕하는 양상을 보여주고 있다. 물론 두 작품은 시대가 그럴수록 더더욱 전통을 지켜나가야 한다는 정신이 반영된 것으로 이해된다. 그렇기 때문에 마치 시대와 불협화음을 일으키고 있는 것처럼 비춰질 수도 있으나 그것 또한 당대를 이해하던 방식 가운데 하나였기 때문에 충분히 당대 현실에 대한 반응으로 이해할 수 있는 것이다. 두 작품은 그런 측면에서 당대 사회를 인식하던 현실적 측면의 다른 이면을 보여주는 것으로 생각된다.

현실성과 또 다른 한 축을 이루는 '환상성'의 경우 19세기 작품을 통해 다양하게 서술되고 있음을 확인할 수 있는데 그것은 주로 흥미를 견인하는 요소로 전면에 배치된 경우가 많았다. 이는 19세기 소설의 경우 대중성의 측면을 고려치 않을 수 없는데 한문소설의 경우 상대적으로 여기서 비껴서 있었기 때문에 이와는 무관한 것처럼 보이나 실제 작품에서는 대중성의 측면을 고려한 요소가 곳곳에 삽입되어 있는 게 발견된다. 이것은 독본(讀本)으로서의 기능을 증강시키려한 의도가 일정 부분 투사된 것으로 이해되는 지점이다.

예를 들어 〈오로봉기〉의 경우 장회체의 구성방식을 가지고 있으며 10회 이상의 분량을 가지고 있어 꾸준히 읽을 수 있는 독본으로서의 기능을 일정 부분 담지하고 있다. 이 점은 〈오로봉기〉가 20세기 초 활자본의 형태인 〈오선기봉〉으로 출판되었던 사실에서 그 대중적 요소가 일정 부분 작품 속에 녹아 있었음을 알 수 있다. 게다가 〈오로봉기〉는 전대에 가장 유명한 작품들 가운데 하나인 〈구운몽〉과 〈숙향전〉의 모티프를 적극 차용하여 작품에 구사하였다. 이와 함께, 남녀 간의 애정 관계를 형성하는 데 있어 진중하고 비극적인 분위기를 조장하기 보단 가볍고 유희적인 요소를 작품 속에 설정하여 남성 독자를 위주로 한 애정담을 서술한 것에서도 아울러 감지할 수 있다.

이와는 달리 〈한조충효록〉에서는 전형적인 영웅담을 서술하고 있는데, 애정과 군담 가운데 남녀 주인공의 애정결연담은 거의 삭제해 버리고 남주인공의 영웅적 군담 행위에 서술을 집중하여 극단적으로 강화시키고 있다. 특히 군담서술에 있어 단순히 전쟁 장면만 서술하는 게 아닌 요괴의 등장이나 도술의 대결 등과 같은 신마소설적인 요소를 적극적으로 작품 속에 삽입하여 서술함으로써 환상성을 극도로 활용하고 있다.

한편 〈삼해지〉의 경우 재자가인의 인물 형상을 통해 작품을 서술하되 공간적 배경을 바다 속의 해저 세계로 설정하고, 해저 생물을 등장인물로 배치하여 초현실적인 이상향의 공간[3]을 제시한 것

---

3) 고소설에 등장하는 공간배경에 대해서는 조재현, 『고전소설의 환상세계』, 월인, 2009를 참조.

에서 환상적인 면모가 확인된다.

이렇게 환상성의 영역 또한 19세기 한문중단편에 있어 작품 형성에 중요한 요소로 자리 잡고 있었다. 이를 통해 19세기 소설의 경우 당대 인정세태와 사회의 모습을 있는 그대로 반영하여 서술하려는 현실적이고 사실적인 경향을 띤 작품이 한 축을 담당하고 있으며, 이와 대별되는 소설 특유의 환상성이 강화된 요소들을 작품 전면에 배치하여 서술한 작품이 다른 한 축을 차지하고 있었다. 문제는 두 축 모두 19세기적 상황을 한문중단편소설이 온전히 반영한 형태라는 점이다. 이를 통해 현실성과 환상성의 요소가 여실히 그 존재가치를 부여받고 있는 것에서 이 시기 소설의 서사적 특징을 간취할 수 있다.

2. 서사양식

1) 중국 평점소설양식의 수용

19세기는 다양한 정치적 양상으로 인해 문학사에 있어서도 첨예한 논쟁을 불러일으킨 문제적 시기이다. 급변하는 시대 변화에 능동적으로 눈을 뜨고 대응한 작품들이 인정세태의 변화상을 여실히 드러낸 경우도 있는 반면 보수적인 문학관을 더욱 공고히 유지하고자 했던 경향도 함께 공존하고 있었다.

조선 후기 문학사의 경우 중국문학과의 상관성을 언급하지 않을 수는 없다. 임병양란 이후 문학사의 전변은 중국문학의 변화에 크게 좌우된 경향이 크며, 그 가운데 김성탄이 조선 후기 문학사에 끼친 영향4)은 지대했다. 특히 그가 행한 소설과 희곡에 대한 비평은 다산(茶山)과 추사(秋史), 이옥 등에게서 그 영향의 편린을 직접적으로 확인할 수 있다.

구체적으로 김성탄이 평비한 『제오재자서 수호전(第五才子書 水滸傳)』이나 『제육재자서 서상기(第六才子書 西廂記)』의 경우 유만주(兪晩柱, 1755~1788)가 『흠영(欽英)』에서 "『수호전』은 쇠란의 기이함이다. 까닭에 이 책은 의기에 빼어나다. 『서상기』는 요염의 기이함이다. 까닭에 이 책은 정회에 빼어나다."5)라고 하여 그 문장의 기이함에 대해 극찬한 바 있었으며 이러한 평점형식에 영향을 받아 실제적으로 작품이 창작되기도 하였다. 〈절화기담〉, 〈홍백화전비평〉, 〈무송전(武松傳)〉 등이 바로 여기에 해당된다. 물론 이들 작품을 제외하고서도 〈수산 광한루기〉,6) 박태석의 〈한당유사〉7)나 작자 미상의 〈비평신증 요로원기〉8) 등이 있으나 〈절화기담〉, 〈홍백화전비평〉, 〈무송전〉 세 작품에 집중해서 살펴본다.

(1) 〈절화기담〉

〈절화기담〉은 1809년에 석천주인(石泉主人)이 쓰고 남화산인(南

4) 한매, 「조선 후기 김성탄 문학비평의 수용양상 연구」, 성균관대학교 박사논문, 2001.

5) 김영진, 「兪晩柱의 한문 단편과 記事文 대한 일고찰: 조선 후기 京華老論 문인의 문예취향의 한 단면」, 『대동한문학』 13집, 대동한문학회, 2000, 42쪽 재인용.

6) 성현경·조융희·허용호 공저, 『광한루기 역주 연구』, 박이정, 1997.

7) 조혜란, 「〈한당유사〉 연구」, 『한국고전연구』 1, 한국고전연구회, 1995; 문성신, 「〈한당유사〉 연구」, 한국학중앙연구원 석사논문, 2006.

8) 이수봉, 『요로원야화기 연구』, 태학사, 1984; 김수영, 「요로원야화기」 연구」, 서울대학교 석사논문, 2006.

華散人)이 편차한 작품으로 조선 후기 문단에 큰 영향을 끼친 김성탄 평점 『제육재자서 서상기』의 영향을 받아 창작되었다. 중국 평점소설양식을 적극 반영한 작품으로 조선 후기 소설사에서 평점소설의 실례 가운데 하나이다.

〈절화기담〉은 남녀 주인공이 결혼을 한 유부남, 유부녀로 설정되어 있고 이들이 부적절한 만남, 즉 '불륜'을 소재로 한 점에서 대단히 문제적인 작품으로 꼽힌다. 이와 관련하여 당시 세태 변화의 양상을 반영한 작품이라는 측면에서는 〈종옥전〉, 〈오유란전〉 등과 같이 동궤에서 논의할 수 있다. 하지만 단순히 당시 세태 변화를 보여준다는 측면에서 그치는 게 아닌 19세기 서울의 인정세태의 변화를 세밀하게 포착하고 작품에 반영한 것에서 그 의미는 간단하게 언급하고 넘어갈 성질의 것이 아니다.

특히 작품이 포지하고 있는 불륜이라는 소재는 근본적으로 19세기 서울의 '性' 담론과 연결된다. 당시 소설사의 상황은 〈육보단(肉蒲團)〉, 〈금병매(金甁梅)〉와 같은 중국의 음사소설(淫詞小說)이 유행[9]하고 있었으며 〈백상루기(百祥樓記)〉,[10] 〈북상기(北廂記)〉[11]와 같은 '성애(性愛)'를 노골적으로 표현한 희곡이 적극적으로 창작되고 있었다. 한편 평양 기생들의 형상을 기록한 『녹파잡기』[12] 등에서 볼 수 있는 바와 같이 '여성' 담론 또한 극명하게 표출되던 상황

---

9) 당시 중국 음사소설의 유전양상에 대해서는 김경미, 「음사소설의 수용과 19세기 한문소설의 변화」, 『고전문학연구』 25, 한국고전문학회, 2004를 참조.

10) 정우봉, 「미발굴 한문희곡 〈百祥樓記〉 연구」, 『한국한문학연구』 41, 한국한문학회, 2008.

11) 안대회, 「19세기 희곡 『北廂記』 연구」, 『고전문학연구』 33, 한국고전문학회, 2008.

12) 안대회, 「평양기생의 인생을 묘사한 小品書 『綠波雜記』 연구」, 『한문학보』 14, 우리한문학회, 2006.

이었기 때문에 〈절화기담〉의 소재는 19세기 서울의 인정세태 양상을 대변하는 중요한 요소로 의미를 부여할 수 있다.

〈절화기담〉의 경우 그동안 논의의 초점이 소재에 집중된 경향이 강했으나 평점소설양식에 관심을 돌려 재점검할 필요가 있다. 왜냐하면 조선 후기 평점소설은 작품 속의 비평행위가 어떻게 구현되었는지 실증적으로 파악할 수 있는 자료적 가치를 가지고 있기 때문이다. 특히 그동안 소설비평과 관련된 논의가 주로 서(序), 발(跋)에 나타난 소설관련 인식, 흔히 말하는 소설론을 중심으로 이루어져 왔기 때문에 실제비평보다는 소설론에 대해 파악하는 것이 대부분이었다. 문제는 그마저도 소설이 지닌 효용성과 공용성을 주목하는 데 주로 치중한 나머지 실제 작품에 드러난 미학적 특성을 부각시키는 논의는 드물었다는 점이다. 때문에 작품에 대한 비평 역시 고답함을 면치 못하는 경우가 많았다. 그에 반해 실제비평이 작품 속에 적용된 경우는 특정 대목의 서술에 관해 직접 미학적 성취를 논하고 있으므로 작품을 읽는 독자의 의식과 상호작용을 유발할 수 있는 장점을 가진다.

때문에 평점소설의 경우 실제비평의 측면에서 논의하기에 적합한 대상이며, 조선 후기 소설비평의 수준을 가늠해 볼 수 있는 자료로서 의미가 있다. 〈절화기담〉은 무엇보다 각 회의 서두에 놓인 회평(回評)이 핵심이다. 작품은 3회로 이루어진 장회소설이며 작품을 편집한 편집자가 별도로 존재하는 공동창작 형태를 띠고 있다.

주목할 부분은 바로 매 회마다 달려 있는 회수평(回首評)이다. 〈절화기담〉은 여타 협비(夾批)나 미비(尾批), 미평(尾評) 등이 없으므로 회수평이 각 회별 주안점을 개괄하여 제시하는 회별 인(引)의 역할을 하고 있다. 일반적으로 평점소설의 회수평은 김성탄 평비본 〈수호지〉나 〈서상기〉 등에서 주로 볼 수 있는데 장회 첫머리에 비평자의 총평(總評)을 제시함으로써 장회의 서사구성과 주안점을 정리하여 기술하는 역할을 수행하고 있다.

〈절화기담〉의 경우 1회 회수평에서는 이생과 순매의 만남에 관해 진가(眞假)와 허실(虛實)의 입장에서 설명을 하고 있다. 1회의 내용은 이생과 순매의 만남에 능동적 주체로 활동하는 이는 이생이며, 은 노리개와 노파를 이용해 순매를 만나고자 애를 쓰는 과정이 그려져 있다. 이때 진(眞)이라 표현되는 것은 실제로 이들이 만난 것을 뜻하며 가(假)는 꿈속에서 만난 것을 의미한다. 진가는 현실에서의 만남이 이루어졌느냐의 여부에 따라 구분될 수 있겠는데 만남 자체가 중요한 게 아니라 이것이 결국 상대방에 대한 진정성의 문제와 연결되기에 참됨과 거짓의 구분은 현상적인 것이며 주인공의 행위가 진정성의 발로인지가 가장 핵심이 되며 1회에서는 이 점을 강조하고 있다.

장회 2회에서는 이생과 순매 사이의 만남의 엇갈림이 연이어진다. 회수평에서는 서로 조응(照應)이 되고 상대를 이루는 과정을 설명해놓고 이를 통해 이생이 순매에 대한 마음씀의 진정성과 이와 비견되는 간난이 이생에게 마음씀에 대한 상호 엇갈린 시선의 중첩에 관해 설명하고 있다. 인물 간의 만남이 풀리지 않고 꼬여가기만 하는 상황에 대해 설명하고 있으며 평자는 그 점을 주목할 것을 주장한다.

2회에서도 서사의 중심은 이생과 순매의 만남이 이뤄지는 과정을 보여주는 것에 있다. 문제는 이것이 의도한 것처럼 자연스럽게 연결되지 않는다는 점이다. 〈절화기담〉은 만남을 약속했지만 계속해서 그것이 어그러지고 그로 인해 안타까워하고 애타는 주인공의 심정을 따라가는 데 주안점이 놓여 있다. 그렇다보니 흔히 말하는 갈등이 극도로 증폭되는 장면은 그다지 보이지 않는다. 만나기 위해 온갖 수단과 방법을 동원해서 겨우겨우 만남을 이어가려 노력해 보지만 번번이 뜻하지 않은 일이 터져 약속은 깨져 버리고 시간만 한없이 흘러갈 뿐인 것이다. 어떤 측면에서는 다른 상황이 반복되어질 뿐 만나기 위해 약속을 만들었다가 깨지는 과정의 연속이어서 지루하게 느껴질 정도다.

마지막으로 3회 회수평에서는 세간에서 주목하는 사건의 교묘함, 이생의 호방함, 순매의 아름다움과 같은 단편적인 인상에 그칠 것이 아니라 실제 작품의 묘미는 문장의 공교로움, 의미의 세밀함, 말의 섬세함, 감정의 깊이 등에 있는데 이를 주목하지 못하는 감식안을 안타까워하고 있다. 때문에 진가를 적절히 교배하여 세밀한 인물의 심리와 행동 변화에 대한 작가의 기교를 집중해서 살펴봐야 함을 주장하고 있다.

실제 장회 3회의 내용은 결국 이생과 순매가 거듭된 불운으로 인해 만남이 이뤄지지 못했음에도 불구하고 한 번의 만남으로 인해 운우지정을 맺게 되나 이마저도 남편이 있는 기혼녀라는 현실로 인해 영원한 인연을 이루지 못하는 안타까운 심정을 드러내고 있다. 이들은 결연을 이루기까지 참으로 지난한 세월의 과정을 거쳐 오면서 만남이 어긋나는 상황이 오히려 주를 이루게 될 정도였다. 그랬기 때문에 이들의 결연이 더더욱 절절하게 다가왔던 것이다. 하지만 이마저도 간난이의 방해로 인해 결국 더 이상 만남을 지속하지 못하고 영원한 이별을 맞이할 수밖에 없게 되었다.

〈절화기담〉은 전반적인 정조가 비교적 잔잔한 흐름을 유지하고 있는 편이다. 작품을 크게 휩쓸고 지나가는 사건도 없어서 한편으

론 심심한 느낌마저 들기도 한다. 그럼에도 불구하고 〈절화기담〉
은 이생의 감정 상태가 변화하는 흐름의 결을 세심히 따라가 볼
필요가 있다. 색에 대한 심리상태의 전변이 미묘한 울림을 던져주
는데, 단순히 결연이 잘 이루어지지 않는 것에 대한 안타까움만으
로 설명하기엔 사람 마음이 변화는 과정을 제대로 짚어내지 못한
것으로 보인다. 따라서 〈절화기담〉은 〈포의교집〉과 동일한 소재
를 취했음에도 불구하고 미학적 지향은 다른 방향을 향해 걸어가
고 있으며 특히 미묘하지만 세심한 감정의 선을 잘 포착하는데 주
안을 두고 있음이 간취된다.

　이런 측면에서 각 회별 회수평은 내용을 함축적으로 견인하는
역할을 하면서 핵심을 어디에 둘 것인지 제시하는 역할을 하고 있
다. 이를 통해 〈절화기담〉의 회평에 대한 의미 부여가 가능할 것이
라 생각된다.

(2) 〈무송전〉

　이 책을 통해 처음 소개되는 〈무송전〉은 영남대(嶺南大) 남재문
고(南齋文庫) 소장13) 작품으로 면당 24행 18자 전체 24장으로 구성
된 필사본이다. 제명에서 볼 수 있는 바와 같이 〈수호전〉의 108주
인공 가운데 한 명인 무송을 대상으로 형상화한 작품이다. 〈수호
전〉은 일찍이 김성탄에 의해 천하재자의 문 가운데 하나로 손꼽힐
만큼 뛰어난 문장으로 선발된 바 있으며, 조선시대에는 김성탄 평
비본이 유행하여 문학사에 큰 영향을 끼칠 정도로 파급력이 있었

---

13) 청구기호는 古南 813.5무송전이다.

던 작품이다. 특히 김성탄 평비본 〈수호전〉14)의 경우 그 문장이 가지고 있는 파급력으로 인해 금서로 지목되기도 하였으며, 조선 후기 문인인 유만주나 이덕무(李德懋, 1741~1793) 등의 경우는 문장 의 기이함에 주목하고 이에 대한 평을 달기도 하였다. 이들 뿐만 아니라 조선 후기의 문인들 가운데 〈수호전〉을 읽고 나서 이에 대한 시를 창작15)한 경우까지 확인할 수 있을 정도로 〈수호전〉이 조신 후기 분인에게 끼친 영향은 지대하다.

〈수호전〉의 경우 일반적으로 김성탄이 평비한 70회 본이 주로 유행하였으며, 영남대 남재문고본 〈무송전〉은 〈수호전〉 가운데 29회와 30회의 무송과 관련된 서사를 분절하여 하나의 독립된 작 품으로 편찬한 것으로 파악된다. 특히 〈무송전〉의 경우 평문(評文) 이 기록되어 있어 주목을 요하는데 주로 서사 분절별로 무송의 행 위나 상황에 대해 비평을 가한 평문을 삽입하는 방식으로 구성되 어 있다. 때문에 이 자료는 〈절화기담〉과 같이 조선 후기 평점소설 의 양상을 보여주는 자료로서 먼저 그 가치를 부여할 수 있을 것으

---

14) 〈수호전〉에 등장하는 인물에 대한 김성탄 평비의 양상을 분석한 최근 논의가 있어 주목을 끈다. 이승수에 의해 이루어진 일련의 논의는 조선 후기 문단에 큰 영향을 끼친 김성탄 평비본의 실제 비평 양상을 〈수호전〉을 통해 분석하는 작업으로 향후 조선 후기 문학사에서 김성탄 평비가 끼친 구체적인 영향 관계를 규명하기 위한 전초 작업으로 의미가 있다. 이에 대해서는 이승수, 「동아시아 문학사의 反儒 전통 一考: 金聖嘆의 〈水滸傳〉송강 평을 중심으로」, 『한국언어문 화』 31, 한국언어문화학회, 2006; 「〈水滸傳〉武松 評에 나타난 金聖嘆의 비평의 식: 武十回를 중심으로」, 『고소설연구』 24, 한국고소설학회, 2007; 「〈水滸傳〉林 沖 서사의 金聖嘆 讀法」, 『한국한문학연구』 40, 한국한문학회, 2007; 「김성탄 소 설독법의 실제: 〈水滸傳〉초반 노달 서사 평비를 중심으로」, 『한국언어문화』 38, 한국언어문화학회, 2009; 「黑旋風 李逵의 인물 형상과 서사 기능: 金聖嘆 비평의 관점에서」, 『고소설연구』 29, 한국고소설학회, 2010 참조.
15) 김영진, 「조선 후기 명청소품 수용과 소품문의 전개 양상」, 고려대학교 박사논 문, 2003, 각주 141) 참조.

로 판단된다. 따라서 〈무송전〉이란 자료를 파악하는 데 있어 작품 전체의 구성방식과 평문의 실제비평 양상을 대략적으로 살펴보고 이를 통해 〈무송전〉의 경우 어떤 측면에 주안을 두고 창작된 것인지 분석해 볼 필요가 있다.

이와 관련하여 우선 주목할 부분은 작가가 작품을 창작한 창작의도의 파악이다. 작품의 창작의식을 짐작할 수 있는 〈무송전서〉가 작품 서두에 제시되어 있다.

무송은 수호108호걸 중 한 명이다. 그 생김새는 이리나 호랑이와 같은 자 태가 있으나 그 재주는 족히 눈과 귀의 역할을 하는 고굉지신이 될 만하다. 무신으로 분주했으나 그 운명이 바뀌고 시기가 전도되어 결국 사지에서 죽게 되었으나 오히려 스스로 세상에 나와 패악을 받지 않았으며 기운이 의로움을 숭상하게 하고자 하였으나 큰 벽에 부딪혀 결국에는 국가에 그 재주를 펼치지 못하였으니 애석하구나! 무송이 장문신을 때리긴 했어도 그를 죽였다는 것은 듣지 못했는데, 장도감이 그를 도적으로 무고하여 법으로 처리해 그를 죽이고자 한 것은 유독 어째서인가? 맹자가 말하길 "남의 아버지를 죽인 자는 남이 또한 그 아버지를 죽이며, 남의 형을 죽인 자는 남이 또한 그 형을 죽인다."라고 하였으니 장도감이란 자는 남을 죽이고자 하다가 도망갔으므로 스스로 죽인 것이 아니겠는가? 아! 재력은 끝내 믿을 수 없으며, 권세도 끝내 믿을 수 없고, 은총도 끝내 믿을 수 없으니 대개 천하의 크기는 일찍이 한 가지 일이라도 끝내 믿을 수가 없는 것이 단단함과 같은 것이다. 비록 패사소설일지라도 족히 후세의 사람들에게 경계가 될 수 있을 것이니 때문에 이것을 꺼내들어 읽기에 충분할 것이다.16)

위의 서문을 통해 알 수 있는 바와 같이, 무송은 국가에 이바지할 수 있는 인물이 될 수 있었으나 운명이 어그러지는 바람에 결국 그 능력을 펼치지 못하고 안타깝게 사라져버린 인물로 인식되고 있다. 재력이나 권세, 은총과 같은 것들도 결국 영원할 수 없으며 때문에 이러한 사실을 미리 깨달아야 유혹으로부터 초탈해질 수 있음을 내포하고 있다. 더욱이 〈무송전〉과 같은 패사소설이라 할지라도 후대 사람들에게 감계(鑑戒)를 줄 만한 가치를 지니고 있는 것이라면 족히 읽어봐야 된다는 소설의 효용성을 강조하고 있다. 이는 효용성과 공용성을 강조하는 여타 소설의 서문들과 인식의 궤를 같이하는 것으로 〈무송전〉을 창작한 작가의 소설인식에 대한 방향성을 감지할 수 있다.

그러면 본격적으로 〈무송전〉의 서술방식과 분절별 평문을 통해 전반적인 비평방식과 내용을 살펴보도록 한다. 일단 〈무송전〉의 경우 〈수호전〉의 장회 29회와 30회의 단락을 부분부분 절록하여 서사를 연결시키는 방식으로 기술되어 있다.

무송은 송나라 청하현 사람이다. 성품이 강직하고 신력이 있어, 길에서 불평한 장면을 보면 칼을 빼어들어 도와주었다. 간부와 음부를 죽인 것으로 인해 맹주뇌성영으로 유배되었는데 그곳에 시은이라는

---

16) 〈무송전〉(1쪽), "武松者, 水滸百八中一人也. 其生有豺狼虎豹之姿, 其才足可爲耳目股肱, 奔走禦侮之其, 而命運蹇澁, 時機顚倒, 則固當伏死田畝, 猶自出遊於世, 不受羈軌, 尙其義, 使其氣觸乎大衍, 終未能展其才於國家, 惜乎? 武松之於蔣門神打之不聞其殺之也. 張都監則誣之以盜, 置之以法期欲, 殺之者, 柳獨何歟? 孟子曰: '殺人父, 人亦殺其父, 殺人兄, 人亦殺其兄.' 然則張都監者, 要殺人而徒自殺其己者非耶? 噫! 才力不可以終恃, 權勢不可以終恃, 恩寵不可以終恃, 盖天下之大, 曾無一事可以終恃, 斷斷如也. 雖稗史小說, 足以戒後世之人, 故妓拈出而足以讀之云爾."

146

자가 또한 호한이었다. 동문 밖에 있는 저자거리의 지명은 쾌활림인데 산동하북의 상인들이 물건을 사고팔기 위해 모이는 곳으로 100여 곳의 큰 상점과 20~30여 곳의 도방이 있었다. 항상 시은은 매매를 주로 하였으며, 호협의 기상이 있었다.[17]

위의 예문은 〈무송전〉의 서문 다음에 이어지는 본문의 시작 대목이다. 무송에 대한 간단한 인정기술이 이루어진 다음, 쾌활림에 대한 설명과 〈수호전〉에 등장하는 108호걸 가운데 한 사람이자 무송과 깊은 관련이 있는 시은에 대한 언급이 이어지는 부분이다. 이 단락 아래에 바로 다음과 같은 평문이 기술되고 있다.

쾌활림은 내가 어느 곳인지 알지 못하겠으나, 그곳의 위치는 곧 맹주뇌성 동문 밖 저자거리에 불과한 거 같다. 산동과 하북지방의 상인은 도방을 운영하고 있었는데 도방의 유협은 풍류의식에 고무되어 있었다. 그 숲을 쾌활이라 이름지은 것은 진실로 업신여긴 것이 아니다. 또한 억지로 시장을 빼앗은 자는 크고 작은 매매로 이익이 있으면 기녀도 멋대로 경유하는 권세가 있었으니, 당시에 호승자는 인력을 빌리는 것이 이상한 것이 아니어서 그것을 일삼기를 그치지 않았다.[18]

---

17) 〈무송전〉(2쪽), "武松者, 宋時淸河縣人也. 性剛直, 有神力, 路見不平, 拔刀相助, 因了殺奸夫淫婦, 刺配了孟州牢城營, 那管營子施恩, 亦好漢. 此間東門外, 有一座市井, 地名喚做快活林. 但是山東河北客商, 都來那裏做買賣, 有百十處大客店, 二三十處賭坊兌坊, 往嘗時, 施恩, 做些賣買, 增添豪俠氣像."

18) 〈무송전〉(2쪽), "快活林, 吾未知其何也, 而要之卽不過孟州牢城東門外一座市井也. 山東河北之客商, 絡繹雲屯賭坊, 兌坊之遊俠, 鼓舞風流, 其林之以決活爲名, 誠不誣矣. 抑亦不寧惟是如有占强覇市者, 則小大賣買, 有科斂之利, 過往妓女擅經由之權, 當時好勝者無怪, 其借人力而圖之不已也."

위의 예문은 무송에 대한 인정기술이 이루어진 서사 단락에 대한 비평자의 평문이다. 쾌활림에 대한 간단한 해설과 함께 산동과 하북 지역의 상인들의 특성을 언급하고 있고 아울러 당대의 인정 세태에 대한 설명이 기술되어 있다. 〈무송전〉의 경우 〈수호전〉에서 무송과 관련된 장회 29, 30회의 서사 부분을 절취하여 이를 연결시켜 놓고 있기 때문에 본문의 내용은 작가에 의한 온전한 창작이라 보기는 어렵다.

핵심은 위의 예문과 같이 특정 서사단락별로 평문이 삽입되는 방식에 있다. 일반적으로 평문의 경우, 협비(夾批)의 방식으로 비평이 가해지는 방식이 대부분이며 이의 경우 분량이 그다지 길지가 않고, 단편적이고 인상적인 비평이 주를 이룬다. 그런데 〈무송전〉에 달린 평문의 경우 협비에 비해 분량이 대폭 늘어나고 있음을 확인할 수 있다. 때문에 단순히 협비라 부르기엔 곤란한 측면이 없지 않은 게 사실이며, 〈무송전〉의 평문은 일반적인 협비의 방식과는 다른 점이 발견된다.

특히 주목할 점은 〈수호전〉의 경우 명청대의 김성탄을 비롯한 이지(李贄, 1527~1602), 풍몽룡(馮夢龍, 1574~1646) 등 저명한 비평가들이 평을 집중적으로 가했기 때문에 이것들과 남재문고본 〈무송전〉 사이에 비평이 상호 중첩된 부분이 있는지 확인할 필요가 있다. 이에 따라 상호 중첩 유무를 확인해 보니 비평을 가한 내용과 단락에 있어서 상호 동일한 부분이 발견되지 않았다. 때문에 〈무송전〉 평문의 경우 작가가 본인의 주관적 평가에 따라 평을 기술해 놓은 것임을 알 수 있다.

(가) 施恩且留武松店裏居住, 一日, 只見店門前兩三箇軍漢, 牽着一匹馬, 來

店裏尋問主人道:"那箇是打虎武都頭?"施恩却認得是孟州守禦兵馬都監張
蒙方衙門親隨人. 施恩便向前問道:"你們尋武都頭則甚?"那軍漢說道:"奉
都監相公鈞旨, 聞知武都頭是箇好男子, 特地差我們將馬來取他, 相公有鈞
帖在此." 施恩看了, 尋思道:"張都監是我父親的上司官. 屬他調遣. 今者武
松又是配來的囚徒, 亦屬他管下. 只得敎他去."[19]

(나) 武松與張都監, 曾無雅面令色善言, 突然送人送馬, 特地取他, 盖此事,
雖不在蔣門神打逐之後, 必不無趑趄却顧之慮, 故爲施恩者, 向前問道首了
尋思等許多商量, 皆不出乎? 此者也然, 武松既是管下囚徒, 都監亦爲上司
官員, 只得敎他去, 噫! 人知虎狼之害人, 故强之而不前今以上司與管, 下不
能自由, 而就死地, 夫人之畏官勝於虎狼也夫![20]

(다) 施恩便對武松道:"兄長, 這幾位卽中, 是張都監相公處差來取你. 他旣
着人牽馬來, 哥哥心下如下?"武松是箇强直的人. 不知委曲, 便道:"他旣取
我, 只得走一遭."一同衆人, 投孟州城裏, 拜了張都監.[21]

위의 예문에서 (가)는 장도감이 무송을 감영 안으로 부르기 위
해 군한을 보내 시은과 대화하는 장면을 기술한 부분이고 (다)는
시은이 무송에게 감영으로 갈 것인지 의사를 묻는 장면을 서술한
것으로, 원본에서는 서사단락이 (나)로 인해 끊어져 있지 않으며
하나로 연결되어 있다. (나)의 평문이 중간에 첨입되어 있는데 이
평문의 내용은 어떤 계교가 감춰져 있는지 모르는 상태에서 사지

---

19) 〈무송전〉, 3쪽.
20) 〈무송전〉, 3~4쪽.
21) 〈무송전〉, 4쪽.

에 들어가는 무송의 모습을 보여주고 이런 상황을 통해 사람이 호랑이나 이리보다 훨씬 더 두려운 존재임을 강조하고 있다. 이렇게 〈무송전〉에 삽입된 평문의 경우 전반적으로 작가의 주관적 판단이 중심을 이루고 있으며 특히 논평의 시각은 주로 무송의 입장에서 기술되고 있다.

(라) 武松大叫道:"相公, 非干我事! 我來提賊, 如何倒把我提了做? 武松是箇 頂天立地的好漢. 不做這般的事."張都監喝道:"你這廝休頓! 且把你押去他房裏, 搜首有無贓物."衆軍漢把武松押着逕到他房裏, 打開他那柳藤箱子看時, 上面都是些衣服, 下面却是些銀酒器皿, 約有一二百贓物.[22]

(마) 伏願皇天后土, 過往諸神, 一齊來臨, 聽些一言, 那柳藤箱裏, 銀酒器 皿, 眞箇是武松盜來的贓物耶? 是張都監者, 暗使人自入之者耶? 當夜元央樓上, 燈明如畫, 夫人宅眷左右列坐, 雖劍術換身者, 不能措手於其間. 況武松怕了, 失禮拜謝先歸者乎? 此張都監者, 若全其身而終其命, 則異日業鏡坮下, 將奈之何? 將奈之何?[23]

(라)는 장도감이 마련한 주연자리에서 술을 마신 무송은 본인의 처소에서 잠을 자다가 시끄러운 소리에 잠을 깨어 도둑이 침입한 줄 알고 이를 잡고자 방 밖으로 뛰쳐나왔으나 잡지 못한다. 그런데 무송이 도리어 도둑으로 몰려 억울한 사정을 장도감에게 하소연해 보지만, 그가 쓰던 방안에서 의복과 은주기 등이 발견되어 꼼짝

---

22) 〈무송전〉, 10쪽.
23) 〈무송전〉, 10~11쪽.

없이 도둑으로 몰리게 된 장면을 서술한 대목이다. 사실 이것은 무송을 감영으로 부를 때부터 계획된 모략이었으며, 무송은 장도감의 성의를 의심치 않고 호협이라 판단하고 순수하게만 받아들였던 까닭에 속절없이 당하고 만 것이었다.

(마)는 이에 대한 평문으로, 장도감이 꾸민 계략에 여지없이 걸려든 무송의 처지에 대해 안타까움이 전반적으로 기술되고 있다. 이렇듯 작가의 평은 전반적으로 무송의 입장에서 기술되고 있으며 전편에 걸쳐 이러한 협평은 총 23개가 붙여져 있다. 23개의 평은 서사방식에 대한 것보다는 주로 무송의 처지에 대한 위로와 그의 심정을 대변하는 비평 위주로 되어 있고, 비평가 자신과 무송의 마음을 동일시하는 모습도 아울러 보인다.

이에 무송이 천하대장부이자 진짜 남아임을 알겠다. 장도감 하나를 죽인 것으로도 그 마음이 오히려 후련하거늘 하물며 장단련, 장문신의 머리채를 쥐었으니 후련하지 않겠는가. 내 마음속은 약간의 고기가 남아 있는듯하여 오래도록 다음을 보지 못하였으나 무송이 일을 마친 후 탁자 위의 술을 마시고 흰색으로 바른 벽 위에 여덟 글자를 써놓았으니 거연한 것이 온 몸이 통쾌하구나.[24]

위의 예문은 무송이 세 명의 장씨를 처단한 후 벽에다 8자로 된 글씨를 써놓은 장면에 대한 평문으로, 무송의 행위를 진정한 남아의 행동으로 묘사하였으며 이를 통해 악의 무리를 단죄하는 주인

---

24) 〈무송전〉(24쪽), "於是, 知武松之爲天下大丈夫眞南子也. 殺一張都監, 其心猶快, 况張團練‧蔣門神, 授首得快者哉! 余於胸中, 似有微肉, 久未得下見, 武松事畢後, 飮卓上酒, 書八字於白粉壁上, 而居然, 遍身痛快也."

공의 행동을 통해 비평자 본인 또한 일체감을 경험하였음을 서술하고 있다. 이렇게 〈무송전〉에 삽입된 평문은 여타 평점소설의 협비에 비해 그 분량이 상대적으로 확대되어 있어서 협평이라 지칭할 수 있을 정도로 길게 서술되고 있음이 확인된다.

핵심은 〈무송전〉의 경우와 같이 19세기에 들어서서 평점소설의 방식으로 창작된 작품이 여럿 등장하고 있으며, 〈홍백화전비평〉이나 〈광한루기〉, 『기리총화(綺里叢話)』 소재 〈장수과전(張守果傳)〉[25] 등을 통해서 볼 수 있듯이 평점소설이 일군의 흐름을 이루고 있다는 점이다. 이 점은 이 시기 특징 가운데 하나로 주목할 필요가 있으며 〈무송전〉은 실제비평의 자료로써 존재한다는 점에서 그 가치를 부여할 수 있다.

(3) 〈홍백화전비평〉

〈홍백화전비평〉[26]은 단국대 퇴계중앙도서관 연민기념관에 소장되어 있는 작품으로 2권 1책(89장)의 필사본에 매면이 평균 8행 22자로 비교적 단정하게 정사되어 있다. 작품 겉표지에는 〈홍백화전상하합부 전(紅白花傳上下合部 全)〉이라 적혀 있고, 내제에 홍백화전비평 상(紅白花傳批評 上)이라 기재하고 장회 첫 회의 제목 〈목단화재자공영시 부용헌□인양담(牧丹花才子共詠詩 芙蓉軒□人兩談)〉이

---

25) 임형택본 『기리총화』에 수록된 작품으로 한문단편 가운데 비교적 장편에 해당된다. 특히 백화투의 구식이 사용되고 있고, 특히 〈광한루기〉나 〈홍백화전비평〉 등에서 보이는 평비가 달려 있어 김성탄 평비본의 영향을 여실히 확인할 수 있는 특이한 야담 계열 작품이다. 이승현, 「『綺里叢話』研究」, 성균관대학교 석사논문, 2009, 74~87쪽 참조.

26) 이하 〈단국대비평본〉으로 지칭한다.

필사되어 있으며, 46장부터는 홍백화전비평 하(紅白花傳批評 下)가 필사되어 있다. 〈홍백화전비평〉의 필사가 끝난 뒤에는 〈국생전(麴生傳)〉이라는 작품이 합철되어 있다. 본 텍스트에 관해선 최근 최윤희에 의해 간단한 해제[27]가 작성된 바 있으나, 아직 본격적인 작품 논의는 이루어지지 못한 실정이다.

〈홍백화전비평〉은 〈수산광한루기〉의 경우처럼, 서문과 독법, 인의 체제에 총평과 미평, 방비와 협비, 미비 등의 비평방식을 사용하여 편찬된 것으로 생각하는 것이 일반적이지만, 기존의 이본들과 여러 가지 측면에서 구별되는 독특한 변별점을 보이고 있어 주목을 요한다.

먼저, 기존 이본들의 장회가 대부분 10회[28]로 이루어져 있는 데 반해 단국대비평본의 경우 권상·하 각 6회씩 총 12회로 구성되어 있다. 일단 장회가 2회 추가되어 있어 기존 이본들에 비해 분량이 늘어난 것으로 보이는데, 실제로는 10회 교감본 기준 제8회의 북흉노가 변경을 침입해 위상서와 계처사가 함께 물리치는 부분에서 제9회의 계동영이 위상서에게 직소의 편지를 보여주자 표질녀가 설유란임을 알려주는 부분까지가 비평본 9회에 해당된다. 그 다음 설유란이 군주에게 직소와 같이 계일지를 섬기겠다며 대장공주를 찾아 경사로 올라가는 부분까지가 비평본 10회, 의양군주가 직소에게 여생과 결혼하지 않아도 됨을 알려주고 직소에게 설유란을 부탁하는 부분까지가 비평본 11회, 그 이후가 비평본 12회에 해당된다. 따라서 교감본 8회~10회가 비평본 8회~12회로 분기

---

27) 최윤희, 「홍백화전 해제」, 단국대 소장 연민문고 동장귀중본 해제집, 2012.
28) 단, 이본들 가운데 전남대 소장본과 김기동 편, 『필사본 고전소설전집』 2에 수록된 국립중앙도서관 소장본은 9회에 해당된다.

되어 있음을 확인할 수 있다.

이와 같이 기존 이본들과 구성방식에 있어 차이를 보이는데 일반적으로 현존 한문 이본군의 경우 10회본의 제목이 거의 유사한데 반해 단국대비평본의 경우 10회본의 장회제목과 유사한 것이 단 1회만 존재할 뿐 나머지는 전혀 다른 제목이 붙여져 있다. 다음 〈표 3〉은 10회본의 장회 제목과 12회본 단국대비평본의 장회 제목을 비교해 제시한 것이다.

〈표 3〉 10회본의 장회 제목과 12회본 단국대비평본의 장회 제목 비교

장회	제목		비고
	교감본	단국대비평본	
1회	兩才子共詠兩色花 雙美人私結雙棲約	牧丹花才子共詠詩 芙蓉軒□人兩談	紅白花傳 批評 上
2회	兩媒婆各評春風面 老中丞不諒兒女情	媒婆爭評花月色 閨女誓堅産山海盟	
3회	好因緣作惡因緣 無情語成有情語	荀織素小軒惜別 桂倚雲道視題畵	
4회	觀詩句覷破閨闈心 因軍務成爲秦晉好	玉清觀少姐譚詩 丞相府侍郎托婚	
5회	開封府俠女莊跡 秋香閣貴主擇瑨	開封府貞女藏蹤 秋香閣貴主擇婿	
6회	女子安千年復生 雌相如一琴相挑	綴綺詞辟門賭價 倩男裝佳節幻兒	
7회	迫事勢不得已從命 露手脚故爲此遁辭	雙桂裳權成仇儷 兩聯詩密探恩情	
8회	冷侃儷麗熱涕淚 生面目爭熱姓名	假郞君洞房分手 眞才子桂苑占頭	紅白花傳 批評 下
9회	發書緘似夢新覺 薦錦鬣以德報恩	樹邊功遷客歸本職 獻手札閨秀爲良媒	
10회	合卺筵才貌三團圓 探花郞紅白兩奇絶	吐實書買婆追傳 詠懷詩辭姐墮淚	
11회		昭德宮大主指媒 義陽府俠女負荊	
12회		戱粧臺追步前約 歸故園永享淸福	

기존 10회본 교감본의 장회 제목과 비교해 봤을 때 동일한 제목은 교감본 5회와 단국대비평본 상권의 5회가 같을 뿐 나머지 장회 제목은 교감본과 유사한 것이 전혀 없음을 알 수 있다. 이 점은 단국대비평본이 〈홍백화전〉이란 텍스트에 비평을 가한 것이긴 하나 기존에 통행하던 이본 가운데 특정본에 비평을 단 것이 아니라

154

기존에 발굴되지 않은 어떤 모본을 대상으로 하여 비평을 가했거나 비평자가 〈홍백화전〉을 개작한 다음 그것에 비평을 가하였던지 하는 것임을 짐작케 한다. 그렇다면 비평본과 기존 이본들과의 거리가 얼마나 떨어져 있는 가를 우선 확인해 볼 필요가 있게 된다. 현재까지 존재가 알려진 〈홍백화전〉의 한문 이본 20종은 비교 검토 대상으로 중요하다.

이와 관련하여 〈홍백화전〉 한문 이본 20종을 대상으로 교감작업이 수행된 바 있다.[29] 이를 바탕으로 교감본과 단국대비평본 〈홍백화전비평〉을 비교해 본 결과 일단 단국대비평본의 경우 기존의 교감본에서 대상으로 삼은 20종의 자료와는 상동성이 전혀 보이지 않는다는 점에서 주목할 만한 특징을 가지고 있다. 그렇다면 이러한 현상은 어떻게 발생하게 된 것일까? 이런 현상에 대한 의문은 앞서 언급한 두 가지 방향으로 초점을 모아 볼 수 있다.

첫째, 단국대비평본의 텍스트가 되는 어떤 모본이 과연 존재하는가? 이 점은 모본 존재의 발굴과 관련된 사항이기 때문에 해당 텍스트가 등장하지 않는 이상 현시점에서는 판단을 유보할 수밖에 없을 것으로 생각된다. 그리고 판단을 유보할지라도 모본의 존재가능성은 확률적으로도 가능성이 희박하지 않나 판단된다. 현행 이본의 경우, 부분적인 자구의 출입이나 오기정도만 확인되며 전면적인 개작이 진행된 경우는 찾아보기 어렵다. 대체적인 성향을 봤을 때 기존 이본과 완전히 성격을 달리하는 개작모본의 존재는 없을 것으로 판단된다.

---

29) 장효현·윤재민·최용철·지연숙·이기대, 〈紅白花傳〉, 『校勘本 韓國漢文小說: 愛情世態小說』, 고려대 민족문화연구원, 2007, 301~651쪽. 이하 〈교감본〉으로 지칭한다.

둘째, 단국대비평본의 편찬자가 비평본을 편찬하면서 자의적으로 작품을 개작한 다음 이를 바탕으로 비평본을 만들지 않았을까? 오히려 현재의 정황만을 놓고 추정해 본다면 두 번째 의문점이 오히려 실제 가능성이 더 높을 것으로 판단된다. 이 점은 〈광한루기〉의 경우를 통해 유사한 예를 확인할 수 있기 때문이다. 〈광한루기〉[30]는 조항(趙恒)이란 저자와 운림초객(雲林樵客)이란 편집자(編輯者), 그리고 소엄주인(小广主人)이란 평비자(評批者)가 있어 저자와 편집자, 평비자가 나뉘져 있다. 이를 통해 본다면 〈홍백화전비평〉은 비평자가 개작과 비평을 동시에 진행한 경우로 생각해 봄직하다.

위와 같은 문제들은 〈홍백화전비평〉 텍스트 자체가 지닌 개작의 혐의가 대단히 농후한 데서 출발하게 된 것이므로 개작의 면모를 먼저 따져 볼 필요가 있다. 아직까지 텍스트 전체에 대한 일반적인 논의도 시작하지 않은 마당에, 위와 같은 의문점을 우선 언급하는 이유는 위의 표를 통해서 확인한 바와 같이 단지 장회 제목만을 비교해 봤을 뿐인데도 불구하고 교감본과 비평본 사이에 확연한 차이를 감지할 수 있기 때문이다. 이러한 차이는 제목뿐만 아니라 인물의 성명, 배경장소의 명칭 등에서도 쉽게 찾을 수 있다. 일례로 계일지의 부친인 계동영의 경우 기존 이본군에서는 '동영

---

30) 〈광한루기〉의 경우 발굴된 이후 조선 후기 평점소설의 대표적 작품으로 연구자들의 큰 관심을 받았다. 「광한루기」가 지닌 평비양식에 대한 집중적인 조명이 이루어졌으나 그 자체에만 집중할 뿐 조선 후기 문학사에 큰 영향을 끼친 김성탄 평비와의 관련성에 대해서는 간헐적인 언급이 이루어졌을 뿐이다. 최근 이 점에 착목한 연구가 정길수에 의해 진행된 바 있다. 정길수, 「〈廣寒樓記〉 評批 분석(1): 小广主人의 序文과 讀法」, 『동방한문학』 36, 동방한문학회, 2008, 213~242쪽 참조.

(冬榮)', '동령(冬嶺)', '동영(東榮)' 등으로 기술되어 있으나 비평본에서는 '동영(東英)'으로 되어 있는 게 그것이다.

이러한 측면을 고려하여 텍스트 전반에 대한 분석에 들어갔을 경우 현존 이본의 교감본과 비평본이 과연 얼마나 차이를 드러낼 것인가에 우선 논의의 초점이 집중될 수밖에 없다. 그러한 측면에서 비평본과 교감본의 변별을 집중적으로 살펴보는 것은 중요한 작업이라 하겠다. 따라서 작품의 서사적 맥락을 따라가면서 교감본과 단국대비평본 사이의 개작 양상을 분석하면서 논의를 시작해 보도록 한다.

가. 〈홍백화전비평〉의 개작 양상

① 서사의 대폭적인 축약과 변개

〈홍백화전비평〉에 있어 남녀 주인공의 결연 과정과 그 사이에서 벌어지는 갈등 양상은 가장 큰 핵심이며, 이것을 포착하는 데 있어 대화나 세부적인 사건 정황, 인물의 내면심리와 그것을 둘러싼 기타 세부 배경의 묘사 등은 작품을 기술해 나가는 핵심 요소이다. 때문에 작품의 서두에서는 중점 인물의 소개와 그들의 가계 및 성향 등을 포함한 인정기술이 배치되기 마련이다. 이 점은 〈홍백화전비평〉에 있어서도 어김없이 확인된다. 하지만 앞서 몇 차례에 걸쳐 언급한 바 있듯이 비평본의 경우 교감본과 구별되는 특징이 발견된다. 먼저 작품의 서두 부분인 장회 1회의 서술장면을 살펴본다.

大明成化年間, 河南府洛陽縣聚星村, 有一箇書生, 姓桂, 冬榮其名也. 自

少時, 學問宏偉, 文章卓越, 天子以下, 盖渺視也. 自謂取靑雲如拾地芥, 而
命道奇舋, 鬼神椰楡, 屈首就試, 終不成名, 乃喟然而嘆曰:"貴賤命也, 非人
也, 窮達數也, 非我也. 東堂射策, 白髮非時, 北闕上書, 靑雲難期, 吾寧超蛻
於十丈狂塵之中, 擺落世緣, 脫略俗務, 以山水爲廬, 風月爲伴, 優游曼衍,
以終餘年, 豈不樂哉?"於是, 命小奚策蹇驢, 跌岩於嵩山小室之間, 嘯傲於
伊闕龍門之上, 或竟日忘歸, 或終歲不返, 足跡所遍, 不啻三十六名區而已.
或在家之時, 則靖處一室, 杜門謝客, 觀書獵史, 寓興忘憂, 隣里不得見其面,
賓從不得尋其蹤, 以此, 人或稱之以處士, 或呼之以山人.[31] [교감본]

大明成化年間, 河南府洛陽縣東聚星村, 有一箇秀才, 姓桂, 名東英, 自少文
章學識, 超出等□, 而生數奇累年不第, 無意功名, 自放山水間, 嵩山小室伊闕
龍門足跡殆遍【極其豪放】閱歲經年, 興盡乃返, 或杜門不出, □與人接面, 惟以
文酒自誤, 人高其行□, 呼以桂山人, 或稱桂處士.[32] [단국대비평본]

위의 예문은 교감본과 단국대비평본의 서두 부분을 비교해 제
시한 것이다. 한눈으로 보기에도 분량에 있어 확연한 차이를 확인
할 수 있다. 교감본에 비해 단국대비평본이 훨씬 축약 서술되어
있다. 자세히 살펴보면 교감본에서 계동영이 본인의 처지를 스스
로 말하는 발화 부분이 단국대비평본의 경우 소거된 상태로 기술
되어 있다. 이러한 현상은 위의 예문에서만 보이는 특이한 현상이
아닌 단국대비평본 전반에 걸쳐 공통적으로 드러나는 현상으로
비평자가 작품을 개작하되 주인공 간의 상호대화나 발화 부분을

---

31) 〈교감본 홍백화전〉, 301~304쪽.
32) 〈홍백화전비평〉, 1쪽.

삭제하거나 단순하게 축약하여 기술하는 방식으로 진행하고 있음을 보여주는 것이다.

이것은 비평자가 작품을 개작하면서 서사진행에만 관심을 가질 뿐, 작품 속에 등장하는 인물들의 심리상태 변화 등과 같은 디테일한 부분의 서사구축에 있어서는 관심선상의 바깥에 놓아둔 것이 아닌가 추정케 한다. 핵심은 이러한 개작의식이 저변에 깔린 상태에서 작품 전반에 걸친 개작이 진행되고 있다는 점이다. 이렇다보니 축약이나 변개 등의 과정이 빈번하게 발생하고 있는 현상을 곳곳에서 확인할 수 있다.

家人沿江訪求, 未得靜室, 來告於小姐曰: "閭舍湫隘, 不堪下處, 而惟玉淸 觀, 殿宇弘敞, 房舍蕭灑, 而有女冠若干人, 講道於其中, 調病之所, 無過 於此也."[33] [교감본]

家人回報曰: "村庄未有便宜之處, 惟玉淸觀, 房舍精灑, 只有女冠看守, 多日留連, 誠爲便好矣."[34] [단국대비평본]

위의 예문은 경사로 올라간 순경화가 병부시랑이 되어 주씨와 직소를 부르자, 주씨와 직소는 경사로 올라가는데 도중에 직소가 병이 걸려 요양할 곳을 찾던 장면이다. 가인(家人)이 돌아와 보고하는 장면으로 세부적인 표현에 변개가 이루어지고 있음을 알 수 있다. 이러한 서술방식의 변개는 작품 전반에 걸쳐져 있으며 교감본

33) 〈교감본 홍백화전〉, 406~407쪽.
34) 〈홍백화전비평〉, 26~27쪽.

과 비교해 봤을 때 상호유사한 서술처를 오히려 찾기가 어려울 정도이다. 뿐만 아니라, 특정 대목에서는 교감본보다 오히려 발화가 확대되거나[35] 서술이 확장되는 부분도 존재하고 있어 개작이 작품 전반에 깔려 있는 현상임을 확인할 수 있다.

② 삽입시의 빈번한 삭제와 생략

앞서 인물 간의 대화나 주변환경, 정황 등에 대한 묘사에 있어 대폭적인 삭제와 축약, 변개 현상이 발생하고 있음을 확인한 바 있다. 작품 속에서는 이것뿐만 아니라 삽입된 한시(漢詩)에 있어서도 이러한 양상이 두드러지게 나타나고 있다.

> 兩人應命, 一揮而成, 擎進於座下, 山人先取一枝詩覽之, 其詩曰: "天遣名花冠衆芳, 霞旗月佩兩輝煌, 紫晨朝罷仙郞醉, 玉女催霑粉署香." 山人見罷, 忻然而笑曰: "吾兒之詩, 頗有富貴氣像, 頓無寒傖色態, 而末句尤妙, 異日必爲金馬玉堂中人, 不似乃翁落魄也." 次取織素之詩覽之, 其詩曰: "各樣風流一樣春, 能紅能白摠宜人, 應嫌獨擅東皇寵, 喚取雲和伴玉眞"[36) [교감본]

> 小姐曰: "押以何韻?" 山人曰: "吾兒以春字爲韻, 侄以光字爲韻." 一枝先成 詩曰: "云云", 小姐續成詩曰: "云云"[37) [단국대비평본]

---

35) 대표적으로 의양군주가 자신의 딸인 설유란의 정혼자를 구하지 못해 걱정을 하자 직소의 시비인 난지가 군주를 찾아가 대화하는 장면에서 난지의 발화가 교감본에 비해 확대되어 있고, 세부적인 표현에 있어서도 고사의 사용이 더 강화되고 있다(〈홍백화전비평〉, 38~39쪽).

36) 〈교감본 홍백화전〉, 322~323쪽.

37) 〈홍백화전비평〉, 6쪽.

위의 예문은 계동영의 화갑이 다가오자, 순직소가 부친인 순경화에게 정성을 표시해야 되지 않겠느냐고 말씀을 드려 직소가 각종 예물을 갖추어 계동영을 방문해 환담을 나누던 중 일지와 직소의 시를 본 적이 없다며 홍백모란(紅白牧丹)을 시제로 두 주인공이 시를 지어 바치는 장면이다. 위의 교감본의 일지의 시와 직소의 시가 비평본의 경우 '운운(云云)'이라는 어휘로 대체되어 있다. 칠언절구(七言絶句) 2수뿐임에도 불구하고 이렇게 처리한 이유는 무엇일까? 특히 위의 시는 남녀 주인공이 지닌 시문수창(詩文酬唱)의 능력을 서로 확인한 후 상대에 대한 호감이 증강되는 기제로 향후 주인공의 결연에 핵심적 역할을 담당하고 있다.

애정전기나 재자가인소설 속에 삽입된 한시[38]의 경우 문예물로 소설미학에 영향을 끼치는 요소였기 때문에 초기 전기인 〈최치원〉에서부터 19세기의 〈포의교집〉에 이르기까지 애정전기류나 재자가인류 소설에 핵심적 위치를 담당해 왔다. 그런데 그러한 역할을 하는 시를 삭제해 버렸다? 물론 '운운'이라는 표현으로 대체하여 기술해 놓았으나 단순히 필사상의 문제로 판단하긴 어려울 것으로 생각된다. 그렇다면 다른 측면으로 생각의 방향을 틀어 볼 필요가 있다. 서사를 좀 더 따라가 본다.

卽以四友授之, 桂生三四讓之, 遂奮筆作七言長篇一首, 風雲驟起, 龍蛇飛動, 其詩曰: "浙中天作佳山水, 千古名區擅吳越, 大城深濠地勢雄, 龍拏虎擲竟隆突, 魏侯才略群公表, 世胄聯媽耀華閥, 祥獜出世爭先覩, 霜蹄當路不曾

---

38) 삽입 시에 대한 최근 논의는 정환국, 「전기소설 삽입시의 미감」, 『초기소설사의 형성 과정과 그 저변』, 소명출판, 2006; 윤세순, 「17세기 전기소설에 나타난 삽입시가의 존재양상과 기능」, 『동방한문학』 42, 동방한문학회, 2010을 참조.

蹶, 一方雄鎭當控扼, 嚴霜浙瀝吹斧鉞, 惠澤汪濊若時雨, 男欣女悅安耕鑿, 春日開宴江上亭, 亭前萬頃琉璃滑, 孔融北海激嘉賓, 庾亮南樓有明月, (…中略…) 樂極悲來奏軍樂, 伐鼓騰騰舞健卒, 後日欲知今日遊, 須訪他時峴山碣." 魏公見畢, 彈指興歎曰: "雖盛唐大家, 何以加此, 可與潛翰相頡頏也."39)
[교감본]

遂以筆硯送於一枝, 生辭不獲已, 未移時卽成七言古體一篇, 寫呈坐上, 尙書 覽未終, 亟稱曰: "此乃開天以上語也, 累百年絕調, 今復見之, 桂兄有何福祿而家有如許兒郞也."40) [단국대비평본]

위의 예문은 위공(魏公)이 연회를 크게 열어 계동영 부자를 초청해 즐기다가 계동영에게 자리를 빛내줄 글을 청하자, 본인의 아들인 계일지로 하여금 대신 글을 짓게 하는 장면을 기술한 부분이다. 계일지는 3, 4번 사양하다가 결국 시를 짓게 되는데 계일지가 쓴 장편고시가 단국대비평본에서는 전부 삭제되고 계일지가 지은 장편고시(長篇古詩)를 본 상서의 극찬이 위의 예문과 같이 바로 이어져 기술되고 있다. 문제는 이 부분에서만 시가 삭제가 된 것이라면 장편인 나머지 분량을 생각해 끊어내 버린 것이라 생각해 볼 수도 있겠지만, 앞서 살펴본 바와 같이 시가 생략된 부분이 자주 확인되고 있음으로 단순한 생략으로 차치해 버릴 문제는 아니라 생각된다. 다시 말하자면 비평자의 의도가 일정 부분 첨입되어 있음을 짐작하게 되는 것이다.

---

39) 〈교감본 홍백화전〉, 393~397쪽.
40) 〈홍백화전비평〉, 24쪽.

그렇다면 과연 비평자의 의도는 무엇일까? 우선 전반적으로 주인공의 발화를 줄이고 세부묘사에 있어 단순하게 축약 기술하는 것에서 서사를 단순화시키려는 의도가 있음이 눈에 띈다. 하지만 서사의 단순화만으로 의도를 판단하기엔 다른 의심쩍은 부분이 부각되는 관계로 그 부분을 집중할 필요가 있다. 이러한 의심이 드는 부분은 작품 속에 기술된 다른 시에서 착간(錯簡)이 발생하고 있는 것이다. 즉, 시의 삭제란 측면이 단순히 분량상의 문제만이 아님을 추정케 한다.

> 小姐着眼微吟, 忽然驚悟曰: "此書體, 分明桂兄所寫, 想春間西行之日, 留 題此詩而去矣." 仍又味玩其一首曰: "亭亭獨立不勝春, 有恨無語惱殺人, 謾向臨筇期卓女, 却從南嶽喚眞眞." 其一詩曰: "鏡裡花枝虛弄春, 水中明月竟非眞, 如何七夕樓頭望, 閑却成都賣卜人." 小姐一見再見, 疑惑滋甚, 心語於口曰: "下一首, 其筆跡, 與桂兄所寫, 亦甚彷佛, 此必他人, 故倣其体法而書之也, 非我則, 不能辨也."41) [교감본]

> 小姐焚香, 禮拜列坐殿上, 適見對坐, 壁上掛一幅美人圖, 上寫一絶曰: "亭 亭獨立不勝春, 却從南嶽喚眞眞, 謾倚珠宮期卓女, 有恨無語惱殺人." 遙看畵格筆法, 俱可玩賞, 小姐素喜書畵, 且欲觀詩句之如何, 起至壁下, 畵擬吳道子筆, 倣二王體, 小姐覽未半, 中心驚訝曰: "此與桂表兄筆法, 少無差爽, 必是春間歷路時所題也." 又看左傍詩一首曰: "鏡裡花枝虛弄春, 水中明月竟非眞, 如何七夕樓頭望, 閑却成都賣卜人."42) [단국대비평본]

---

41) 〈교감본 홍백화전〉, 409~411쪽.
42) 〈홍백화전비평〉, 27쪽.

위의 시 2수는 순직소가 하녀 주씨(朱氏)와 함께 배를 타고 가다가 병에 걸려 이를 치료하고자 한적한 곳을 찾던 중 옥청관(玉淸觀)이란 조용한 도량을 발견하고 여기에 머물다가, 삼청전(三淸殿)에서 여관들과 이야기하던 중 벽에 걸린 여상족자(女像簇子)에 적혀진 절구시를 말하는 것이다. 시 2수가 기술된 방식에 있어서도 차이가 드러나지만 위의 시와 같이 착간이 발생하고 있다. 뿐만 아니라 작품 속의 다른 부분에서는 남녀 인물의 심리상태를 시로 표현하는 장면에 있어 답시가 생략[43]된 채 서사가 진행되는 것 또한 확인할 수 있다.

이 점은 단순히 필사하다가 발생한 실수로 판단할 수도 있겠으나, 앞서 장편 고시가 생략된 것과 아울러 연결시켜 본다면 생각의 방향을 달리하여 비평자의 학문수준과 연관지어 볼 필요가 있을 것으로 생각된다. 이것은 앞서 주인공의 발화가 많고 그로인해 내면의 심리 변화나 자세한 상황을 화려한 문체를 통해 세밀하게 표현한 작품이 개작되면서 단순화된 문체로 전면적인 개작이 발생한 것과 맥이 닿는 부분이다. 이 점은 화려한 문체가 구사된 작품을 단순하고 쉬운 형태의 문체로 변화시킴으로써 비평본이 지닌 독본으로서의 기능에 충실하려는 의도 하에 개작이 이루어진 것은 아닐까 추정케 한다.

〈홍백화전비평〉의 경우 위와 같이 기존에 통행되던 〈홍백화전〉 이본의 특정 하나를 모본으로 삼은 것이 아닌, 전면적인 개작을

---

43) 위장한 순직소가 설유란과 동침하지 않는 것을 유모에게 들키게 되고, 이것이 군주의 귀에까지 들어가게 되자, 군주는 설유란을 불러 그 이유를 물어보라고 종용하는데, 이것을 설유란은 직접 묻지 못하고 시를 통해 의중을 시험하는데, 이에 대한 순직소의 답시가 생략되어 있다.

통해 작품을 서술하는 게 중요한 특징으로 주목된다. 그러나 단순히 개작만 한 것이 아니라, 작품 제목처럼 실제비평이 작품에 가해져 있기 때문에 개작 양상보다 더 주목할 측면은 비평의 양상일 것이다.

나. 〈홍백화전비평〉의 비평 양상

평점비평[44]의 경우 조선 후기 문학사에서 산문과 소설의 창작과 비평에 큰 영향을 끼친 바 있음은 주지의 사실이다. 그 가운데 소설사에 큰 영향을 끼친 것은 김성탄평비본『제오재자서 수호전』,『제육재자서 서상기』로 〈절화기담〉, 〈광한루기〉 등을 통해 김성탄평비본의 영향[45]은 여실히 확인된다.

〈홍백화전비평〉의 발굴은 조선 후기 평점소설사에 새로운 작품 목록이 추가됨을 뜻하는 것이며, 특히 한문소설 가운데 보기 드물게 수십 종의 이본이 발견되는 〈홍백화전〉에 실제비평이 가해진 사례란 점에서 주목을 끌기에 충분하다. 〈홍백화전비평〉에 가해진 비평방식의 경우, 방비나 미비, 총평이나 미평 등의 방식은 사용되지 않고 협비만이 가해져 있는 게 특징인데 총 12회의 장회에 협비가 가해진 횟수를 표로 정리해 보면 〈표 4〉와 같다.

---

44) 평점비평에 대한 연구는 최근 각종 자료의 발굴에 의해 활성화되기 시작하였다. 그 가운데 가장 주목할 만한 성과는 이덕무의 비평서인 『鐘北小選』이다. 이 자료는 그간 연암의 자찬 산문선집으로 알려져 왔으나 박희병은 이덕무의 선집본이라는 주장을 제기한 바 있다. 박희병, 『연암과 선귤당의 대화』, 돌베개, 2010 참조.
45) 조선 후기 문단에 끼친 김성탄 평비본의 영향에 대해서는 韓梅, 앞의 논문, 3~5장; 김영진, 앞의 논문, 45~52쪽; 정선희, 「朝鮮後期 文人들의 金聖嘆 評批本에 대한 讀書 談論 연구」, 『동방학지』 129, 연세대학교 출판부, 2005를 참조.

장회	紅白花傳批評 上						紅白花傳批評 下						전체
	1	2	3	4	5	6	7	8	9	10	11	12	
협비	37	20	12	9	2	12	16	4	1	3	5	3	124

위의 표를 통해 알 수 있는 것처럼 1회에서 6회까지 비평 권상에 92개, 7회에서 12회까지 비평 권하에 32개 전체 124개의 협비가 달려 있다. 전체의 약 75% 정도의 협비가 상권에 집중된 것을 알 수 있다. 특히 장회 1~3회에 빈도수가 높게 나와 있는데 이를 통해 협비가 달리는 방식이 주로 등장인물들이 내적 갈등을 일으키거나 결정을 내리지 못하고 고민하는 경우, 예상치 못한 사건이 발생하는 등의 갈등을 조장하는 국면 등에 사용되고 있음을 알 수 있다. 이러한 측면들은 주로 작품의 서두에서 배치되는 경우들이 많으므로 그러한 영향 아래에서 협비가 가해지고 있는 것으로 판단된다. 그러면 좀 더 집중적으로 〈홍백화전비평〉에 붙여진 비평 양상을 몇 가지로 정리해 보면서 그 특징을 파악해 보기로 한다.

① 등장인물의 행동과 심리상태에 대한 비평

〈홍백화전〉은 기본적으로 계일지(桂一枝)와 순직소(荀織素), 설유란(薛柔蘭) 세 명의 남녀 주인공 사이의 결연 과정을 중심으로 서사가 구성되어 있다. 그리고 이들의 결연에 방해요소로 역할을 하는 보조, 주변 인물들이 등장하는데 혼사장애(婚事障碍)가 주된 핵심이다. 그러나 특이한 악인형 인물이 등장한다던지 하는 것은 아니며, 때문에 주동인물과 반동인물 간의 갈등 양상은 심각하게 서술되지 않는다. 비평의 경우 세 명의 남녀 주인공의 결연이 얽히고설키는 과정에서 그들의 행동양태와 심리상태가 비평자의 협비를 통해 설명되는 방식을 주로 사용하고 있다. 그 구체적 양상이 아래 예문을 통해 확인된다.

(가) 소저는 머리를 숙이고 옷깃을 여민다음 말하길 "저 어른께서는 아버지가 속태를 벗어나지 못해 반드시 한미한 선비와는 결혼을 달갑게 여기지 않을 것이다"라고 하자, 중승은 차갑게 웃으며 말하길【이 웃음은 헤아리지 못하겠다.】[46]

(나) 여생은 매번 마땅히 경국지색을 얻어 배필로 삼을 것이라고 말했다.【정말 어리석은 자로 가소롭구나.】[47]

위의 예문들은 등장인물의 행동에 대해 협비를 단 것이다. (가)는 순직소가 계동영의 화갑에 다녀온 다음 부친인 순경화가 직소에게 계동영이 무슨 말을 했는지 물어보자 직소는 부친 순경화에 관해 세속적 태도를 지녀 한미한 집안과는 결혼을 하지 않을 것이란 계동영의 대답을 부친인 순경화에게 전하는 장면이다. 이때 순경화는 직소의 말을 듣고 난 뒤 바로 '냉소(冷笑)'하는데, 이것을 비평자는 "차소불가측(此笑不可測)"이라 평을 하고 있다. "이 웃음은 헤아리지 못하겠다."라고 평을 내려 순경화가 취한 행동에 관해 평자의 입장을 드러내고 있는 것이다. 이러한 태도는 (나)의 예문을 통해서도 동일하게 확인된다.

---

46) 〈홍백화전비평〉(7쪽), "小姐低頭斂衽曰: '彼以爲爺爺未免俗態, 必不肯與寒士結昏云矣.' 中丞冷笑曰【此笑不可測】."
47) 〈홍백화전비평〉(11쪽), "呂生, 每謂當得一代傾國色爲配匹【眞愚者, 可笑可笑】."

(나)는 여승장(呂丞相)의 아들인 여방언(呂邦彦)이 경국지색을 배필로 삼고자 하는 의지를 드러내자 "진우자, 가소가소(眞愚者, 可笑可笑)"라고 평을 내려 "정말 어리석은 자로 가소롭구나."라고 인물의 행동에 대한 품평을 가하고 있다. 여방언의 경우 계일지와 순직소의 결연에 방해자로 작품 속에 그려져 있는데, 비평자는 방해인물에 대해 기본저으로 비판적인 시각을 견지하고 있음을 알수 있다.

하지만, 작품의 주인공인 계일지라도 그 행동이 격에 어울리지 않는 경우에는 과감한 비판 역시 가해지고 있음을 볼 수 있다. 예를 들어, 본인에 대한 직소의 마음을 헤아리지 못한 일지가 직소의 한결같은 마음을 확인하자 끓어오르는 마음을 주체하지 못하고 운우지정을 맺고자 행동하자 비평자는 "계생오야, 호위차태(桂生誤耶, 胡爲此態)", 즉 "계생은 잘못했구나, 어찌 이러한 행태를 한 것이냐?"라고 평을 달아 계일지의 행동에 대한 비판을 가함으로써 등장인물의 행동에 대해 포폄의 방식으로 비평을 가하고 있는 것이 그것이다.

본질적으로 등장인물의 행동에 대한 비평자의 입장은 긍정과 부정의 양태가 극명하게 표출되고 있다. 작품의 주된 인물인 계일지와 순직소의 행동에 대해서는 주로 긍정과 위로의 비평이 주인 반면, 반동 인물로 분류되는 여방언과 직소를 여승상가에 시집보내려는 순경화, 여방언을 위해 혼사를 중개하는 매파 등 남녀 주인공의 결연을 방해하는 인물에 대해서는 부정적인 비평을 가하고 있는 것이다.

예를 들어, 여승상의 아들인 여방언에게 시집을 보내려는 순경화의 행동에 대해서는 "어질지 않고 의롭지 못한 일에 그것을 따르란 말인가"48)라고 그 행위를 비판하며, 아버지의 의견을 따르지 않는 직소의 행동에 대해 꾸짖는 장면에서는 "중승은 어째서 여생에 집착하는가"49)라고 평을 달아 남녀 주인공의 결연을 방해하는 인물의 행위에 부정적인 비평을 직설적으로 표출하고 있는 게 그 것이다. 뿐만 아니라, "중승은 그것을 듣고서도 마음에 감동이 없는가?"50) 등의 평에서 볼 수 있듯이 인물의 행위에 대한 질책과 힐난의 비평 구사가 곳곳에서 확인되는데 전반적으로 인상비평의 방식이 주로 사용되고 있음을 알 수 있다. 이러한 비평방식은 〈광한루기〉에 사용된 방식과 유사한 형태를 띠고 있어서 상동성과 차이점에 관해 주목할 필요가 있다.

② 작품의 서사방식에 관한 비평

김성탄평비본 〈수호전〉이나 〈서상기〉의 경우, 총평이나 미비, 미평을 통해 서술단락 가운데 표현이 절묘한 부분을 특기하고 있음을 확인할 수 있다. 이러한 방식은 김성탄평비본 〈서상기〉의 영향을 받아 창작된 〈광한루기〉를 통해서도 볼 수 있으며, 이러한 연장선상에서 편찬된 것으로 추정되는 〈홍백화전비평〉에서도 또한 마찬가지이다. 〈홍백화전비평〉은 〈광한루기〉처럼 서(序)나 독법, 인(引) 등은 제시되지 않고 총평이나 미평 역시 존재하지 않으나 서사 전개에 주안처가 되는 부분을 지목하여 비평해 놓고 있다.

小姐曰: "毋親過憂, 欲問實狀, 故敢有此唐突, 而羞愧之心, 烏可忍乎? 願

---

48) 〈홍백화전비평〉(17쪽), "不仁不義之事, 從之乎."
49) 〈홍백화전비평〉(17쪽), "中丞, 何爲而堅執於呂生乎."
50) 〈홍백화전비평〉(18쪽), "中丞聞之, 得無感動於心乎."

郎 君勿以妾爲過." 仍躊躇半餉, 起身入內, 告郡主, 郡主曰: "彼與汝久同枕
席而 有此膠守, 恐是人情之外也." 小姐曰: "彼又以爲此外別有□抱而終不
明言矣." (…中略…) 郡主曰: "吾果忘之矣. 若然則汝之前程, 豈不尤可憂
乎?" 小姐曰: "此亦何也? 彼亦何也? 姑觀來頭落着之如何耳?"【此段當爲
一篇弟一奇絶處】[51]

위의 예문은 계일지로 변장한 순직소가 일지를 위해 설유란과
혼인한 후 동침을 하지 않는 것을 설유란이 이상히 여겨 시를 통해
조심스레 직소의 의중을 떠보자 자신을 의심하지 말라며 나중에
저절로 알게 될 것이라는 말만 전해 듣는 부분이다. 이러한 상황에
대해 의양군주(義陽郡主)와 설유란은 지난번 시의 마지막 구를 떠
올리며, 앞선 정인과의 마음이 깊어 자신을 받아들이지 않는 것이
라 판단하며 대화하고 있다. 이 단락에 관해 비평자는 "이 단락은
마땅히 한 편의 첫 번째 기이하고 절묘한 부분이 된다."라고 평을
가하고 있다.

실제 작품 속에서 이 부분의 서사는 일지와의 결연이 좌절된 직
소가 자신을 대신할 만한 배필로 설유란을 찾은 다음 스스로 일지
로 변장을 하고 혼인까지 감행하였으나 정작 이 사실이 밝혀져서
는 안 되는 아슬아슬하고도 긴장된 상황을 연출하고 있는 대목이
다. 주인공들 간의 엇갈린 결연이 끊어질 듯하면서도 이어지는 긴
장의 연속에서 독자로 하여금 스릴을 느낄 수 있게 하는 대목인
것이다. 때문에 비평자는 '제일기절처(第一奇絶處)'로 표현했던 것
이다. 그렇다면 작품 속에서 이렇게 빼어난 서술처가 더 있을 것임

---

51) 〈홍백화전비평〉, 53~54쪽.

을 자연스럽게 떠올리게 될 것이며 그 표현은 과연 어떻게 서술될 것인가 궁금증을 유발하게 만든다.

薛小姐, 親修書札, 縫一幅春衣, 付蒼頭送京師, 蒼頭至京師則試院已折號矣. 問於街人曰: "桂一枝相公下處安在?" 其人曰: "桂一枝, 已添高弟, 何謂之相公耶?" 蒼頭喜曰: "桂相公, 吾家婿客也." (…中略…) 蒼頭搖首曰: "貌雖似而非也." 更出門外, 轉轉尋問則 皆指桂生所住之處, 蒼頭不勝疑訝, 達夜奔走, 果若狂易之狀, 終未得其緣由, 還歸本家.【此段當爲第二奇絶處】[52]

위의 예문은 설유란의 집에서 계일지(순직소가 변장한)가 과거를 보러간 이후의 소식을 알아보고자 경사(京師)로 창두(蒼頭)를 보내어 급제한 사실을 알게 되는 상황을 서술한 부분이다. 이로 인해 일지의 집을 찾아가서 유란의 친필서찰을 전해 주고자 하나, 오히려 계일지의 집에서는 그러한 사실이 없어 창두를 미친 사람 취급을 한다. 이러한 와중에 상황이 이상한 것을 감지한 일지가 창두를 직접 대면한다. 그러자 창두는 모습이 거의 흡사하나 다른 사람임을 알고 일이 어떻게 흘러가는 상황인지 알지 못한 채 본가로 귀가하는 모습을 서술하고 있다.

계일지와 결연하지 못하는 상황에 놓인 자신의 처지를 돌보기보다 일지를 위해 일지의 짝이 될 만한 대상인 설유란을 찾아낸 다음 거기서 행동을 멈추지 않고 남장(男裝)을 하여 유란을 속이고 혼인까지 감행하는 대담한 행동으로 결국 목적을 달성하고 있는 것이다. 문제는 일련의 상황이 당사자들의 발화에 의해서 드러나

---

52) 〈홍백화전비평〉, 58~59쪽.

는 게 아니라 이와 같은 상황을 전혀 모르고 있는 계일지와 제3자인 창두의 모습을 통해 엿보는 서술방식을 구사하고 있기 때문에 '기절처(奇絶處)'라 평을 내린 것임을 짐작하게 된다.

> 小姐曰: "不見令愛之面, 願見令愛之筆." 郡主出而示之, 其略曰: "大長公主, 仍小女懇祝之意, 親入大內掉三寸不爛之舌, 能回貴妃之心, 且承皇上允許之命, 荀氏之厄, 由此而免矣. 小女之願, 由此而成矣. (…中略…) 小女歸期, 惟在早晚未前, 荀氏想於京師行歷, 拜幸賜敷示."【此段當爲第三奇絶處】53)

위의 예문은 순직소가 과거를 핑계 삼아 떠나기 전 사건의 전후 사정을 설명한 편지와 시를 읽게 된 유란이 직소의 마음에 감동하여 일지를 평생 같이 모실 것을 맹세한 후, 지략을 내어 대장공주를 통해 만귀비에게 명혼옹주의 배필로 여방언을 택하라고 설득하여 결국 황상의 승낙을 얻어 직소가 여방언과 결혼하지 않아도 됨을 군주에게 알려온 편지글 대목이다. 위의 편지는 험난하고 곡절이 많았던 계일지와 순직소 그리고 설유란 사이의 결연이 무사히 완수되었음을 증명하는 것으로 이는 갈등이 마무리되었음을 뜻하는 것이다.

위에서 언급한 세 개의 '기절처'는 작품 서사에 있어 남녀 주인공이나 주변 인물과의 관계와 서사에 있어 엇갈림이나 '트릭' 등의 수법을 통해 교묘하게 관계가 비껴나가는 장면을 서술하거나 흥미와 재미를 증폭시키는 장면, 그리고 편지를 사용하여 갈등이 해결된 결과를 설명해 주는 방식으로 사건을 매듭짓는 역할을 하고

---

53) 〈홍백화전비평〉, 78~79쪽.

있다. 여기에 협비가 서사방식의 특징을 부각시켜주는 역할을 하고 있다는 점이 특징적이다.

한편, 작품 내에서 세부적인 단락이나 구절의 표현에 있어 특장을 발휘하는 부분에서는 "신묘진정필(神妙盡情筆)",54) "차단무불득묘처(此段無不得妙處)",55) "피차불명언친사이자연투로, 진가위화필(彼此不明言親事而自然透露, 眞可謂畫筆)",56) "수불현언이분명효해밀지사, 진시화필(雖不顯言而分明曉解密地事, 眞是畫筆)"57) 등의 비평이 구사되고 있음을 또한 볼 수 있다. 이러한 것들은 모두 서사에 있어 주목할 만한 특정 대목에 관해 비평을 가한 것으로 작품의 주안처를 지목하여 특기한 것이라 하겠다.

이렇게 〈홍백화전비평〉의 경우 등장인물의 행동에 대한 비평에 있어 호불호(好不好)를 분명하게 표출하고 있으며, 작품의 뛰어난 서사단락 및 특정 대목 주안처에 대한 비평을 통해 서사적 맥락을 부각시켜 놓고 있는 것에서 특징적인 측면을 간취할 수 있다.

2) 재자가인류 소설의 서사방식 수렴

최근 들어 전기소설에 대한 연구열기가 주춤하면서 그간 전기소설로 분류되던 작품들의 장르에 관해 보다 결을 달리해 살펴보고자 하는 논의가 활발해졌으며, 그 대안의 하나로 부각된 것이 바로 재자가인소설이다. 중국에서는 재자가인류 소설이 하나의

---

54) 〈홍백화전비평〉, 7쪽.
55) 〈홍백화전비평〉, 52쪽.
56) 〈홍백화전비평〉, 9쪽.
57) 〈홍백화전비평〉, 52쪽.

뚜렷한 장르로 인식되었고, 특히 청대에 이르러 다종의 소설이 족출하면서 재자가인형 소설은 일군의 장르로 인정받고 있다.58) 중국의 재자가인류 소설은 17세기에 〈호구전〉이 조선으로 유입59)되면서 조선 후기 소설사에 영향을 끼치기 시작하였다. 특히 재자가인류 소설은 애정전기와의 친연성이 강한 관계로 우리소설사에 있어서는 재자가인류 소설의 장르설정이 과연 온당한 것인지에 대한 회의가 있기도 한 것이 사실이다. 한국의 경우 재자가인류 소설의 영향을 받은 작품들을 그간 전기소설의 영역에서 논의60) 한 경우가 일반적이었는데, 전기소설의 분석 틀로 작품을 파악하다보니 17세기 이후 전기소설의 서사문법에서 벗어나기 시작한 작품들의 경우 전기소설의 변용이란 시각으로 볼 수밖에 없었다. 따라서 이에 대한 돌파구를 모색하게 되었는데, 그 대안으로 제시된 것이 바로 재자가인류 소설이다.

작품의 실제를 살펴보더라도 대표적으로 18세기의 〈홍백화전〉이나 19세기의 〈낙동야언〉 등의 경우 재자가인류 소설의 형태를 띠고 있기 때문에 재자가인류 소설은 조선 후기 한문소설사에 있어 하나의 흐름으로 인정할 수 있는 가능성은 마련되었다고 볼 수 있다. 문제는 이러한 작품들이 일군으로 형성되어야 조선 후기 소설사에 있어 하나의 뚜렷한 흐름으로 인정될 수 있을 것인데, 생각보다 여기에 적실한 작품의 수가 그리 많지 않은 관계로 경계가 모호한 〈빙허자방화록〉, 〈백운선완춘결연록〉, 〈동선기〉,61) 〈구운

---

58) 최수경, 「淸代 才子佳人小說의 硏究」, 고려대학교 박사논문, 2001.

59) 〈호구전〉의 유입에 관해서는 박영희, 「17세기 才子佳人小說의 수용과 영향: 〈好逑傳〉을 중심으로」, 『한국고전연구』 4집, 한국고전연구회, 1999를 참조.

60) 〈홍백화전〉, 〈낙동야언〉 등의 경우가 대표적이다.

몽〉 등의 작품들을 재자가인류 소설의 영역으로 끌어들여 논의를 확장시키려는 경향62)도 있다. 상황이 이렇다 보니 우리나라 소설 사에 있어 재자가인류 소설의 장르 설정에 관해서는 여전히 논란이 많을 수밖에 없는 실정이다.63)

그렇다면 위의 문제를 해결하기 위해서는 과연 재자가인소설이라 명명할 수 있는 개념이나 분석틀을 마련할 수 있을 것이냐 하는 것이 선행되어야 한다. 이에 관해 중국학계에서는 일찍이 재자가인소설에 대한 개념정리를 시도한 바 있다. 하지만 재자가인소설에 대한 개념 및 범주에 대해서는 논의가 분분한 상태이며 현재까지 통일된 결론을 도출하지 못하고 있다. 일반적으로 정리된 사항은 명말청초에 등장하여 강희(康熙), 옹정(雍正), 건륭(乾隆) 연간까지 많은 작품을 배출하며 성행한 일군의 소설들을 가리키는64) 것으로 ① 창작 시기: 명말 청초, ② 언어 형태: 백화장회체, ③ 인물

---

61) 〈동선기〉의 경우, 그간 애정전기의 변용 형태로 인식하는 것이 일반적이었다. 하지만 윤재민 교수에 의해 〈동선기〉가 지닌 장르적 성격에 관해 논란이 생기면서 장르 구분에 대한 논의가 부상하게 되었다. 윤재민, 「〈洞仙記〉의 장르적 성격」, 『민족문화연구』 44, 고려대 민족문화연구원, 2006, 참조.

62) 김정숙, 「朝鮮後期 才子佳人小說 硏究」, 고려대학교 박사논문, 2004.

63) 〈낙동야언〉의 경우만 하더라도, 재자가인소설로 봐야 할 것이냐, 애정전기의 변용으로 봐야 할 것이냐에 관해 의견이 분분한 실정이다. 〈낙동야언〉의 경우 김정숙은 한 남성과 두 여성의 결합이나 호색적 남성과 도덕적 여성이라는 인물형, 과거급제, 문제 해결을 통한 대단원의 결말 구조 등은 명청 이래 재자가인소설에서 쉽게 찾아볼 수 있는 특징들이며, 남녀의 만남 그 자체에 집중하는 애정전기소설과 달리 〈낙동야언〉은 오생과 양소저의 결연까지의 우여곡절, 과거급제와 행복한 결연이라는 당시 일반인들의 낭만적 꿈을 형상화한 통속 소설, 재자가인소설로 보고 있다. 그러나 정병호는 애정전기소설의 계승 및 변모의 관점에서 인물 형상을 중심으로 살펴보고 〈낙동야언〉은 전대의 애정전기소설을 계승하면서 19세기 문학사의 흐름과 상황에 걸맞게 변모한 애정전기소설이라고 하였다.

64) 임향란, 『한중 재자가인소설류 비교연구』, (주)한국학술정보, 2008.

유형: 재모쌍전(才貌雙全)한 재자와 가인. 달관(達官)의 자녀. ④ 서사 구조: 재자와 가인은 한 번 보고 사랑을 느껴 시나 서간을 통해 변치 않는 사랑을 맹세한다. 이후 소인배의 훼방 때문에 결연이 쉽게 이루어지지 않다가 재자가 과거에 급제한 뒤 (임금의 명에 의해) 좋은 인연을 맺는다. (대단원의 구조) ⑤ 길이: 3회에서 40회 사이의 중편으로 정리된다.65)

대략적으로 위의 다섯 가지 기준으로 재자가인소설을 정리할 수 있는데, 위의 기준은 어디까지나 중국소설이 대상이므로 고스란히 조선으로 대입시키기엔 문제가 발생한다. 먼저 언어 형태에 있어 백화체의 문제가 바로 발생하기 때문에 위의 기준 전체를 삼기보다는 유연하게 적용할 필요가 있다. 이러한 측면에서 한문소설들의 경우, 특히 19세기 작품으로 인정되는 〈낙동야언(洛東野言)〉, 〈삼해지(三海誌)〉, 〈오로봉기(五老峰記)〉 등은 위에서 제시한 재자가인류 소설과의 관련성이 다른 작품들에 비해 농후하기 때문에 19세기에 재자가인류 소설이 우리 소설사에 어떠한 영향을 미쳤고 그 반향이 작품을 통해 실제 어떻게 드러나고 있는지 확인해 볼 수 있는 좋은 자료가 된다. 따라서 위의 세 작품을 중심으로 19세기 한문소설사에서 재자가인류 소설의 설정과 그 양상에 대해 집중적으로 필요가 있다.

(1) 〈낙동야언〉

〈낙동야언〉은 권사정(權思鼎, 1811~1863)에 의해 창작된 작품으

---

65) 최수경, 앞의 논문.

로 총 8회의 장회소설로 구성되어 있으며, 재자가인소설의 남주인 공에게 보이는 편력적인 남성상이 잘 나타나 있다. 뿐만 아니라 19세기 세태소설에서 보이는 희작적 성향과 트릭담도 확인되고 있어 구체적인 분석이 요구된다.

우선 재자가인류 소설의 남녀 주인공은 전대 애정전기의 남녀 주인공과 쉽사리 구분되기 어려운 성향을 띠고 있다. 학식과 외모, 가문 어느 하나 빠지지 않는 이상적이고 완벽한 인물로 존재하기 때문에 전반적인 인물 형상이 애정전기와 별반 차이를 느낄 수 을 정도다. 따라서 장르 변화에 따라 인물 형상이 구별되는 지점을 다른 기준에서 찾아야 하는데 그러한 측면에서 핵심이 되는 것이 주인공의 상호독점적 관계의 지속 또는 탈피라 하겠다.

주지하듯이 애정전기의 경우 상호독점적인 관계가 굳건하며, 그 관계가 어그러지는 것에서 특유의 비장감이 발생하여 미학적 성취를 이루었다. 이러한 문법에서 이탈하는 경우는 주로 행복한 결말로 마감되는 작품이었다. 특히 애정전기와 비교되는 재자가 인류의 경우 1:1의 관계가 아닌 일대다의 관계가 중심이므로 전통 적인 1:1 구도에서 벗어나는 것은 파탄을 초래하는 것이 아니라 조화로움을 통해 행복한 결말을 맺고자 함을 알 수 있다. 그러므로 〈낙동야언〉의 경우도 남녀 주인공의 상호 관계가 어떻게 형성되 는지 그 결말이 어떻게 진행되는지를 중심에 두고 살펴볼 필요가 있다.

먼저, 〈낙동야언〉의 남녀 주인공인 오응석(吳應錫)과 양애옥(梁愛 玉)을 살펴보면, 남주인공인 오응석은 오주와 병부시랑 희백의 딸 인 부인 최씨 사이에서 태어난 아들로 나이 40에 얻게 된 귀한 자식이다. 응석 역시 여타 재자와 같이 총명하고 백가서에 능통하며 서화와 음률에 뛰어난 전형적인 인물로 등장한다. 그는 나이 열아홉에 과거를 보러 갔다가 온갖 화려한 화초로 쌓인 집을 발견하고 집주인이 양어사임을 알게 된다. 그날 밤 잠이 오지 않아 정원을 서성이다가 글 읽는 소리를 듣고 누구인지 탐문하니 그녀는 바로 양어사의 딸인 18세의 양애옥임을 알게 된다. 전형적인 남녀 주인공의 첫 만남으로, 응석은 무산의 언과 낙포의 만남에 한껏 부풀어 그녀를 만나고자 하나, 곧 스스로 군자의 행위가 아님을 자책하며 억지로 욕망을 참고 잠을 청한다. 하지만 끓어오르는 욕망을 주체하지 못하고 순임금과 문왕의 예를 떠올려 본인의 행동에 대한 명분을 부여한 뒤 곧바로 그녀의 집으로 찾아가고야 만다. 욕망을 성취하고자 돌진하는 전형적인 남주인공의 형상을 확인할 수 있다.

이날 밤, 응석은 겹겹이 둘러싼 담을 넘어 들어가 창문 틈으로 애옥을 엿보는데 성공한다. 그 당시 애옥은 칠현금을 연주하며 악곡을 부르고 있었는데 응석은 마음을 주체하지 못하고 화답곡(和答曲)을 부르고야 만다. 이로 인해 응석의 존재는 애옥에게 들키게 되고 탄로 난 응석은 애옥의 환심을 산 뒤 그녀를 취하한다. 하지만 애옥은 유장찬혈하는 행위는 대의가 아님을 들어 완강히 거절한다. 이러한 애옥의 행동 역시 전형적인 여주인공의 형상을 보여준다. 하지만 그녀 역시 응석을 받아들이지 못하고 내친 것에 대한 후회가 마음 한켠에 자리잡고 있었다. 그 이유는 꿈에서 계시를 받은 그날 밤에 응석이 찾아왔기 때문이다. 응석이 바로 꿈 속 계시의 당사자임을 운명적으로 직감하고 있었지만 섣불리 마음을 줄 수 없는 본인의 처지로 인해 애옥은 갈팡질팡하기만 했다.

이렇게 남녀 주인공은 서로에 대한 마음을 얻지 못한 채 어긋나지만 이것은 결연이 이뤄지기 전의 지연 과정일 뿐이었다. 궁극적으로 운명적인 만남을 성사시키기 위해 방법을 찾는데, 그때 능동적인 주체는 바로 여성 주인공인 애옥이었다. 구체적인 방법은 응석이 〈우화상사도〉에 써놓은 제화시(題畵詩)를 시장에 들고나가 파는 것이었다. 그러기 위해서는 규방을 벗어나야 하는데, 아녀자의 몸으로 나갈 수 없기 때문에 몸종인 춘앵을 남장으로 변장시켜 보내는 방법을 강구하게 된다. 흔히 말하는 '여화위남(女化爲男)' 모티프로 주로 영웅소설에서 나라를 구하고자 여성이 남장을 하고 전쟁터에 나가 나라를 위기에서 구하는 장면에 자주 사용되는 것이다. 일종의 전형성을 띠고 있는 모티프인데 이를 적극적으로 끌어들이고 있음을 알 수 있다.

문제는 이러한 방법이 곧, 남녀 주인공의 만남을 주선하는 핵심 매개로 작용하여 남장을 한 춘앵과 응석은 바로 만나게 된다. 이때, 응석은 애옥의 본심을 제대로 간취하지 못하여 반응을 떠보고자 본인이 오응석과 얼굴 형상과 이름이 같은 동명이인(同名異人)임을 내세운다. 항상 본질적인 문제에 대면하면 피하려 들고, 손해를 보지 않으려는 수동적인 인물의 단면을 엿볼 수 있다. 그러면서도 본인의 욕망과 이익을 취하고 싶은 부분에서는 그러한 면모를 대놓고 드러내기도 한다.

생은 처음에 양소저라 생각하니, 눈이 아찔하고 정신이 혼미하여 미친 사람처럼 손을 잡고 희롱하여 말하길 "오늘밤이 어떤 밤인가? 이렇게 깨끗한 사람을 보게 되니 오나라의 달을 따라 내려온 것인가? 초나라 구름이 변해 날아온 것인가? 구할 때는 이르지 않더니 지금은 구하지도 않는데 스스로 왔으니 운명인가? 인연인가? 누가 그렇게 만든 것인가?"66)

　위의 예문은 애옥을 대신해 〈우녀상사도〉를 팔러온 춘앵을 취하고자 유혹하는 응석의 말이다. 본인의 마음은 애옥에게 있음에도 불구하고 순간의 욕망이 솟아오르자 대상이 누구인지 개의치 않고 바로 속내를 드러내 보이는 행동은 풍류남아의 형상 그 자체인 것이다. 그러나 응석의 행위는 곧바로 춘앵에게 제지를 당하고 여기에서 그치는 게 아니라 춘앵에 의해 도리어 행동의 부적절함에 대해 질책을 받는다. 이러한 일련의 과정을 통해 응석은 애옥이 본인을 잊지 못하고 그리워함을 알게 되자 본격적으로 결연을 성취하기 위해 애를 쓴다.

　서사에 있어 결연의 성취가 거의 이뤄질 즈음 방해하는 갈등세력의 등장은 필수적이다. 결연 성취 과정이 엎어지고 뒤집어지는 통과의례를 거칠 때 비로소 그 의미가 빛나는 것이기에 어떤 측면에서는 결연의 성취보다 방해요소가 어떤 것으로 등장하는지가 키포인트로 작용한다. 〈낙동야언〉의 경우, 어김없이 혼사장애가 발생하는데 여타 작품과 두드러지는 변별점은 별로 없다. 오히려 혼사장애를 해결하는 주체에 관심이 가는데, 작품 내에서는 여주인공인 애옥이 남장을 하고 본인에게 닥친 문제를 직접 해결해 나간다. 당시 권세가인 유근의 집에서 혼사를 청해오자, 애옥은 왕찬의 집으로 찾아가 왕찬의 딸을 유근의 집에 시집 보내겠다며 혼사를 주관한다. 그런 다음 유근에게 찾아가 권세가 비슷한 두 집안이

66) 〈낙동야언〉(382쪽), "生初以爲楊小姐, 眼眩魂迷, 如痴若狂, 執其手而戱之曰: '今夕何夕? 見此粲者, 隨吳月而落下歟? 化楚雲而飛來歟? 曩求之而不至, 今不求而自來, 天耶? 緣耶? 孰使之然也?'" 작품의 원문인용은 정병호의 주석본에 의거하였다.

서로 망하지 않기 위해서는 혼교로 맺어지는 게 유리하다고 주장하여 유근을 설득시키고 두 집안을 맺어주면서 본인에게 닥친 문제 또한 아울러 해결하는 결말로 이끈다.

사건이 해결된 후 서사의 초점은 남녀 주인공의 혼사문제로 본격적으로 연결되고 행복한 결말의 형태로 진행된다. 그런데 남녀 주인공의 결연 성취 이후의 서사는 보통 자식을 다산하고 그들이 입신양명하는 행복한 결말로 급격히 마무리되는 것이 일종의 패턴이나, 〈낙동야언〉은 남녀 주인공이 결연을 이루던 날, 유희적 성격을 띤 파자놀이 장면을 등장시킨다.

> 한림은 이미 소저의 총명함을 알고 있었으며 또한 자신의 재주를 자부하여 기담으로 희롱하여 말하길 "무슨 나무로 바꾸어서 楊으로 성을 삼았소?"라고 하자, 소저가 바로 답하길 "무슨 쇠로 바꾸어서 錫으로 이름을 삼았습니까?"라고 하였다. (…중략…) 한림이 말하길 "나무에 기대어 서 있는 자는 누구입니까?"라고 하자, 소저가 답하길 "입을 이고 앉아 있는 자는 누구입니까?"라고 하였다.[67]

위의 장면은 〈낙동야언〉의 제7회 홍촉기담(紅燭奇談)에서 남녀 주인공이 혼인한 첫날밤에 파자(破字)놀이를 통해 서로를 희롱하는 장면을 서술한 부분이다. 이러한 희작적 성향은 〈낙동야언〉의 곳곳에서 나타나는데[68] 시문수창을 통해 남녀 주인공의 재자가인

---

67) 〈낙동야언〉(399쪽), "翰林已知小姐之聰慧, 亦自負其才, 乃以奇談戲之曰: '易以何木而以楊爲姓乎?' 小姐即應聲曰: '易以何金而以錫 爲名乎?' (…中略…) 翰林曰: '依木而立誰也?' 答曰: '戴口而坐者誰歟?'"

68) 이름을 파자하거나 한글을 음차하는 양상이 제7화 홍촉기담에 집중적으로 보인

적 면모를 드러내던 일반적인 방식과는 변별되는 점으로 당대 국문소설에 자주 등장하던 희작적 성향을 적극적으로 흡수하여 서술에 반영한 것이라 생각된다. 그리고 희작적 성향은 '트릭'의 방식으로 작품 속에 자주 등장하는데, 애옥이 춘앵의 마음을 떠보고자 춘앵을 속인 것이라든지, 웅석이 춘앵에게 마음이 있음을 알고 웅석을 속인 것에서 '트릭'을 사용한 서사방식이 19세기적 특징의 일단으로 주목된다.

뿐만 아니라, 작품은 궁극적으로 재자가인소설의 서사방식을 지향하는데 전반적인 성향상 진지함을 심각하게 추구하지 않는다는 점이 두드러진다. 애정전기의 경우 특유의 비장감이 지닌 작품의 무게를 무시할 수 없는 장르이기에 작품 전편을 관통하는 절절함과 비장감이 애정전기의 미학을 대변한다 해도 과언이 아니다. 하지만, 〈낙동야언〉처럼 재자가인소설은 궁극적으로 진지함과는 거리가 멀고, 가볍고 흥미 위주의 서사가 전편을 장악하고 있다. 때문에 이 점은 애정전기와 재자가인을 변별할 수 있는 측면으로 작용하며 〈낙동야언〉을 통해서 일단을 확인할 수 있다.

(2) 〈삼해지〉

〈삼해지〉는 국립중앙도서관에 소장된 1책 분량의 한문소설로 총 59장에 매면 10행 20자, 대략 23,000여 자 분량의 한문중편소설에 해당되는 작품이다. 〈삼해지〉의 경우 재자가인류 소설의 대표적 구성방식인 장회체로 이루어져 있지는 않으나, 남녀 주인공의

다(정병호 주석본, 399~400쪽).

결연방식 및 조화로움을 지향하는 일부다처의 형상을 통해 재자가인류 소설의 영향이 짙게 드리워져 있음을 알 수 있다. 따라서 〈삼해지〉의 경우 남녀 주인공 및 주변 인물의 인물 형상을 중심으로 살펴볼 필요가 있다.

〈삼해지〉에 나타난 인물 형상을 살펴보기에 앞서 작품에 대한 소개차원에서 〈삼해지〉의 작품 경개를 서사분절로 나누어 제시해 본다.

- 남해 용왕 이영은 오랜 기간 남해를 잘 다스려 모든 이들의 칭송을 받았는데, 아들 수진과 딸 여정, 그리고 아내인 영혜와 함께 살던 중 동해왕 진령이 자신의 아들인 아승을 여정과 혼인시키고자 사신을 보냈으나 이를 거절하고 이에 아승은 분노에 찬 나머지 주위의 만류에도 불구하고 이백만의 대군을 이끌고 남해로 진격한다.
- 남해왕은 동해군의 진격소식을 듣고 옥제에게 보고를 하는 한편 적환을 제독으로 삼아 정병 백여만을 데리고 적을 막게 한다. 이때, 태자 수진이 아승과 대적하게 되나 동해군의 공격을 막지 못하고 남해군은 대패하여 성문을 굳게 지키기만 한다.
- 남해군이 패했단 소식을 듣자 여정은 부왕에게 아승을 사로잡을 계책을 내어 동해진중에 편지를 보내 아승을 유인하고, 여정은 소초를 대신 신루로 보낸다. 이를 모르는 아승은 여정을 만나기 위해 신루에 갔다가 삽시간에 방안이 어두워짐을 보고 미인계에 빠졌음을 깨달아, 신속히 정신을 차린 뒤 귓속에서 금고봉을 꺼내어 그것을 이용해 탈출하여 본진으로 돌아온다.
- 한편, 비천야차는 옥제에게 주문을 올리고, 옥제는 북해왕에게 서찰을 보내 동해군을 정벌할 것을 명하여, 북해왕은 태자 순화와 대장

군 곤을 출정시키는데 이때, 동해진중의 문선생은 곤이 오는 것을 눈치 채고 도주하지만, 아승과 진령은 모두 사로잡히게 된다. 진령은 삼백배의 죄를 받았으나, 아승은 슬퍼하는 기색이 없었다. 순화는 북해로 돌아가던 중 문선생이 찾아와 서기의 직책을 청하자 이를 받아주고 북해로 돌아온다.

• 남해왕은 자신을 도와준 은혜를 갚고자 북해왕의 아들과 사신의 딸을 혼인시키기 위해 태자 수진을 보내니 북해왕은 이를 기뻐하며 연회자리를 마련한다. 연회자리에서 순화는 궁중 시희인 소군을 불러 수진에게 추천하고 수진과 순화는 시로 서로의 재주를 드러내는데 소군의 작시 능력을 본 뒤 두 왕자는 찬탄을 금치 못한다. 수진은 남해로 돌아와서 이령에게 일이 잘 되었음을 보고하고 8월 15일로 날을 잡는다.

• 그날이 되어 순화가 남해에 도착하자 남해왕 이령은 순화의 위의와 풍모에 감동한다. 그날 밤, 수진이 순화에게 삼려대부와 왕자안을 소개시키고자 이들을 불러, 주명루에 상량문이 아직 없음을 청탁하여 글을 지어주길 부탁한다. 삼려대부는 글재주가 없음을 청탁하여 먼저 짓기를 원해, 수진, 순화, 자안의 순서로 시를 지어 보이고는 서로를 칭찬하였다. 곁에 있던 소초 또한 시를 짓게 되었는데, 모두 소초가 지은 시에 감탄하고는 소초의 시 구절을 이용하여 삼려대부가 화답시를 짓자 두 왕자가 놀라면서 그 재주에 탄복하니, 이에 이를 작별시로 삼아 삼려대부와, 왕자안은 돌아간다.

• 다음 날 큰 잔치를 여는데, 장경선이 와서 지난밤에 지은 두 왕자와 삼려대부, 왕자안의 시를 살펴보고는 호일한 기운이 부족하다고 평을 하고, 시를 한편 읊고 가버린다.

• 다음날 순화는 남해의 낙가산에 구경하러 갔다가 관음좌하의 시동인 선재의 안내로 관음보살을 만나 자신의 아내가 관음의 옛날 도제였음

을 알게 되고, 이에 관음의 말을 아내에게 전해 줄 것을 부탁받는다.

• 순화의 전언으로 인해 공주는 산에 올라가 관음보살을 만나서 과거에 관음제자인 자기(自己)였음을 깨닫게 되고, 관음보살은 훗날의 일을 대비해 주고자, 원시단 두 알을 주어 지난 날 사제의 정을 표시한다.

• 한편 순화는 수진이 소초에게 마음이 있음을 알고 소초와 동침하도록 주선한다. 다음 날 공주는 행장을 갖추어 떠나 저녁에 북해에 도착하여 납폐의 예를 행한 후 궁실을 돌아보다가 사방의 화려한 기석과 꽃들로 인해 마치 수양제의 36원에 있는듯함을 느끼게 된다. 주변을 완상하며 잠시 쉬던 중, 소초가 들어오자 북해의 음식을 서로 물어보며 감탄을 금치 못한다.

• 하루는 순화가 공주의 방으로 들어와 공주와 수창하기를 원해 함께 시를 짓는데, 순화는 여정공주가 지은 시를 읽고 나서 감탄하며 감히 논평할 수 없다고 한다.

• 한편 동해왕 진령은 삼백배의 형벌을 받은 후 기력이 쇠하여 스스로 일어날 수 없음을 알고 아승에게 편지를 써서 야차에게 북해에 가서 전하게 한다. 이때 아승은 곤부 아래에 있어 출입하기가 쉽지 않았는데 하루는 용왕이 곤을 불러 아승 역시 따라 나가 곤이 입궁하기까지 궁 밖에서 기다리다 야차를 만나 편지를 받게 된다. 그러나 아승은 평상시와 같이 행동하며 편지를 받고는 답장을 쓸 만한 겨를이 없으니 돌아가서 잘 있다는 뜻을 전달하라고 한다. 야차는 원망하며 곧바로 걸음을 돌려 왕에게 그 모습을 보고하니 왕은 가슴이 막혀 길게 한번 탄식한 후 기력을 다한다.

• 옥제는 전당군 남미를 동해왕으로 삼는다. 남미는 감격하여 명을 받들어 장자에게 전당을 지키라 명하고 아내와 둘째 아들 차웅 및 딸

교교를 데리고 동해에 도착하여 조하를 마치고는 상제에게 표를 올려 감사의 뜻을 표한다.

• 동해사자가 남해에 이르자, 남해왕은 전당군이 현명하고 그 딸이 아름다움을 알아 사자와 함께 적환을 보내어 구혼하는 뜻을 전해, 동해왕이 바로 이를 허락하니 적환은 바로 날을 정할 것을 건의하여, 점을 쳐본 결과 9월 9일 중양절이 나온다. 동해왕이 적환에게 날을 전해 주자 적환공은 재배하고 물러나 왕에게 다시 보고하고 왕은 이를 크게 기뻐하며 내전에 들어가 알렸는데 이날이 9월 6일이었다.

• 남해 태자는 납폐를 가지고 위의를 갖춰 동해로 들어가자 동해왕은 차남으로 하여금 중도에서 맞이하고 예를 행한다. 예를 마친 후 동해왕의 차남 자웅은 수진을 끌어 왕의 별전인 영광전에 들어가 신혼을 기다린다. 날이 저물자 공주의 신변으로 자리를 옮겨 자세히 살펴보니 절세미인이라, 수진은 공주에게 나이와 학문은 어느 정도 이루었는지 묻자 공주는 논어구절을 예로 들며 대답을 한다. 수진은 공주에게 사를 하나 지어줄 것을 청하자, 공주는 채련곡에 빗대어 사를 짓는다.

• 처가에 유숙한지 사흘 째 되는 날, 공주는 수진에게 잉희인 소청을 추천하여 소청과의 만남을 주선한 뒤 다음 날 공주는 소청과 함께 남해로 들어간다. 하루는 태자와 소청이 북해왕자의 서찰을 받은 뒤, 수진은 소청에게 답서를 쓰게 하고 이를 살펴본 태자는 칭찬을 그치지 않는다.

• 한편, 곤이 조천하러 간 뒤, 아승은 귓속에서 금고봉을 꺼내 석함에서 탈출하여 북해태자의 용모로 변신하고 내전으로 들어간다. 이때, 왕자비와 소초는 등잔불 아래에서 한가롭게 담소를 나누다 왕자가 들어오는 것을 보고 몸을 일으켜 맞이하려 하는데, 백앵무가 날아와

왕자로 변신한 아승의 머리를 공격하니, 아승은 참지 못하고 본래 모습으로 돌아온다. 왕자비는 관음의 선견지명에 찬탄을 금치 못하며 궁문 밖으로 아승을 끌어내고 백앵무는 돌아가겠다 청하여 다음 날 바로 낙가산으로 돌아간다.

• 순화는 수진에게 소군과의 만남을 주선해 소군은 자신의 뜻을 붙인 시를 상자 속에서 꺼내어 수진에게 보여준다. 수진은 소군의 솜씨에 감탄하며 잠자리에 들고 잠자리에서 소군은 수진에게 문학사의 내력을 설명해 주고 수진으로 하여금 문학사를 경계하도록 깨우쳐 준다. 다음날 수진은 순화에게 귓속말로 간밤에 소군의 말을 전하여 순화를 깨닫게 한다.

• 다음 날 곤이 아침에 일어나니 아승이 도망갔다는 소식을 듣고 크게 노하여 아승이 간 곳을 탐문하여 낙가산으로 가보니 마을 입구에서 관음좌하의 선재동자가 나와서 곤을 맞이하여 연탑 아래에서 알현한다.

• 보살은 곤에게 아승의 심성이 변하길 기다린 연후에 처분할 것을 청하자, 곤은 곧바로 천문으로 가서 옥제에게 보살의 뜻을 전한다. 옥제는 관음의 자비를 크게 칭찬하고 그 말에 따른다. 곤은 관음에게 아승을 사로잡은 전말을 선재를 통해 전해들은 후 곤은 곧바로 물러나 남해왕을 알현한다.

• 아승은 연탑 아래에서 삼일 밤낮을 갇혀 있다가 감로 한잔을 마시고는 수식경이 지난 뒤에 비로소 일어나 과거의 잘못을 깨닫게 되니, 옥제가 개과함을 아껴 옛 직분을 회복시켜 주고 상선의 반열에 오르게 한다.

• 하루는 밤에 시를 논하다가 문선생이 순화에게 진일주라는 술을 권해, 순화는 아내와 함께 마셨는데 복통이 생기자 비로소 지난밤의

전언을 떠올리게 된다. 이때 태자비는 관음보살이 준 원시단을 꺼내 물에 풀어 마셔서 해독하게 된다.

- 문선생은 자신의 뜻을 이루지 못하고 사로잡히게 되자, 자신의 악행을 사실대로 고하고 죽음을 청하니, 왕은 예양과 같은 이라 여겨 문생을 풀어준다. 이에 문생은 십분 감격하여, 궁문을 나와 아승이 남쪽으로 간 것을 생각하고 남쪽으로 향하다 아승이 낙가산으로 간 것을 알고 그곳으로 간다.

- 이때, 아승은 사문의 계율을 행하고 있었는데, 낙가산으로 오는 문생을 만나고는 대하는 태도가 전과는 다르자 문생은 아승의 무정함에 대노하여 돌아가려고 하던 중 '옛날의 본성을 고치기 어려움을 알겠다'라는 아승의 말을 듣고 비로소 크게 깨달아 열심히 수행하여 나중에 아승은 선적으로 복귀하고 문선생은 선법이란 법명을 하사받고 선재와 형제의 연을 맺어 극락의 복을 누린다.

위의 서사분절을 통해 살펴볼 수 있듯이 〈삼해지〉는 기본적으로 악인의 구혼을 물리침으로 인해 혼사장애가 발생하여 전쟁이 일어나고 이 과정에서 이를 구원해 준 구원자에 대한 감사의 차원으로 양쪽 집안이 재자와 가인인 자신의 자제들을 혼인시켜 해피엔딩의 결말로 마감하는 구조를 지니고 있다. 한편 혼사장애를 일으켜 사건을 추동하는 인물인 악인을 관음보살의 자비로 감화시켜 새로운 인물로 만드는 줄거리를 가지고 있다.[69] 이러한 서사구

---

69) 일반적으로 재자가인소설은 재자와 가인이 만나 사랑을 나누고 우여곡절 끝에 문제를 해결하여 행복한 결연을 맺는 대단원의 구조를 지니고 있는데, 위의 서사분절을 통해 확인해 볼 수 있듯이 〈삼해지〉의 경우 ① 시를 매개로 재자와 가인이 만남, ② 소인배의 방해로 헤어짐, ③ 재자의 급제와 소인배의 패배, ④ 황제나 가장의 주선으로 결혼이라는 일반적인 재자가인소설의 서사구조와는 패

조 아래에서 축조되고 있는 작품의 인물 형상을 살펴보면 재자가
인소설의 인물 유형과 비슷한 면모를 보여주는 측면들이 존재하
고 있음을 확인할 수 있는데 다음 장에서 이러한 점들에 관해 구체
적으로 살펴보도록 하겠다.

① 편력적인 면모를 지닌 재자와 조화로움을 추구하는 가인
〈삼해지〉에 등장하는 재자와 가인은 남해용왕의 아들과 딸인
수진과 여정, 북해용왕의 태자인 순화 그리고 동해용왕인 전당군
남미의 아들 차웅과 교교 등이 있으며 이들과 결연을 맺게 되는
소군과 소초 등의 시비도 이에 해당된다.

이들 가운데 핵심적인 인물들은 재자인 수진과 순화, 가인인 여
정과 교교이다. 이들은 아승이 전쟁을 일으킴으로 인해 그것을 해
결하는 과정에서 양쪽 집안이 친교의 표시로 서로 혼인을 맺게 된
다. 작품 속에서는 우선 북해태자인 순화와 남해용왕의 딸인 여정
이 먼저 혼인을 맺는데 이를 위해 여정의 오빠인 수진이 사자가
되어 북해로 간다. 북해로 간 수진은 장차 자신의 매제가 될 북해
태자 순화와 함께 문무를 강론하며 연회를 즐기는데 그때 순화는
연회에서 노래를 부르며 흥을 돋우던 소군이라는 궁중의 시녀를
수진에게 추천한다. 그러자 수진은 아래와 같이 이야기한다.

수진이 말하길 "저도 딱하게 여깁니다만 제 누이가 혼인을 하기 전
에는 이런 일을 갑자기 의논할 수가 없습니다." 순화가 웃으며 말하길
"지금 부왕께서 마음으로 성혼을 허락하셨으니 마땅히 며칠이 걸리지

턴이 일치하지 않음을 볼 수 있다.

않을 것입니다. 당신의 한번 즐김이 어찌 선후의 구별이 있겠습니까?"
라고 하자 수진은 미소만 지을 뿐 답을 하지 않았다.[70]

즉, 동생의 혼인이 아직 이루어지지 않았는데 자신이 먼저 여자
를 취하는 것은 예에 맞지 않다며 사양하는 모습을 보이는 것이다.
이후 순화, 수진, 소군 세 사람이 돌아가며 시를 수창하는데 이때
소군은 두 공자에 못지않은 작시능력을 선보이고 이로 인해 수진
과 소군은 서로를 마음속에 두게 된다.
  위의 장면에서 볼 수 있듯이 재자에게는 정실부인뿐만 아니라
첩실이라 할 수 있는 여성이 끊임없이 등장하는데 이러한 장면은
〈삼해지〉에서도 확인된다. 이것은 재자가인소설의 중혼(重婚)모티
프와 비견될 수 있는데 재자가인소설의 이중 혼인은 배신, 질투
등과 같은 부정적인 이미지는 찾아볼 수 없으며, 가치 평가에서
절대적인 우위를 점하고 있는 주인공들은 모두 축복 속에 당당하
게 여러 명의 아내를 맞아들인다. 때문에 결코 재자들이 한 여성에
게만 절의를 지키지는 않으며 이에 대한 사회적 비난은 전혀 찾아
볼 수 없다.[71]
  이러한 일부다처의 형상은 순화와 수진의 여동생 여정이 결혼
을 하여 순화가 남해용궁에 머물러 있을 적에 여정이 자리에 없는
틈을 타 수진이 순화에게 잉첩을 추천하는 장면에서도 확인할 수

---

70) 〈삼해지〉(38쪽), "修眞曰: '我亦憐之, 而吾妹成婚以前, 不可遽議於此等事矣.' 順化
  笑曰: '父王今已心許成婚, 當在不日, 君之一諾, 有何先後之別乎?' 修眞微笑不答."
  작품 번역은 한석수·김정선 공역, 『환상소설』을 참고하여 필요에 따라 필자가
  가감하였음을 밝혀둔다.
71) 최수경, 앞의 논문, 207쪽.

있다.

　이날 밤에 순화와 수진은 이야기를 주고받다가 이윽고 수진이 순화
에게 말하길 "오늘 저녁이 혼인한 지 3일째 되는 날입니다. 바로 잉첩
을 맞이하는 밤이지요. 하물며 집에 자매가 없다고 해서 대장부가 어
찌 적적하게 밤을 보낼 수가 있겠습니까?" 순화는 웃고서 그 말을 따
라 소초와 동침하였다. 소초의 재모와 풍격은 공주에 비하여 별로 못
하지 않았다.72)

　위의 구절에서 볼 수 있는 것처럼, 〈삼해지〉에 등장하는 재자들
의 경우 혼인한 여성이 있음에도 불구하고 시비나 잉첩을 추천해
주면 이를 못이기는 척 받아들이는 편력적인 면모를 보인다. 이
점은 이들의 성격이 기존의 남성 주인공들과 다른 면모를 보여주
는 것으로 욕망에 기초한 행태를 보이는 주인공의 모습은 재자가
인소설에 등장하는 남주인공의 모습과 흡사하다. 이들 주인공에
게 있어 여성 편력이란 전혀 심각하게 제기되는 문제도 아니며 말
그대로 재자로서 그 재자의 풍모에 걸맞는 행위의 한 형태로 서술
되고 있다. 때문에 재자가 여성 편력적인 면모를 보이는 것에 대해
서 상대방인 가인은 이를 시기하거나 재자의 대상이 된 다른 여성
을 징치한다거나 하는 그런 면모를 보이지 않는다. 왜냐하면 재자
에게 걸맞는 능력과 품성을 지닌 가인이기 때문이다.73)

---

72) 〈삼해지〉(64쪽), "此夜順化與修眞談話, 少焉修眞謂順化曰: '今夕是成婚弟三夕, 卽
乃滕妾之當夕, 何況家姊不在, 大丈夫安可寂寂送夜乎?' 順化笑而從之, 與素綃同寢,
素綃之才貌標致, 比諸公主, 不甚多讓."

73) 최수경은 재자가인소설에서 가인들 사이의 우정과 동등함을 강조하는 경우가

그러한 가인의 면모는 작품 속에서 수진이 북해에 갔다가 남해로 돌아오면서 소군을 싣고 오자 수진의 아내인 교교가 이를 아무런 거부감 없이 받아들이는 데서 간취할 수 있다. 이러한 품성을 지닌 가인은 재자에 걸맞는 재주와 용모를 지니는데 그러한 가인의 면모는 작품 속에서 재자와의 시문수창을 통해 주로 드러난다. 아래에서 그와 같은 면모를 잘 확인할 수 있다.

(가)

곰곰이 생각해도 끌리는 情 왠지 풀 수가 없어	惹意牽情未鮮因,
그대와 나란히 앉으니 마치 내 몸을 붙잡는 듯하오.	與君聯席若拈身.
어찌 아름다운 사랑이 나를 미혹시킨다 하리오,	寧云婉戀堪迷我,
많은 규잠이 사람의 마음을 움직이는 것이라네.	多是規箴也動人.
이미 화려한 말솜씨는 세상을 놀라게 하고	已識餐花驚世技,
은은한 옥을 보니 마치 내 얼굴 마주보는 듯하네.	長看愔玉對吾顔.
잔치자리에서 풍류의 짝이 되기 부끄러우나	當筵縱愧風流伴,
그대가 새로 지은 시를 시험삼아 보기 바라오.74)	試覩芳卿繡句新.

(나)

달빛 아래 등불에서 전생을 말하니	月下燈前話宿因,
백년 심사가 한 미약한 몸이네.	百年心事一微身.
풍류가 있다 하여 반드시 진군자는 아니듯	風流未必眞君子,
재모가 좋은 부인에게 무슨 상관이리오.	才貌何關好婦人.

많이 나타나는데 가인의 이러한 면모를 그녀들이 '淑女'이기 때문이라고 설명하였다(최수경, 앞의 논문, 237쪽).

74) 〈삼해지〉, 70쪽.

술과 식사 외에는 묻지 마시오	酒食是儀餘何問,
더구나 시 짓는 일은 감히 분수가 아니랍니다.	詩章非分敢依哦.
근래 해족이 노래를 중히 여긴다 하나	近聞海族歌重潤,
오직 덕을 날마다 새롭게 함을 세상에 전하는 일입니다.[75]	傳世唯希德日新.

　위에 제시된 (가)와 (나)는 순화와 여정공주가 주고받은 시이다.
순화는 여정공주의 작시(作詩) 능력이 궁금하여 시 짓기를 요청하
고 이에 여정은 겸손하게 자신의 시작능력을 드러내는데 재자와
가인이 시문수창을 통해 자신의 속마음을 드러내는 것을 확인할
수 있다. 이로 인해 둘 사이의 감정이 돈독해지고 지기(知己)로 서
로를 인정하게 되는데 이러한 가인을 아내로 맞이한 것에 대해 순
화는 "시는 도움이 없을 수가 없다는 것은 이것을 말한 것입니다.
종이에 가득한 글의 뜻이 오로지 규잠이며 광명정대하여 우리의
세업을 힘쓰게 하니 어찌 초목과 금수, 내와 구름, 달과 이슬과
같은 한가로운 말과 함께 말할 수가 있겠습니까? 글자를 안배한
오묘함과 용사의 절묘함은 내가 감히 논평할 수가 없습니다. 내가
무슨 복력으로 이처럼 현명한 아내를 얻게 되었는가?"[76]라고 표
현함으로써 재자에게 걸맞을 뿐만 아니라 오히려 더 뛰어난 능력
을 지니고 있는 가인의 형상을 드러내었다.
　작품 속에는 순화와 여정의 재자가인적 면모의 서술뿐만 아니

---

75) 〈삼해지〉, 70~71쪽.
76) 〈삼해지〉(71쪽), "詩不爲無助, 此之謂也. 滿紙辭意, 專爲規箴, 光明正大, 勗我世業,
   豈可與草木鳥獸, 烟雲月露之閑思漫語, 同年而語哉! 其安字之妙, 用事之切, 吾不敢
   論評. 我何福力, 有此賢助乎?"

라 수진과 교교의 면모 또한 이에 못지않게 묘사된다. 수진과 교교의 혼인은 교교의 아버지인 전당군 남미가 동해왕 진령을 대신하여 동해왕에 봉해지자 이를 사해의 용왕들에게 사자를 보내어 알리고 이 와중에 남해왕이 동해왕의 현명함과 그 딸의 재주와 미모를 익히 알고 먼저 주선하여 이루어지게 된 것이었다. 이로 인해 두 집안의 혼사가 이루어지고 수진이 동해로 들어가 교교와 마주하게 되는데 이때 수진은 교교가 〈채련곡〉으로 유명한 전당 출신임을 들어 이를 요구하자 교교는 장구를 짓고 수진은 7언 절구 한 수를 지어 교교에게 화답한다. 이러한 수창을 통해 수진과 교교는 서로에 대한 교분을 깊이 다지게 되며 이를 "곡진한 정이 무산의 꿈처럼 달콤했으며 마음은 낙포에서 놀았다."라는 그 유명한 무신신녀고사에 빗대어 서로의 만남을 아름답게 표현하였다.

이러한 재자와 가인의 만남은 일면 애정전기의 남녀 주인공들과 별반 차이가 없는 것처럼 보이지만 내면에 담긴 의미는 지향점이 전혀 다르다. 앞서 언급한 것처럼 재자의 경우 여성 편력과 남성 위주의 사고가 어느 정도 용인되는 것처럼 보인다. 이 점은 작품의 지향점이 남성욕망에 대한 암묵적 동의아래 놓여 있음을 의미한다. 때문에 애정전기의 남녀 주인공처럼 상호에 대한 지극한 신뢰 관계를 형성하면서 편력을 묵시적으로 용인하고 때문에 가인은 한없이 지고지순하면서 현덕한 면모를 보이며 재자가 다른 여성을 취하더라도 대상 여성을 시기하거나 모해하는 행동으로 표출하는 것이 아니라 이를 받아들이고 감싸안아주는 행동으로 작품 속에 등장한다. 이 점은 애정전기와 변별되는 재자가인소설의 인물 형상이라 할 수 있는데 〈삼해지〉에 등장하는 재자와 가인의 경우 재자가인소설에 등장하는 주인공의 면모와 흡사한 능력과 그에 걸맞는 행동을 보여주고 있음을 확인할 수 있다.

② 재자가인에 필적할 만한 재모를 지닌 시비

〈삼해지〉에 등장하는 재자와 가인 이외에도 재자와 결연을 맺게 되는 여성들이 등장하는데 이들의 신분은 궁녀이거나 시비로 서술된다. 일면 그녀들의 신분은 재자와 가인에 비견될만한 신분들이 아니나 애초부터 그녀들의 신분이 낮았던 것은 아니었다. 그녀들 나름대로 구구절절한 사연을 지닌 인물이었기 때문에 그러한 상황에 처해진 것이었다.

> 순화가 웃으면서 말하길 "이 여자의 근본을 당신에게 말씀드리겠습니다. 본래 한나라 궁녀로 잘못되어 호지의 첩이 되었다가 마침내 면하지 못하고 우울하게 죽었습니다. 시인이 이른바 '홀로 푸른 무덤만 남겨 황혼을 향하네'라고 한 것이 그것입니다. 부왕께서 그 정상을 딱하게 여기고 그 죽음을 슬퍼하여 염부에 청하여 환혼을 시켰습니다. 혼백을 끌어다 궁중에 두었으니 오늘의 푸른 무덤은 텅빈 한 줌의 흙덩이입니다. (…중략…) 다만 저 한 몸의 오정이 영락하여 적막하게 떠돌고 홍안박명이 진실로 헛된 말이 아니라 그대가 만일 뜻이 있으면 잉첩으로 보내드려 모시게 하고 싶은데 당신의 뜻이 어떨지 모르겠습니다."[77]

---

77) 〈삼해지〉(37~38쪽), "順化笑曰: '此女根因爲君語之, 本以漢宮之女, 誤作胡地之妾, 竟不免悒悒而死. 詩人所謂, '獨留靑塚向黃昏者'此也. 父主憐其情悲其死, 請於閻府, 使之還魂, 攝魄率置宮中, 今之靑塚, 卽空空一抔土也. (…中略…) 但渠一身, 飄零五情, 寂寞紅顔薄命, 良非虛言. 君若有意, 願送爲媵侍, 未知尊意如何?'"

위의 대화는 순화가 수진에게 소군을 추천하면서 소군의 내력을 설명하는 장면이다. 소군의 신세가 비록 여러 가지 우여곡절을 겪었으나 그녀가 가진 재주와 능력은 결코 가인에 뒤질 바가 아님을 설명하면서 그녀를 수진에게 잉첩으로 추천한 것이었다. 이 장면에 이어 수진이 겉으로는 꺼리는 듯하면서 속으로는 싫지 않음을 내비치는데, 이러한 장면은 재지와 가인에 비해 진혀 뒤질 것이 없는 시비의 모습을 드러낸 것이다. 이러한 시비의 형상은 소군뿐만 아니라 전당군 남미의 딸인 교교의 몸종 소청의 경우에도 확인할 수 있다.

공주가 말하길 "시집을 가면 잉첩이 있는 것은 옛날부터 그랬습니다. 우리 집의 몸종 소청은 부군께서 친견한 사람입니다. 고운 바탕에 꽃다운 맵시는 세상에서 그 쌍이 없습니다. 본래 서호의 여인으로 시집을 가서 아무개의 첩이 되었었습니다 아무개의 처는 매우 모질게 질투를 하여 부득이 별처에 두었지만 감히 가서 볼 수가 없었습니다. 소청은 스스로 주어진 운명이 기박함을 한탄하여 울적함이 병을 이루었습니다. (…중략…) 부주께서 그 사정을 가엾게 여겨서 사람의 형상으로 변환하여 궁중에 두었습니다. 저는 특별히 그녀의 재모를 아껴 길이 좌우에 두고 촌보를 떠나지 않게 하여 전당으로부터 이곳으로 데리고 왔습니다. 이것이 소청의 전말입니다."[78]

78) 〈삼해지〉(85~86쪽), "至夕入公主房中, 公主曰: '嫁有媵姬, 自古皆然. 吾家侍媵小靑, 夫君之所親見者. 艶質芳姿, 世無其雙, 本是西湖之女, 嫁爲某生之妾, 某生之妻, 大悍奇妬, 不得已置於別所, 亦不敢往見. 小靑自恨賦命之薄崎, 抑鬱成疾. (…中略…) 父主憐其情事, 變還人形, 置諸宮中, 妾特愛其才貌, 長在左右, 寸步不離, 自錢塘率來此處, 此小靑之顚末也'."

위의 장면은 교교가 수진에게 자신의 몸종인 소청을 잉첩으로 추천하는 모습을 서술한 것이다. 소청 역시 소군과 마찬가지로 첩으로 시집갔다가 모진 운명에 처하여 자살한 것을 전당군 남미가 가엾게 여겨 환생시키고 그녀를 자신의 딸인 교교와 함께 지내도록 조치한 것이었다. 문제는 소청 역시 가인에 비해 전혀 뒤떨어지지 않는 미모와 재주를 지닌 여성이었으며 그러한 능력은 재자들과 모인 자리에서 서로 돌아가며 시를 짓는 행위에서 전혀 뒤지지 않는 재주를 뽐내어 좌중에 모인 재자들의 찬탄을 금치 못하게 하는 장면에서 두드러지게 나타나고 있다. 이러한 소청의 재주는 아래 장면에서 확인할 수 있다.

수진은 다 보고 나서 소청을 돌아보고 말하길 "그대의 아름다운 솜씨를 보고 싶으니 그대가 답장을 대신 써 보게."라고 하자 소청은 2~3번 사양하다가 붓을 뽑아 종이를 펴서 붓을 한번 휘둘러 글을 썼다.

"잉어 사신이 수고하여 와서 안서가 문득 떨어지니, 정은 먼 북해와 남해가 떨어져 있지는 않은 듯합니다. 손을 씻고 향을 사르고 읽으니 눈썹이 저절로 열립니다. 또 하물며 부모님을 모심에 다복하시며 부부가 화목하여 허물이 없음에랴! 수국에 가을이 되니 초가을 단풍이 좋고 국화는 볼 때마다 아름다워지니 잔치를 하기에는 지금이 좋을 때입니다. 만물이 철따라 아름답게 꾸미는 것과 함께 하기에 좋겠지요. 제가 형의 성대한 모습을 뵙는 것이 어찌 다행이 아니겠습니까? 명대로 속히 가겠으며 우선 이로써 답을 드립니다. 이만 줄입니다. 9월13일 수진 돈수"79)

---

79) 〈삼해지〉(89쪽), "修眞覽畢, 顧謂小靑曰: '欲見汝錦心繡口, 汝其代撰回書.' 小靑再

위의 장면은 북해 태자 순화가 수진에게 편지를 보내자 수진이 곁에 있는 소청에게 대신 답장을 써 볼 것을 요청하여 이에 소청이 대신 편지를 쓰는 장면을 서술한 것이다. 태자는 소청이 쓴 편지를 다 보고나서 "말이 간략하나 뜻을 다하였으니 정말 말솜씨가 묘한 글이다."라고 극찬을 한다. 소청의 글쓰기 능력이 재자가 보고 감탄을 금치 못할 정도로 보통 재주가 아님을 드러내고 있는 것이다.

이처럼 〈삼해지〉에 등장하는 재자와 가인뿐만 아니라 시비의 경우에도 비록 그녀들의 운명이 기박하여 신분이 떨어졌을 뿐이지 미모와 재주는 결코 뒤질 바가 아님을 보여준다. 소군과 소청의 내력에 대해 상세하게 설명을 한 것도 결국 재자의 상대자로서 이들이 결코 가인에 비해 떨어지는 인물이 아님을 드러내기 위한 것이었다. 이것은 일부다처의 상황을 자연스럽게 용인시키고자 했던 의도에서 고안된 장치로 해석된다.

이러한 양상은 재자가인소설에 등장하는 인물 형상과 유사함을 의미하는 것이며 이들의 인물 형상이 재자가인소설의 인물 형상의 영향권 아래에서 축조되었음을 의미하는 것이라 할 수 있다.

③ 늑혼을 통해 갈등을 야기하는 악인의 형상

〈삼해지〉에서는 재자와 가인이 결연하는 과정에서 악인의 늑혼이 중요한 역할을 하고 있다. 즉 악인이 색을 추구하는 과정에서 척혼에 의한 전쟁이 발발하고 이를 해결하는 과정에서 서로에게

三謙讓, 乃抽筆展紙, 一揮而就. 書曰: '鯉使勞至鷹書忽隆, 不以北溟之遙, 有阻南溟之情, 盥手薰讀, 眉睫自開, 又況志養多福宜室無愆者乎? 水國淸霜爽氣, 初回楓酣, 菊笑寓目成色, 慶筵之趁, 此良辰可興. 時物賁飾, 鄙人之獲覩盛儀, 豈非蒿目之幸歟, 俯速唯命, 先此申謝, 不宣九月十三, 修眞頓首'.

도움을 준 재자와 가인의 집안이 혼인 관계를 맺게 되는 것이다. 이는 돌려서 생각해 보면 악인에 의해 재자와 가인이 연결되는 구도가 형성되었음을 의미한다. 일반적으로 재자와 가인의 결연에 방해자가 중간에 끼어드는 구도와는 다른 점으로 이러한 구도에 중요한 역할을 하는 인물로 아승이 작품 속에 등장한다.

아승은 동해용왕 이령의 장자로 인물성격이 간악하며 자신의 욕망을 추구하기 위해 어떤 행동도 주저하지 않는 대표적인 인물로 설정되어 있다. 〈삼해지〉에 나타난 아승의 형상은 재자가인소설 속의 소인(小人)과 비교해 볼 수 있다. 소인은 재자가인소설에서 적대자의 역할을 수행하지만 이들이 벌이는 방해나 행동은 증오보다는 웃음과 유쾌함을 선사한다. 소인들은 악하다기보다는 우습고 비천한 형상을 보임으로써 조롱당하고 그 조롱으로 격하된다. 그러나 소인들은 가치평가에서의 절대적인 우위를 점하고 있는 재자가인에게서는 느낄 수 없는 재현적이고 친근한 대상으로 존재한다.[80] 반면 〈삼해지〉에 등장하는 아승의 인물형은 재자가인소설의 소인에 비견될 만하나 인물 형상 자체가 소인의 경우와는 뚜렷이 구분되는 측면이 있기 때문에 소인이 아닌 악인형 인물에 해당된다. 아승의 형상은 아래 장면에서 그 일단을 살펴볼 수 있다.

신이 듣기를 아승은 재물을 탐하고 전쟁을 좋아하여 호지의 구슬과 합포의 진주며 연진의 칼과 왕발의 벼루를 어떤 것은 속여서 차지하고 어떤 것은 강제로 빼앗았다고 합니다. 또 전당의 용녀가 경국지색

---

80) 최수경, 앞의 논문, 297쪽.

이라는 소문이 있자 아승이 그것을 듣고 구혼을 하였지만 전당군은 아승의 사람됨이 탐욕스럽고 음란함을 익히 알고 있었기에 핑계를 대고 허락하지 않았다고 합니다. (…중략…) 이 한 가지 일을 미루어 보더라도 그가 재물과 색을 탐하고 싸움을 좋아하는 무리임을 알 수가 있습니다.[81)

위의 발언은 동해왕 진령이 남해왕 이령에게 자신의 아들인 아승과 남해왕의 딸인 여정을 혼인시키고자 영광전 학사 민어를 사자로 보내 청혼하는 편지를 보내자 남해왕이 제독에게 이를 어떻게 처리해야 될지 물어본 것에 대한 제독의 답변이다. 제독은 아승의 인물됨이 재물과 색을 탐하고 싸움을 좋아하는 무리라 여겨 청혼을 허락하지 말 것을 제안한다. 이러한 인물평은 아승이 장차 작품 속에서 작품의 배경이 되는 해제세계에 큰 풍파를 일으킬 인물임을 암시하는 것으로 작품 속에서 차지하는 비중이 적지 않을 것임을 시사한다. 독자의 입장에서는 이 인물이 장차 일으킬 사건에 대한 관심과 이 인물의 말로가 어떻게 결정될 것인가에 흥미를 가지게 만든다. 또한 작품 속에서 갈등을 조장하는 악인형 인물로 설정되어 있으면서 과연 다른 작품들과는 어떻게 다른 면모를 보이면서 개성적인 인물로 존재할 것인지에 대해서도 흥미를 가지게 된다. 따라서 작품 속에 등장하는 이 인물의 행보에 관심을 가질 필요가 있는데 그러한 면모를 통해 과연 다른 작품의 인물들과는 어떤 측면에서 변별적인 특징을 표출해 내는지 살펴볼 필요가

---

81) 〈삼해지〉(4~5쪽), "臣聞阿勝貪財而好兵, 濠池之璧, 合浦之珠, 延津之劍, 王勃之硯, 或欺而取之, 或勒而奪之. 且聞錢鏜龍女, 有傾國之色, 阿勝聞而求婚, 錢塘君慣知, 阿勝之爲人貪淫, 稱托不許. (…中略…) 推此一疑可知, 其貪財色, 好兵之背."

있다.

(다) 이때 아승은 부왕 바로 앞에 있다가 울부짖으며 뛰다가 칼을 뽑아 남쪽을 가리키며, "나와 이령 그 늙은 도적은 맹세코 양립할 수 없다." 라고 하며 원망하여 마지않았다.[82]

(라) 아승이 곁에 있다가 크게 노하여 수마석을 주워서 상의 머리를 때렸더니 돌이 머릿속으로 들어가서 나오지를 않아 거의 죽었다가 도로 살아났다.[83]

(마) 아승은 욕정이 일어나서 밤이 깊었다고 하고는 시중드는 여자들에게 아홉 가닥 촛불을 가지고 물러가라 하였다. 막 옷을 벗고 잠자리에 들려고 하는 차에 갑자기 한 빠른 우레 소리가 베개 머리에서 나더니 삽시간에 방안이 칠흑 같았으며 별빛과 구름 그림자가 모두 보이지 않았다.[84]

위의 (다), (라), (마)의 예문들은 아승이 충동적이며 폭력적이고 색을 탐하는 인물임을 보여준다. 자신의 욕망을 방해하는 일체의 모든 것을 부정하고 거부하며 자신과 다른 의견을 표출하는 세력을 적으로 규정하여 가차 없이 응징해 버리는 무도한 모습을 보인다.

---

82) 〈삼해지〉(6쪽), "時阿勝在父王面前, 咆哮跳躍, 拔劍南指曰: '吾與离靈老賊, 誓不兩立, 恨恨不已'."

83) 〈삼해지〉(7쪽), "阿勝在傍大怒, 拾得水磨石一塊, 打羲之頭, 石入頭中而不出, 幾死僅生."

84) 〈삼해지〉(21쪽), "阿勝不禁情興, 稱說夜深, 命侍姬退去. 九枝之燭, 方欲解衣就寢, 忽聞疾雷一聲, 起於枕邊, 霎時間, 室中如漆, 星光雲影, 都不見了."

게다가 자신의 욕망이 쉽게 이루어질 것 같지 않자 앞뒤 상황을 가리지 않고 뛰어드는 무모함과 단순함을 가진 인물로 묘사되고 있다. 때문에 옥제의 하교를 받은 북해왕의 태자 순화와 부장 곤에 의해 대패하고 결국 사로잡혀서 곤의 부하 소졸로 편입되어 북해로 가게 된다.

이것은 오로지 아승의 성정이 어질지 못하고 사납고 광폭한 데서 연유된 결과이나 아승은 전혀 회개하거나 뉘우치는 모습을 보이지 않는다. 작품 속에서 자신의 아버지인 진령이 백배고두(百拜叩頭)의 벌을 받고 기력이 다하자 자식을 그리워하는 마음이 심해지고 또 병으로 스스로 일어나지 못할 것을 직감하여 운명이 다하기 전에 편지를 써서 보낸다. 아승은 보통의 일상 편지를 보는 듯 야차에게 편지에 답할 겨를이 없으니 돌아가서 잘 있다고 전달하라고 말하는데, 이를 통하여 아승의 형상을 확인할 수 있다. 부정(父情)마저도 알아차리지 못하고 매몰차게 대해 버리는 그의 태도에서 그의 인물됨을 여실히 간취할 수 있는 것이다.

아승은 자신을 이렇게 만든 순화와 여정에게 복수를 감행한다. 아승은 곤이 상제를 알현하러 가는 틈을 타서 갇혀 있던 석함에서 탈출하여 북해 태자의 용모로 변신해 내전으로 침입한다. 하지만 흰 앵무새의 공격을 받아 갇히는 지경에 이르고 다시 탈출하여 복수를 위해 낙가산으로 향하지만 거기서 관음보살에게 다시 사로잡히는 결말을 맞이하게 된다.

문제는 악행을 서슴없이 행하던 아승이 낙가산에서 감로수 한 잔을 마신 다음 자신의 전생에 대해 알게 되고 이후 환골탈태하여 완전히 다른 모습으로 태어나는 인물 형상의 전변이 작품 말미에 이루어진다는 점이다.

아승이 눈물을 흘리며 대답하길 "한 번 생각을 잘못함으로 인하여 만인의 타매를 받고 장차 영원히 윤겁의 환을 면하지 못하게 되었습니다. 대사의 자비심을 받자와 머리 위의 연화가 정수리를 찌르는 바늘이 되고 입 속의 감로가 문득 넋을 일깨우는 약이 되어 지금부터 골수를 썼고 오장을 씻기를 염원하옵니다. 제가 비록 귀의하고자 하는 마음이 있으나 제좌와 불문에서 저의 더러운 행적을 용납하기 어려울 것입니다. 이에 백번 절하고 머리를 조아립니다."[85]

위와 같은 아승의 발언은 이전의 인물 형상과 전혀 상반된 형상으로 재탄생되는 모습을 묘사하고 있다. 이러한 인물변전은 작품이 지향하는 세계관의 문제와 관련이 깊은 것으로 생각된다. 즉 '조화'를 바탕으로 하는 불가적 세계관이 작품 속에 투영된 것으로 이는 작품 전반의 기저를 관통하며 인물 형상을 통해서도 이 점을 확인할 수 있다. 작품 속에서는 재자가 가인을 얻은 다음 주변의 권유를 통해 가인에 필적할 만한 시비나 궁녀를 맞이하면서 가인이 또 다른 여성들과 시기나 질투의 연적으로 존재하는 것이 아니라 서로를 이해하고 감싸는 동지의 형태로 존재하고 있는 것에서 그 일면을 확인할 수 있다. 때문에 이러한 '조화로움'은 악행을 꺼리지 않고 감행한 인물에 대해서도 어김없이 작동된다. 위의 장면과 같이 아승이 이전과는 완전히 다른 인물로 탈태하게 된 것도 이러한 연장선상에서 이해해야 할 것이다. 이 점은 작품의 인물 형상이 기존의 애정전기나 애정류 소설에 등장하는 인물과 다름

---

85) 〈삼해지〉(105쪽), "阿勝垂涕而對曰: '因一念之差誤, 受萬人之唾罵, 將不免永墮輪劫之患矣. 伏蒙大師慈悲, 念頭上蓮花, 便爲刺頂之針, 口裡甘露, 忽作醒魂之藥, 自玆以往, 滌髓洗腸, 雖有依歸之心, 帝座佛門, 難以容汚穢之跡. 仍百拜叩頭.'"

을 의미한다. 이러한 특성을 띠는 이유는 재자가인소설에 등장하는 인물군의 특성과 유사한 데서 관련성을 유추해 볼 수 있다.

〈삼해지〉의 경우 작품의 후반부로 진행되면서 애초에 구혼을 갈구했던 아승과 그것을 거부한 여정의 관계가 천상세계에서 다동(茶童)으로 존재하였다가 벌을 받아 적강하게 된 존재로 드러난다. 즉, 서사진행의 핵심 주체는 아승과 여정이었으나 작품 전반에 걸쳐 등장하는 수진이나 순화, 여정과 교교, 그리고 소군과 소청 등의 인물 형상이 결코 아승이나 여정에 비해 뒤지지 않음을 알 수 있다. 이것은 작품을 통해 '조화로움'을 강조하고자 한 작가의 의도가 인물들의 배치나 비중에 있어서도 반영된 결과로 이해된다. 즉, 재자와 가인의 형상을 통해 '조화로움'을 통한 행복한 대단원에 귀결되게끔 서사를 구축함으로써 조선 후기에 유행했던 재자가인소설의 인물 형상이나 서사구조를 일정 정도 수렴하여 작품을 창작하고자 한 의식이 투영된 것이다.

(3) 〈오로봉기〉

〈오로봉기〉는 최근에 발굴, 소개된 작품으로 국립중앙도서관에 소장되어 있다. 총 69면, 26,000여 자, 上·下권 각 8회씩 총 16회로 구성된 한문소설이다. 〈오로봉기〉는 중편 정도의 분량에 장회소설로 구성되어 있고 재자가인(才子佳人)의 남녀 주인공과 일대다의 결연방식, 그리고 적강구조(謫降構造)를 지니고 있는 점에서 전형적인 재자가인소설에 해당되는 작품으로 판단된다.

작품에 대한 선행연구는 차충환과 정지아에 의해 논의된 바 있으나, 대략적인 창작 시기와 애정전기소설로서의 면모, 작품 경개[86] 등 간단한 해제수준의 논의가 이루어졌을 뿐, 구체적인 작품 분석은 본격적으로 진행되지 못했다. 따라서 작품에 대한 작품론을 본격적으로 수행할 필요가 있는데, 이와 관련해서 작품의 성향 가운데 재자가인소설의 측면에 집중해서 고찰해 보고자 한다. 먼저 작품의 서사구조와 인물 형상화 방식을 살펴보고, 이를 바탕으로 남녀 주인공의 결연 양상에 대해 분석하여 〈오로봉기〉가 지닌 재자가인소설적 특징을 분석하고자 한다.

작품의 서두에서 〈오로봉기〉는 전형적인 영웅의 탄생 과정을 보여주면서 첫머리를 시작하고 있다. 주인공의 부모인 황처사(黃處士)와 그의 아내 변씨는 나이 50이 넘도록 자식이 없자, 숭산(嵩山)의 정상에 올라 후사를 청하는 글을 짓고 기도를 드려 이후 자식을 잉태한다. 이후 15달이 지나서 출산의 기미가 보이자 황처사의 꿈에 도인이 나타나 다음과 같은 계시를 한다.

처사가 외당에서 잠깐 잠이 들었는데 눈썹이 길고 머리가 짧고 자칭 남극 노인이라고 하는 한 노옹이 어린 아이를 안고 뜰에 내려와 말하였다. "근래에 오성이 상제에게 죄를 얻어 벌을 받아 잠깐 인간 세계로 유배되었는데 그 중에 하나가 태을로, 바로 이 아이다. 다른 별들 또한 사방에 있어 배필로 정해져 있으니 바라건데 그대는 잘 길러라"라고 하였다. 처사는 아이를 받아들고 기쁜 마음에 홀로 좋아하며 넘어질 듯 방안으로 들어가니, 부인은 곧 아들을 낳았다.[87]

---

86) 차충환, 「〈오로봉기〉 연구」, 『어문연구』 제34권 제3호, 2006년 가을.

87) 〈오로봉기〉(3쪽), "處士在外堂假寢, 有一老翁, 眉長髮短, 自稱南極老人, 抱小兒而, 降于庭曰: "近者, 五星罰罪於上帝, 暫謫於人間, 而其一太乙, 卽此兒也. 其他星亦在四方, 以定配匹, 尊君善養之." 處士奉受之, 欣然而覺心獨喜自負, 顚倒而入, 夫人已

황처사의 꿈에 어린 아이를 안고 남극노인(南極老人)이라는 노옹이 나타나서 태생에 대해 설명해 주는 장면이다. 남극노인은 천상세계의 오성(五星)이 상제에게 죄를 지어 이에 대한 벌로 인간세계에 유배되었는데 그 중의 하나가 바로 이 아이인 태을(太乙)이며 나머지 네 개의 별은 사방으로 흩어져 지상세계에 내려와 있으며 이미 배필로 정해져 있음을 말해 준다. 이를 통해 남주인공인 태을과 나머지 네 명의 여주인공이 작품의 중심인물임을 알 수 있으며, 이들의 결연 과정이 서사의 중심축임을 짐작케 된다.

한편 위의 장면은 〈오로봉기〉가 〈구운몽〉에 직접적인 영향을 받아 창작된 작품임을 보여주기도 한다. 〈오로봉기〉는 남주인공인 황태을이 네 명의 여주인공, 청운학, 현천홍, 백화연, 주계란과 결연을 맺는데, 이는 〈구운몽〉의 남주인공 양소유가 '유영(遊泳)' 과정에서 8선녀와 만나는 결연 양상을 자연스럽게 떠올리게 한다.[88] 전반적인 분위기와 등장인물의 형상이 〈구운몽〉과 유사함을 감지할 수 있으며 서술방식의 문체에 있어서도 결연 과정을 묘사한 문체나 전고를 구사한 대화, 화려한 문체를 사용한 배경묘사 등을 통해 상호 영향 관계를 확인할 수 있다.

이와 함께 〈오로봉기〉에서는 〈숙향전〉과 유사한 면 또한 확인된다. 〈오로봉기〉의 전반부에 황태을이 전란을 통해 부모와 이별하는 장면이 등장하는데 이 부분은 〈숙향전〉의 특정 장면을 차용

生男矣."

88) 하지만 〈구운몽〉의 경우 주인공들의 적강이유가 구체적으로 밝혀져 있는 반면 〈오로봉기〉는 五星이 상제에게 죄를 얻어 인간 세계에 유배되었다고만 할 뿐 적강의 구체적인 이유가 밝혀져 있지 않는 점 등에 있어서는 세부적인 차이점 또한 존재하고 있다.

한 것이다. 이를 통해 〈오로봉기〉가 〈숙향전〉을 독서한 경험이 저변에 깔려 있는 상황에서 창작된 것임을 추정할 수 있다.

이렇듯 〈오로봉기〉는 17세기의 대표적 작품인 〈구운몽〉과 〈숙향전〉을 적극적으로 차용하여 창작에 활용하고 있다. 어떤 측면에서는 전대 소설의 패러디라 할 수 있을 정도로 전대 소설을 염두에 두고 소설을 창작한 경향이 두드러지게 나타나고 있다.[89]

유사한 모티프를 차용한 작품이 수많은 작품들 가운데 하필이면 〈구운몽〉과 〈숙향전〉이었던 이유는 무엇일까? 이는 수많은 이본이 유행될 만큼 엄청난 인기를 끌고 다수의 독자를 확보하고 있었던 두 작품의 성향을 반영하여 두 작품이 지닌 흥미성을 작품 속에 적극 편취하려는 의식이 작용한 결과로 생각된다. 때문에 작품은 어떤 측면에선 짜깁기 소설 또는 아류작 정도로 취급되어 〈오로봉기〉만의 독특한 특징을 드러내지 못한 한계도 아울러 지닌다.

하지만 이 점은 일면 19세기 한문중단편소설이 가진 성격을 보여주는 것이기도 하다. 17세기 애정전기소설이 특유의 미학적 성취를 이뤘음에도 불구하고 대중성에 있어서는 한계에 부닥칠 수밖에 없었던 데 반해 이를 일정 부분 극복해 보려는 시도로 해석되는 측면도 있기 때문이다. 그러므로 〈구운몽〉과 〈숙향전〉의 영향은 이러한 측면에서 긍정적으로 해석될 수 있으며, 이것이 〈오로봉기〉가 20세기 초에 〈오선기봉〉이라는 활자본 소설로 간행될 수 있었던 토대로 작용했던 것이다.

---

89) 이 점은 후술하겠지만 작가가 창작에 있어 대중성을 일정 정도 의식한 측면이 반영된 것으로 이해할 수 있다.

앞서 선행연구에서 〈오로봉기〉를 장르상 애정전기소설로 파악하였다. 물론 애정전기적 성격을 띤 부분이 작품 곳곳에 포진되어 있으며 그렇게 볼 수도 있을 것이다. 하지만 겉으로 보이는 현상만을 가지고 장르를 구분하기는 어려우며, 여러 가지 측면을 종합적으로 고려할 필요가 있다. 게다가 〈오로봉기〉는 애정전기로 보기엔 난감한 문제가 자체에 내장되어 있다. 일대다로 구성된 인물구도의 문제가 그것이다.

〈오로봉기〉는 정작 서사를 이끌어나가는 남녀 주인공의 형상에 있어 상호독점적 지위를 가진 1:1의 결연 관계가 아닌 조화를 추구하는 일대다의 결연 관계로 형성되어 있다. 이는 애정전기와는 관련성을 논하기 어려우며 재자가인소설의 관점에서 접근할 필요가 있음을 시사한다.

재자가인소설은 그동안 조선 후기 소설사에서 장르지표로는 적합지 않은 것으로 여겨져 왔다. 비교적 이른 시기에 중국 재자가인소설인 〈호구전〉이 유입되긴 하였으나 조선 후기 소설에 미친 실제 영향력은 생각보다 크지 않았다. 게다가 〈홍백화전〉을 제외하면 조선 후기 소설 가운데 재자가인소설로 분류할 만한 작품이 거의 없기 때문에[90] 조선 후기 소설사에서 존재 가능성이 희박하다고 생각되었던 것이다. 하지만 앞서 언급한 윤덕희의 〈소설경람자〉 등을 통해 알 수 있듯이 재자가인류 소설이 생각보다 많은 종류가 조선으로 유입되었고, 〈낙동야언〉과 같은 실제 작품이 출

---

90) 엄밀하게 말하면 〈구운몽〉 역시 일대다의 인물결연 양상을 가지고 있으므로 재자가인소설적 성향이 일정 부분 습합된 작품이라 말할 수 있다. 〈구운몽〉과 재자가인소설적 양상에 대해서는 전성운, 「〈九雲夢〉의 창작과 명말 청초 艶情小說: 〈空空幻〉과의 비교를 중심으로」, 『고소설연구』 12, 한국고소설학회, 2001을 참조.

현함에 따라 인식의 전환을 마련할 수 있는 여건이 조성되었다. 〈오로봉기〉는 이런 분위기 속에서 조선 후기 소설사에서 주목할 필요가 있다.

〈오로봉기〉는 무엇보다 남주인공인 황태을과 네 명의 여주인공인 청운학, 현천홍, 백화연, 주계란의 일대다의 결연 양상에 방점이 찍혀있다. 남녀 주인공의 성격도 세심히 살펴보면 서사를 이끌어나가는 주체적인 양상이 황태을보다 네 명의 여주인공에게 더 부여되어 있다. 그렇다면 남녀 주인공의 성격을 구체적으로 살펴보는 것에서 논의를 시작할 필요가 있다.

먼저 남주인공 황태을의 형상을 살펴보면 소설에 등장하는 전형적인 재자의 형상으로 존재한다.

태을은 본성이 총명이 뛰어나고 지식과 계책이 남보다 월등히 뛰어나 심오하여 잘 알기 어려운 법문도 한번 보면 곧 해석하였다. 육도삼략, 천문, 지리를 자연히 알아 깨우쳐 교령을 기다리지 않았다. 적장이 또 경학을 익히기를 권하므로 태을이 부득이 섭렵하여서, 사에다 이미 표점을 찍고 제자백가의 말과 고금의 시서의 문장들을 모아 정통하지 않음이 없었다. 문장이 예리하고 필세가 견고하여 한당의 선비로 하여금 물러서게 할 만 하였다. 사람들이 모두 이로써 기이하게 여기고 장상이 될 아이라고 매번 지목하였다.[91]

---

91) 〈오로봉기〉(9쪽), "太乙本以聰明絶類, 智計殊人, 凡當秘密, 一覽輒解. 六韜三略, 天文地理, 自然知覺, 不待敎令. 賊將又勸講經術, 太乙不得已涉獵書史, 皆已點會, 凡諸子百家言古今詩書之文. 無不精通, 詞鋒之銳, 筆勢之確, 足令漢唐之士退步也. 人皆以是異之, 每目之以將相兒矣."

위의 예문을 통해 확인할 수 있듯이 남주인공 황태을은 시서예악(詩書禮樂)을 기본적으로 갖추고 모든 이치에 통달한 전형적인 재자의 모습을 보여준다. 거의 패턴화된 형상이나 마찬가지인데 문제는 이런 인물이 고난을 겪는 과정이 어떻게 그려지는가에 달려 있다. 작품 속에서 황태을은 난리통에 부모와 헤어져 홀로 고난의 길을 걸어가야만 하는 고독한 삶의 행로를 맞이하게 되나, 이를 갖은 고생 끝에 이겨내고 결국 다시 부모와 해후(邂逅)하는 인물로 그려진다.

그런데 특이한 점은 본인에게 주어진 고난은 훗날의 성공을 예고하는 시련으로 주어진 것인데 이를 극복하는 과정에서 본인 스스로가 주체가 되어 이를 해결해 나가지 않는다. 신이한 능력을 지닌 도사나 운명적인 조력자가 등장하여 주인공을 적극적으로 도와주고 문제를 해결해 나가는 것이다. 정작 주인공은 이를 수동적으로 받아들이는 인물로 그려진다. 어떤 측면에서는 작품 속에서 비중이 오히려 여주인공들에 비해 덜한 것처럼 비쳐질 정도이다.

반면 네 명의 여주인공 청운학, 현천홍, 백화연, 주계란은 재자에 필적하는 가인으로 등장한다. 이들 여주인공은 당연히 미모와 재색을 겸비한 인물로 남주인공 황태을과 동등한 비중의 역할을 담당한다. 특히 〈오로봉기〉의 네 명의 여주인공은 작품 내에서 문재의 측면을 과시하고 있다. 이 점은 주로 시를 통해 드러나는데 작품에 삽입된 14수의 시 가운데, 숭산도사와 견우노인의 시를 제외한 나머지 12수를 남녀 주인공이 지었고, 황태을의 시 2수를 제외한 나머지 시는 전부 여주인공들이 짓고 있다.

서로 만나고 헤어짐은 순간일 뿐이니,　　　　　相遇相離在頃俄,

물과 같이 흘러가는 나그네 마음 어이할꼬	客心如水奈流何.
만월 규방 속에서 밝은 빛을 잃어버리니	閨藏滿月淸輝減,
새로운 꽃 길가에 구를수록 好事多魔라네.	路轉新花好事多.

삼정동 가에서 제비가 은은하게 춤을 추고,	三井洞深迷鷰舞,
구우궁 가까운 곳에서 난새가 취해 노래하네.	九牛宮近醉鸞歌.
가련하다, 4년 후 다시 만날 날엔	可憐四載重逢日,
두 촛불이 은은히 고운 비단을 비추리.	雙燭依依照綺羅.[92]

위의 시는 현천홍이 황태을과 이별하는 장면에서 지은 칠언절
구 2수이다. 특히 두 번째 수는 태을의 앞일을 예견한 것으로 이후
전개될 내용을 암시하는 역할을 하고 있다. 이처럼 작시 능력이
출중한 가인의 면모뿐만 아니라, 예지력(叡智力) 또한 갖추고 있는
가인의 형상이 두드러지게 나타난다.

〈오로봉기〉는 재자와 가인으로 구성된 한 명의 남자주인공과
네 명의 여자주인공이 서사를 이끌어나간다. 남주인공 황태을이
네 명의 여주인공을 차례로 만나 인연을 맺는 편력구조를 가지고
있으며 이들의 도움으로 인해 우여곡절을 극복하고 장원급제 후
혼인을 하여 행복한 결말로 마감되는 구조를 가진다. 특히 이들의
만남은 운명적으로 연결되는데 찰나의 순간으로 교감이 통하지만
혼인은 쉽게 이뤄지지 않다가 남주인공이 과거에 급제한 이후 여인
들을 다시 만나 황제의 명에 의해 결연을 완수하고 벼슬에서 물러
나 오로봉에서 지내며 90세가 되자 선화하는 것으로 마무리된다.

---

92) 〈오로봉기〉, 19쪽.

〈오로봉기〉는 여러 가지 정황상 재자가인소설의 전형적인 특징을 가지고 있다. 대표적인 점은 주인공들의 결연이 1:1의 관계가 아닌 일대다의 관계로 구성된 것이다. 그리고 남주인공이 여러 명의 아내를 동시에 거느리고 있는 것에 대해 아내들이 투기하는 모습을 보이지 않고 순응하는 모습을 보인다.

하루는 공주가 부인에게 말하길 "우리들은 네 사람의 일이 서로 같으나 같지 않은 것이 하나가 있네". 부인이 말하길 "같은 것은 어떤 일이며, 같지 않은 것은 어떤 일입니까?" 공주가 말하길 "보통 사람들은 한 집안 안에서 영고성쇠가 각기 다르나 우리들은 본래 사방에서 와서 고락을 나누었으므로 이것은 운명이 같은 것이네. 보통 사람들은 비록 동기지간에 다투고 성내는 것이 있지만 우리들은 십 년을 모여 살았어도 싫어하며 시기함이 없었으니, 이것은 뜻이 서로 같은 것이라네. 사람이 태어나서 때론 빠르고 때론 늦어서 세상에 드물게 슬픔이 있으나 우리는 태어난 것이 똑 같아서 위아래가 없으니 이것은 나이가 서로 같은 것이라네. 사람이 태어나서 혹 아름답고 혹 추하여 前魚의 울음이 있으나 우리는 함께 한 사람을 섬겨서 은혜에 후하고 박함이 없으니 이것은 외모가 서로 같은 것이라네. 우리는 이 네 가지는 같으나 같지 않은 것이 있으니 저 두 숙인이 손님과 주인의 예를 굳게 지키는 것이네. 낮은 신분을 굳게 지켜 정이 붕우와 같으나 붕우의 즐거움은 없고 정이 자매와 같으나 자매의 칭호가 없으니 이것이 나의 한이라네." 또 두 숙인에게 말하길 "원컨대 숙인들은 신분의 예에 구애되지 말고 칭호를 함께 하도록 하세." 두 숙인이 분주하게 삼가 사례하였다. 이때부터 두 사람은 비록 감히 붕우로써 하지 않고 자매로써 대하여 친하고 사랑하는 정이 전과 비교하여 더욱 가까워졌다.[93]

위의 예문을 통해 확인할 수 있듯이 재자가인소설은 다처 사이의 조화로움과 화락을 강조하는 것에 특징이 있다. 이는 애정전기와 구별되는 핵심적인 요소이며 이를 통해 개인의 입신과 가문의 안정이 동시에 구현되는 양상을 보여준다. 이 점은 남성사대부의 욕망이 극도로 증폭되어 서사화된 로망의 다른 표현이 아닌가 생각되는 지점이기도 하다. 구국의 영웅이 되어 개인의 성공을 성취하고 이를 바탕으로 가문을 부흥시키며, 미모와 재색을 겸비한 현숙한 아내를 다수 보유하게 되는 것. 생각만 해도 즐거운 상상임에 틀림없다. 문제는 발 딛고 서 있는 현실에서는 이뤄지기 힘든 희망 고문이지만 그럴지라도 소설을 통해 구현된 희망과 미래는 남성 사대부에게는 맞이하고 싶은 행복한 결과인 것이다.

뿐만 아니라 작품의 다른 한 축인 여성 주인공의 입장에서도 남성에게 복종과 순응만을 행하는 지고지순한 여인보다는 남성과 대등한 입장에서 그에 못지않은 능력을 가지고 문제가 생겼을 때 남장으로 변장까지 감행하며 갈등을 직접 해소하는 적극적인 모습을 보이는 점에서 여성의 주체성 또한 오롯이 부각되고 있다. 이 점은 특히 여성 독자를 일정 부분 의식한 것에서 고안된 요소로 추정된다.

---

93) 〈오로봉기〉(62~63쪽), "一日, 公主謂夫人曰: '吾輩有四事相同, 而所不得同者, 有一焉.' 夫人曰: '所同者, 何事, 不同者, 何也?' 公主曰: '凡人雖一門之內, 榮枯各異, 而吾輩本四方人來, 分苦樂, 此命相同也. 凡人雖同氣之間, 爭怒或至, 而吾輩群居十年, 了無嫌猜. 此志相同也. 人生或先或後, 有曠世之悲, 而吾輩儕生一歲齒, 不上下. 此年相同也. 人生或娟或醜, 有前魚之泣, 而吾輩共事一人, 恩無厚薄. 此貌相同也. 吾輩有此四同, 而所不得同者, 彼兩淑人, 牢執賓主之禮, 固守尊卑之分, 情踰朋友, 而無朋友之樂, 誼踰娣妹, 而无娣妹之稱, 此爲小妹之恨也.' 又謂兩淑人曰: '願淑人等勿拘分禮, 共同稱號.' 兩淑人僕僕拜謝. 自是兩人, 雖不敢以朋友, 娣妹處之, 昵愛之情, 比前益密矣."

여기에서 한걸음 더 논의를 진척시켜 보면 17세기 이후 한문소설과 국문소설의 관계를 생각해 볼 수 있다. 국문소설이 독서오락물로 대중들에게 큰 인기를 얻기 시작하면서 주류의 위치가 국문소설로 넘어간 이후 대중화의 길을 걸어간 반면, 한문소설의 경우 17세기까지 주류를 차지했던 전기계에서 야담계나 전계 등으로 중심이 넘어가면서, 주류적 위치는 일정 부분 상실할 수밖에 없었다. 17세기 이후 한문소설의 행방은 국문소설의 대중적 요소를 적극 차용하거나 사회적 의식을 표출하던 전통을 지속시키거나 둘 중에 하나를 선택할 수밖에 없었던 것이다.

전자의 경우 군담코드나 남녀 간 애정 관계의 다변화 등을 적극 차용하여 자기 갱신을 도모하기 시작했다. 특히 〈홍백화전〉의 경우 한문, 국문의 이본 총수가 20여 종이 될 정도로 큰 반향을 일으킨 바 있다. 문제는 〈홍백화전〉의 경우 대표적인 재자가인소설에 해당되는 작품인데, 현존하는 이본의 수를 통해 짐작할 수 있듯이 다른 한문소설들에 비해 인기가 많았던 이유 가운데 하나로 이전 전기 계열의 상호독점적 관계에서 탈피하여 일대다의 결연 관계로 주인공들의 인물 형상이 재창조된 것을 주목할 필요가 있다. 이 점은 앞서 이야기한 바 있듯 한문소설이 국문소설의 대중적인 흥미요소를 본격적으로 끌어들여 보여준 지표로 인식해야 하는 측면인 것이다.

이 점은 17세기까지 한문소설의 주류를 차지했던 전기 계열이 지극히 문예취향적이고 개인적인 창작물로 대중성을 크게 고려치 않았던 상황에서 국문소설의 자극으로 인해 자기갱신을 할 수밖에 없었던 시대환경의 변화 아래에 놓이게 되었음을 의미한다. 더 이상 전기 계열로 장르 변화를 담지할 수 없었던 상황을 돌파하려는 시도의 일환으로 이해되는 것이다. 이러한 흐름 속에서 19세기에 존재한 한문소설 작품들을 살펴볼 경우, 17세기 이전까지 한문소설의 전통을 계승한 작품이 그다지 많지 않다는 측면에서 한문소설이 가진 대 사회의식의 표출이 활발하게 전개되지 못했던 이유를 짐작할 수 있다. 때문에 19세기 이후 한문소설은 국문소설의 대중적 요소들을 적극 활용한 〈봉래신설(蓬萊新說)〉, 〈김전전(金詮傳)〉, 〈운향전(雲香傳)〉, 〈한조충효록〉 등이 족출하게 되었다. 19세기 한문소설의 대중성은 이러한 차원에서 이해할 수 있다.

3) 전대 애정전기 서사문법의 계승과 변용

애정전기는 나말여초의 〈최치원〉을 필두로 15세기의 『금오신화』 소재 〈이생규장전(李生窺墻傳)〉, 〈만복사저포기(萬福寺樗蒲記)〉를 통해 지분을 확보한 뒤, 17세기의 명편인 〈주생전〉, 〈운영전〉, 〈최척전〉 등을 통해 정점을 찍고 이후 전계소설과 야담계소설[94]에 주류적 지위를 넘겨준 뒤 18세기의 〈심생전〉[95]을 마지막으로 19세

---

94) 한문 소설사를 전기계, 전계, 야담계 소설로 3분법한 방식은 박희병에 의해 주창된 이후 소설사를 이해하는 기본적인 방법으로 인식되고 있다.

95) 〈심생전〉에 관해서는 일정 부분 논의가 정리된 것 같지만, 필자는 기존 논의와는 견해를 달리하는 부분이 있다. 그에 대해 간단하게 언급한다면 우선 남녀 주인공의 인물성격에 있어 기존의 논의는 적극적인 여성 주인공의 인물상이 부각된 나머지 남주인공인 심생에 대해서는 부정적으로 파악하는 경향이 있으나, 이는 너무 인상적인 분석이 아닌가 생각된다. 기존의 논의에서는 작품 말미에서 심생이 문과를 포기하고 무과로 출장한 모습을 놓치고 있으며, 작품의 평에 있어서도 소설을 포장하기 위한 장치로 보고 있으나 작품을 통해 평자는 남녀 간의 비극적인 사랑에 초점을 맞춘 게 아니라, 과거를 준비하는 남자의 입장에서 좋은 본보기로써 훈계하기에 좋은 주제라는 측면에 더 초점을 맞추었기에 그러한 평을 내렸던 것이 아닌가 생각된다.

기에 들어서면서 역사의 뒤안길로 사라진 장르이다. 조선시대 애정전기소설사를 이해하는 기존의 시각은 이를 바탕으로 한다.

애정전기의 연속성에서 보자면, 이러한 구도가 응당 이해가 되는 것이 사실이긴 하나 내면을 들여다보면 15세기 『금오신화』에서 17세기 애정전기에 이르는 과정에 있어서도 변화의 움직임은 꿈틀대고 있었다. 애정전기의 전반적 흐름에서 보면 같은 장르 계열의 작품일지라도 단순한 계승이나 답습의 형태로만 존재한 것은 아니었다. 우리는 삼각연애의 틀거리를 통해 상호독점적 남녀관계에 균열을 낸 〈주생전〉의 경우와, 동아시아 전반을 무대로 하여 사실적 색채로 무장을 한 〈최척전〉의 예를 통해 알 수 있듯이 애정전기는 끊임없는 전변과 갱신의 흐름이 기저에 관류하고 있었던 것이다. 뿐만 아니라 표기문자의 문제로 아직까지 논란의 중심에 서 있는 〈구운몽〉[96]을 통해서도 애정전기가 끼친 영향을 여실히 감지할 수 있다. 따라서 애정전기 계열은 본격적인 논의의 구도에 들어선 15세기 『금오신화』에서부터 갱신과 전변의 흐름 속에 놓여 있었음을 주지할 필요가 있다.

특히 초기 애정전기에서 환상성의 측면을 담보했던 '기(奇)'의 요소가 17세기에 들어서면서 차츰 소멸되고 그 자리를 '현실성'이 차고 들어가 이후 작품에서 중심축을 이루게 된 점이 중요하다. 이 점은 19세기에 이르기까지 작품을 통해 확인된다는 측면에서 애정전기의 영향력은 19세기까지 지속되었다고 봐야 할 것이다.

---

96) 〈九雲夢〉의 표기문자 문제에 관해서는 최근 구운몽 전문가인 정규복 선생님과 정 길수 교수에 의해 논의가 재 점화된 상태이다. 한편 구운몽에 나타난 전기소설적 경향에 대해서는 정길수, 「傳奇小說의 전통과 〈九雲夢〉」, 『한국한문학연구』 23, 한국한문학회, 1999를 참조.

이러한 인식의 근저에는 19세기의 애정전기소설에 대한 논란을 촉발시킨 〈절화기담〉, 〈포의교집〉, 〈종생전〉,[97] 〈유생전〉, 〈오후강전〉 등의 작품발굴이 깔려있다. 이들은 19세기가 애정전기의 소멸기가 아닌 애정전기의 잔향이 살아 움직이던 시기로 소설사 이해의 시각 전환을 촉구한 유력한 근거로 작용한다. 이는 근대로 넘어가는 시기까지 애정전기가 지속되고 있었음을 보여주는 유력한 텍스트라는 측면에서 주목할 만한 점이기도 하다. 따라서 기존의 시각과는 달리 19세기에도 애정전기의 서사문법에 바탕을 둔 작품이 꾸준히 창작되고 있었으며, 답습이 아닌 변용의 측면이 적절히 가미되어 새로운 창안을 이뤄내고 있음을 주목해야 한다. 때문에 19세기 애정전기 계열의 구도를 새롭게 정립해 보고 이를 바탕으로 19세기 한문소설사에서 애정전기 계열의 사적 위상을 재점검할 필요가 있다.

(1) 전대 애정전기 서사문법에서 현실적 경향의 강화

① '시문교직(詩文交織)'의 서사문법에 반영된 현실적 인과성
　　: 〈포의교집〉
〈포의교집〉은 〈절화기담〉과 같이 19세기 서울의 인정세태를 반

---

97) 〈宗生傳〉의 경우, 창작시기를 명확하게 구분하기 어려운 상황이다. 창작연대를 추정할 수 있는 필사기 등이 없기 때문에 대략적인 추정밖에 할 수 없다. 때문에 류준경 교수의 경우 창작시기를 18~19세기라고 비교적 넓게 잡고 있으나, 필자가 보기에 작품의 성향은 19세기 소설과의 연장선상에서 논의하는 것이 소설사적 위상을 부여하기에 적합하다는 생각이다. 따라서 일단 19세기 작품으로 비정하고 논의를 진행하고자 한다. 〈宗生傳〉에 대한 여타 부분들은 류준경, 「미발표 한문소설 〈宗生傳〉에 대하여: 전기소설적 특성을 중심으로」, 『한국한문학연구』 40, 한국한문학회, 2007을 참조.

영한 작품이라는 공통점을 가지고 있으나 작품이 가진 무게감은
다르다. 때문에 19세기 서울이라는 동일한 시공간을 소재로 삼은
작품임에도 불구하고 〈포의교집〉은 〈절화기담〉에 비해 짧은 기간
동안 상대적으로 많은 논의가 이루어졌다. 〈포의교집〉에 대한 연
구사가 필요할 정도로 그동안 다양한 논의가 제시된 바 있는데,
그럼에도 불구하고 미진한 점은 여전히 남아 있다. 그 가운데 장르
와 관련된 문제를 좀 더 집중할 필요가 있다.

〈포의교집〉은 기본적으로 18세기 〈심생전〉 이후 거의 맥이 끊
긴 것으로 보였던 애정전기의 서사문법을 적극 계승한 작품98)으
로 소설사적 위상이 부여된 작품이다. 기존 논의에서도 이 점을
주목하였는데 그 이유는 19세기라는 시대적 상황과 애정전기라는
장르적 문제가 언뜻 보기에 서로 엇박을 내는 것처럼 보이기 때문
이다.

전기(傳奇)라는 장르는 애정문제를 다루면서도 시공간과 현세와
내세를 초극하는 '기이함'을 내장하고 있다. 초기 전기의 경우 '기'
의 측면이 상대적으로 많이 강조되었고 중요한 요소로 작용하였
다. 문제는 초기 전기가 아닌 19세기라는 근대로 접어드는 시기에
'기'의 부면이 강조되는 전기란 장르의 존재문제는 시대와 관련지
어 봤을 때 그다지 어울리는 그림은 아니란 점이다. 따라서 19세기
에 애정전기의 창작은 소설사의 구도와 맞아떨어지지 않는 것으
로 생각하는 분위기가 여전히 우세하다.

하지만 〈포의교집〉은 전대 애정전기와 유사한 성향을 가지고

---

98) 〈포의교집〉이 지닌 문체나 서사적 특성에 있어 전대 애정전기의 서사적 특징을
    계승하고 있는 측면에 관해서는 한의숭, 「〈布衣交集〉의 문체와 서사적 특징」,
    『어문론총』 40, 한국어문연구회, 2004를 참조.

있으면서도 전대와 변별되는 측면 또한 확연하기 때문에 19세기에 창작된 그 어떤 작품보다 애정전기와의 연관성을 떠올리게 한다. 그래서 장르관련 논의는 애정전기의 계승이냐 애정소설의 변형태냐 하는 장르성격과 관련하여 진행되었다. 그에 따른 논란이 분분하긴 하나 대체적으로 〈포의교집〉은 애정전기 서사문법의 자장 안에서 창작된 작품으로 인정되고 있다.

그런데 애정전기 서사문법의 자장 안에 들어 있음에도 불구하고 전대 애정전기와 완전히 같다고 할 수 없는 점에서 변용의 양상을 주목하게 된다. 특히 사실성에 기반을 둔 서술 양상이 작품 전반을 감싸고 있다는 점에서 그러하다. 이는 서사구조나 배경 혹은 인물 형상 등 특정 부분에 국한된 문제가 아니라 작품 전반을 관통하고 있는 핵심적 서사방식으로 주목된다. 이는 작품의 서사방식이 사실적 성향을 추구하고 있으며 작품 곳곳에서 이러한 지향이 포진된 것에서 확인된다.

먼저 인물 형상을 살펴보면 한눈에 들어오는 인물이 바로 여주인공인 '초옥'이다. '초옥'은 얼핏 보면 신분과 그에 따른 행동이 상호괴리로 점철된 인물로 보인다. 왜냐하면 양가집 출신의 여성이 아닌 남편이 있는 유부녀로, 그럼에도 불구하고 자아가 확고하고 신념이 투철한 여성으로 등장한다. 행동 또한 철저히 본인의 의지에 따를 뿐, 주위의 시선이나 세상의 관념 따위는 고려하지 않는 인물이다. 이런 측면에서 보면 상당히 주체 대상과 행동 사이의 괴리가 눈에 띠는 문제적 인물인 것이다.

그런데 이런 인물이 사실적으로 다가오는 이유는 무엇일까? 그것은 괴리에 주목할 게 아니라 인물의 내면에서 추구하는 욕구와 그것에서 비롯된 행동을 총체적으로 해석할 필요가 있음을 뜻한다. '초옥'의 욕망은 나를 알아주는 지기(知己)에 대한 욕구에서 태생된 것이다. 그것을 해소하는 방식이 바로 지기를 찾는 것이었고, 그 대상으로 눈에 들어온 인물이 바로 이생이었다. 이때 이생이 과연 그런 대상이 될 만한 존재이냐 아니냐는 후순위로 밀려난다. 당장 필요한 것은 그런 대상의 존재 그 자체이기 때문이다. 따라서 그런 대상을 찾게 되자 '초옥'은 앞뒤 가리지 않고 욕망의 달성을 위해 달려 나갈 뿐, 뒤돌아보지 않고 자신의 선택을 완성하기 위해 최선을 다한다. 하지만 지기의 대상인 이생과 서로 다른 생각을 하고 있었음을 확인하게 되면서 '초옥'은 본인의 욕망을 접고 현실에 순응하게 된다.

이런 '초옥'의 일련의 행위는 자신의 처지를 극복하고자 노력한 19세기 여성의 자의식의 발로로 이해된다. 문제는 이것이 충분히 그럴 수 있다는 보편적 공감을 불러일으킨다는 점이다. 공감을 일으키는 핵심은 황당하거나 허황하게 비쳐지지 않는다는 것인데, 이는 사실적이고 현실적인 감각에 서 있는 서술방식이 이를 뒷받침하고 있기 때문에 가능했던 것으로 판단된다.

작품 전반에 걸쳐 사실적이고 현실적인 인과성에 대한 고려는 곳곳에서 발견된다. 물론 작품이 실제 있었던 이야기를 바탕으로 지어졌을 가능성[99]이 높기 때문에 그러한 것이겠으나 당시 소설사의 흐름이 사실성에 바탕을 둔 창작에 일정 부분 호응하고 있었던 것에서도 그 일단을 짐작할 수 있다.

작품 속에서 19세기 서울의 시공간과 역사적 사실을 바탕으로

---

[99] 작품 속의 등장인물 가운데 민참봉이라는 인물은 여흥 민씨 족보를 살펴본 결과 당시에 실존했던 인물임을 찾을 수가 있었다. 이에 대해서는 한의숭, 「〈포의교집〉 연구」, 경북대학교 석사논문, 2001, 각주 99) 참조.

한 구체적인 설정은 이를 여실히 보여주며, 서사전개에서도 현실적 인과성에 대한 고려 또한 확인할 수 있다. 대표적인 것이 작품 속에 삽입된 한시의 역할이다.

일반적으로 애정전기 서사문법의 핵심으로 서정(敍情)과 서사(敍事)의 결합을 들 수 있는데, '시문교직(詩文交織)'으로 일컬어지는 서사방식이 대표적이다. 〈포의교집〉의 경우 이것을 전형적으로 계승하고 있는데 19세기의 다른 작품들과 달리 삽입시(揷入詩)가 다수 들어가 있는 것에서 확인할 수 있다. 단적이긴 하나 이것 역시 전대 애정전기전통의 영향으로 볼 수 있다. 문제는 삽입시의 역할에 있다.

일반적으로 삽입시의 경우 시를 주고받는 방식을 통해 남녀 주인공의 심리상태를 표현하는 매개체 역할을 주로 담당하였다. 때문에 삽입시는 서정의 중심축을 담당하였으며 초기 소설에서는 시소설(詩小說)이라 불릴 만큼 위세를 떨치기도 하였다. 게다가 초기전기의 경우 사소설적인 측면이 강했기 때문에 시라고 하는 것이 창작자의 내면과 그가 지닌 시문창작 능력을 대변해 주는 확실한 지표로 작용하기도 하였다.

〈포의교집〉은 이런 역할을 하는 한시가 작품 속에 다수 삽입되어 있다. 19세기 작품 가운데 이 정도로 많은 시가 삽입된 경우는 〈포의교집〉이 거의 유일하다고 할 수 있을 정도다. 작품 속에는 남주인공인 이생이 지은 시 5수, 여주인공인 양파가 지은 시 10수가 삽입되어 있다. 주로 남녀 주인공이 자신의 속내를 표현하는 중요한 도구로 활용되고 있는데, 삽입시가 전대 삽입시와는 성격을 달리하고 있는 점에서 주목을 요한다.

전대 삽입시의 경우 특히 초기 전기에서는 자신의 능력을 과시하는 일종의 수단이었으며 작가가 작중 인물을 통해 자신의 시작 능력을 보여주는 통로로 활용되곤 하였다. 하지만 〈포의교집〉에 수록된 한시는 작가의 순수 창작물이 아닌 차용의 방식이 활용되고 있어 특이하다. 이는 여주인공인 초옥이 읊은 시에서 확인할 수 있는데 초옥은 어릴 때 한문을 학습하던 당시 읽었던 책에 수록된 작품을 직접 인용하고 있다. 그런데 인용된 한시가 바로 난설헌 시[100]란 점에서 흥미롭다. 아래에 인용된 초옥의 발화에서 이 점을 확인할 수 있다.

양파가 말하길 "제가 어렸을 적에 남녕위댁에서 별가를 모시고 있었는데, 여중시인으로 하례받던 분으로 저에게 재주가 있다고 말씀하시며 가르치기를 게을리 하지 않으셨습니다. 때문에 저는 『通史』와 『詩傳』·『孝經』·『古文』 등의 책들을 읽었고 고시 또한 종종 읽어 우리나라의 『난설헌집』은 입에 익숙하기가 지금에 이르렀습니다.[101]

위의 발언은 이생이 양파(초옥)의 작시 능력에 감탄한 나머지 평소 공부가 어느 정도 이뤄졌었던가를 물어본 것에 대한 양파의 대답이다. 작품 속에서 양파의 신분은 속량된 아녀자로 등장한다.

---

100) 기존 연구에서는 詩文交織의 서사방식에만 집중한 나머지 시의 인용 문제에 관해서는 크게 신경 쓰지 않았던 측면이 있다. 때문에 〈포의교집〉을 譯註한 책에서도 이들 시에 관해서는 난설헌 시인지 주석에서 밝히지 못했다. 최근 하성란에 의해 〈포의교집〉에 실린 삽입시의 난설헌 시와의 관련 양상이 연구된 바 있다. 하성란, 「〈포의교집〉의 삽입시 연구」, 『한국문학연구』 38, 동국대 한국문학연구소, 2010 참조.

101) 〈포의교집〉(221쪽), "楊婆曰: '妾幼時, 侍於南寧(尉)宅別駕, 駕以女中詩人, 謂妾有才, 敎之不怠. 妾是以『通史』及『詩傳』·『孝經』·『古文』等書, 無不誦傳, 古詩亦往往持論, 而我國『蘭雪軒集』, 至于今口習耳'."

즉, 상층의 부녀자가 아님에도 양반인 이생이 본인의 실력에 위축을 느낄 만큼 숙련된 방식으로 작시 능력을 자유자재로 발휘하고 있다. 하지만 양파의 시작능력은 양파 자신의 실제창작물이 아니라 본인이 어렸을 때부터 입에 익숙하게 외웠던 『난설헌집(蘭雪軒集)』의 시를 본인의 현재처지와 심리상황에 맞게 적절하게 인용한 것이라는 점이다.

작품 전편에 걸쳐 난설헌 시가 인용된 장면을 살펴보면, 먼저 이생이 아랫사람들에게 양반으로써의 기상을 보이자 이에 반한 양파가 자신의 마음을 표현하고자 지은 오언고시(五言古詩) 2수, 이생이 과거공부 차 사찰에 올라가자 행낭 속에 보낸 오언 2수, 이생이 과거낙방 후 낙향했다가 다시 서울에 올라오자 양파가 중약 몰래 보낸 오언고시 1수, 마지막으로 이생이 남한총섭으로 임명된 후 우연히 길가에서 당파를 만나 양파에게 시를 보내고 이에 대한 답으로 받은 오언율시(五言律詩) 1수 등이 바로 난설헌의 시를 인용한 것에 해당된다. 이 가운데 대표적인 예를 들어보면 아래와 같다.

(第一首)

길 떠난 뒤 소식마저 끊어지니	關河音信斷,
근심의 실마리를 풀 길이 없네	端憂不可釋.
저 멀리 청련암만 바라보니	遙想靑蓮菴,
빈 산엔 달빛만이 감겨 있을 뿐	山空蘿月白.

(第二首)

| 경대 속의 난새는 늙어만 가고 | 鏡匣鸞將老, |
| 꽃동산 나비는 이미 가을이네 | 花園蝶已秋. |

하루 저녁 비단 사창을 닫았으니   一夕紗窓閉,
옛날에 놀던 추억을 어찌 견딜까   那堪憶舊遊.[102]

위의 시는 이생이 과거공부 차 사찰에 올라가 있을 당시 양파가 보내온 물품 가운데 들어 있었던 것으로 첫 번째 수는 『난설헌집』에 〈기하곡(寄荷谷)〉이란 제목의 5언고시 가운데 한 부분을 고스란히 절취한 것이며, 두 번째 수는 〈기여반(寄女伴)〉이라는 5언율시를 고스란히 따온 것이다. 문제는 난설헌시의 차용[103]이라는 것이 단순히 시를 인용하는 차원에서 그치는 것이 아니라, 작품 속에 일관되게 작용된 사실성의 측면을 주인공의 발화를 통한 한시의 삽입을 통해서도 전면적으로 구현하고 있다는 점이다.

전대 애정전기에서 작가의 능력을 발신하는 도구로 사용되었던 삽입시가 〈포의교집〉에서는 창작이 아닌 차용의 형태로 작품 속에 활용되는 점이 전대와 구분된다. 이는 작품을 창작한 작가의 작시 능력이 뛰어나지 않음을 반증하는 것이기도 하다. 하지만 〈포의교집〉의 경우 작품 전편을 관류하는 현실적 인과성에 대한 고려가 전일하게 반영되어 있음을 한시 삽입을 통해서 아울러 확인할 수 있다.

② '자살(自殺)'과 '송사(訟事)' 등의 현실적 모티브를 통한 현실성 강화: 〈종생전〉

〈종생전〉은 18세기 말에서 19세기 초에 걸쳐 창작된 것으로 판

---

102) 〈포의교집〉, 227쪽.
103) 〈포의교집〉에 삽입된 한시의 난설헌 시 차용 양상에 대해서는 하성란에 의해 지적된 바 있다. 하성란, 앞의 논문 참조.

224

단되는데 전대 애정전기가 지닌 현실성이 적극적으로 반영되어 있으며 전대 애정전기와의 친연성도 뚜렷이 확인되는 작품이다. 일단 남녀 주인공의 형상에 있어 계승 양상이 명징하게 나타난다. 남주인공은 나이 마흔이 되도록 장가가지 못한 노총각으로 설정되어 있다. 노총각이 되는 과정에서 주인공이 행한 것은 단지 공명을 이루기 위해 공부하라는 아버지의 명을 따른 것뿐이다. 그런데 결과는 공명은커녕 장가도 가지 못한 신세로 전락하고 만 것이다. 불우한 남주인공의 형상이 선명하게 드러나 있다. 문제는 그 형상이 단순히 우연에 의한 것으로 처리하기엔 주위에서 있을 법한 형상으로 그려졌다는 점에서 접근방식이 다름을 알 수 있다.

다시 말하면, 부모의 가르침을 충실히 따르는 효자이긴 하나 자아의지가 부족한 형상으로 등장하는 것이다. 때문에 공명을 이루는 데 실패하자 잉여인간의 형태로 그날그날 살아가기만 한다. 이런 유형의 인간에게 여러 조건을 두루 갖춘 여주인공이 나타났으니 정욕이 꿈틀대는 것은 일면 당연한 것일 수밖에 없다. 게다가 만날 기회마저 주어지니 꿈에서나 그려보던 절호의 찬스를 맞이하게 된 것이다. 특히, 이 대목의 서사는 〈주생전〉과 〈가운화환혼기〉의 모티프를 전면적으로 차용하고 있다. 이는 애정전기의 적통을 계승하고 있음을 스스로 선언하는 것이나 다름없다. 뿐만 아니라 남녀 결연에 있어서도 여주인공이 주도적으로 역할을 수행하고 있는 점에서 18~19세기 애정전기 계열에서 주로 보이는 패턴과 유사함을 확인할 수 있다.

문제는 이후 만남의 과정이 인정되느냐의 부분인데, 이들의 만남은 당연히 공인받지 못하는 과정을 겪게 된다. 따라서 이를 어떻게 극복해 나갈 것인가 하는 점에 관심을 기울일 수밖에 없는데 작품에서는 '임신'이라는 사실적이고 극단적인 모티프를 끌어와 서사를 이끌어 나간다. 남녀 주인공의 관계를 만천하에 공개하고 둘 사이의 관계를 공인받기 위해 꺼내든 결정적 카드인 것이다.

사실 애정전기에서 '임신'의 문제는 전면으로 등장한 경우가 거의 없었다. 이전 시기 작품인 〈정생전〉104)에서 문제가 된 적이 있을 뿐, 전면에 등장한 적이 없는 생소한 화소이나. 사실 전기소설에 등장하는 남녀 결연에 있어서 중요한 것은 '운우지정(雲雨之情)'의 과정이었지, '운우지정'의 결과는 항상 논외였으며 애초에 생각할 여지나 그럴 필요가 없었다. 그런데 이게 남녀 결연을 갈라놓는 중요한 화소로 등장하고 있다.

> 얼마 지나지 않아, 향랑이 아기를 가지게 되자, 그 아버지가 말하길 "사람 이 드나들지도 않았는데 자식이 생기게 된 것은 필시 이러한 이치가 없었다. 네가 이미 몸을 더럽혔으니 부모를 욕보인 것이고 집안에 누를 끼친 것이다. 여자가 이미 깨끗하지 않으니 비록 죽을지라도 무엇이 애석하겠느냐?"라 하고는 깊은 방에 가둬놓고 음식을 주지 않으니 동생이 몰래 죽을 끓여 작은 접시에 담아 창틈 사이로 그것을 넣어주었으나 향랑은 슬프고 원통한 까닭에 한 모금도 마시지 않았다.105)

---

104) 〈정생전〉에 나타난 '임신'의 문제는 〈종생전〉의 경우와는 그 결을 달리하고 있는데, 문제의 발단으로 작용하긴 하나 파괴력이 그다지 크다고 여겨지지는 않는다. 게다가 '임신' 그 자체가 중요한 문제이기보다는 이후에 주인공과 아버지가 갈등을 겪고 화해하는 매개로 작용한다는 데서 의미가 있을 뿐이다. 때문에 〈종생전〉만큼이나 그 위상이 강하게 부각되지는 않는다. 〈정생전〉에 관해서는 권도경, 「丁生傳」의 서사구조적 특징과 18세기 전기소설적 의미」, 『민족문학사연구』18, 민족문학사연구소, 2001; 이경미, 「〈丁生傳〉에 나타난 人物形象 연구」, 『문학과언어』26, 문학과언어학회, 2004; 강화랑, 「〈丁生傳〉서술방식과 작가의식」, 경북대학교 석사논문, 2007 등의 논의를 참조.

향랑이 애를 가지게 되자 아버지는 가문에 욕을 보인 딸자식을 인정하지 않고 굶겨 죽이려 한다. 아버지의 입장에서는 가문의 명예가 훨씬 더 중요한 가치였기 때문에 취할 수밖에 없는 당연한 행동이었다. 전대 소설에서는 잘 찾아보기 힘든 장면으로 일반적으로 늑혼이 발생할 경우 맞서 상대하기 힘든 거대한 힘의 세력이 적대자로 등장하는 게 보통이다. 뿐만 아니라 구체적 세력이 아닐 경우 신분제와 같은 사회제도가 절대적인 힘으로 등장하는 게 대부분이다. 위와 같이 남녀가 결연을 완성한 이후 상호독점적 관계가 형성되어 장애세력에 대항해 맞서 싸우고자 하는 의지가 표출될 뿐 결연 이후의 결과가 오히려 결연을 방해하는 문제로 떠오르진 않았던 것이다.

그런데 남녀 결연의 결과인 '임신'이 오히려 결연의 완성이 아닌 결연의 파탄으로 치닫게 만든 핵심적 요소로 등장한다는 점에서 파격적이기까지 하다. 게다가 둘 사이를 어떻게 해서든 갈라놓기 위해 향랑의 부친은 '소송'이라는 극단적인 방법을 취하기까지 한다. 작품의 문제성은 임신이라는 화소를 통해 결연갈등이 비롯된다는 사실적인 문제와 함께 해결방식 또한 소송이라는 쉽게 보기 힘든 사실적인 상황으로 진행되어 여타 작품과 결을 달리한다는 데 있다.

작품이 담지하고 있는 사실성의 무게를 일정 부분 짐작케 하는 점으로 이후 관에서 소송판결이 나고 남녀 주인공은 서로 헤어지게 되는 결말로 마무리 된다. 문제는 작품 속에서 우연과 환상이라

---

105) 〈종생전〉(418쪽), "未幾香娘有娠, 其父曰: '無人道而生子, 必無是理. 汝旣汚其身, 又辱父母, 又累宗族. 女也不爽, 雖死何惜.' 乃幽諸奧室, 絶不飮食, 少弟潛爲糜粥, 盛以小盞, 納諸窓罅而與之, 香娘以悲怨之故, 不肯一啜也."

는 요소는 애초에 적용시켜 보려는 의도가 전혀 드러나지 않으며 오로지 주변에서 목도할 수 있는 그리고 지극히 삶의 모습과 밀착된 화소를 등장시킴으로써 사실성을 강화한 형태로 창작한 의도가 무엇인가 하는 점이다.

이에 대해서는 19세기 한문소설이 지닌 패턴의 경향성을 한번 고려할 필요가 있을 것으로 생각된다. 왜냐하면 현실적이고 사실적인 성향이 강화되는 현상은 17세기 이후 소설사의 주된 흐름이었다. 그런데 이것이 19세기에 들어서는 극한의 양태를 보여주는 방향으로 선회하는 것처럼 보인다. 앞서 〈포의교집〉의 예를 통해서도 확인되듯이 사실성의 고양과 강화는 있는 그대로를 보여주려 한 점에서 당대의 사회상과 인정세태 양상을 돋보기를 통해 들여다보듯 꼼꼼하고 세밀하게 진단하고자 한 것으로 이해된다. 혼란하고 불안정한 시대상의 변화 속에서 있는 그대로의 구현을 통해 생의 의미를 규정해 보려는 당대 인간의 내면모습을 반영하고자 한 것으로 해석할 수 있기 때문이다. 이런 측면에서 〈종생전〉의 존재가치는 19세기 소설사에서 새로운 위상을 부여받을 필요가 있는 작품으로 판단된다.

(2) 애정담과 군담의 결합을 통한 서사의 통속성 고양

① '트릭'의 결연방식과 군담화소의 결합: 〈오후강전〉

〈오후강전〉은 애정전기와 영웅군담의 요소가 적절히 결합된 작품으로 창작의식과 관련해 논의할 점이 많은 작품이다. 특히 전기적 성향을 띤 인물 형상과 그 인물의 활약상을 담은 영웅군담의 결합은 19세기 한문소설이 전대의 전통을 일정 부분 계승하면서 당대 유행하던 국문 영웅소설의 성향 또한 반영하려는 의도가 엿보인다. 〈오후강전〉은 간단한 해제 논문 1편106)과 19세기 한문소설의 경향과 관련하여 부분적으로 언급한 논의107)가 있을 뿐 애정과 군담의 결합방식이 어떤 의미를 가지는지에 관해 구체적인 논의는 진행된 바 없다. 따라서 이에 대한 구체적인 분석이 선행될 필요가 있다.

먼저 작품과 관련된 간단한 서지사항을 살펴보면 〈오후강전〉은 경북대학교 영남문화연구원과 영남대학교 민족문화연구소에서 공동으로 발주한 2005년 일반동산문화재 다량소장처 실태조사 과정에서 발굴된 한문소설로 총 26면에 면당 16행 38자, 대략 16,000여 자 정도의 중편소설에 해당된다. 여주인공인 오후강(吳後姜)과 남주인공인 김해갑(金海甲), 그리고 남녀 결연의 조력자인 계월(桂月), 이택(李擇), 산인(山人), 악인형 인물인 장복평(長復平) 등이 작품의 서사를 이끌어나가는 핵심 인물로 등장한다. 작품의 창작 시기는 작품 말미에 "융희사년경술춘 이월초파일(隆熙四年庚戌春, 二月初八日)"이라는 필사기를 통해 20세기 초로 추정되나 19세기 소설사와 관련이 되므로 19세기 소설에 편입시켜 논의하고자 한다. 왜냐하면 작가가 누구인지 모르는 상황이기 때문에 작품말미의 기록이 필사기인지 창작 시기인지 정확하게 판단하기 어렵기 때문이다. 하지만 동일한 시기에 창작된 작품인 〈일석화〉, 〈유생전〉 등의 기록을 통해서 유추해 본다면 〈오후강전〉의 작품 말미의 기록은 필사기일 가능성이 높다. 따라서 〈오후강전〉은 20세기 초에 창작

---

106) 정병호, 「〈吳後姜傳〉 解題 및 原文 標點」, 『대동한문학』 32, 대동한문학회, 2010.
107) 한의숭, 「19세기 한문소설에 나타난 '충·효·열'의 구현양상 연구」, 『한국어문학연구』 55, 한국어문학연구학회, 2010.

되었으나, 작품에 대한 논의는 19세기 소설사의 맥락과 연관지어 이해하는 게 온당하다고 생각된다.

〈주생전〉이 16세기 말에 창작된 것으로 추정되나 소설사에서는 17세기의 대표적인 작품으로 논의하는 것과 같은 맥락으로 이해할 수 있다. 〈오후강전〉의 경우 19세기 한문소설의 핵심적 지표인 애정류와 영웅류의 모티프를 적극적으로 서사문법에 활용하고 있기 때문에 19세기 소설사와의 관계를 중심으로 논의할 필요가 있는 것이다.

그러나 이와 별도로 핵심적인 문제는 작품을 창작한 작가의 창작의식을 고구하는 것이다. 이에 대한 실마리는 작품 말미에 논평 형식으로 기록된 작가의 총평을 통해 일정 부분 추정해 볼 수 있을 것으로 판단된다. 본론에서 이 점을 구체적으로 살펴보도록 하고 먼저 작품의 전반적인 서사분절을 제시해 본다.

- 송나라 고종 때 동평장사 김만련은 나이가 들어 관직에서 물러나 전당에 자리잡고 천황산 아래에 별실을 만들어 각종서적을 구비해놓고 세월을 보내던 중 그의 아들인 김해갑으로 하여금 독서에 집중하게 하여 당시 사람들이 김이두라 부를 정도로 학식이 뛰어났다. 나이 17이 되자 법부상서 왕유의 딸과 혼인시켰는데 그의 아내 또한 숙녀로써의 자질이 뛰어났다. 계축년에 아버지 만련과 어머니 형씨가 죽고 다음 해에 아내인 왕씨마저 죽자 해갑은 동생인 하갑과 계모 류씨에서 가산을 맡기고 회남으로 유람을 떠난다.
- 유람을 다니던 중 회한에 젖어 술을 사러 강가의 객점으로 나가니 화려하게 차려입은 미녀들 가운데 오후강이라는 여자에게 첫눈에 반하게 된다. 그녀의 환심을 사고자 하나 그녀는 전혀 눈길을 주지

않고, 오히려 그녀가 시축에 김생을 희롱하는 시를 짓자 김생은 화가 난 나머지 역시 시로 조롱하는 뜻을 드러내고 그러자 오후강은 화를 내고 돌아간다.

• 주위의 기녀들이 김생을 나무라자 김생은 어쩔 줄 몰라 하며 오후강에 대해 묻게 되고 옥창을 통해 그녀의 정보를 알게 된다. 김생은 그녀를 만나게 해달라고 옥창에게 부탁하자 옥창은 병부상서 정운태의 집을 오후강의 집이라 거짓으로 알려준다.

• 잘못 알려준 집을 찾아간 김해갑은 집안을 헤매던 중 한 미인의 서글픈 심사를 듣게 되고 이를 오후강이라 인식하고 방안으로 들어가자, 여인은 이를 자신의 정인인 염숙으로 오인하고 받아들인다.

• 잠시 뒤에 진짜 염숙이 찾아오자, 여인은 혼란에 휩싸이고 진짜 염숙이 가짜 염숙인 해갑을 괴물로 여겨 없애려 하자, 해갑은 자신의 존재를 밝히고 자신과 함께 있었던 여인이 정상서의 셋째 아들인 근채의 소첩인 계월임을 알게 된다. 이러던 중 시랑이 찾아와 계월과 염숙의 대화를 듣게 되고, 다음 날 염숙과 계월을 함께 내쫓아버린다.

• 계월과 염숙이 쫓겨나기 전 김생은 염숙으로부터 오후강이 상국 옥잠의 둘째아들인 삼협절도사 옥상와의 소첩으로 절도사가 일찍 죽자 문 밖으로 출입하지 않은 지 3~4년이 되었음을 알게 된다. 한편 계월은 해갑에게 염숙의 성품이 간악하고 패악함을 들어 그를 따르지 않고 김생을 따르겠다고 이야기하자 기뻐한다.

• 계월은 어릴 때 부모에게서 배운 변신술을 사용하여 염숙을 따돌릴 계획 을 세운다. 다음 날 계월은 아파서 길을 나서지 못하겠다고 한 다음 홍전지 10폭을 구해 '압명출경'이란 네 글자를 쓴 다음 인형을 만들어 홍전지로 바르고 '계월'이란 두 글자를 써놓고 검을 잡고 주문을 크게 여러 번 외치자 인형이 일어나 걷는데 사람의 모양과 거

의 흡사하였다.

- 계월은 염숙에게 사람을 보내 병이 다 나았음을 알리고 길을 떠나길 청하자 염숙은 기뻐하며 나선다. 염숙이 목우인촌을 지나가던 중 갑주장군이 나타나 계월을 붙잡아 가자 염숙은 영문도 모르는 체 따라가다가 장군에게 곤액을 당하고 계월의 인형은 그 모습을 잃어버리고 만다.

- 이때 김생과 계월은 여행을 다니던 중이었으나 매번 후강을 만나지 못함을 한스러워 하고 이에 편지 한통을 써서 후강에게 전하나 그 편지를 읽은 후강은 정열을 내세워 김생의 부탁을 거절하고 이에 김생은 병에 걸릴 지경에 이른다.

- 한편 절강 출신의 장복평이란 인물이 후강의 재색을 듣고 취할 생각에 군도 수십 명을 대동해 마을을 노략질하고 후강을 겁탈할 계획을 세운다.

- 이때 성 동쪽에 점치는 여자가 있었는데 후강이 병에 걸려 그녀를 부르자 그녀는 후강에서 액운이 있으니 조심하라는 말을 하고 이에 후강은 방비를 한다. 장복평이 밤을 틈타 침입해 오자 복평의 팔을 베어버리고 이에 놀란 복평은 도망가면서 후강이 신통하다고 여긴다.

- 이때 계월은 김생이 초췌한 모습을 보이자, 그를 위해 후강을 취할 계획을 세워 사람을 구해 무속인의 형상을 하고 후강의 집으로 가 전남편인 옥상서는 후강의 인연이 아니라 말하며, 근심과 액을 겪는 원인이라 밝힌다. 이를 치료할 방법은 해갑과의 연이라 떠보나 오후강은 해갑이 보낸 사람이라 생각하고 화를 내며 쫓아버린다.

- 일이 성사되지 않자 계월은 목우인으로 하여금 후강에게 가서 전 남편인 옥상서의 혼이 나타나서 해갑을 따라가야지 본인에게 얽힌 죄를 씻어낼 수 있을 것이라고 하나 후강은 사악한 귀신이라 여기고

칼을 들고 쫓아갔으나 바람같이 사라져버리자 후강은 이에 겁을 먹고 밖으로 출입하지 못한다.

- 후강은 시녀인 소매는 점녀를 찾았으나 종적을 알지 못하고 이날 저녁 목우인이 10여기의 귀신을 거느리고 내당으로 들어오는 등의 소란이 일자 소매는 만화대로 가서 가녀를 모시고자 하나 선뜻 나서지 않자, 후강이 직접 형제의 예로 맞이한다. 가녀는 다시 한번 후강의 마음을 떠보나, 바꿀 기미가 보이지 않자 돌아가서 계월에게 알린다. 이때 후강은 밤에 스스로 목을 매나 소매에 의해 발견되고 목숨을 건진다.

- 계월과 가녀는 다시 계획을 짜서 계월이 남복을 하고 옥상서라 밝히고 후강을 다그치며 해갑과 연을 맺을 것을 종용하나 후강은 극력 이를 거부한다.

- 소매는 후강이 욕을 당하자 가녀에게 도움을 청해 가녀는 동도칠일지를 쥐고 옥추경을 암송하며 옥상서의 복장을 한 계월을 쫓아낸 후 후강에게 옥상서와는 연이 아니니 김해갑과 연을 맺도록 설득하니 후강은 눈물을 흘릴 뿐 대답을 하지 못한다.

- 가녀의 거듭된 설득에 결국 후강은 김해갑을 만나 연을 맺고 시를 주고받는다. 이후 해갑은 계월, 후강과 함께 살면서 현달을 구하지 않자 후강과 계월은 서로 모의하여 추시에 과거를 보러 가도록 종용하여 김생은 부득이하게 성도로 떠난다.

- 한편 장복평은 후강에게 팔을 베이고 도망쳤다가 복수를 위해 사람을 모은다. 김생이 서울로 간다는 소식을 듣자 한중과 모의하여 해갑을 쫓는다. 한편 목우인에게 욕을 당했던 염숙은 겨우 목숨을 건지자 복수를 위해 사방으로 해갑을 찾아다니다 우연히 만나고 이에 입에 재갈을 물려 구덩이에 던져버리고는 행낭을 뺏어 송화동 객점

으로 가서 머무른다.

• 한중은 김해갑의 뒤를 밟던 중 송화동 객점으로 들어간 염숙을 김해
갑이라 여기고 이를 추궁하다가 행낭 속에서 김해갑의 호적을 발견
하자 염숙을 죽이고서 김해갑을 죽였다고 복평에게 보고한다.

• 청운동에 사는 이택은 꿈에 나타난 노인의 계시로 거의 죽게 된 김
해급을 구해와 약을 써서 소생시키고, 이후 해갑은 급제하여 경연박
사가 되고 이후 오월삼로절도사가 되어 금의환향한다.

• 복평에게 위협을 느낀 후강과 계월은 깊은 곳으로 숨을 계획을 세우
고, 계월이 남복을 하여 회서로 거리가 삼백리쯤 되는 곳에 숨어들
어가 부부로 숨어지낸다.

• 김해갑은 두 아내를 맞이하기 위해 교자를 보내나 행방을 알지 못하
고 이에 거의 병들 지경에 이른다. 하루는 가산을 살펴보다 향안 아
래에서 편지를 발견하고 회서로 방방곡곡을 탐방하나 찾지 못한다.

• 회서로 숨어든 계월과 후강은 해갑이 자기들을 찾을 것이라 생각하
고 문 앞에 전당에서 온 계월당과 오후강의 집이라는 표기를 세워두
자, 김해갑이 수소문 끝에 결국 두 아내를 찾아내고 상봉한다.

• 이때 금나라 군주인 완안수서가 남침하여 해갑이 살고 있는 곳 또한
정남장군인 합리포에 의해 공격을 받게 되고 근처에 일이 있어 나가
있던 해갑은 부득이하게 산인의 집에 묵게 된다. 산인은 해갑에게
나라가 위험에 처해 있음에도 출진하지 않음을 질책하고 이에 산인
에게 병법 등을 전수받은 후 전장으로 나가 맹홍의 진영으로 들어가
서 배운 병법술을 이용하여 금나라 군대와 싸운다.

• 한편 장복평은 곽정으로 이름을 바꾸고 금나라 장수 사홀호와 모의
하여 김해갑을 암살할 계획을 세우다 발각되어 참수 당하고 김해갑
은 이후 금군을 대파하고 사홀호도 참수한다. 이후 해갑은 군사를

모아 연경에서 금주를 포위하나 도리어 사방에서 결집한 금군에게 포위당하게 되는데, 이때 귤산노인이 등장하여 해갑을 도와 금나라 군대를 대파한다.

- 금나라 장수 합리포는 기회를 엿보아 중원을 침략하자 맹공과 김해갑은 계책을 사용해 이를 물리치고 맹공은 사천후, 김해갑은 회서후를 제수받는다.
- 이후 임금에게 주청을 올려 귤산노인을 천거하여 모셔오고자 사신을 보내나 종적을 감춘 뒤라 찾지 못한다. 이후 김해갑은 자신의 두 부인을 보호한 산인에게 사의를 표하여 비단을 주나 산인은 10필만 받고 나머지는 받지 않는다.
- 이후 김해갑과 계월 후강은 50년을 살다가, 계월과 후강은 병에 걸렸으나 약을 쓰지 않고 죽어서 선가로 귀의하고 이후 5년 뒤에 해갑 또한 죽으니 그의 나이 78세였다.
- 논평

위의 서사분절을 통해 알 수 있듯이, 작품에 등장하는 남녀 주인공은 남녀 결연방식에 있어 애정전기에 등장하는 남녀 주인공의 면모와 유사한 부분이 있다. 〈오후강전〉의 남녀 결연 양상은 애정전기 특유의 충동적인 면모를 지닌 남녀 주인공의 형상을 보여주어 전대 애정전기와의 친연성이 우선 고려된다.

생이 이에 혼자 말하길 "내가 밤을 틈타 그 방안으로 들어가서 죽기 살기로 끌어당긴다면 철석이 아닌 다음에야 반드시 길이 있을 것이다." 라 여기고 밤중에 일어나 남홍동(南洪洞) 월파교(月波橋) 아래에 이르니 옥창이 가르쳐줬던 집으로 오른쪽 집은 바로 병부상서(兵部尚書) 정운태(鄭雲台)의 집이었다. 생은 옥창의 속임에 빠져 재상의 집인줄 알지 못하고 담을 넘어 들어가니 그 안은 높은 누각이 겹겹이 쌓여있어 어디로 가야할지 몰라 우두커니 서있을 뿐이었다. 서쪽으로 한 곳을 바라보니 불빛이 반짝이는 집이 있어 급히 그쪽으로 몸을 옮겼다.[108]

위의 장면은 남주인공 김해갑이 계월의 집으로 숨어들어가는 것을 묘사한 것이다. 김해갑은 자신이 일전에 한눈에 반했던 오후강의 집으로 가는 것이라 생각했으나, 이곳은 옥창이 자신에게 눈 길한번 주지 않은 김해갑을 골려주기 위해 병부상서(兵部尙書) 정운태(鄭雲台)의 소실인 계월의 집을 오후강의 집이라 속여 가르쳐 준 곳이었다. 옥창이 계월의 집을 오후강의 집이라 속인 까닭에 김해갑은 아무 것도 모른 채 오로지 오후강을 취하고 싶은 마음을 억제하지 못하고 담을 넘어 들어간다. 본인의 충동적인 감정을 주체하지 못하고 담을 넘어 들어가는 행동은 애정전기의 남주인공들이 보여주던 특유의 행동과 동일한 것으로 김해갑이 지닌 충동적인 재자로서의 면모를 확인할 수 있다. 이러한 재자의 짝이 되는 여성의 모습 또한 필적할 만한 모습으로 그려지는데 아래 부분에서 살펴볼 수 있다.

한 여인이 외로운 등불아래에서 얼굴에 근심스러운 빛을 가득 머금고 스스로 탄식하길 "하늘이 생물을 정함에 제각각 음양(陰陽)의 기운

---

108) 〈오후강전〉(370쪽), "乃自謂曰: '吾當以乘夜, 入其室, 以死生挽引, 則渠非鐵石矣. 必有一路.' 乃夜起, 至南洪洞月波橋下, 玉牕所指之家, 右家乃兵部尙書鄭雲台之家也. 生陷於玉牕之所紿, 不知其爲宰相之家, 踰墻而入其內, 傑樓高閣, 重重疊疊, 迷不知其去向, 塑然而立, 西望一處, 有灯火耿耿之家, 急往投之." 원문 및 표점은 정병호 주석본에 의거한다.

이 있어 둥지의 새들도 쌍으로 잠자고 어린 제비들도 쌍으로 날며, 풀도 합환(合歡)이 있고 나무도 연리지(連理枝)가 있어 무지한 초목에서 미천한 금수에 이르기까지 짝이 없는 경우가 없거늘 나는 인간의 형체를 갖추고 있으면서도 진흙사이에 있으니 산촌과 농촌 사이에 살면서 어디로 간들 좋겠는가? 깊은 방에 놓여있는 새장 속 새와 같아 꾀꼬리 소리 들을수록 탄식만 생기고 푸른 버들가지 대할수록 한숨만 나오니 봄꽃과 가을 달이 등불에 짝하여 혼이 날아가니 헛되어 청춘을 보내니 이것이 과연 하늘이 나에게 내려준 운명이란 말인가?" 하고는 탄식하며 원망할 뿐이었다.[109]

위의 대목은 깊은 규중 속에 사는 외로운 운명을 한탄하던 계월이 홀로 읊조리고 있던 모습을 서술한 장면이다. 아름다운 시절 짝도 없이 청춘을 허비하는 자신의 처량한 신세를 안타까워하는 모습이 구체적으로 묘사되어 있다. 김해갑은 여성을 오후강이라 여기고 충동적으로 담을 넘어 돌입을 감행하였는데 그 순간 우연찮게 포착된 여성의 모습은 상호결연을 이루기에 알맞은 상대였다. 이에 김해갑은 가릴 것 없이 바로 돌진하여 본인이 흠모하던 (물론 정작 본인이 원했던 대상인 오후강은 아니었으나) 여성과 동침을 이루게 된다.

문제는 동침을 이룬 남녀가 애초에 서로 원했던 상대가 아니었다는 점이다. 김해갑이 원하던 대상은 오후강이었으나, 실제 상대

---

109) 〈오후강전〉(370~371쪽), "有一女, 孤坐灯下, 愁色滿面, 自歎曰: '天定生物, 各稟陰陽之氣, 至於棲鳥兩眠, 乳燕雙飛, 草有合歡, 木有連理, 無知草木至微禽獸, 莫不有伉儷, 若余者旣俱人形而在於塵寰, 則山家野店, 農墅漁村, 何往不可而牢鎖深室, 有若籠鳥, 聞黃鸝而歎息, 對綠楊而歔欷, 春花秋月, 伴灯消魂, 虛抛靑春, 是果天之命我者乎?'且歎且怨."

는 계월이었으며 계월 역시 원하던 대상은 염숙이었으나 실제 상대는 김해갑이었던 것이다. 서로 생각지 못했던 상대와 우연한 결연을 이루게 된 것이다. 이 부분은 전대 애정전기의 분위기를 계승하고 있으면서도 정작 남녀 주인공의 결연에 있어서 본래 원하던 대상이 아닌 인물들과 결연이 이뤄지는 상황을 그려냄으로써 애정전기의 남녀 결연 양상을 살짝 비틀어 창안한 대목에 해당된다.

결연의 비틀림은 세태소설에 등장하던 의도된 '트릭'의 면모와는 구분되는 것으로 의도하지 않던 남녀의 엇갈린 결연을 통해 흥미요소를 창안한 부분에 해당된다. 게다가 비틀린 결연이 원래 원하던 대상과의 결연을 이루게 하는 조력자로 행사하게 된다는 점에서 기존 작품들과 구분되는 독특한 특징을 가진다. 그렇다면 정작 원하던 결연대상과 어떤 과정을 통해 어떻게 결연을 성취하게 될 것인가 하는 점에 관심을 집중시킬 수밖에 없게 된다.

이후 계월은 염숙과의 밀회가 주인인 정시랑에게 들통나서 염숙과 같이 쫓겨난다. 그런데 계월은 정작 밀회의 대상인 염숙을 저버리고 김해갑과의 결연을 추진하는 모습을 보여주고 있어 흥미를 끈다. 계월은 염숙이 간사하고 무뢰한 인물임을 들어 그를 배신하고자 하며 또한 김해갑이 오후강에게 마음이 있음을 알자, 자신이 오후강과의 결연을 성취시켜 줄 수 있는 사람이라는 점을 들어 김해갑과의 결연을 이루고자 한다. 그러면서 밀회의 대상이었던 염숙에게는 자신의 형체와 같은 목우인형을 만들어 염숙을 속이는 술수를 부린 뒤 벗어난다. 이후 계월은 김해갑과 오후강의 만남을 완성시키기 위해 가녀와 복녀 등을 활용해 김해갑과 오후강의 결연을 결국 성취시킨다. 고대하던 남녀 주인공의 결합이 이뤄지게 된 것이다.

하지만 이러한 결합을 이루기 전까지 여주인공인 오후강의 경우 그녀를 노리는 한량의 무리들, 특히 장복평과 같은 무뢰배들로부터 자신의 몸을 지키기 위해 갖은 고생을 겪는다. 일례로 자신의 정절을 지키기 위해 낭간에 목을 매는 극한적인 시도까지 감행해야 할 만큼 힘든 시련의 시간을 보내는 것이 그것이다. 이러한 과정의 결과로 이뤄진 결연이었기 때문에 남녀 주인공의 결연은 무한한 고통과 인내 속에서 잉태된 결과로 더욱 값질 수밖에 없었다.

따라서 결연 이후의 양상은 전과는 다르게 진행될 수밖에 없게 된다. 19세기 소설의 트랜드(trend)로 불릴 만한 서사양식인 애정전기의 구성을 띤 남녀 주인공의 결합이라는 전편과 결연 이후 남주인공이 고난에 빠진 국가를 구원하기 위해 출정하는 영웅담의 후편으로 구성된 양식이 구축되는 것이다. 〈오후강전〉에서는 남주인공 김해갑이 두 부인 계월과 오후강의 부탁으로 인해 과거길에 오르게 된다. 도중에 염숙을 만나 곤경에 처하게 되나 이택이라는 조력자의 도움으로 목숨을 건지고 이후 산인노인을 만나 그로부터 '화신갑(化身甲)', '양진주(養眞冑)', '벽진검(辟塵劍)'을 전수받고 전장으로 나가 위기에 빠진 송나라를 구하고 금나라를 물리침으로써 천자의 총애를 받고 이후 생을 마감하는 서사로 마무리되고 있다.

즉, 전형적인 재자가인의 결연에 영웅군담이 결합된 형태로 서사가 구성되어 있다. 이는 19세기 한문중단편소설에서 자주 확인되는 서사방식이다. 예를 들어 〈오로봉기〉나 〈삼해지〉 등을 통해 익히 확인되는 구성방식으로 애정과 입신을 동시에 완수하는 전형적인 성공담의 형태를 띠고 있다.

하지만 19세기에 이러한 한문소설들이 등장하는 것에 대해선

시대적 상황과의 연관을 반드시 고려할 필요가 있다고 생각된다. 이는 소설 말미에 제시된 작가의 논평과 작품의 창작(또는 필사) 시기를 통해 그 일단을 짐작해 볼 수 있다. 19세기 작품의 경우 시간적 배경으로 송대(宋代)를 설정한 경우를 종종 확인할 수 있다. 〈한조충효록〉이나 〈편옥기우기〉 등이 대표적인데, 17세기 작품들이 시간적 배경을 명대(明代)로 설정한 경우가 많다면 19세기 작품들은 상대적으로 시간적 배경을 송대로 설정한 경우가 많은 것이다. 이는 19세기 조선에 닥친 내외적 환경으로 인해 야기된 설정으로 생각되며, '충의(忠義)'라는 보수적 시대인식이 작품에 강하게 투사된 결과로 해석할 필요가 있다.

작품의 시대 배경인 송대는 조선의 국가존치논리인 성리학을 존숭하던 시기였으므로 조선은 이를 배경으로 탄생한 국가였기 때문에 이념적 바탕으로 시대설정을 한 것이라 이해되는 것이다. 송이 오랑캐인 금(金)나라의 침탈을 극복한 서사는 소중화(小中華)라는 조선의 존치를 굳건히 하려는 의도가 서사에 반영된 것으로 해석되는 지점이라 할 수 있다.

〈오후강전〉에 그려진 영웅의 모습은 19세기 말~20세기 초 조선이 처한 상황을 소설적 방식으로 극복하려 한 작가의 시대인식의 소산이 표출된 것으로 이해할 필요가 있다.

② '기'의 방식을 활용한 환상적 결말방식의 전용: 〈유생전〉

〈유생전〉은 기본적으로 남녀 주인공의 결연방식이나 문체 등 여러 가지 측면에서 애정전기와의 관련이 핵심인 작품으로 판단된다. 특히 죽은 여주인공이 환생하고 남주인공과 못다한 사랑을 나누다 죽는 행복한 결말을 보여줌으로 인해 애정전기 계열의 19

세기적 변용 양상을 살펴볼 수 있다. 그 가운데 인귀교환(人鬼交歡)이라는 초기 전기적 요소가 첨입된 점을 주목할 필요가 있다. 이 점은 전기가 지닌 '기이함'의 요소가 19세기에 다시 발현된 양상으로 이 시기 소설사에서 유사한 경우를 찾기 힘든 독특한 지점으로 주목을 요한다. 따라서 〈유생전〉을 통해 19세기 애정전기류 계열의 변용 양상 가운데 '기(奇)'의 측면을 집중해서 살펴본다.

먼저 주목되는 부분은 남녀 주인공의 인물 형상이다. 작품을 살펴보면 여느 애정전기에 등장하는 남녀 주인공의 모습과 별반 차이가 드러나지 않음을 확인할 수 있다. 남주인공인 유정옥은 유승상의 아들로 16세에 진사과에 장원으로 급제한 전형적인 재자의 모습으로 등장하며, 이에 짝이 되는 방영애 역시 재자에 짝이 될 만한 가인의 모습으로 형상화되어 있다.

이들의 결연방식을 살펴보면 길가의 여관에서 무더위를 피하고자 잠시 쉬고 있던 정옥은 맞은편 집 뒤뜰 동산에서 그네를 뛰고 있는 나이 15~16세쯤 되어 보이는 아리따운 여성에게 한눈에 반하여 이를 주체하지 못한 나머지 병을 앓는다. 이 모습을 본 정옥의 부친이 연유를 차근차근 물어 자초지종을 알게 되자 바로 방승상 댁과 혼사를 진행하여 일사천리로 날을 잡는다.

서두에 등장한 남녀의 결연 과정을 살펴보면 그 흔한 충동적이고 격정적인 남주인공의 모습과 의연히 대처하면서도 자신을 허락하는 여주인공의 전기적 인물 형상이 전혀 드러나지 않고 있다. 결연에 장애가 되는 요소가 주인공의 결연 과정에 뚜렷하게 부각되지 않는 것이다. 결연 과정이 너무 쉽게 진행되는데, 그렇다면 당연히 이를 방해할 혼사장애가 등장할 수밖에 없으며 작품에서는 황제가 이 역할을 수행하고 있다.

황제는 방상서의 딸을 후궁으로 책봉하는 교서를 내림으로써 방해자로 등장한다. 그러자 이미 유승상 댁 자제와의 혼사가 정해져 있음을 들어 방상서가 상소를 올리자 황제는 거듭 자신의 명을 이행할 것을 요구하고, 이에 유승상 마저 상소를 올리게 되자 이와 같은 행동에 격분한 황제는 유승상과 방상서를 모두 옥에 가둬버린다. 이 지점에서 황제가 늑혼의 주체로 그 존재감을 여실히 드러내고 있음을 확인할 수 있다.

　하지만 새로운 문제가 발생하는데 황제가 갑자기 병에 걸려 죽는 것으로 처리되는 것이 그것이다. 이 부분의 경우 서사의 흐름이 매끄럽게 연결되지 못하고 급하게 마감되는 듯한 인상을 받게 된다. 다른 작품이라면 거의 중후반 이후에나 등장하는 방해세력이 전반부에 벌써 사라져 버린 것이다. 뭔가 빨리빨리 문제를 처리하는 느낌이 강하게 드는데, 일단 방해세력이 없어졌기 때문에 성사되지 못했던 혼사가 자연스럽게 진행되어야 하나 여기서 또 하나의 난관이 발생한다. 즉, 유정옥의 부모마저 갑작스럽게 세상을 뜨게 되고 이로 인해 혈혈단신이 된 정옥은 유리걸식하는 신세로 전락하고 마는 상황이 연출되는 것이다.

　방해세력을 빨리 하차시켰기 때문에 새로운 갈등을 만들어내기 위해 고안된 장치로 이해되나, 치밀하고 꼼꼼한 계산 아래 기획된 서사로 보이지는 않는다. 서사의 연결 과정에 있어 어색함을 지울 수가 없는데, 일단 서사는 예정된 여정을 위해 진행된다. 유리걸식하던 정옥을 방상서가 거둬들이는데 결연 이전에 고난을 경험하긴 했으나 결국 예비 장인 댁으로 들어가게 되었으므로 자연스럽게 혼사가 진행되어야 한다. 그런데 이번엔 예비 장모가 정옥의 현재 처지를 들어 혼사를 거부하는 것에서 새로운 갈등이 야기된다. 이에 관해 방상서는 식언을 하지 말라며 부인의 입을 막아버린다. 비록 과거에 맺은 약속이긴 하나 이를 지키고자 노력하며 주인공의 결연을 도와주는 조력자로서의 인물 형상을 보여주고 있는 것이다.

하지만 이런 노력에도 상관없이 달목이라는 새로운 늑혼세력이 등장하여 작품 속에서는 또 다른 갈등이 생성된다. 달목은 황제를 등에 업고 영애와의 혼인을 성사시키려 애를 쓰자 방상서는 처음에는 이를 극구 사양하고 버텨보지만 황제의 칙명에 별수 없이 항복하고 만다. 소식을 접한 영애는 부모에게 적극적으로 불의임을 들어 만류해 보지만 자신의 힘으로는 어쩔 수 없음을 직감하고 이 사실을 정옥에게 알린다. 한편, 영애의 편지를 통해 결연이 이뤄질 수 없음을 알게 된 정옥은 자신의 처지를 한탄하다가 결국 그 집을 떠날 마음을 먹고 상서에게 편지를 올린다. 아래 편지에 정옥의 절절한 심정이 잘 표현되고 있다.

죄인 유정옥이 삼가 재배하고 상서께 편지를 올립니다. 제가 일찍이 흉한 일을 당하여 부모님을 여의고 동서로 걸식하고 떠돌아다닐 적에 상서께서 저를 거두어 주시어 지친 새로 하여금 의탁할 수 있는 편안함을 찾게 해 주셨고, 물기 없는 고기로 하여금 한 말이 되는 물속에서 살 수 있도록 해주셔서 겨우 몸을 보존해 편안한 날을 보내고 있습니다. (…중략…) 뜻밖에 오늘 저녁 갑자기 풍문을 듣게 되니 상서께서 달목가와의 혼사로 걱정이 많으시어 귀체를 상하게 하신다 하니 이것은 모두 저의 잘못입니다. 이후로 제가 다시 이 집에 머무른다면 마음이 정말 불편할 것이며 일의 상황 또한 심상치 않으니, 오늘 저녁에 당장 물러나 떠나려고 합니다. 훗날을 기약하기는 어려우나 지금 상공을 대하여 만단의 은택을 펼치고 물러나는 것이 도리에 맞는 것이나, 상공을 뵐 면목이 없기에 하직 인사를 드리지 못하고 마음대로 집을 나가는 불미스러운 행동을 용서해 주시기 바랍니다.[110]

정옥의 경우 자신의 처지로 인해 이미 정해진 혼사가 이뤄지지 못한 것에 대한 회한과 울분, 서러움 등이 복합적으로 분출되어 도저히 그 집에서는 살 수가 없는 상황이었다. 때문에 스스로 나가는 것이 본인에게 놓인 유일한 선택이었다. 호사다마(好事多魔)라고 정옥에게 주어진 운명의 굴레가 처음에는 문제가 전혀 없는 듯 보였으나 가면 갈수록 꼬이는 상황으로 해결의 실마리가 보이지 않는 것이다. 남주인공에게 좌절의 그림자가 짙게 드리워져 있어 쉽게 풀릴 기미가 도무지 감이 잡히지 않게 된다.

문제는 이후 달목 집안과 혼사를 치르기 위해 가던 도중 가마 안에서 영애가 자결해 버리는 것에서 새로운 갈등이 야기된다. 일반적으로 이러한 상황은 전대 애정전기에서의 비극적인 결말로 마무리되는 전통과 연결이 될 법하다. 하지만 〈유생전〉은 이를 거부하고 이 지점에서 환상적인 요소를 대거 등장시켜 서사를 새로운 방향으로 진행시켜 나간다.

영애의 유언으로 인해 유상공 묘 아래에 장사 지내기 위해 떠나

---

110) 〈유생전〉(620~621쪽), "門下罪人劉正玉, 謹再拜奉書于座下. 生夙遭憫凶, 早喪父母, 東西丐乞, 流離行道. 尙書大人, 見而收之, 使困鳥, 托枝之安, 俾枯魚, 籍斗水之活, 僅得保身, 安過餘日. (…中略…) 意外, 今夕, 暫聞風便, 相公以達婚事, 心慮念過度, 遺辱貴體, 此皆由小生之過也. 如是之後, 生更留此家, 於心, 誠爲不便, 於事體, 亦可殊常. 是以, 今夕, 姑爲退去. 後期雖爲極無常, 然今對相公尊儀, 以叙萬端之恩澤, 可以退去, 於事理當然, 反以思之, 則無面目對相公, 故又未能下直. 私自出家, 其不美罪狀, 許赦."

던 중, 고우 장씨가 군사를 일으켜 온 나라가 혼란에 휩싸이고 곳곳에 길이 막힌 까닭에 임시로 개원사가 있는 청련산 아래에 묻고 피난을 떠나게 된다. 정옥 역시 집을 나와 부모의 산소 곁에 초가집을 짓고 걸식하며 살아가는데 어느 날 밤 꿈에 피눈물을 흘리는 낭자가 나타난다. 처음에는 누군지 알아보지 못했으나 손가락에 끼워진 옥지환을 보고 영애의 혼령임을 알아채고 꿈에서 깨어난다.

이 부분은 죽은 혼령이 꿈에 나타나 계시하는 방식을 사용한 것으로 환상적인 화소가 등장하는 부분에 해당된다. 환상적 서사의 개입은 19세기에는 거의 사용되지 않던 방식으로 당대 유행하던 소설의 방식과 비교해 본다면 다소 생경한 방식이기도 한데, 〈유생전〉의 경우 이를 적극적으로 활용하고 있다.

이후 낭자의 소식을 듣기 위해 마을로 내려온 정옥은 영애와 관련된 일을 전해 듣고 산막으로 돌아가 축원을 올리는데 이때 청의동자 하나가 나타나 정옥을 이끌고 가서 앞으로 일이 잘 풀리게 될 것이니 때를 기다리고 있으라고 알려준다. 그런 다음 꿈을 통해 돌아가신 부모님을 만나게 되고 영애와도 다시 만나 운우지정을 나누던 중 꿈을 깨게 된다.

동 시기 여타 작품에 비해 꿈을 통해 현세와 내세의 연결이 성취되는 서사가 작품에서 중요한 역할로 등장하고 있음을 확인할 수 있다. 이른바 환상성이 확대되어 서사화되고 있는 것으로 현실적 성향이 강화된 서사방식이 대세를 이루고 있던 시대적 경향과 방향을 달리하고 있어 주목을 끈다. 이는 초기전기에서 환상성을 통해 표현되던 방식이 재현되고 있음을 보여주는 것이다. 그러나 이전의 방식과 다른 맥락에서 그려지고 있어 단순한 재현에서 그치고 있는 게 아님을 알 수 있다. 이러한 환상성의 재현은 아래 장면에서 극에 달한다.

유생이 노곤해져서 곧 무덤에 기대어 잠이 들려 하는데, 갑자기 낭자가 시비와 함께 한쌍의 붉은 등을 들고 유생 앞에 다가와서 절을 하고 말하길 "저를 믿으세요. 낭군께서 사사로운 정을 저버리지 않으시고 이처럼 저를 찾아주셨으니, 진정 감격스러우며 하늘이 감동하신 것입니다. 후토가 도와 주셔서 다시 속세의 인연을 맺게 하시어 지금 다시 회생하게 되었으니, 원컨대 낭군께서는 빨리 일어나 살펴주세요." 유생이 곧 놀라고 기뻐하며 꿈에서 깨어나 꿈 속 일을 생각하며 무덤을 살펴보니 무덤이 갈라지면서 낭자가 다시 살아나게 되었다. 유생이 놀라면서 기쁘고 정신이 없는 까닭에 묵묵히 아무 말 못하고 서로 바라보며 눈물만 흘렸다.[111]

일반적으로 소설에서 죽은 혼령이 꿈에 나타나는 경우는 손쉽게 찾을 수 있는데, 단순히 그런 정도에서 그치는 게 아니라 실제의 인물로 환생한다는 점에서 독특하게 다가온다. 환상성의 요소를 극단적으로 활용하는 예를 보여주고 있는 것이다. 재생(再生)을 통해 속세에서의 인연이 재개되고 이후 후사가 번창하여 가문의 흥성으로 이어지는 행복한 결말로 마무리되는 점에서 작품의 지향을 일정 부분 간취할 수 있다. 그런데 여기서 그치지 않고 서사는 죽은 딸이 부모와 해후하는 장면까지 집어넣어서 환상성을 극

---

111) 〈유생전〉(643~644쪽), "生氣力勞困, 乃依墳墓, 假寢矣, 忽然娘子與侍婢, 排一雙紅燈, 至生前, 再拜曰: '信哉. 郎君不棄私情, 如是來訪, 實是感激, 然而皇天感動. 后土有助, 更續世緣, 今旣回生, 願郎君, 忽起察焉.' 生, 乃驚喜, 覺思其夢事, 許察墳墓, 墳墓裂, 娘子回生. 生驚喜叵測, 嘿嘿無語, 相對流淚."

으로 몰고 간다.

　낭자가 어머니가 계신 곳으로 가서 창문을 열고 방으로 들어가 말
하길 "어머니께서는 어찌 이리도 깊이 잠이 드셨습니까? 딸 영애가 왔
습니다." 부인이 급하게 일어나 불을 밝히니 과연 영애가 와 있었다.
부인이 매우 놀라며 말하길 "이게 꿈이냐? 생시냐? 너는 사람이냐? 귀
신이냐? 네가 어째 여기에 온 것이냐?" (…중략…) 상서도 놀라 낭자를
어루만지며 통곡하며 말하길 "이것이 어찌 된 일이냐? 이것이 어찌 된
일이냐? 화상이 살아있는게냐? 내 딸 영애가 살아있는게냐?"[112]

　〈유생전〉의 경우 19세기에는 찾아보기 힘든 환상성의 면모가
대단히 극적으로 강조된 작품으로 판단된다. 19세기 한문소설의
경우 영웅군담이 작품의 한 축을 담당하고 있는 데 반해 영웅군담
이 서사에 별다른 역할을 부여받지 못한 점에서는 기존의 작품과
변별되는 측면도 발견된다.
　〈유생전〉은 무엇보다 환상성으로 표상되는 '기'의 부면을 재활
용하여 전면에 부각시켜 서사화하고 점이 핵심이라 할 수 있다.
'기'의 활용은 초기 전기 이후엔 거의 맥이 끊어진 방식이었는데
19세기에 재활용되었다는 점, 특히 죽은 여주인공이 환생(還生)하
여 남주인공과 사랑을 성취하고 후사를 이어 가문을 살린다는 비
현실적 결말을 통해 퇴행적이고 통속적인 소설의 극단을 드러냈

---

112) 〈유생전〉(650~651쪽), "娘子與卽向内廂, 開窓入房曰: '母親, 何其眠深也? 小妾榮
　　愛來也.' 夫人急起明燭, 果有榮愛也. 大驚曰: '眞耶? 夢耶? 人耶? 鬼耶? 汝胡爲乎然
　　也?' (…中略…) 尙書亦驚駭, 撫娘子之身, 痛哭曰: '是何也? 是何也? 畫像, 生耶?
　　榮愛, 生也?'"

다는 점에서 문제적이다.

그럼에도 불구하고 이런 과거의 전통을 재활용한 것에 대해 어떻게 이해해야 할 것인가? 이는 19세기라는 혼란한 시대상 속에서 '기이'하고 '특이'한 비일상적인 것에 대해 관심을 가지던 시대적 흐름에서 해답을 찾을 필요가 있다.

예를 들어 『기설(奇說)』113)이나 학음(鶴陰) 심원열(沈遠悅, 1792~1866)의 『학음산고(鶴陰散稿)』 소재 『용창총설(榕牕叢說)』,114) 추재(秋齋) 조수삼(趙秀三, 1762~1849)의 『추재기이(秋齋紀異)』 등의 경우를 통해 볼 수 있듯이, 19세기는 서사의 '기이'이든 인물의 '기이'이든 평범하고 일상적이지 않은 이야기와 인물에 관심을 가지고 서사화하는 흐름이 뚜렷하게 존재했던 것으로 판단된다.

〈유생전〉은 이러한 19세기적 흐름 속에서 기본적으로 전대 애정전기의 인물 형상을 중심에 두고 서사화하면서 '기이'에 대한 새로운 시대적 해석을 결부시켜 창작한 당대적 흐름의 산물로 이해된다. '기'에 대한 관점은 일면 비생산적인 과거를 답습한 퇴행으로 보일수도 있으나, 다른 측면에서는 19세기 소설이 '기'라는 환상적 요소를 보다 극적인 방식으로 반영하여 당대 사회에 대한 소설적 반응을 드러낸 것으로 생각되는 것이다. 따라서 〈유생전〉은 19세기에 창작된 애정전기 계열의 영향이 어떤 방식으로 굴절되어 드러나고 있는지 살펴보기에 좋은 작품이며, 이에 대한 접근 또한 방향을 달리할 필요가 있다고 생각된다.

---

113) 양은옥, 「『奇說』 연구」, 경북대학교 석사논문, 2007.
114) 한의숭, 「鶴陰 沈遠悅의 『榕牕叢說』에 대하여」, 『영남학』 8호, 경북대 영남문화연구원, 2005.

제5장
19세기 한문중단편소설의 소설사적 의미

1. 단편서사전통의 계승을 통한 시대의 변화 양상 포착

17세기 이후 애정류 한문소설의 흐름은 주류인 애정전기가 쇠퇴하고 전계와 야담계 한문소설이 그 자리를 대체하게 된다. 때문에 18~19세기로 넘어오면서 한문소설에 대한 관심은 전계와 야담계로 전이되었다. 하지만 17세기의 핵심주류를 차지하던 애정전기가 완전히 고사(枯死)한 것은 아니었으며, 〈심생전〉의 경우와 같이 전대 애정전기의 흐름을 계승한 작품이 18세기에도 간헐적으로 창작되었다. 이러한 연장선상에서 소설사는 19세기를 맞이하게 되는데 일반적인 생각과는 달리 전대 애정전기를 적극적으로 계승, 변용한 작품이 다수 창작되는 현상을 확인할 수 있다. 이때 중요한 위치를 차지하는 작품군은 소설환경의 변화를 작품 속에 폭넓게 반영한 애정전기와 재자가인소설들이었다. 이들 작품으로 인해 19세기에도 전대 단편서사 전통의 흐름(특히 애정전기 계열)은 단절되지 않고 지속될 수 있었던 것이다. 물론 이들 작품이 시대 변화의 흐름과는 전혀 상관없이 전대 단편서사류의 전통을 단순히 계승하기만 한 것은 아니었다. 소설 장르 자체의 성격상 끊임없는 갱신의 과정은 당연한 것이며 그 과정을 통해 19세기에 등장한 작품들 역시 변화와 갱신을 통해 창작된 것이었다.

　이때 주목해야 할 것은 변화와 갱신이 시대상의 변화와 어떻게 접목되었는지를 파악하는 것인데, 19세기 한문중단편의 경우 이를 적극 흡수하려 노력한 측면이 작품 도처에서 발견된다. 그 대표적인 예로 지적할 수 있는 것이 양식상의 변화인데 애정류 일변도의 서사에서 당대 유행한 영웅군담류의 요소를 적극 인입하여 창작에 반영한 것이 그것이다. 이 점은 〈오후강전〉, 〈삼해지〉 등을 통해 확인할 수 있는 것으로 초기 한문소설에서 16~17세기까지 '전쟁'[1]으로 대변되는 군담의 요소는 남녀 주인공의 이별을 강요하는 적대적인 힘의 대표적인 존재로 인식되어 작품에 자리하고 있었다. 하지만, 배경으로만 작용할 뿐 디테일하게 '전쟁' 자체를 묘사하지 않던 것이 대부분이다. 19세기로 넘어오면서 '전쟁'을 통해 주인공이 극강의 능력을 발휘하는 영웅담의 형태로 전화되어 작품 속에 자리 잡기 시작하였으며 이를 통해 '전쟁'을 포함한 군담의 요소가 애정담과 함께 서사의 양대 축을 형성하게 된 것이다.

　이는 단편서사의 핵심을 유지하면서 주변 소설사의 변화 양상

---

1) 초기 소설에서 16~17세기 애정전기류에 소재로 작용한 '戰亂'에 대해서는 정환국, 『초기 소설사의 형성과정과 그 저변』, 소명출판, 2006, 105~133쪽·226~250쪽; 이종필, 「朝鮮中期 戰亂의 小說化 樣相과 17世紀 小說史」, 고려대학교 박사논문, 2012 참조.

을 외면하지 않고 적극적으로 반영하려한 19세기 한문중단편소설의 갱신으로 이해된다. 한편 편폭이 일정 부분 확장되는 측면에 있어서도 거부하지 않고 받아들인 혼적이 보이는데 대표적인 예가 재자가인소설이 다수 등장하는 것이다. 이러한 현상은 작품에 등장하는 남녀인물의 수가 늘어나기 시작하면서 당연히 귀결될 수밖에 없었던 결과였다. 그러나 이것이 바로 한문장편소설로 전환되는 것을 의미하는 것은 아니었다. 왜냐하면 이들 작품은 한문장편소설에서 보이는 거대 담론과 박학 추구의 서사와는 지향점을 달리 하고 있기 때문이다. 재자가인소설은 애정서사를 가장 중심에 놓고 있으되 남주인공의 출장입상과 거기서 한 발짝 나아가 가문의 완성에까지 도달하는 것을 염두에 두고 있었으므로 거대 담론과는 애초부터 거리를 두고 있었다.

때문에 재자가인소설의 경우 1:1의 남녀 관계에서 그 폭을 넓혀 일대다의 관계를 중심으로 한 서사를 형성할 뿐, 이를 통해 서사의 편폭이 확장되거나 하는 것을 중심에 두지 않았으며 그 이상의 선을 넘지도 않았다. 이 점은 19세기에 등장하는 한문중단편소설 가운데 장회소설의 경우에서 대표적으로 확인된다. 〈오로봉기〉, 〈종옥전〉, 〈낙동야언〉, 〈절화기담〉, 〈한조충효록〉 등이 대표적으로 이들은 기본적으로 3회 이상으로 장회로 서술되어 있고, 서사가 지향하는 방향은 중편화 경향을 일정 부분 담지하고 있다. 하지만 공통적으로 작품의 분량이 중편화 경향을 지향할지라도 서사의 중심은 단편소설에서 핵심주제였던 애정담에 놓여 있으며 이탈하려는 경향이 크게 보이지 않는다. 물론 일정 부분 탈각하려는 혼적이 엿보이기도 하지만, 전반적으로 단편서사의 흐름과 연장선상에 놓여 있음이 가장 중요한 핵심인 것이다.

때문에 19세기가 한문장편소설의 시대였음에도 불구하고 여전히 다른 한 켠에선 전대 단편소설의 전통을 계승한 작품군이 19세기에도 끊임없이 창작되고 있었다는 사실이 중요하다. 특히 애정전기나 재자가인소설을 계승, 갱신한 작품이 19세기에도 지속적으로 창작되어 전대 단편서사의 흐름을 이어나갔다는 점에서 19세기 한문중단편소설이 지닌 사적 의미를 부여할 수 있을 것으로 판단된다.

2. 한문장편의 박학 추구와 변별되는 특정 주제 중심의 서사 구현

19세기 한문소설의 주류는 한문장편소설이 차지하고 있었음을 부정할 수 없다. 작가가 분명하게 밝혀진 경우가 대부분이고 작품을 통해 추구하려는 작가의식이나 지향점이 뚜렷하게 표출되어 있어 19세기 한문소설의 대체적 경향을 충실히 보여주고 있기 때문이다. 게다가 작가군에 있어서도 중인 계층 이상의 식자층들이 작품을 창작했기 때문에 당대 문화환경 속에서 식자층에게 소설이 어떤 위상을 차지하고 있었는지 확인하기에 적합했다. 이들 작품의 경우 당대의 문학사적 경향과 맥이 닿아 있는 상황에서 창작된 것임을 알 수 있는데 대표적인 것이 바로 박학 추구의 경향이다.

흔히 19세기 한문학의 성격을 언급할 경우 추사로 대변되는 청대 고증학의 영향을 거론하는데, 이러한 성향은 19세기 한문장편소설에서도 여실히 확인된다. 예를 들어 〈옥선몽〉[2]의 경우 과문(科文)과 상소문(上疏文), 공안문 등에 대한 작성 능력과 이두(吏讀)

와 백화의 숙지, 경서에서 차 등에 이르기까지 다양한 분야의 서적에 대한 교양과 문서 격식, 송사 절차 등에 대한 해박한 지식을 드러내고 있음을 볼 수 있다. 이와 함께 〈옥루몽〉의 경우 백과사전식 지식의 나열을 통한 박학의 추구 경향이 두드러지며, 〈삼한습유〉[3]는 역사와 소설을 넘나드는 장르 혼성모방 등 단순히 소설 창작을 위해 구사한 것이 아닌 작가 본인의 문학적 능력을 작품을 통해 최대한 발현하고자 했던 작가의 의도가 드러난다.

문제는 이러한 틈바구니 속에서 한문중단편소설의 경우 나름의 독자적인 영역을 구축할 수 있는 생존전략을 구사해야만 했다. 전략방식으로 가장 두드러진 것이 특정 주제를 중심으로 한 글쓰기 방식을 사용한 것이다. 특정 주제에 대해 집중하는 한문중단편소설의 경향은 한문장편소설이 거대 담론으로 다종다양의 내용을 포괄하려 했던 것과 변별되는 특징으로 주목된다. 한문장편소설에 비해 상대적으로 분량이 길지 않기 때문에 다양하고 폭넓은 내용을 담을 수 없었으므로 당연히 특정 주제에 대한 집중으로 서사 전략이 세워질 수밖에 없었던 것이다. 하지만 논의하려는 주제의 범위는 상대적으로 그 폭이 다양하게 확장되고 있음을 확인할 수 있다.

예를 들어 〈포의교집〉을 통해서는 근대로 이행되는 시대 변화 속에서 사회적 약자인 여성이 신의(信義)를 지키기 위해 노력하는 과정을 주목하고, 이를 통해 '인간/여성'이라는 자의식을 어떻게

---

2) 서경희, 「〈옥선몽〉 연구: 19세기 소설의 정체성과 소설론의 향방」, 이화여자대학교 박사논문, 2004.

3) 서신혜, 「〈三韓拾遺〉의 문헌수용 양상과 변용미학 연구」, 한양대학교 박사논문, 2003.

찾아가면서 살아가는지를 중심으로 서사의 양상을 포착하고 있다. 〈일석화〉의 경우 열을 지키기 위해 환경의 고난에도 불구하고 굳건하게 자신을 지켜가는 인물 형상이 포착되고 있음을 확인할 수 있다. 〈편옥기우기〉의 경우 어린 아이임에도 효를 완수하기 위해 갖은 고난을 극복해 나가는 강인한 여성 형상이 표출되고 있으며, 〈이화실전〉, 〈한조충효록〉 등에서는 '충/효/열'로 지칭되는 당대 보수적 이데올로기가 소설 속에서 어떻게 표상화되고 이것이 19세기라는 변화의 시대 속에서 어떠한 의미를 지니면서 체화되고 있는지 주목하고 있음을 알 수 있다.

이런 특정 주제를 중심으로 한 서사가 구현되고 있는 것은 중단편소설이기 때문에 집중할 수 있는 부면이 상대적으로 다양했던 것임을 의미한다. 19세기 한문중단편소설이 가질 수 있었던 특장으로 설명될 수 있는 부분이기도 한 것이다. 한문장편소설의 경우 다양한 내용을 한 작품 속에 다양한 인물 형상과 서사구조를 통해 표출하려고 하다 보니 다루려는 대상과 내용이 너무 확장되는 경향이 없지 않았다. 그 결과 작품의 결말 부분에서는 그것을 수습하는 데 일정 부분 힘을 쓰지 않을 수 없는 상황이 야기되기도 하였다. 하지만, 한문중단편소설의 경우 작가가 작품을 통해 드러내고자 하는 작가의식이 폭넓게 펼쳐놓고자 하는 게 아니므로 특정 주제에 집중할 수 있는 힘이 상대적으로 강하게 드러나고 있다.

게다가 한문중단편소설의 경우 지향점에 대한 표현이 명징하게 드러나고 있는 것 또한 확인할 수 있다. 이것은 한문중단편소설에 서술된 작품의 주제가 한눈에 포착되는 것을 통해 감지할 수 있다. 가장 눈에 띄는 현상은 작품에 서술된 주제의 성격이 보수와 진보의 양 극단을 다 아우르고 있는 점이다. 개별 작품이 지향하는 주제는 시대 변화에 민감하게 반응하거나, 아니면 보수적 성향이 극도로 강화된 양상으로 양분된다. 19세기라는 동 시기에 족출하고 있는 것에서 한문중단편소설의 지향이 한문장편소설과 구별되는 지점인 것이다. 즉, 한문중단편소설이 한문장편소설이라는 거대 담론의 틈바구니 속에서 어떤 방식으로 생존하려 했으며 무엇을 보여주고자 했는지를 웅변하는 것으로 이해할 필요가 있다.

3. '일상/여성/대중' 등의 담론 수용을 통한 미시적 서사의 추구

19세기 한문소설의 경우 태생적으로 시대 변화의 흐름에 민감하게 반응하지 않을 수 없었던 장르였다. 이는 한문장편소설이나 한문중단편소설을 막론한 현상으로 국문소설이 대세를 이루던 문화환경 속에서 존재감을 가지기 위해서는 당연히 그럴 수밖에 없었다. 하지만, 한문소설임에도 불구하고 장편과 중단편의 경우 분명히 층차가 존재함을 아울러 확인할 수 있다.

현상적으로 보이는 차이점을 먼저 언급해 보면 한문장편소설의 경우 창작기층이 주로 기득권 계층의 주변에 있으면서 교유를 통해 지속적인 관계를 형성했지만 정작 메인스트림으로 편입되지 못하는 데 대한 개인적 처지의 불우함을 소설을 통해 발산함으로써 개인의 억눌린 욕망에 대한 사회적 표출을 읽을 수 있다.

이에 반해 한문중단편소설의 경우 주변으로 시선을 돌려 나와 같은 시공간 속을 살아가는 평범한 주변인의 일상을 세밀한 시선으로 포착하면서 동류의식을 느끼거나, 사회적 약자로 오랜 기간 존재해 왔던 여성을 독립된 개체로 인정하는 양상을 보인다. 그렇기 때문에 〈삼한습유〉에서 볼 수 있듯이 역사의식을 표출한다거나, 〈옥수기〉, 〈옥루몽〉처럼 사대부의 입신욕망과 그로 인해 가문의식이 부각되는 것에서 한 발짝 물러서 있음을 간취할 수 있는 것이다. 때문에 한문중단편소설의 경우 '일상/여성/대중' 등과 같이 사회의 마이너리티에 해당되는 계층과 문화에 대한 관심이 소설에 적극 흡수되어 형상화되고 있음을 볼 수 있다.

따라서 19세기 한문중단편소설만의 특성을 추출해서 그것에 관해 집중할 필요가 있다. 예를 들면 일상에 대한 포착을 사실적이고 현실적인 측면을 강조하여 드러내고 있는 작품인 〈포의교집〉과 〈절화기담〉이 그 일단을 대표적으로 보여주는 경우이다. 작품의 시공간적 배경으로 설정한 19세기 서울의 인정세태를 포착한 것이 대표적으로 죽동(竹洞), 모화관(慕華館) 등의 실제 장소를 배치하여 작품의 사실성을 고양하고자 한 의도가 엿보인다. 뿐만 아니라 역사적 사실인 민비의 가례를 집어넣고 그곳에 여령으로 뽑혀가던 양파의 모습을 서술함으로써 픽션과 논픽션의 혼합을 통해 소설에 역사성을 부여하는 서사를 구축한 것에서도 가늠할 수 있다. 이런 양상은 마을의 공동 우물을 놓고 행해지는 아기자기한 당대 서민들의 일상적인 삶, 사선 등의 왈짜패들이 보여주던 한량의 행태 등을 통해서도 아울러 확인할 수 있다. 19세기 후반 서울이란 공간에서 벌어지던 일상을 사실적으로 기술함으로써 미시적 서사에 대한 관심을 확인할 수 있는 것이다.

한편 〈절화기담〉의 경우 역시 유사한 연장선상에서 있는 작품이다. 유부남, 유부녀의 만남이라는 공인받을 수 없는 관계임에도 이것이 낭만적 필치에 의해 그야말로 소설적으로 기술된 것이 아닌 우리 주변에서 있을 수 있는 일상의 모습으로 기술된 것에서 확인된다. 특히 기혼남녀의 만남을 그려내는 방식에 있어 만남의 완성에 집중하기보다는 그 과정의 어그러짐에 집중함으로써 사실적으로 표현하고자 애를 쓴 흔적이 보인다. 작품에서는 주변의 눈을 피해 만나고자 애를 쓰는 남녀의 행동양태와 주변의 조력자의 도움까지 받음에도 불구하고 만남이 이뤄지지 않는 양상을 보여줌으로써 그것이 바로 현실에 놓여 있는 남녀 관계의 양상임을 그려내고 있다. 그 방식에 있어 낭만적으로 미화하거나 환상적으로 표현하지 않고 일상의 단면으로 그려내고 있는 것에서 19세기 한문중단편소설이 가진 특유의 미학을 다시금 환기할 수 있다.

이와 함께 19세기 한문중단편소설의 경우 여성을 바라보는 시선에 다중의 성향이 틈입되어 있는 것 또한 확인할 수 있다. 일반적으로 여성이 독자적인 영역을 구축하여 작품에 주동적인 역할로 존재하는 양상은 17세기 이후 서서히 등장하다가 19세기에 들어서면서 폭발적으로 등장하게 되는 것이 특징적이다. 예를 들어 〈이화실전〉의 경우 남성 주인공은 작품 내에서 거의 존재가치를 부여받지 못하고 있으며, 작품을 추동하는 원동력은 여성에게 주어져 있다. 정절에 관해 대립하는 존재도 마님과 시비라는 여성인물이라는 점에서 의미심장하다. 이들의 대립은 정절을 거부하는 여주인에 대해 시비가 주인의 뺨을 후려치며 정절을 가치 없는 것으로 치부하는 관념에 대해 회개를 요구하는 극단적인 양상으로 표출된다. 이를 통해 남성사대부라는 사회지배계층에 의해 암묵적으로 강요되어 왔던 정절이라는 관념에서 남성은 배제되고 관념에 의해 억압받는 여성들 사이의 대결 양상이 구축되는 것에서 여성의 존재가치가 작품 속에서 한층 성장되었음을 확인할 수 있는 것이다.

한편, 남성사대부 계층이 지닌 일종의 계급의식이 희화화되어 표현되는 양상 또한 흥미로운데 이 지점에 있어서는 향촌사대부 계급이 가진 지역성의 일면을 확인할 수 있다. 〈종옥전〉과 〈오유란전〉으로 대표되는 세태소설 계열이 지방에서 창작된 소설의 일단을 보여줌으로써 근기 지역으로 대표되는 한문장편소설과의 거리를 확인할 수 있는 것이다. 이는 19세기 한문중단편소설이 가진 로컬리티(locality)의 성향과 함께 미시적 성향을 충분히 대변해 주는 것으로 파악되는 지점이다.

뿐만 아니라, 19세기 한문중단편소설의 경우 소설 장르가 가지고 있는 흥미성에 대한 고민 역시 놓치지 않고 있음을 확인할 수 있다. 이 점은 애정과 군담이 결합된 서사방식에서 그 일단을 간취할 수 있는데 〈오후강전〉, 〈유생전〉, 〈한조충효록〉 등의 작품에서 잘 드러난다. 이들 작품은 애정류 전통을 서사의 바탕에 깔아놓고 있으면서 흥미소의 역할을 하는 군담을 적극적으로 끌어들이고 있다.

특히 작품 내에서 군담의 역할에 대한 이해가 중요한데, 이 시기 들어 군담은 일종의 패턴화된 양상을 띠고 있었다. 당시는 국문소설이 대세였고 특히 〈유충렬전〉, 〈조웅전〉 등의 영웅군담이 통속화된 양상을 보이며 다수의 독자 대중을 거느리고 있었다. 그 핵심에 영웅군담이 자리하고 있었기 때문에 대중성과 통속성을 견인하기 위해서는 한문중단편소설 또한 이것을 적극적으로 활용할 수밖에 없었던 것이다. 따라서 당대의 소설계를 중심으로 한 대중 독서물의 핵심 트랜드를 적극 반영하여 상대적으로 대중성이 약했던 한문소설에 통속적인 흥미성을 고양시키는 방안을 마련하고자 했던 것으로 이해된다. 그 대안이 바로 군담이라는 대중적 요소를 적극 차용하여 작품 속에 삽입한 것이었다. 한문중단편소설의 대중성은 작품 내적 변화에서 찾아나갈 필요가 있다.

19세기 한문중단편소설의 경우 한문장편소설에 비해 시대를 인식하는 시각의 폭이 상대적으로 다양함을 확인할 수 있다. 한문중단편소설은 상대적으로 편폭이 짧기 때문에 거대한 서사의 흐름을 이끌어 나갈 만한 의도 자체가 태생적으로 거의 없었다. 따라서 거대 담론에 집중할 필요가 없었기 때문에 신변잡기로 보일 수 있는 주변 일상의 것에 자연스레 눈을 돌리게 되었으며 작품으로 반영하였던 것이다. 신변잡기의 주변 일상이 상대적으로 가치 비중이 낮게 평가될 수는 있겠으나 한문장편이 놓치고 있었던 부분을 주목하여 당대 시대의 모습을 포착하려 한 점은 중요하다.

따라서 19세기 한문중단편소설의 경우 시선이 특정 한 곳만을 응시하고 있는 게 아닌 다양한 범위에까지 미치고 있었으며, 그 시선이 바로 내가 존재하는 주변의 일상이었다는 점을 주목할 필요가 있다. 그러면서도 사회적 약자인 여성에 대한 관심을 확장하면서, 소설이 지닌 본령 가운데 하나인 독자를 일정 부분 의식한 대중적인 요소를 적극 끌어들여 창작하고자 했던 점이 19세기 한문중단편소설이 가진 사적 의미라 할 수 있다. 한문중단편소설의 경우 한문장편소설과 구별되는 양상을 통해 당대 시대적, 문학적 환경 변화에 능동적이고 적극적으로 반응하고 있었음을 위의 예를 통해 여실히 확인할 수 있다.

이 점은 19세기 한문소설사가 한문장편소설 일변도의 구도에만 갇혀 있어서는 안 됨을 뜻하는 것이기도 하다. 19세기 한문소설사는 그간의 시각과는 달리 다채롭고 역동적이며 발전적인 형태로 자기 갱신을 끊임없이 수행하고 있었다. 그 중심에 한문중단편소설이 자리 잡고 있었으며, 내용적 측면에 있어서 보수와 진보의 양 극단을 다 포섭하는 형태로 존재하고 있었다. 장르상에 있어서도 전대 한문소설의 주류 장르를 일정 부분 계승, 갱신하면서 당대 국문소설의 대중적이고 통속적 요소 또한 적극 받아들여 전화의 과정을 경험해 나가고 있었음을 아울러 확인할 수 있다. 이를 통해 19세기 한문중단편소설은 자기 존재의 의미를 확보해 나가며 점진적으로 근대를 예비하는 단계를 밟아갔다. 이러한 시각은 최근에 발굴, 소개된 새로운 작품들로 인해 마련된 것이며, 그 핵심에 19세기 한문중단편소설이 자리하고 있음을 분명히 인식할 필요가 있다.

제6장
19세기 한문중단편소설의 연구 성과와 그 과제

지금까지 19세기 한문소설 연구에 있어 상대적으로 논의가 부족했던 한문중단편소설을 대상으로 주제 구현 양상과 서사적 특징을 중심으로 연구를 진행해 보았다. 이를 통해 19세기 한문소설사에서 중단편소설이 지닌 소설사적 의미를 자리매김해 보고자 하였다.

먼저 19세기 한문중단편소설의 흐름을 파악하기 위한 전제로 17~18세기 한문소설의 지형 변화를 중심으로 작품의 특징적 변이 양상을 살펴보았다. 이를 위해 ① 상호독점적인 남녀 관계의 균열 조짐, ② 비극적 결말구조 일변도의 탈피 두 가지 측면에서 분석하였다.

우선 17~18세기 한문소설에 있어 상호독점적인 남녀 관계의 균열이 생성된 시초는 〈주생전〉이었다. 남주인공인 주생이 두 명의 여주인공 배도, 선화와 결연 과정에서 새로운 사랑을 위해 이전 사랑을 배신하는 삼각관계가 전면에 등장한 것에서 확인된다. 이점은 전대 소설에서 보이지 않던 창안에 해당하는 것이면서도 단순히 애정의 변화를 배신으로만 치부되지 않게끔 그려냈다는 점에서 문제적이라 할 수 있다. 물론 이러한 서사의 변화는 중국 문언전기집에서 모티프를 차용하여 고안된 방식이긴 하나 단순한 모방에서 그치지 않고 애정전기 특유의 상호독점적 남녀 관계에서 탈피하려는 서사 지향의 선편을 잡았다는 점에서 〈주생전〉의 위상을 가늠할 수 있다.

이를 이어 등장한 〈백운선완춘결연록〉의 경우 남주인공인 백운선이 초기 전기의 남주인공처럼 월장을 감행하여 결연을 이루려는 모습을 보이지 않는 점에서 전대의 형상과는 다르다. 반면 여주인공인 이옥연이 시비를 시켜 서간을 전달하는 방식을 통해 자신의 심정을 남주인공에게 먼저 표현하는 모습을 보여주는 점에서 전대 전기와는 다른 결이 포착된다.

적극적인 여성의 면모는 백운선과 또 다른 결연을 형성하는 지월연의 경우를 통해 확인된다. 지월연과의 결연은 백운선이 과거에 급제해서 한림학사에 제수된 후 우연찮은 기회에 이루어지는데 주도적인 역할은 기생인 지월연이 담당한다. 하지만 남녀 주인공의 결연은 복수의 여주인공이 등장할지라도 두 여주인공의 비중에 차이가 드러나며, 이옥연이 우위를 차지한다. 핵심은 1:2의 결연 구도를 형성하는 서사문법이 전대 애정전기의 문법에서 이탈하려는 움직임을 본격적으로 구현하고 있다는 점이다.

한편, 〈빙허자방화록〉의 경우 〈백운선완춘결연록〉과 마찬가지로 남주인공 빙허자와 여주인공 박매영, 기생 영산홍과의 결연을 중심에 두고 서사가 진행된다. 〈빙허자〉 또한 기본적으로 남녀 결연 관계에 있어 1:2의 인물 관계를 서사의 토대로 구축하고 있다. 하지만 〈빙허자〉의 경우 빙허자와 박매영의 관계가 서사의 핵심 틀을 구성하며, 영산홍과의 결연은 그 비중이 다소 약하다. 그 이유는 영산홍과의 결연이 지극히 유흥적이며 순간적인 만남으로 그려져 있기 때문이다. 핵심은 〈빙허자〉 또한 애정전기의 상호독점적 관계가 균열이 생성되고 있음을 보여주는 작품으로 17세기 이후 소설사에서 논의할 필요가 있다는 점이다.

상호독점적 결연 관계에서 탈피하는 작품을 통해 17세기 소설사에서 서사가 다기하게 변화하는 양상을 확인할 수 있었다. 이는 이후 소설의 서사가 어떠한 변화의 흐름을 구축할 수 있는지 가늠해 보는 중요한 요소로 작용한 것이라 하겠다. 이를 통해 17세기 이후 소설은 편폭의 확장, 복수 주인공의 등장 등 다양한 요소를 예비할 수 있게 되었다.

두 번째로 비극적 결말 일변도의 탈피는 결말 처리방식에 있어 행복한 결말로 마무리된 작품이 등장하는 것을 뜻한다. 행복한 결말은 소설 특유의 흥미성과 독자의 기대지평에 대한 서사의 반응이라는 적극적 의미로 해석할 필요가 있다. 행복한 결말로 마무리되는 작품들은 초기 전기에서 보였던 개인적 욕망의 좌절이 작품에 투사되어 사소설의 성향이 강했던 것에서 탈피하려는 경향을 보인다. 소설 자체가 가진 흥미 추구의 경향을 적극적으로 인식하면서 독자를 일정정도 의식해 창작하려는 성향이 작품 속에서 서서히 발현되기 시작하였음을 의미하는 것으로 이해된다.

이와 관련해서 가장 주목할 부분이 흥미성이다. 말 그대로 흥미를 끌 만한 재미있는 요소를 작품에 첨입하여 서사를 구축하는 것인데, 행복한 결말은 이것을 가장 극적으로 반영한 서사방식이다.

하지만 여기엔 중요한 포인트가 있으니 바로 흥미소를 구성하는 것으로 우연 또는 환상으로 소환되는 것이 그것이다. 예를 들면 〈최척전〉에 등장하는 '장육불'의 형상과 〈동선기〉에 등장하는 '절단된 팔의 재생'이 대표적이다. 이를 해석하는 데 있어 우연성과 환상성이 작품의 미감을 반감시킬 만큼 과도하게 설정된 것으로 보기도 하였다. 하지만 이러한 설정은 그만큼이나 주인공들에게 주어진 고난의 무게가 심각했음을 반증하는 것으로 이해된다. 우연적이고 환상적인 요소의 등장이 한편으론 현실적 상황을 더욱 절실하게 느끼게 만드는 효과를 자아내기도 하는 것이다.

때문에 흥미소가 작품에 투사되어 행복한 결말을 견인하게 되면서 그 의미는 단순히 작가와 독자와의 쌍방향 반응과 만족의 수준에게 그치는 것이 아니었다. 이를 통해 대사회적 메시지까지 일정 부분 전달하려는 의지마저 읽혀질 정도로 그 이상을 넘어서는 의미를 내포한 것이다. 그러므로 17세기 한문소설이 행복한 결말을 포섭한 것은 고독(孤獨)으로 표상되는 초기 소설의 지표를 극복하고 소통을 일정 부분 고려한 변화의 전기(轉機)를 자기갱신을 통해 마련한 점에서 의미심장하다. 이 점은 향후 전개될 소설의 변화 양상을 일정 부분 예견케 한다는 점에서 의미를 부여할 수 있다.

이를 바탕으로 19세기 한문중단편소설의 주제 구현 양상에 관해 추적해 보았다. 그 결과 19세기에 창작된 한문중단편소설의 경우 다양한 작품들이 존재하되 그 주제적 맥락에 있어 양분되는 성향이 감지되었다. 이를 인정세태의 구현을 핵심으로 한 작품군과 보수적 인식의 구현을 주제로 설정한 작품군 두 계열로 나누어 고찰하였다.

첫째, 인정세태의 구현을 주제로 한 경우 19세기 서울의 인정세태 양상의 구현과 향촌사대부를 둘러싼 사회세태의 반영으로 구분하였다. 우선 19세기 서울의 인정세태 양상을 구현한 〈포의교집〉과 〈절화기담〉을 통해 불륜이란 소재를 바탕으로 당시 서울의 인정세태 양상을 사실적으로 서사화한 것에 주목하였다. 근대 이행기에 여성이 주체로 등장하여 애정의 향방을 주도적으로 담당한 것을 통해 애정세태의 양상이 어떻게 변화되고 있는지 그 궤적을 추적하였다. 이를 통해 한문중단편소설에서 주목한 애정세태의 일단을 구체적으로 확인할 수 있었다.

한편 〈종옥전〉과 〈오유란전〉으로 대표되는 세태소설 계열의 작품을 통해서는 향촌사대부를 둘러싼 사회세태의 반영을 통해 자기 계층의 위선과 허위의식을 일면을 살펴보았다. 하지만 이것은 겉으로 드러나는 현상일 뿐 향촌사대부의 경우 계급모순을 인정하지 않고 스스로 반성하고 깨우치게 만드는 기회를 줌으로써 결국 계급의 입지를 회복시켜 주는 결말로 처리되고 있었다. 이는 향촌사대부가 결국 자신의 계급성을 재확인하는 과정을 보여주는 것으로 보수적 세태의식의 일단을 구현한 것이라 판단하였다.

둘째, 보수적 시대인식의 구현을 주제로 한 경우 희화화의 방식을 통해 정절의식을 강조한 것과 '충/효'의 보수적 이데올로기 구현을 설정한 것으로 구분해 보았다. 희화화의 방식을 통해 정절의식을 강조한 작품으로는 〈일석화〉와 〈이화실전〉이 있는데 이들 작품의 경우 정절을 위해 희화화된 인물 형상을 구현하거나 계교의 어긋남으로 인한 음모의 전복 등이 서사화되고, 노비가 주인을 징치하는 역할 전변을 통해 정절의식을 강조하고 있음을 볼 수 있었다. 이것은 정절의식을 강화하기 위한 서사방식의 변화로 보이며 이를 통해 주제 구현의 방식에 보다 효과적인 측면으로 작용하고 있음을 확인할 수 있었다.

뿐만 아니라 〈한조충효록〉, 〈편옥기우기〉 등을 통해 보수적 이데올로기가 서사화되는 양상도 아울러 살펴보았다. 효의 완수를 위해 진력을 다하는 여성 주인공의 형상을 통해 보수적 의식이 소설적으로 구현되는 양상을 확인할 수 있었다. 아울러 충의 이데올로기를 강조하기 위해 애정담이 서사에서 그 역할이 제한되고 상대적으로 구국영웅담이 서사의 3분의 2 이상 서술되어 영웅의 형상에 초점이 맞춰지는 양상 또한 확인할 수 있었다. 이는 19세기라는 급변기에 '충/효'라는 전통적이고 묵수적인 이데올로기가 어떻게 소설화되고 있는지 적실하게 보여주는 예라 할 수 있다.

이를 바탕으로 19세기 한문중단편소설의 서사적 특징을 서술방식과 서사양식이라는 두 가지 측면에서 분석하였다. 먼저 서술방식의 경우 1) 중단편이 지향하는 주제 구현에 적합한 서술문체의 사용, 2) 주도적으로 문제 해결에 나서는 여성 형상의 강화, 3) '현실성'과 '환상성'의 활용을 통한 서사의 구축, 세 가지로 나누어 살펴보았다.

〈포의교집〉의 경우 문체적인 특성에 있어 전아하고 화려하며, 전고를 다수 사용하여 여성 주인공 초옥의 신념을 표출하는데 효과적인 전기적 문체를 활용하고 있었다. 윤리·도덕의 강조를 통해 효를 구현하는 〈편옥기우기〉에서는 효라는 주제가 가진 무게감을 절절하게 드러내고자 진중하고 엄숙한 발화를 등장인물의 언술을 통해 표현하고 있었다. 한편, 당대 애정세태를 현실적으로 표현하고 미묘하게 엇갈리는 남녀 주인공의 내면심리를 그려낸 〈절화기담〉에서는 백화를 사용하고 대화방식에 있어 현장성 있고 생동감 있는 문체로 표현하였으며, 〈한조충효록〉에서는 충이라는 거대 담론을 간결하고 평이한 문체를 사용하여 표현하였다. 따라서 장르와 주제를 표현하는 문체의 역할이 이 시기 들어 각각의 특성을 구현하는데 핵심적인 요소로 활용되고 있음을 알 수 있었다.

아울러 주체적이고 적극적인 여성 주인공이 등장하여 주도적, 핵심적인 역할을 수행하였는데, 이들은 사회적 약자임에도 불구하고 스스로를 약자의 처지에 두지 않고, 당당한 주체로 일어나려는 의지를 강렬하게 드러내었다. 이는 결국 '진보/보수'의 이념 문제를 떠나 본인의 신념 구현을 위해 위험을 감수하면서까지 그것을 지키려는 의지를 표현한 것이나 다름없는 것이었다. 핵심 주체가 지배계급인 사대부 남성이 아닌 사회적 약자인 여성이라는 점에서 여성 주체의 형상 변화를 주목할 필요가 있음을 의미하는 것이다. 19세기 한문중단편소설에서 여성 주체의 변화 양상의 가장 핵심적인 부면이 바로 이 점이라 할 수 있다.

서사양식의 경우 1) 중국 평점소설양식의 수용, 2) 재자가인류소설의 서사방식 수렴, 3) 전대 애정전기 서사문법의 계승과 변용으로 나누어 살펴보았다. 먼저 중국 평점소설의 양식을 차용한 작품으로 〈절화기담〉, 〈홍백화전비평〉, 〈무송전〉을 살펴보았다.

〈절화기담〉은 3회로 이루어진 장회소설로 편집자가 별도로 존재하며 매회별 회수평이 붙는 중국 평점소설양식을 적극 흡수한 작품이다. 회수평을 살펴본 결과 장회 1회에서는 이생과 순매의 만남을 진가와 허실의 입장에서 설명하여, 서로에 대한 마음의 변화 과정에 진정과 허구의 심리상태가 어떻게 작용하고 있는지 주안점을 둘 것을 강조하였다. 장회 2회에서는 이생과 간난이, 순매 3인의 관계를 중심으로 서로에 대한 마음의 진정성이 상호 엇갈린 상태로 중첩되는 서사에 대한 서술을 통해 비평자는 주목을 요하였다. 마지막으로 장회 3회에서는 사건의 교묘함, 이생의 호방함, 순매의 아름다움과 같은 단편적인 인상에 주목할 것이 아니라 문장의 공교로움, 의미의 세밀함, 말의 섬세함, 감정의 깊이 등과 같은 실제 작품의 묘미에 주목하지 못하는 것을 안타까워하였다. 때문에 진가를 적절히 교합하여 인물의 심리와 행동 변화에 대한 작가의 기교를 집중해서 살펴봐야 함을 주장하고 있었다.

〈무송전〉은 〈수호전〉 가운데 29회와 30회의 무송과 관련된 서사를 절록하여 하나의 독립된 작품으로 편찬한 것이다. 서사 단락별로 무송의 행위나 상황에 대한 비평자의 평문을 삽입하는 방식으로 구성되어 있다. 서두에 제시된 〈무송전서〉를 통해 볼 수 있듯이 패사소설이라 할지라도 후대 사람들에게 감계를 줄 가치를 지니고 있다면 읽기에 족하다는 소설의 효용성을 강조하고 있다. 〈무송전〉에 구사된 비평은 작품을 기술해 나가면서 서술 분절상 평을 달아야 할 부분에 평을 첨입하는 방식으로 되어 있다. 〈무송전〉의 비평을 살펴보면 명청대의 저명한 비평가들이 달았던 방식과 남재문고본 상호 간에 중첩된 것은 없으며, 편찬자의 인상 비평 위주로 주로 무송의 입장에서 기술된 인상비평이 다수를 차지하고 있다.

〈홍백화전비평〉은 당대에 통행되던 〈홍백화전〉의 특정이본을 모본으로 삼아 창작된 것은 아닌 것으로 판단된다. 기존 이본과는 결을 달리하는 전면적인 개작을 통해 작품이 서술되고 있음을 확인할 수 있다. 〈홍백화전비평〉은 세 명의 남녀 주인공의 결연이 얽히고 설키는 과정에서 발현되는 행동과 심리상태를 협비의 방식으로 주로 표현하였다. 등장인물의 행동에 대한 비평에 있어 호불호를 분명하게 표출하고 있으며, 작품의 뛰어난 서사단락 및 특정 대목 주안처에 대한 비평을 통해 서사적 맥락을 부각시키고 있는 것에서 특징적인 면을 간취할 수 있다.

둘째로 중국의 재자가인류 소설의 서사방식을 수렴한 작품으로 〈낙동야언〉, 〈오로봉기〉, 〈삼해지〉를 주목하였다. 〈낙동야언〉은 권사정에 의해 창작된 작품으로 총 8회의 장회소설로 구성되어 있으며 재자가인소설의 남주인공에게 보이는 편력적인 남성상이 확인된다. 뿐만 아니라 19세기 세태소설에 보이는 희작적 성향과 트릭담도 아울러 확인할 수 있다. 작품은 재자가인소설의 서사방식을 지향하면서 전반적으로 진지함과는 거리가 멀고, 가벼운 흥미 위주의 서사로 구성되어 있다. 이를 통해 애정전기소설과 재자가인소설의 차이를 확인할 수 있으며 〈낙동야언〉은 재자가인소설의 조선적 전변을 보여준다는 점에서 의미가 있다.

〈오로봉기〉는 중편 이상의 분량과 장회소설로 되어 있는 점, 재자와 가인의 남녀 주인공 및 일대다의 남녀 결연 양상 구축, 적강소설의 서사구조 등을 통해 재자가인소설에 해당되는 작품으로 판단된다.

〈삼해지〉는 재자가인소설의 대표적 구성방식인 장회체로 되어 있지는 않으나, 남녀 주인공의 결연방식 및 조화로움을 지향하는 일부다처의 형상을 통해 재자가인소설의 영향이 짙게 드리워진 작품임을 알 수 있다. 편력적인 면모를 지닌 재자와 조화로움을 추구하는 가인, 재자가인에 필적할 만한 재모를 지닌 시비, 늑혼을 통해 갈등을 야기하는 악인의 형상을 통해 재자가인소설에 등장하는 인물이 입체적으로 형상화되어 있다.

세 번째 전대 애정전기소설의 양식을 계승한 것으로 〈포의교집〉, 〈종생전〉, 〈오후강전〉, 〈유생전〉 등을 들 수 있다. 〈포의교집〉은 사건 진행의 인과성, 작품의 시·공간적 배경 등이 사실적인 필치로 서사화된 것에서 전대 애정전기가 지향하던 현실성을 적극적으로 반영한 작품이다. 이는 사실성에 바탕을 둔 창작 경향이 일정 부분 흐름을 이루고 있던 것과 맥을 같이하는 것으로 이해되는 부분이다. 뿐만 아니라, 삽입 한시의 경우 작가의 창작이 아닌 '난설헌시'의 차용이 이뤄지고 있는데 이는 〈포의교집〉 작품 전편을 관류하는 사실성의 추구가 전일하게 반영된 것을 확인할 수 있는 부분이다.

〈종생전〉은 임신을 통해 결연갈등의 문제가 발생, 부각되고 해결이 소송이라는 사실적인 방안을 통해 진행된다는 점에서 작품이 내포한 사실성의 무게를 가늠해 볼 수 있다. 현실적 모티프의 가미를 통해 작품의 현실감을 증폭시키는 방식으로 창작된 것으로 이를 통해 19세기 한문소설이 지닌 패턴의 일단을 짐작할 수 있다. 현실성의 고양과 강화를 통해 당대 사회상과 인정세태를 현미경으로 들여다보듯 그려낸 점에서 혼란하고 불안한 시대를 살아가는 생의 의미가 어떻게 규정될 수 있을지 당대 인의 내면을 반추한 것으로 해석할 수 있다.

〈오후강전〉은 애정전기의 요소와 영웅군담의 요소가 적절히 배합된 작품으로 창작의식과 관련해 살펴볼 측면이 많다. 특히 전기적 성향을 띤 인물 형상과 그 인물의 활약상을 담은 영웅군담이 결합된 형태는 19세기 한문소설이 전대의 전통을 일정 부분 계승하면서도 당대 유행하던 소설의 경향을 반영하고자 한 의도가 엿보이는 면으로 이해된다.

〈유생전〉은 애정전기 계열에 포함시킬 수 있으나 죽은 여주인공이 환생하여 남주인공과 못다한 사랑을 나누다 죽는 행복한 결말을 통해 변용 양상 또한 함께 살펴볼 필요가 있는 작품이다. 특히 인귀교환이라는 초기 전기적인 모티프가 첨입되어 있어 이 시기 소설사에서 유사한 경우를 찾아보기 힘든 독특한 양상을 보여준다.

앞선 논의를 종합하여 19세기 한문중단편소설의 소설사적 의미를 1) 단편서사 전통의 계승을 통한 시대의 변화 양상 포착, 2) 한문장편의 박학 추구와 변별되는 특정 주제 중심의 서사 구현, 3) '일상/여성/대중' 등의 담론 수용을 통한 미시적 서사의 추구라는 세 가지 측면에서 분석하고 그 의미를 밝혀보았다.

그 결과 단편서사 전통의 흐름을 계승한 측면이 확인되었다. 19세기에 들어 일반적인 생각과는 달리 작품의 양이 증가하는데, 이때 중요한 연결고리의 역할을 한 것은 시대상을 폭넓게 반영한 애정전기류와 재자가인류 소설이었다. 이들로 인해 전대 단편서사 전통의 흐름이 지속적으로 연결될 수 있었던 것이다. 하지만 전대 단편서사류의 전통을 단순히 계승하는데 그치기만 한 것은 아니었다. 시대의 변화를 주목하고 단편서사에서 접목할 수 있는 부분들을 적극적으로 흡수하려 노력한 지점 또한 확인되었다.

뿐만 아니라, 한문중단편소설의 경우 나름의 독자적인 지분을 구축할 수 있는 생존전략을 마련하기 위해, 특정 주제를 중심으로 한 글쓰기 방식을 사용하고 있었다. 특정 주제에 대한 집중은 한문장편소설이 거대 담론으로 다종다양의 내용을 포괄하려 했던 것과 변별되는 특징으로, 상대적으로 분량이 길지 않기 때문에 다양하고 폭넓은 내용을 담을 수는 없었다. 때문에 당연히 특정 주제에 대한 집중으로 서사전략이 세워질 수밖에 없었던 것으로 이해된다. 하지만, 논의하려는 주제의 범위는 상대적으로 그 폭이 다양하게 확장되고 있었다.

마지막으로 한문중단편소설의 경우 '일상/여성/대중' 등의 담론 수용을 통한 미시적 서사를 추구하려는 경향이 상대적으로 강하게 드러나고 있었다. 예를 들어 〈포의교집〉에서 양파의 발언과 행동을 통해 표출되는 사회 인식의 양상과 〈이화실전〉에서 시비가 주인의 뺨을 후려치며 회개를 요구하는 행동을 통해 그 일단을 확인할 수 있다. 이들 방식은 한문중단편소설이 한문장편소설에 비해 시대인식의 일단을 작품화하는데 상대적으로 적극적임을 반증하는 것으로 이해된다. 세태소설로 표현되는 당대인식의 측면과는 달리 당대 세태에 대한 비판의 차원에서 그치는 게 아니라 주변 시·공간에 대한 사실적 묘사, 사회적 약자인 여성의 형상에 대한 폭넓은 시선, 당대 문화 트렌드의 반영 등을 통해 일면 시시콜콜하고 신변잡기적으로 보일 수 있는 것을 포착하여 시대변화에 소설이 반응한 구체적 모습을 명징하게 드러낸 것으로 생각되는 것이다.

따라서 19세기 한문중단편소설의 경우 한문장편소설과 구별되는 인식을 통해 당대 시대적, 문학적 환경 변화에 능동적으로 대응해 왔음을 알 수 있다. 이를 통해 당대의 소설사가 장편소설 일변도의 구성에만 머물러 있었던 것이 아니라 다양하고 역동적인 형태로 존재하고 있었음을 알 수 있다. 그런 차원에서 19세기 한문중단편소설이 지닌 시대인식의 양상을 확인할 수 있을 것으로 판단된다.

앞선 논의를 통해 19세기 한문중단편소설에 대한 기존 구도를 극복해야 할 필요성은 여실히 증명된 것으로 판단된다. 새롭게 발굴, 소개된 작품으로 인해 19세기 한문소설사의 구도는 수정될 필요가 있음을 충분히 보여주고 있기 때문이다. 따라서 관련 자료들을 보다 폭넓게 섭렵하고 논리를 정치하게 보완할 필요가 제기된다. 이를 통해 19세기 한문소설사의 구도와 시각에 대한 새로운 접근이 기획될 것이며, 이 시기 소설사의 사적 위상과 의미에 관해서도 다른 차원에서 검토할 수 있을 것으로 생각된다.

참고문헌

1. 資料

權思鼎, 〈洛東野言〉, 남권희 교수 소장본.

金 琦, 〈丁生傳〉. 『國語國文學論文集』 12, 동국대 국어국문학과, 1983.

睦台林, 〈鍾玉傳〉, 金起東 編, 『筆寫本 古典小說全集(3)』, 亞細亞文化社, 1980.

〈武松傳〉, 영남대 남재문고 소장본.

『白頭山記』, 고려대 신암문고 소장본.

〈白雲仙翫春結緣錄〉, 『교감본 한국한문소설』(고려대 민족문화연구원), 보고사, 2007.

〈憑虛子訪花錄〉, 『교감본 한국한문소설』(고려대 민족문화연구원), 보고사, 2007.

〈三海誌〉, 국립중앙도서관 소장본.

石泉主人 著, 南華散人 編次, 〈折花奇談〉(日本 東洋文庫 소장본), 『韓國學報』 68, 一志社, 1992.

『仙異帖』, 고려대 만송문고 소장본.

『瑣錄』, 경북대 도서관 소장본.

〈五老峰記〉, 국립중앙도서관 소장본.

〈吳後姜傳〉, 경북 상주 이채하 씨 소장본.

〈劉生傳〉(하버드대학 연경도서관본), 李相澤 編, 『海外蒐佚本 韓國古小說叢書(8)』, 太學社, 1998.

〈王慶龍傳〉, 『羅孫本 筆寫本古小說資料叢書(29)』, 保景文化社, 1991.

〈韋敬天傳〉(林熒澤 敎授 校注本),『東洋學』22, 檀國大學校 東洋學硏究
　　　所, 1992.

「〈一夕話〉·〈丁香傳〉·〈李長白傳〉」,『조선학보』90집, 조선학회, 1979.

李鈺,〈沈生傳〉, 朴熙秉 選注,『韓國漢文小說校合救解』, 소명출판, 2004.

李玄綺,『綺里叢話』, 영남대 동빈문고 소장본.

〈李花實傳〉, 국립중앙도서관『要覽』소수본.

張心學,〈文鰷傳〉, 성균관대 존경각 소장본.

趙緯韓,〈崔陟傳〉, 朴熙秉 選注,『韓國漢文小說校合救解』, 소명출판,
　　　2004.

〈宗生傳〉, 류준경 교수 소장본.

春坡散人 戲著, 竹泉居士 騰釋,〈烏有蘭傳〉, 경북대 도서관 소장본.

〈布衣交集〉, 서울대 규장각 소장본.

〈片玉奇遇記〉, 국민대 성곡도서관 소장본.

〈韓趙忠孝錄〉, 경북대 도서관 소장본.

〈紅白花傳批評〉, 단국대 연민문고 소장본.

2. 單行本

강명관,『열녀의 탄생』, 돌베개, 2009.

김준형,『한국패설문학연구』, 보고사, 2007.

김태준 著, 박희병 校注,『증보 조선소설사』, 한길사, 1995.

김현양,『한국고전소설사의 거점』, 보고사, 2008.

『奎章閣所藏語文學資料』文學編, 太學社, 2001.

민족문학사연구소 고전소설사연구반,『묻혀진 문학사의 복원』, 소명출
　　　판, 2006.

朴熙秉, 『韓國傳奇小說의 美學』, 돌베개, 1997.

朴熙秉 選注, 『韓國漢文小說 校合救解』, 소명출판, 2004.

박희병, 『연암과 선귤당의 대화』, 돌베개, 2010.

이수봉, 『요로원야화기 연구』, 태학사, 1984.

장경남, 『임진왜란의 문학적 형상화』, 아세아문화사, 2000.

장시광, 『한국고전소설과 여성소설』, 보고사, 2006.

장효현, 『韓國古典小說史研究』, 고려대 출판부, 2002.

장효현 외, 『교감본 한국한문소설』(고려대 민족문화연구원), 보고사,
        2007.

정길수, 『한국고전장편소설의 전개』, 돌베개, 2007.

정길수, 『구운몽 다시 읽기』, 돌베개, 2010.

정출헌, 『고전소설사의 구도와 시각』, 소명, 1999.

정환국, 『초기소설사의 형성과정과 그 저변』, 소명, 2007.

임향란, 『한중 재자가인소설류 비교연구』, (주)한국학술정보, 2008.

조상우, 『애국계몽기 한문산문의 의식지향 연구』, 다운샘, 2005.

조재현, 『고전소설 환상세계』, 월인, 2006.

曺喜雄, 『古典小說 文獻情報』(고전소설 연구자료총서Ⅲ), 集文堂, 2000.

3. 번역서 및 외국 논저

陳平原 著, 이종민 譯, 『中國小說敍事學』(살림中國文化叢書 2), 살림,
        1994.

方正耀 著, 郭豫適 監修, 洪尙勳 譯, 『中國小說批評史略』, 乙酉文化社,
        1994.

向楷 著, 『世情小說史』, 浙江古籍出版社, 1998.

『水湖傳 會評本』上, 北京大學出版社, 1998.

김경미·조혜란 역주, 『19세기 서울의 사랑 〈절화기담〉, 〈포의교집〉』, 여이연, 2003.

서신혜·이승수 역주, 『삼한습유』, 박이정, 2003.

신해진 역주, 『朝鮮後期 世態小說選』, 月印, 2000.

유몽인 著, 신익철·이형대·조융희·노영미 역, 『어우야담』, 돌베개, 2006.

이대형·이미라·박상석·유춘동, 『요람: 19세기 독서인의 잡학 요람』, 보고사, 2012.

이상구 역주, 『17세기 애정전기소설』, 月印, 1999.

李佑成·林熒澤 譯編, 『李朝漢文短編集』上·中·下, 一潮閣, 1975·1978.

임방 著, 정환국 역, 『교감 역주 천예록』, 성균관대 출판부, 2005.

정병호 역주, 『임진록·유생전·승호상송기』, 박이정, 2015.

정학성, 『역주 17세기 한문소설집』, 삼경문화사, 2000.

조관희 역, 『중국 고대소설과 평점소설』, 소명, 2009.

조희웅 외 공편, 『편옥기우기』, 박이정, 2002.

한석수·김정선 공역, 『환상소설』, J&C, 2006.

4. 一般論文

강상순, 「傳奇小說의 해체와 17세기 소설사적 전환의 성격」, 『어문론집』 36, 안암어문학회, 1997.

강화랑, 「〈丁生傳〉 서술방식과 작가의식」, 경북대학교 석사논문, 2007.

권도경, 「〈丁生傳〉의 서사구조적 특징과 18세기 전기소설적 의미」, 『민

278

족문학사연구』18, 민족문학사연구소, 2001.

권도경, 「17세기 애정류 전기소설에 나타난 정절관념의 강화와 그 의미」, 『한국 고전여성문학연구』2, 한국고전여성문학회, 2001.

권도경, 「조선 후기 애정전기소설의 변심주지와 그 소설사적 의미」, 이화여자대학교 박사논문, 2002.

김경미, 「19세기 한문소설의 새로운 모색과 그 의미」, 『한국문학연구』창간호, 고려대학교 민족문화연구원 한국문학연구소, 2000.

김경미, 「음사소설의 수용과 19세기 한문소설의 변화」, 『고전문학연구』25, 한국고전문학회, 2004.

김경미, 「19세기 문화의 새로운 국면, 한문 장편소설 작가층의 등장」, 『한국문화연구』9, 이화여대 한국문화연구원, 2005.

김경미, 「조선 후기 성담론과 한문소설에 나타난 섹슈얼리티의 재현」, 『한국한문학연구』42, 한국한문학회, 2008.

김경미, 「서울의 유교적 공간 해체와 섹슈얼리티의 공간화」, 『고전문학연구』35, 한국고전문학회, 2009.

김수영, 「〈요로원야화기〉 연구」, 서울대학교 석사논문, 2006.

金榮鎭, 「兪晚柱의 한문 단편과 記事文 대한 일고찰: 조선 후기 京華老論 문인의 문예취향의 한 단면」, 『大東漢文學』13집, 大東漢文學會, 2000.

金榮鎭, 「『기리총화』에 대한 일고찰: 편찬자 확정과 후대 야담집과의 관련 양상을 중심으로」, 『韓國漢文學研究』28, 韓國漢文學會, 2001.

金榮鎭, 「朝鮮後期 明清小品의 수용과 小品文의 전개 양상」, 고려대학교 박사논문, 2003.

김유진, 「〈최고운전〉의 서사특성 연구」, 서울대학교 석사논문, 2009.

김인회, 「張心學의 〈문요전〉 연구」, 『한국어문학연구』 50, 한국어문학연구학회, 2007.

金貞淑, 「〈白雲仙翫春結緣錄〉의 통속성 연구: 재자가인소설과 관련하여」, 『어문논집』 49, 민족어문학회, 2004.

金貞淑, 「朝鮮後期 才子佳人小說 硏究」, 고려대학교 박사논문, 2004.

김진영·차충환, 「화소와 결구방식을 통해 본 영웅소설의 유형성」, 『어문연구』 110권, 한국어문교육연구회, 2001.

文盛信, 「〈漢唐遺事〉 硏究」, 한국학중앙연구원 석사논문, 2007.

朴魯春, 「〈憑虛子訪花錄〉·〈白雲仙翫春結緣錄〉略考」, 『한메 金永驥先生 古稀記念 論文集』, 螢雪出版社, 1971.

박영희, 「17세기 才子佳人小說의 수용과 영향: 〈好逑傳〉을 중심으로」, 『韓國古典硏究』 4집, 한국고전연구회, 1999.

박일용, 「〈최고운전〉의 창작시기와 초기본의 특징」, 『고소설연구』 29, 한국고소설학회, 2010.

朴熙秉, 「漢文小說과 國文小說의 관련양상」, 『韓國漢文學硏究』 22, 韓國漢文學會, 1998.

권도경, 「『종북소선』 평어 연구」, 『민족문학사연구』 38, 민족문학사연구소, 2008.

朴芝嬉, 「『稗說集錄』의 敍述方式과 創作意識」, 경북대학교 석사논문, 2012.

신동흔, 「〈운영전〉에 대한 문학적 반론으로서의 〈영영전〉」, 『국문학연구』 5, 국어국문학회, 2001.

申相弼, 「〈洞仙記〉 硏究」, 성균관대학교 석사논문, 1997.

申相弼, 「筆記의 敍事化 樣相에 관한 硏究」, 성균관대학교 박사논문, 2004.

280

서경희, 「〈옥선몽〉 연구: 19세기 소설의 정체성과 소설론의 향방」, 이화
　　여자대학교 박사논문, 2004.

서신혜, 「〈三韓拾遺〉의 문헌수용 양상과 변용미학 연구」, 한양대학교
　　박사논문, 2003.

安大會, 「평양기생의 인생을 묘사한 小品書 『綠波雜記』 연구」, 『한문학
　　보』 14, 우리한문학회, 2006.

安大會, 「19세기 희곡 『北廂記』 연구」, 『고전문학연구』 33, 한국고전문
　　학회, 2008.

梁承敏, 「17세기 傳奇小說의 통속화 양상과 그 소설사적 의미」, 고려대
　　학교 박사논문, 2004.

양승민·권진옥, 「버클리대 소장 한문소설집 『白湖話談』에 대하여」, 『고
　　전과해석』 8, 고전문학한문학연구학회, 2010.

양은옥, 「『奇說』 연구」, 경북대학교 석사논문, 2007.

우창호, 「조선 후기 세태소설 연구」, 경북대학교 박사논문, 1997.

尹世旬, 「〈紅白花傳〉을 통해 본 愛情傳奇의 이행기적 양상」, 『漢文學報』
　　2, 우리한문학회, 2000.

尹世旬, 「〈紅白花傳〉 연구」, 성균관대학교 박사논문, 2002.

尹世旬, 「17세기 전기소설에 나타난 삽입시가의 존재양상과 기능」, 『東
　　方漢文學』 42, 東方漢文學會, 2010.

尹在敏, 「조선 후기 전기소설의 향방」, 『민족문학사연구』 15, 민족문학
　　사연구소, 1999.

尹在敏, 「〈洞仙記〉의 장르적 性格」, 『민족문화연구』 44, 고려대 민족문
　　화연구원, 2006.

이경미, 「〈丁生傳〉에 나타난 人物形象 연구」, 『文學과言語』 26, 文學과
　　言語學會, 2004.

이기대, 「19세기 한문장편소설 연구」, 고려대 박사논문, 2004.

이대형, 「〈李花實傳〉연구」, 『大東漢文學』 29, 大東漢文學會, 2008.

李來宗, 「鮮初 筆記의 展開樣相에 관한 硏究」, 고려대학교 박사논문, 1997.

이병직, 「19세기 한문장편소설 연구」, 부산대학교 박사논문, 2001.

이승수, 「동아시아 문학사의 反儒 전통 一考: 金聖嘆의 〈水滸傳〉송강 평을 중심으로」, 『한국언어문화』 31, 한국언어문화학회, 2006.

이승수, 「〈水滸傳〉武松 評에 나타난 金聖嘆의 비평의식: 武十回를 중심으로」, 『고소설연구』 24, 한국고소설학회, 2007.

이승수, 「〈水滸傳〉林沖 서사의 金聖嘆 讀法」, 『韓國漢文學硏究』 40, 韓國漢文學會, 2007.

이승수, 「김성탄 소설독법의 실제: 〈水滸傳〉초반 노달 서사 평비를 중심으로」, 『한국언어문화』 38, 한국언어문화학회, 2009.

이승수, 「黑旋風 李逵의 인물 형상과 서사 기능: 金聖嘆 비평의 관점에서」, 『고소설연구』 29, 한국고소설학회, 2010.

李承炫, 「『綺里叢話』硏究」, 성균관대학교 석사논문, 2009.

이종필, 「朝鮮中期 戰亂의 小說化 樣相과 17世紀 小說史」, 고려대학교 박사논문, 2012.

이지하, 「19세기 한문 장편소설의 여성 주인공의 형상과 그 의미」, 『국어국문학』 149, 국어국문학회, 2008.

이혜순, 「조선조 열녀전 연구」, 『성곡논총』 제30집, 성곡학술문화재단, 1999.

林熒澤, 「傳奇小說의 戀愛主題와 〈韋敬天傳〉」, 『東洋學』 22, 檀國大學校 東洋學硏究所, 1992.

林熒澤, 「문화현상으로 본 19세기」, 『역사비평』 겨울호(계간 35호), 역사비평사, 1996.

林熒澤, 「19세기 문학예술의 성격, 그 인식상의 문제점」, 『廣山具仲書博士 華甲紀念論文集』, 太學社, 1996.

林熒澤, 「『기리총화』 소재 한문 단편」, 『민족문학사연구』 11, 민족문학사연구소, 1997.

呂奉洙, 「〈蓬萊新說〉 研究」, 고려대학교 석사논문, 2007.

張孝鉉, 「형성기 고전소설의 낭만성과 현실성」, 『민족문학사연구』 10, 민족문학사연구소, 1997.

전성운, 「〈九雲夢〉의 창작과 명말 청초 艶情小說: 〈空空幻〉과의 비교를 중심으로」, 『고소설연구』 12, 한국고소설학회, 2001.

정규식, 「〈周生傳〉의 인물 연구」, 『고소설연구』 28, 한국고소설학회, 2009.

鄭吉秀, 「傳奇小說의 전통과 〈九雲夢〉」, 『韓國漢文學研究』 30, 韓國漢文學會, 2002.

鄭吉秀, 「17세기 동아시아 소설의 遍歷構造 비교: 〈구운몽〉, 〈肉蒲團〉, 〈好色一代男〉의 경우」, 『고소설연구』 21, 한국고소설학회, 2006.

鄭吉秀, 「〈廣寒樓記〉評批 분석(1): 小广主人의 序文과 讀法」, 『東方漢文學』 36, 東方漢文學會, 2008.

鄭 珉, 「〈韋敬天傳〉의 낭만적 悲劇性」, 『韓國學論集』 24, 漢陽大學校 韓國學研究所, 1994.

鄭炳浩, 「〈沈生傳〉의 敍述方式과 意味志向」, 『文化傳統論集』 創刊號, 慶星大學校 鄕土文化研究所, 1993.

鄭炳浩, 「〈周生傳〉과 〈韋敬天傳〉 비교고찰」, 『古小說研究』 6, 韓國古小說學會, 1998.

鄭炳浩, 「漢文小說〈柳五乘記〉解題 및 譯註」,『嶺南學』12, 경북대학교 영남문화연구원, 2007.

鄭炳浩, 「漢文小說〈一夕話〉譯註 및 原文 標點」,『嶺南學』24, 경북대학교 영남문화연구원, 2013.

鄭善姬, 「睦台林 文學 研究」, 이화여자대학교 박사논문, 2001.

鄭善姬, 「朝鮮後期 文人들의 金聖嘆 評批本에 대한 讀書 談論 연구」,『동방학지』129, 연세대 출판부, 2005.

정우봉, 「미발굴 한문희곡〈百祥樓記〉연구」,『韓國漢文學研究』41, 韓國漢文學會, 2008.

鄭煥局, 「17세기 초 소설에 미친 元明傳奇小說의 영향에 대하여」,『漢文學報』1, 우리한문학회, 1999.

鄭煥局, 「16~17세기 동아시아 전란과 애정전기」,『민족문학사연구』15, 민족문학사연구소, 1999.

鄭煥局, 「17세기 愛情類 한문소설 연구」, 성균관대학교 박사논문, 2000.

鄭煥局, 「전기소설 삽입시의 미감」,『민족문학사연구』32, 민족문학사연구소, 2005.

鄭煥局, 「19세기 문학의 '불편함'에 대하여: 그로테스크한 경향」,『한국문학연구』34, 동국대 한국문학연구소, 2009.

조혜란, 「〈한당유사〉연구」,『韓國古典研究』1, 한국고전연구회, 1995.

지연숙, 「〈周生傳〉의 배도 연구」,『고전문학연구』28, 한국고전문학회, 2005.

진경환, 「영웅소설의 통속성 재론」,『민족문학사연구』3, 민족문학사연구소, 1993.

車美愛, 「駱西 尹德熙 繪畫 研究」, 홍익대학교 석사논문, 2001.

최수경, 「淸代 才子佳人小說의 研究」, 고려대학교 박사논문, 2001.

崔允姬,「〈紅白花傳〉의 構成的 特徵과 敍述 意識」, 고려대학교 석사논문, 1999.

韓 梅,「朝鮮後期 金聖嘆 文學批評의 受容樣相 硏究」, 성균관대학교 박사논문, 2002.

韓義崇,「鶴陰 沈遠悅의 『榕腦叢說』에 대하여」,『嶺南學』8호, 경북대 영남문화연구원, 2005.

韓義崇,「17세기 傳奇小說의 낭만성과 현실성, 통속성에 대한 논의와 작품의 실제」,『인문연구』51, 영남대학교 인문과학연구소, 2006.

韓義崇,「『於于野談』 이본소개」,『嶺南學』10호, 경북대학교 영남문화연구원, 2006.

【부록】 19세기 한문중단편소설 주요 작품 연구 목록

1. 「布衣交集」

이승복, 「한문소설 〈布衣交集〉의 인물 형상과 소설사적 의의」, 『규장각』
21, 서울대학교 규장각, 1998.

신상필, 「한문소설 〈布衣交集〉 연구」, 『한문학보』 3, 우리한문학회,
2001.

한의숭, 「〈布衣交集〉 연구: 애정전기 전통의 계승과 변화를 중심으로」,
경북대 석사학위논문, 2001.

조혜란, 「〈布衣交集〉의 여주인공 초옥에 대한 연구」, 『한국고전여성문
학연구』 2, 한국고전여성문학회, 2001.

김정숙, 「〈布衣交集〉의 소설적 특징 연구」, 『한문교육연구』 16, 한국한
문교육학회, 2001.

권도경, 「〈布衣交集〉의 애정갈등과 비극적 결말의 현실적 의미」, 『국어
국문학』 132, 국어국문학회, 2002.

권도경, 「근대 이행기 한문소설 〈布衣交集〉에 나타난 여성의 몸」, 『인문
연구』 47, 영남대 인문과학연구소, 2004.

한의숭, 「〈布衣交集〉의 문체와 서사적 특징」, 『어문론총』 41, 한국문학
언어학회, 2004.

황진묵, 「〈布衣交集〉 연구」, 동아대학교 석사논문, 2004.

윤채근, 「〈布衣交集〉에 나타난 근대적 욕망 구조」, 『청람어문교육』 35,
청람어문교육학회, 2007.

정환국, 「초옥과 옹녀: 19세기 비극적 자아의 초상」, 『한국문학연구』

33, 동국대 한국문학연구소, 2007.

조상우, 「〈布衣交集〉과 〈아내가 결혼했다〉의 스토리텔링 비교 연구」, 『동양고전연구』 28, 동양고전학회, 2007.

조승애, 「〈布衣交集〉에 나타나는 근대성 연구: 나스메 소세키의 산시로 와 연관하여」, 단국대학교 석사논문, 2007.

이정원, 「〈布衣交集〉의 서사적 성격: 애정 전기소설 양식론의 입장에서」, 『어문연구』 제36권 제3호, 어문연구학회, 2008.

이월영, 「〈布衣交集〉 연구」, 『한국언어문학』 67호, 한국언어문학회, 2008.

조미현, 「〈布衣交集〉 남녀 주인공의 의식세계 일고찰」, 인하대학교 석사 논문, 2009.

정은영, 「조선 후기 한문서사의 성 담론: 〈折花奇談〉, 〈布衣交集〉, 〈北 廂記〉, 〈百祥樓記〉를 중심으로」, 한양대학교 석사논문, 2009.

김문희, 「〈折花奇談〉과 〈布衣交集〉에 재현된 한양과 사랑의 의미」, 『서 강인문논총』 26, 서강대 인문과학연구소, 2009.

이도흠, 「서울의 기호학-어제, 오늘, 내일; 서울의 사회문화적 공간과 그 재현 양상 연구: 19세기의 『포의교집』, 일제시대의 『천변풍 경』, 1960년대의 『서울, 1964년 겨울』을 중심으로」, 『기호학연 구』 25, 한국기호학회, 2009.

하성란, 「〈布衣交集〉의 삽입시 연구」, 『한국문학연구』 38, 동국대 한국 문학연구소, 2010.

허정주, 「〈布衣交集〉의 근대성에 관하여」, 『건지인문학』 3, 전북대 인문 학연구소, 2010.

김수연, 「〈布衣交集〉 주인공 초옥의 反烈女的 성격」, 『고소설연구』 31, 한국고소설학회, 2011.

이유정, 「〈布衣交集〉 남성주인공 '이생'에 관한 연구: 남성의 사랑과 불

류의 의미를 중심으로」, 『한국어와 문화』 12, 숙명여대 한국어
　　　 문화연구소, 2012.

김경애, 「〈布衣交集〉 인물 형상의 근대성 연구: 초옥을 중심으로」, 영남
　　　 대학교 석사논문, 2012.

양현성, 「조선후기 서사문학에 나타난 上京士人 연구: 〈요로원야화기〉
　　　 와 〈포의교집〉을 중심으로」, 동국대학교 석사논문, 2012.

김다슬, 「〈布衣交集〉의 인물성격과 작가의식」, 순천대학교 석사논문,
　　　 2013.

박일용, 「〈布衣交集〉에 설정된 연애 형식의 전복성과 역설」, 『고소설연
　　　 구』 37, 한국고소설학회, 2014.

박길희, 「19세기 소설에 등장하는 하층여성의 일탈과 그 의미: 〈절화기담〉
　　　 과 〈포의교집〉을 중심으로」, 『배달말』 57, 배달말학회, 2015.

홍정원, 「조선 후기 소설의 이중적 성격에 대한 小考: 〈유화기연〉, 〈숙녀
　　　 지기〉, 〈포의교집〉을 중심으로」, 『어문학보』 35, 강원대, 2015.

2. 「折花奇談」

이수진, 「〈折花奇談〉 소고」, 『영남어문학』 15, 영남어문학회, 1988.

김경미, 「〈折花奇談〉 研究」, 『한국고전연구』 1, 한국고전연구회, 1995.

최현정, 「〈折花奇談〉 연구」, 연세대학교 석사논문, 1996.

정길수, 「〈折花奇談〉 研究」, 서울대학교 석사논문, 1999.

윤채근, 「〈折花奇談〉에 나타나는 환유적 사랑」, 『한국고전연구』 8, 한국
　　　 고전연구학회, 2002.

권도경, 「〈周生傳〉과 〈折花奇談〉의 사랑의 방식」, 『한국문학연구』 4,
　　　 고려대 민족문화연구원 한국문화연구소, 2003.

우 장, 「〈折花奇談〉 연구: 서사적 특징과 인물형상을 중심으로」, 단국
　　　　대학교 석사논문, 2006.

백성기, 「19세기 애정세태소설에 나타난 풍속 연구: 〈折花奇談〉과 〈布
　　　　衣交集〉을 중심으로」, 동국대학교 석사논문, 2010.

이수곤, 「'결혼 후 찾아온 사랑'에 대한 인식의 시대적 변천 양상 고찰:
　　　　19세기 「포의교집」과 1930년대 「유정」의 대조를 중심으로」, 『국
　　　　제어문』 58, 국제어문학회, 2013.

박윤선, 「〈折花奇談〉 研究」, 서울시립대학교 석사논문, 2013.

이효선, 「〈折花奇談〉의 서사기법 연구」, 목포대학교 석사논문, 2013.

이민희, 「김유정의 자전(自傳) 소설 「두꺼비」와 「生의 伴侶」 연구: 한문
　　　　소설 『절화기담(折花奇談)』과의 비교를 중심으로」, 『어문학보』
　　　　35, 강원대학교, 2015.

刘涵涵, 「〈절화기담〉에 나타난 윤리의식과 19세기 애정소설의 변모」,
　　　　『건지인문학』 15, 전북대 인문학연구소, 2016.

3. 「洛東野言」

김정숙, 「『洛東野言』 소재 소설에 대한 일고찰」, 『고소설연구』 17, 한국
　　　　고소설학회, 2004.

정병호, 「〈洛東野言〉 해제 및 주석」, 『동방한문학』 23, 동방한문학회,
　　　　2002.

권도경, 「〈洛東野言〉의 유형적 성격」, 『대동한문학』 21, 대동한문학회,
　　　　2004.

김동협, 「〈洛東野言〉 소개」, 『국제언어문학』 10, 국제언어문학회, 2004.

4. 「劉生傳」

정운채, 「〈劉生傳〉의 이본적 특성과 부녀대립 양상」, 『선청어문』 24,
　　서울대학교 국어교육학과, 1996.
박일용, 「전기적 애정 모티브의 영웅소설적 형상화 방식 연구: 〈유문성
　　전〉과 〈劉生傳〉을 중심으로」, 『人文科學』 3, 弘益大學校 人文科
　　學研究所, 1996.
서경희, 「〈劉生傳〉 연구」, 『古小說研究』 9, 韓國古小說學會, 2000.
서명희, 「〈劉生傳〉의 모티브와 서술의식」, 경북대학교 석사논문, 2002.
이명현, 「〈劉生傳〉, 〈방씨전〉, 〈유문성전〉 비교연구」, 『어문논집』 34,
　　중앙어문학회, 2006.
한의숭, 「〈劉生傳〉의 '通俗性'에 대한 再考」, 『민족문화논총』 54, 영남대
　　민족문화연구소, 2013.

5. 「三海誌」

한의숭, 「신발굴 한문소설 〈三海誌〉에 대하여」, 『문헌과해석』 32, 2005
　　년 가을호.
김주현, 「〈三海誌〉의 서술양상과 서술시각」, 경북대학교 석사논문, 2006.
한의숭, 「〈三海誌〉의 인물형상 연구: 재자가인소설과의 관련성을 중심
　　으로」, 『민족문학사연구』 34, 민족문학사연구소, 2007.

6. 「一夕話」

이성실, 「〈一夕話〉의 인물형상과 창작의식」, 경북대학교 석사논문, 2007.

한의숭, 「〈一夕話〉의 인물 형상과 서사 구도의 양상」, 『한국학논집』 48, 계명대 한국학연구원, 2012.

정병호, 「漢文小說 〈一夕話〉 譯註 및 原文 標點」, 『嶺南學』 24, 경북대학교 영남문화연구원, 2013.

7. 「片玉奇遇記」

조희웅, 「한문고전소설 〈편옥기우기〉고」, 『어문학논총』 20, 국민대 어문학연구소, 2001.

서선진, 「〈片玉奇遇記〉의 서사기법과 창작의식」, 경북대학교 석사논문, 2006.

한의숭, 「〈片玉奇遇記〉의 소설사적 성격에 대하여」, 『한국어문학연구』 49, 한국어문학연구학회, 2006.

최천집, 「〈片玉奇遇記〉에 나타난 가족 창출의 서사」, 『어문학』 120, 한국어문학회, 2013.

8. 「鍾玉傳」

김기동, 「〈종옥전〉 연구」, 『논문집』 14, 동국대학교, 1975.

정선희, 「〈종옥전〉 연구」, 이화여자대학교 석사논문, 1994.

장철식, 「〈종옥전〉 연구」, 영남대학교 석사논문, 1998.

이현정, 「19세기 초 세태소설 연구: 〈종옥전〉과 〈오유란전〉을 중심으로」, 안동대학교 석사논문, 2004.

권도경, 「〈종옥전〉과 〈오유란전〉의 대비 연구」, 『안동어문학』 9, 안동어문학회, 2004.

조은상, 「〈종옥전〉에 나타난 성적 불안 극복과 아버지 세계로의 회귀」, 『문학치료연구』 3, 한국문학치료학회, 2005.

박상석, 「한문소설 〈鍾玉傳〉의 개작, 활판본소설〈美人計〉 연구」, 『고소설연구』 28, 한국고소설학회, 2009.

김현영, 「〈종옥전〉을 활용한 문학치료 사례연구: '남녀서사'의 진단과 치료」, 『겨레어문학』 44, 겨레어문학회, 2010.

이송희, 「〈鍾玉傳〉, 〈烏有蘭傳〉, 〈金剛誕游錄〉에 나타나는 민중축제의 구조와 그 의미」, 고려대학교 석사논문, 2015.

9. 「烏有蘭傳」

김기동, 「〈오유란전〉」, 『문예』 2, 문예사, 1960.

이석래, 「〈오유란전〉 연구」, 『논문집』 11, 성심여자대학교, 1978.

이수진, 「〈오유란전〉 연구」, 영남대학교 석사논문, 1987.

이강대, 「〈오유란전〉의 골계성 연구」, 동아대학교 석사논문, 1988.

박기석, 「〈오유란전〉소고」, 『태릉어문연구』 5·6, 서울여자대학교 국어국문학회, 1995.

박철암, 「〈오유란전〉과 〈배비장전〉의 대비 연구: 훼절 양상을 중심으로」, 영남대학교 석사논문, 1995.

이명현, 「〈오유란전〉과 〈배비장전〉비교 고찰」, 『어문론집』 29, 중앙어문학회, 2001.

김복희, 「〈오유란전〉 연구」, 한국교원대학교 석사논문, 2002.

정선희, 「〈오유란전〉의 향유층과 창작기법의 의의」, 『한국고전연구』 9, 한국고전연구회, 2003.

박미선, 「〈오유란전〉 연구」, 성균관대학교 석사논문, 2004.

이현우, 「〈오유란전〉일고찰」, 『퇴계학연구』 19, 단국대학교 퇴계학연
　　구소, 2005.

김경란, 「조선 후기 소설을 통한 페미즘 문식성 교육 방안: 〈채봉감별
　　곡〉〈이춘풍전〉〈오유란전〉을 중심으로」, 전주대학교 석사논
　　문, 2006.

정출헌, 「고전소설의 '천편일률'을 패러디의 관점에서 읽는 법: 전기소
　　설 『금오신화』와 〈오유란전〉을 중심으로」, 『국제어문』 38, 국제
　　어문학회, 2006.

차선영, 「〈오유란전〉의 세태소설적 특성 연구」, 조선대학교 석사논문,
　　2007.

나경운, 「남성훼절 소설의 비판의식 연구: 〈배비장전〉, 〈오유란전〉, 〈삼
　　선기〉의 인물관계를 중심으로」, 서강대학교 석사논문, 2008.

김수연, 「〈오유란전〉에 나타난 남성성장과 웃음의 의미」, 『열상고전연
　　구』 30, 열상고전연구회, 2009.

남경호, 「고전소설 〈오유란전〉의 설화구조 특징 연구: 그레마스의 기호
　　학적 분석을 중심으로」, 『한국학연구』 50, 고려대 한국학연구
　　소, 2014.

이송희, 「〈烏有蘭傳〉에 나타나는 민속축제적 구조분석」, 『고전과 해석』
　　17, 고전문학한문학연구학회, 2014.

황혜진, 「〈옥단춘전〉과 〈오유란전〉의 도덕적 거리」, 『고소설연구』 39,
　　한국고소설학회, 2015.

10. 「吳後姜傳」

정병호, 「〈吳後姜傳〉해제 및 원문표점」, 『대동한문학』 32, 대동한문학

회, 2010.

한의숭, 「19세기 漢文小說에 나타난 '忠·孝·烈'의 구현양상 연구」, 『한
국어문학연구』 55, 한국어문학연구학회, 2010.

한의숭, 「〈吳後姜傳〉의 서사방식과 인물 형상 연구」, 『민족문화논총』
51, 영남대 민족문화연구소, 2012.

이선영, 「〈吳後姜傳〉의 서술구조와 주제」, 경북대학교 석사논문, 2012.

11. 「五老峰記」

차충환, 「〈五老峰記〉 연구」, 『어문연구』 통권34권 3호, 한국어문교육연
구회, 2006.

정지아, 「〈五老峰記〉 연구」, 경북대학교 석사논문, 2009.

김진영·차충환, 「〈오선기봉〉의 형성과정과 의의에 관한 연구」, 『어문연
구』 62권, 어문연구학회, 2009.

12. 「宗生傳」

류준경, 「미발표 한문소설 〈宗生傳〉에 대하여: 전기소설적 특성을 중심
으로」, 『韓國漢文學研究』 40, 韓國漢文學會, 2007.

13. 「韓趙忠孝錄」

한의숭, 「〈韓趙忠孝錄〉 연구: 자료 소개를 중심으로」, 『大東漢文學』 31,
大東漢文學會, 2009.